Max Oban
Mozarts kleine Mordmusik
Kriminalroman

Max Oban wurde in Oberösterreich geboren. Arbeitete nach seinem Studium in Wien und Karlsruhe im Management eines internationalen Konzerns in Deutschland. Max Oban ist heute Dozent am Institut für Management in Salzburg und lehrt Unternehmensgründung und Internationales Marketing an der Hochschule Krems an der Donau. Max Oban lebt seit zwanzig Jahren in Salzburg.

Max Oban

Mozarts kleine Mordmusik

Kriminalroman

federfrei

Dieses Buch erzählt eine fiktive Geschichte, die – wie auch alle Personen und Institutionen in dem Roman – der Fantasie des Autors entsprungen sind.

Marchtrenk, 2013
www.federfrei.at

Umschlagabbildung: © dannywilde - Fotolia.com
Lektorat: S. Bähr
Satz und Layout: Verlag Federfrei
Druck und Bindung: Finidr s.r.o.

ISBN 978-3-902784-24-7

Für Maria

»Oban hat eine spannende, humorvolle Geschichte geschrieben,
kurzweilig und unterhaltsam,
die mit Lokalkolorit durchsetzt ist.«
Trostberger Tagblatt

»Mit Vergnügen habe ich ›Tod in Salzburg‹ gelesen.
Paul Peck verdient eine Fortsetzung. «
Robert Ellmer

Regen in London
Donnerstag, 22.9.
Peck trifft in London
deutlich mehr Leut
als er dachte und
kauft bei Foyles
deutlich mehr Büc
als geplant
LONDON
Grüner Veltliner
Zweigelt
Kru
Peck trifft in London seine Auftraggeber und erlebt eine Überraschung
Krustetten
(Heuriger)
Peck in Paris (25.9. bis 28.9. und deutlich länger als ursprünglich geplant
(Nicht freiwillig!)
P. fliegt nach London (am 21. Sept.)
Sonntag 25.9.: Peck (Det
Sophia (Shopping) fliegen
TOURNÉE DU CHAT NOIR
Peck wollte dahin!
(Sophia wollte nicht)
PARIS
Hier macht Peck überraschende Funde
St. Johann i.P.
Bischofshof
Da ist Peck am 29.9.
Komplizierte Rückfahrt am 28.9. nach Kleine

Flug London → Wien
Bahnfahrt + Taxi Freitag, 23. September
gneixen=dorf
Rauch in Gneixen=dorf
KREMS an der Donau
1. Mord in Krems am Freitag, 16.9.
am 23.9.
fährt
Hinfahrt
(nüchtern)
am 16.9.
Heimfahrt am 19. September nach Salzburg
WIEN
Paul Peck hat ein ernstes Gespräch mit der Polizei
Salzburg: Peck recherchiert im Amadeum und im Café Bazar
und Paris
Freitag, 30.9
25.9.
24.9.
28. Sept.
SALZBURG
Kleinbergdorf
Fahrt nach Salzburg in Rekordzeit
Paul Pecks Reisen durch das vereinte Europa ....
NICHT MASSSTÄBLICH!

»Wir leben nicht, um zu essen, sondern wir essen, um zu leben.«
Sokrates

»Ein Philosoph gibt einem anderen Speisen und Getränke, aber nicht, um ihn zu sättigen, sondern um seinen Geschmack zu ändern.«
Ludwig Wittgenstein

»Das Leben ist viel zu kurz, um schlechte Weine zu trinken.«
Paul Peck

Prolog
4. Dezember 1791, 23 Uhr 20
Wien, Rauhensteingasse Nummer 8

Wie spät ist es? Ich kann plötzlich die Zeiger der Uhr nicht mehr erkennen. Meine Zunge ist geschwollen. Ich kann kaum sprechen. Der Rachen ist feuerrot, meint der Medicus. Eine starke Entzündung, die höllisch schmerzt. *Totenbleich bist du, Wolferl*, sagt Constanze … und ich fühle mich tatsächlich schon halb hinüber.

Erbschaftspulver hat man mir verabreicht … diese verderbliche Mixtur! Es ist dunkel im Raum, obwohl überall die Kerzen brennen. Ich fühle mich wie nach einem tiefen Schlaf und kann kaum die Augen öffnen. Ist das Constanze vor mir? Wie ein Todesengel. Lächelt sie? Und da ist ja auch mein ehrenwerter Studiosus Süßmayr. Gilt ihm ihr verführerisches Lächeln? Jeder Atemzug schmerzt in meiner Brust. Constanze und mein ehrenwerter Famulus Süßmayr … ist da was zwischen den beiden? Und wo war sie überhaupt in den letzten zwei Wochen? Wieder mal auf Kur? Wieder in Baden das Geld verprasst? Mit ihm? Warum hat dieses Weib insistiert, dass unser jüngster Sohn nach ihm Franz Xaver getauft wurde? Ich habe die Briefe alle gelesen ... warum hat sie Süßmayrs Namen in allen Schreiben herausgestrichen? Hat er ihr die Ehe versprochen, wenn ich sterbe? Diese Nierenschmerzen! Ich kann kaum auf dem Rücken liegen ... und alle Gelenke sind geschwollen ... mein ganzer Körper ist aufgedunsen wie bei einer gemästeten Sau. Nicht mal mein Bettgewand passt mir. Der laute Kanarienvogel lässt meine Nerven wie eine Klaviersaite vibrieren. Ich kann sein Geträller nicht mehr ertragen ... Constanze soll ihn hinaustragen. Alles im Raum sieht verschwommen aus ... und der Druck von hinten auf meine Augen wird immer unerträglicher. Ich fühle, wie mir die Augäpfel aus den Höhlen gedrückt werden. Ist das die Folge des *Brechweinsteins*, den mir mein Weib in so überreichem Maße zum Essen gab, kurz bevor der Medicus kam? *Wir belieben, die krankmachende Materie aus dem Körper zu entfernen*, sagte Doktor Closett. Hatte er dabei nicht sogar gelächelt? Und dann hat er mich zur Ader gelassen, mehrmals hintereinander ... aber keine Hilfe, und keine Besserung ... nur unendliche Erschöpfung und noch mehr Schwäche... Zwei Wochen hat mich Constanze allein gelassen, obschon sie genau wusste, dass meine Gesundheit dahin war. Habe ich aus dem Dirnenhaus vielleicht doch die Lustseuche mitgebracht? Warum hat der Doktor so wissend mit dem Kopf genickt? Hat er meine wahre Krankheit erkannt? *Ein schweres Frieselfieber*, sagte er ... trotzdem hab ich gut komponiert, als Constanze außer Haus war. Das *Requiem* ist fertig in Noten gesetzt ... und Seine Durchlaucht wird zufrieden sein. Ich hatte die gesamte Seelenmesse innerlich fertig, und dann habe ich sie hinausgetrieben aus dem Hirn direkt in die Feder, die nicht schnell genug die Noten aufs Papier setzen konnte. Ohne Korrekturen ging's, und wie eine Reinschrift liegen die Blätter jetzt gut verschlossen in der Kiste. Ich muss Constanze noch sagen, wo alles hübsch verwahrt liegt. Der Graf Walsegg bekommt, was er für die Totenfeier seiner Frau bestellt hat. Da steht jemand vor mir ... wer ist es? Nur schemenhaft kann ich's erkennen. Mein Logenbruder Hofdemel? Ist er dahintergekommen, dass ich sein hübsches Weib nicht nur am Klavier unterrichtet habe? Oder hat sich die ganze Loge gegen mich verschworen? Hat der Großmeister durchschaut, dass in der *Zauberflöte* alle Geheimnisse drinstecken, die jetzt im Licht der Öffentlichkeit liegen? Meine magische Symbolzahl *Achtzehn* und die *Drei* und die geheimen Rituale … hat man mir deshalb Gift gegeben? Quecksilber? Oder *Aqua Tofana*? Oder ist mein Schicksal doch der *Graue Bote*? Ist mein Rivale Salieri auch mein Totengräber? Mir ist heiß. *Constanze*! Warum hört sie nicht? Endlich. Constanze! Ich soll schlafen, sagt sie, die Uhr zeigt bereits nach Mitternacht … *Constanze! Der Geschmack des Todes ist auf meiner Zunge! Mit mir dauert es nicht mehr lange … gewiss hat man mir Gift gegeben …*

Freitag, 16. September diesen Jahres

Sophia hatte schlecht geschlafen und die halbe Nacht über ihre tatsächlichen und eingebildeten Sorgen nachgedacht. Oder lag es an dem ungewohnten Hotelbett? Oder daran, dass der Mann neben ihr geschnarcht und unzusammenhängend, aber laut im Schlaf geredet hatte?

Es war halb sechs. Was sollte sie tun? Unter der warmen Decke bleiben und später schwimmen? Oder gleich ins Hallenbad und dann Paul aus seinem Bett werfen? Sie entschied sich für den Bettwurf, sprang schwungvoll auf die Beine und ging leise zum Fenster. Hinter dem dicken Vorhang hatte der Tag noch nicht richtig begonnen. Milchgraues Licht hing wie ein feiner Nebel über dem Park des Hotels und dämpfte die herbstlichen Farben der Sträucher und Bäume, deren Äste leicht im Wind zitterten. Über den Kastanienbäumen konnte sie wie durch einen Weichzeichner gerade noch einige Dächer der Kremser Altstadt und die spätgotische Spitze der Piaristenkirche mit ihren vier Türmchen erkennen. Sophia ging ins Bad und verließ in ihrem roten Badeanzug und eingehüllt in einen weißen Bademantel mit der Aufschrift *Grandhotel Krems* das Zimmer. Der *Bäderlift* brachte sie ins Untergeschoss, wo die Luft heiß und stickig war. Sie suchte nach dem Lichtschalter und blieb dann wie erstarrt stehen. Ein Schrei! Ein Mann, dachte sie, das war der Schrei eines Mannes. An dem Schild *Zum Hallenbad* bog der Gang nach rechts ab. Immer noch starr vor Schrecken beugte sie ihren Kopf nach vorne und sah undeutlich einen Schatten, der in wilder Eile aus einer der Türen sprang. Wie ein schwarzer Scherenschnitt aus einem ihrer alten Kinderbücher. War es ein Mann? Sie sah der Figur nach, die in schnellen Schritten davonlief. Ganz sicher ein Mann. Plötzlich ging das Licht aus, und bis sie wieder den Schalter erreicht hatte, hörte sie, wie die Tür am Ende des Flures zufiel. Sophias Herz raste. Sie lehnte sich an die geflieste Mauer, horchte in die Stille und überlegte, aus welchem Raum der Mann gekommen war. Die Türe rechts, an der *Technikzentrale* stand, war nur angelehnt. Als sie diese aufstieß, schlug ihr der beißende Geruch von Chemikalien und Putzmittel entgegen. Sie starrte in die Dunkelheit, suchte den Lichtschalter und trat mit zittrigen Knien Schritt für Schritt in den schmalen Raum, der weit nach hinten führte. Dann stieg plötzlich ein Geruch in ihre Nase, den sie nicht benennen konnte. Erst als sie am Ende des Raumes hinter das letzte Regal sehen konnte, wusste sie, woher dieser süßliche Geruch kam.

*

Ein Sonnenstrahl fiel auf das Bett, und vorsichtig öffnete Peck die Augen. Wenn die Sonne im Osten aufgeht, ist die Erde noch in der richtigen Position, dachte er. Kurz nach sechs. Dann sah er, dass Sophias Bett leer war. Wo war sie? Hallenbad! Um Gottes Willen, um diese Zeit schon ins Wasser. Und noch dazu freiwillig. Er mochte es, wenn Sophia alleine zum Schwimmen ging. Peck liebte Wasser, er trank es gern, und er duschte jeden Tag. Aber mit einer Badehose bekleidet ins Schwimmbad oder am Strand ins Meer zu steigen, kam für ihn nicht in Frage. Zwar hatte ihm ein Arzt schon einige Male wegen seiner immer wiederkehrenden Rückenschmerzen empfohlen, regelmäßig zu schwimmen, doch Peck hatte daraufhin sehr konsequent reagiert und den Arzt gewechselt. Man soll seiner Geliebten Freiräume gönnen, dachte er, und ließ Sophia täglich ihre nassen Wellness-Runden drehen. Alleine.Pecks Rücken schmerzte, weshalb er sich zuerst in eine flach liegende Ausgangsposition begab und dann beschloss, dem Rücken die Stirn zu bieten. Langsam und stöhnend rollte er sich umständlich aus dem Bett, was er nur tat, wenn ihm Sophia nicht zusah. Als er aus dem Bad kam, holte er die Zeitung, die der *24-Stunden-Luxus-Service* jeden Morgen pünktlich an die Türklinke hängte und setzte sich ans Fenster. ›*Sensationeller Handschriften-Fund*‹, las er auf Seite drei:

›*Internationale Expertenkommission prüft die Echtheit des in der Biblioteka Jagiellónska (Jagellonische Bibliothek) in Krakau entdeckten Notenmanuskripts. Handelt es sich um die Originalhandschrift des*

Mozart'schen Requiems? Muss die
Geschichte Mozarts neu geschrieben werden?‹

Plötzlich sprang die Zimmertüre auf, und Sophia stürzte in seine Arme, umklammerte seinen Hals und vergrub ihr Gesicht an seiner Brust. »Oh, mein Gott«, hörte er sie flüstern.

»Was ist passiert?« Er versuchte, sich von ihrer Umklammerung zu lösen, um Luft zu holen und ihr ins Gesicht zu sehen. Doch sie krallte sich an seinen Schultern fest und begann zu schluchzen. Er spürte ihr Zittern, als er über ihre Haare streichelte, löste dann behutsam ihre Hände von seinen Schultern und schob sie zwei kleine Schritte zurück, bis sie hinter sich das Bett berührte und sich setzte.

»Was ist geschehen?«

»Blut«, sagte sie. »Ein Toter. Unten beim Hallenbad. Ich glaube, mir wird schlecht.«

»Nein, dir wird nicht schlecht.« Er wischte ihr die Tränen von den Wangen. »Und jetzt sag mir, wo die Leiche ist.«

»Unten.«

»Komm«, sagte Peck.

Sie hob ihren Kopf und sah ihn an. Lange. »Ich gehe nur mit, weil ich nicht alleine hier im Zimmer sein will.«

Sie standen auf. »Ich komme gleich«, sagte Sophia leise. Sie schwankte etwas, als sie im Bad verschwand. Die Jeans, die sie angezogen hatte und das Rot ihres T-Shirts ließ sie noch blasser aussehen.

»Geht es dir besser?«, fragte Peck, als sie im Aufzug standen. Unten angekommen zeigte Sophia nach rechts. »Als ich hier Licht machte, hörte ich den Schrei.«

»Was für einen Schrei?«

»Ein Mann. Schmerz und Wut.«

»Und dann?«

»Da war plötzlich jemand, der wie in Panik aus dem Raum hier rechts flüchtete und den Gang entlanglief. Und dann durch die Türe da vorne verschwand.«

»Hast du ihn erkannt?«

»Es war dunkel, ich sah nicht mehr als einen Schatten.«

»Was für einen Schatten?«

»Ein eigenartiger Schatten … groß und mit eckigen Bewegungen.«
Peck ging weiter Richtung der Türe.
»Ich gehe da nicht rein«, flüsterte sie.
»Bleib hier beim Aufzug stehen.« Peck öffnete die Eisentüre mit der Aufschrift *Technikzentrale* und fand den Mann in der Ecke des Raumes, auf dem Rücken liegend, das Gesicht genau der nackten Neonröhre zugewandt, die an der Decke befestigt war und den kleinen Raum in ein kaltes Licht tauchte. Mitte fünfzig, dachte Peck, vielleicht auch älter. Er ging in die Knie und hielt sein Ohr gegen den leicht geöffneten Mund, ohne den Körper zu berühren. Nichts. Eindeutig tot. Er betrachtete das blutverkrustete Gesicht und die Stirn, die auf einer Seite merkwürdig eingedrückt war. Über der linken Augenbraue sah er einen scharfkantigen Knochen, und aus einem spitz zulaufenden Spalt zog sich eine schmale Blutspur quer über das Gesicht. Peck erhob sich und betrachtete den Leichnam, der in einer leicht gekrümmten Position vor ihm lag. Wie mitten in einer Pilates-Übung verstorben. Dann sah Peck den blutverschmierten Oberkörper und mehrere Schnitte, die quer über der Brust verliefen und stark geblutet hatten. Sein silberglänzendes T-Shirt, das er als Pyjamaoberteil trug, war vorne wie in Streifen geschnitten und hing zerfranst und schief über seiner Brust. Mein Gott, dachte Peck, einfach durch den Stoff in die Brust geschnitten! Eine Männerbrust ganz ohne Haare und blutüberströmt. Das schwarze Unterteil des Schlafanzugs war verschmutzt, das linke Hosenbein bis zum Knie hochgezogen. Er trug keine Schuhe, und Pecks Blick fiel auf die unförmigen Füße mit langen graubraunen Zehennägeln. Unter der Leiche war eine großflächige Blutlache hervorgequollen, die sich unregelmäßig ausgebreitet hatte, den unebenen Stellen der Bodenfliesen folgend. Übelkeit stieg in ihm hoch. Reiß dich zusammen, dachte er und wandte den Blick ab. In zwei oder drei Stunden wird die Leiche weg sein, ersetzt durch einige Kreidestriche auf dem gefliesten Boden, die die Umrisse des Körpers zeigen.
Peck sah sich im Raum um. An den Wänden standen überall schwere eiserne Regale, vollgeräumt mit ölbeschmierten Werkzeugen, unterschiedlich geformten und teilweise rostigen Metallteilen sowie überdimensionalen Plastikbehältern, die meisten mit einer giftig grü-

nen Flüssigkeit gefüllt. In der Ecke lagen einige Kisten und darauf kurze Rohre aus Aluminium oder Eisen. War da die Tatwaffe darunter? An der Decke liefen quer durch den Raum quadratische Röhren aus verzinktem Blech, die wohl zur Klimaanlage gehörten. Links an der Wand fiel Peck eine zentimeterdicke Stahltüre auf, die zu einem in Beton eingemauerten Tresor gehörte und halb geöffnet war. *Zerberus Tresor ZE 007*, las er. Er öffnete die Tresortüre ganz. Leer.

»Mir ist kalt«, sagte Sophia, als sie ihn durch die Tür kommen sah.

»Noch eine Minute, ich sehe noch kurz da rein.« Er ging einige Schritte bis zu der breiten Glastür am Ende des Ganges, betätigte den Schalter, da die Lichtautomatik wieder die Lampen ausgeschaltet hatte, und stand in dem großen Hallenbad, in dem es feucht und nach Chlor roch. Auf einer Seite des Schwimmbades sah Peck durch eine raumhohe Glasfront auf einige mächtige Nadelbäume, die den Blick in den weitläufigen Park versperrten, der das Hotel umgab. Ein Hotelangestellter im blauen Arbeitsanzug sammelte mit einem breiten Rechen das braune Laub vom Rasen auf und stopfte es in gelbe Säcke. Mit hallenden Schritten umrundete Peck das Becken, in dem das Wasser in einem hellen Grün geheimnisvoll aus der Tiefe leuchtete. Hier war niemand, und er konnte auch keinen Platz erkennen, wo sich jemand versteckt halten könnte. Aber Sophia hatte den Mann hier hereinlaufen sehen. An einer der Schmalseiten des Schwimmbeckens führten einige geflieste Stufen zu einer Empore mit hölzernen Garderobenschränken, die wie in einer Reihenhaussiedlung eng nebeneinander standen. Hatte sich hier jemand verborgen? Vorsichtig umrundete er die schmalen Kästen, öffnete die Schränke der Reihe nach und ging dann zu einer roten Eisentüre, die sich leicht öffnen ließ. Gut geschmiert, dachte er. Die Türe führte direkt ins Freie, und er sah, dass der Mann im blauen Arbeitsanzug seine Arbeit abgeschlossen hatte und einen dick gefüllten Sack wegtrug.

»Ist da gerade jemand herausgekommen?«, rief Peck dem Mann nach, der sich wie in Zeitlupe zu ihm umdrehte.

»Kein Schwein! Das ist auch keine Türe für das Publikum.« Dann verschwand der Mann hinter der Hausecke.

Peck kehrte zu Sophia zurück, griff zu seinem Mobiltelefon und rief die Polizei an. Plötzlich hörten sie ein leises, klirrendes Geräusch, das lauter wurde und schnell näher kam. In diesem Moment wurde es wieder dunkel im Flur. Peck drückte auf den Lichtschalter und sah Sophia, die ihre Hand auf den Mund presste und auf die grau gestrichene Türe zeigte, auf der Kein Eingang zu lesen war. »Da kommt jemand!«

Langsam wurde die Klinke nach unten gedrückt, dann öffnete die Tür sich quietschend, und ein Mann erschien, in der linken Hand einen Schlüsselbund schwenkend, der leise klirrte.

»Was machen Sie hier?«

Peck hatte den Mann schon einige Male in der Hotelhalle und an der Rezeption gesehen. Er war eher klein, hatte breite Schultern und trug einen viel zu engen grau karierten Anzug. Argwöhnisch beobachtete er Peck aus winzigen Augen, die er zu Schlitzen zusammengedrückt hatte.

»Sind Sie Hotelgäste?«

Peck nickte.

»Mein Name ist Uwe Dayer«, sagte er überflüssigerweise, da es auf dem Namensschild stand, das er links auf der Brust trug. »Ich bin der Empfangschef.« Und warum empfangen Sie uns dann hier im Keller, wollte Peck schon sagen. »Sehen Sie hier rein«, sagte er stattdessen, zeigte auf die Eisentüre und deutete ihm hineinzugehen.

»Mir ist kalt«, sagte Sophia nochmals leise, »ich möchte rauf ins Zimmer.« Peck nickte ihr zu und berührte ihre Hand, bevor sie in den Aufzug stieg.

Als Dayer aus dem Technikraum kam, drückte er sein Handy ans Ohr, und Peck konnte von den vielen unverständlichen Sätzen, die der Mann in sein Mobiltelefon rief, nur die Worte »… jawohl, Herr Direktor …« verstehen, bevor sie beide mit dem Lift in die Lobby fuhren.

Peck beschloss, auf die Polizei zu warten, als nach einigen Minuten die Drehtüre hektisch zu rotieren begann und eine schlanke Gestalt mit fliegenden Haaren in die Hotelhalle stürzte. Pecks erster Eindruck von dem Mann war, dass er seine aufgestaute Energie kaum im Zaum halten konnte. »Rupert Schwarz«, rief er Peck schon von

Weitem zu. »Haben Sie die Polizei gerufen?« Er war mittelgroß und hatte eine ungesund aussehende gelbe Haut und große dunkle Augen, die in ständiger Bewegung waren. Peck sah, dass einige Knöpfe seines weißen Hemdes offen standen.

»Was fällt Ihnen ein, die Polizei anzurufen«, sagte er ärgerlich. »Das ist voreilig … wir sind das *Grandhotel*, und wir haben einen Ruf zu verlieren.«

»Einer Ihrer Gäste hat sein Leben verloren«, sagte Peck. »Er wurde ermordet.«

Kurze Zeit danach kamen die ersten Polizisten, spannten im Untergeschoss kilometerlange rotweiße Absperrbänder und notierten sich seinen Namen. Peck saß in einem der Polstersessel nahe der Rezeption und sah einen übergewichtigen Mann im Hemd, seine Anzugjacke achtlos über dem linken Arm zusammengefaltet, in kleinen, schnellen Schritten zur Rezeption stampfen, wo er sofort begann, aufgeregt auf den dort wartenden Hoteldirektor einzureden. Während des regen Gesprächs sahen die beiden einige Male zu ihm herüber, dann watschelte der Mann im Hemd mit tonniger Rundlichkeit auf Peck zu.

»Ferdinand Wamper vom LKA Niederösterreich«, stellte er sich vor. »Zeigen Sie mir zuerst, was Sie da unten gesehen haben.« Er deutete mit seinem wurstförmigen Zeigefinger zum Lift. Auf Wampers wulstigem Doppelkinn wucherte ein dreieckiges Spitzbärtchen, das Peck an einen ehemaligen russischen Politiker erinnerte.

»Und danach möchte ich Ihnen einige Fragen stellen. Aber bitte gemeinsam mit der Dame, die die Leiche gefunden hat.«

Zehn Minuten später saßen Sophia und Peck auf einer blumenbedruckten Couch, die in dem kleinen Büro des Hoteldirektors am Fenster stand. Sie waren zu viert, gemeinsam mit Ferdinand Wamper und einem Uniformierten, der breitbeinig und mit dem Rücken zur Tür stand und dessen entschlossene Gesichtszüge zeigten, dass er bereit war, jeden Fluchtversuch schon im Keim zu vereiteln.

»Wer ist der Tote?«, fragte Peck.

»Ich stelle hier die Fragen«, entgegnete der korpulente Kriminalpolizist. »Wer ist der Tote?« Wamper sah fragend zu dem Uniformierten, der mit rotem Kopf hilflos in den Papieren auf seinem Klemmbrett blätterte.

»Marcel Bagnon, 46 Jahre, französischer Staatsbürger, wohnhaft in Salzburg, angestellt bei der englischen Versicherungsgesellschaft *Maxa Insurance*.«

Eine internationale Leiche, dachte Peck, freie Wahl des Aufenthaltes und des Wohnsitzes. Die EU funktioniert. Er drehte den Kopf zur Seite und sah auf Sophia, die blass und teilnahmslos neben ihm saß. Er drückte ihre Hand und lächelte ihr zu.

»Wir haben zwei Delikte …«, sagte der Uniformierte mit leiser, schnarrender Stimme. »Ein Toter und eine gestohlene Handschrift.«

Wamper drehte den Kopf, soweit dies sein dicker Hals zuließ, und sah den Uniformierten streng an. »Warum so eine Aufregung um eine Handschrift?«

»Sie soll von Mozart sein«, erwiderte der Breitbeinige vor der Tür.

»Und warum bitte schreibt dieser Mozart heute noch mit der Hand? Ich mache alles am PC. *Enter, klick*, und fertig ist die Sache.«

»Aber möglicherweise eine Originalhandschrift von Mozart«, sagte der Uniformierte, »das wäre eine Sensation in der Fachwelt. Millionen wert und hoch versichert.«

Der Kripomann zuckte mit den Schultern, was den gesamten Oberkörper in Schwingungen versetzte. »Wie viele Schlüssel gibt es zum Tresor?«

»Keine Schlüssel. Dieser Safe wird mit einem Zifferncode geöffnet. Und Dayer hat gestern mit eigenen Augen gesehen, wie Bagnon die Handschrift in den Tresor gelegt hat.«

»Das mit dem Tresor und der Leiche werden wir alles noch genau klären. Wir machen später weiter. Ich muss mich dringend um den Tatort kümmern. Und Ihre Abreise können Sie vorläufig verschieben, bis jedes Detail geklärt ist.« Der Dicke sah mit gerunzelter Stirn zu Sophia herüber. »Wir werden Ihnen allen noch heftig auf den Zahn fühlen.« Wie ein Schimpanse hob er die Oberlippe und grinste. Einer seiner Vorderzähne war braun.

*

»Nach diesen Aufregungen von heute früh muss ich duschen. Und mich umziehen«, sagte Sophia. »Ich komme hinterher in die Lobby.«

Peck sah sie kurz an. »Kann ich dich alleine lassen?«

»Ich habe jetzt keine Angst mehr. Und ich dusche seit vierzig Jahren ohne deine Hilfe.«

Peck trat auf den dunklen Hotelflur und wandte sich nach rechts an zahlreichen Zimmertüren vorbei in Richtung der Aufzüge. Plötzlich hörte er laute Stimmen.

»Mozart était un membre de l'franc-maçon!«

»Natürlich war Mozart Freimaurer. Na und! Bei Ihnen in Frankreich sind Freimaurer heute noch angesehene Leute. Bis in die höchste Politik.«

»Mais vous n'y pensez pas! Si j'étais vous, j'arrêterais d'arfirmer ces idioties. Ce mélangeant des arguments antisémites et national-socialisme! Mon Dieu!«

»Sie dummer französischer Ignorant! Juden und Freimaurerei gehörten immer schon zusammen. Das ist historisch belegt.«

»Putain de merde! Antisémitisme à l'état pur! C'est fini maintenant, crétin!«

»Wer sich so sehr aufregt, ist meist selbst jüdischer Herkunft, stimmt's? Ist Ihre Mutter Jüdin? Wahrscheinlich sind Sie auch Freimaurer.«

»Typiquement allemand. Arrogant et raciste!«

»Waren eigentlich Sie heute früh unten beim Schwimmbad?«

»Casse-toi!«

Peck erinnerte sich an die Zeit, als er noch schlechtes Gewissen bekam, wenn er Gespräche mithörte, die nicht für ihn bestimmt waren. Er war vor der Zimmertür, die nur angelehnt war, stehen geblieben und ging dann nachdenklich und mit langsamen Schritten zu den Aufzügen. Hinter sich hörte er eine Türe knallen, und ein kleiner, schmächtiger Mann mit langen dunklen Haaren schob sich eilig an ihm vorbei und verschwand in Richtung Treppenhaus. War das der Franzose, den er soeben gehört hatte? Und zu wem gehörte die Frauenstimme? Sollte er zurückgehen und nachsehen? Der Lift klingelte und als sich die Türe zur Seite schob, stand ein stämmiger Schwarzhaariger direkt vor ihm in der Aufzugkabine, der ihn missmutig ansah und dann langsam zur Seite trat, sodass Peck einsteigen konnte. Der Mann stinkt nach Schweiß und einigem anderen, dachte Peck. Billiger Anzug, struppige Haare, fliehende Stirn, eingedrückte Nase und starker Bartwuchs. Also ist er gewalttätig, unterdurchschnittlich intelligent und gefährlich. Peck lächelte. Es lebe das schnelle Vorurteil.

Der Mann stapfte vor ihm aus dem Aufzug und verschwand in Richtung Restaurant.

Peck nahm auf einem der Sessel nahe der Rezeption Platz und beobachtete das bunte Treiben in der Hotelhalle. Wie in einer gotischen Kathedrale erhoben sich schlanke Säulen bis zu dem kunstvollen Gewirr eines Kreuzrippengewölbes, das von Hunderten farbigen Lampen angestrahlt wurde. Unzählige Menschen waren in der Halle unterwegs; alle Nationalitäten und alle Hautfarben. Wie die Botschaft der *United Colors of Benetton*.

Rückblickend hatte für Peck dieser Ausflug in das *Grandhotel Krems* ganz harmlos begonnen, als ihm Sophia vor einigen Tagen erzählte, dass sie bei ihrer Freundin Jutta zu Besuch war.

»Sie hat mir einen guten Rat gegeben«, hatte Sophia gesagt.

»Wenn ich dir einen Rat gebe, befolgst du ihn nie.«

»Ich habe ihr erzählt, dass meine Buchhandlung schlecht läuft. Zu wenig Kunden, zu niedriger Umsatz und zu hohe Kosten.«

»Und was hat dir die Freundin geraten?«

»Ich erweitere mein Buchgeschäft und eröffne zusätzlich eine Musikalienhandlung.«

»Bücher kenne ich. Was sind Musikalien?«

»Neben meinem Bookshop und dem Antiquariat werde ich zum Fachgeschäft für Musiknoten, Bücher über Musik, Partituren und so weiter. Man nennt so was eine Diversifikation.«

»Und dafür gibt es genügend Kunden in Salzburg?«

»Jutta ist Professorin am *Amadeum*. Sie sagt, sie kennt sich aus, und sie kennt den Marktbedarf. Viele Studenten, viele Professoren, viel Umsatz. Und sie sagt, dass ich das kann. Schließlich habe ich mal Musik studiert.«

»Und was sagt Jutta noch?«

Plötzlich stieß Sophia einen leisen Schrei aus und griff sich auf die Stirn.

»Fast hätte ich's vergessen! Jutta hat mir von einer Sensation erzählt, die offiziell noch kaum bekannt ist. Und wir werden dabei sein. Hoffe ich jedenfalls.«

»Wo werde ich dabei sein?«

»Mozart«, sagte Sophia, »du kennst die Story um seine letzte Komposition ...«

»Das *Requiem*?«

Sie nickte.

»Da ist ja kaum was von Mozart drin. Entweder hat er zu spät mit dem Komponieren begonnen, oder er ist zu früh gestorben.«

»Das ist ja die Sensation. In Krakau hat man jetzt eine Notenhandschrift des kompletten *Requiems* aus dem Jahre 1791 entdeckt, die mit hoher Wahrscheinlichkeit von Mozart stammen soll.«

»Warum in Polen?«

»Stand alles in den Zeitungen. Länge mal Breite. Und in dicken Lettern.«

»Habe ich nicht gelesen. Und ich mag nicht nach Polen fahren!«

»Wir fahren nicht nach Polen, sondern nach Krems an der Donau. Genauer, ins *Grandhotel*. Dort trifft in den nächsten Tagen eine internationale Expertenkommission zusammen, die die Echtheit der Mozart-Handschrift feststellen soll.«

»Und was soll ich im *Grandhotel Krems* tun? Gibt's da billige Mozart-Kugeln?«

»Die Geschichte Mozarts muss neu geschrieben werden, stand in der Zeitung, und du redest von billigen Mozart-Kugeln!«

»Und die internationalen Sachverständigen sollen die Geschichte von Wolfgang Amadeus neu schreiben?«

»Sie sollen vor aller Welt bestätigen, dass diese Handschrift tatsächlich von Mozart stammt.«

»Und das wäre dann die große Sensation?«

Sophia nickte. »Die Expertengruppe besteht aus fünf Musikwissenschaftlern. Und Jutta vertritt dabei Österreich. Die anderen kommen aus Paris, London und New York. Aber der Amerikaner kann nicht kommen. Krank geworden oder so was.«

Peck verfolgte ihre Rede mit Interesse. Er wartete auf die Pointe.

»Und deshalb ist im *Grandhotel* eine Luxussuite für zwei Personen frei, zum Sonderpreis und nur für uns beide.« Sie drückte ihm einen Hochglanzprospekt des Hotels mit großformatigen Farbfotos in die Hand. Auf dem Titelbild eine Frau im Schneidersitz, die mit geschlossenen Augen und halb erhobenen Armen glücklich im Schein der untergehenden Sonne saß. *Vitalcenter*, las Peck, *Thalassotherapie und Wellness-Oase*. Und alles in *ayurvedischer Wohlfühlqualität*. Bei dem Gedanken an die Wohlfühltherapien bekam er spontan eine Gänsehaut.

Früher stand in einem Hotelprospekt, dass sie ruhige und saubere Zimmer haben, dachte er und gab Sophia die Broschüre zurück. Sie sah ihn erwartungsvoll an.

»Wir müssen uns spätestens in einer Stunde entscheiden.«

Peck liebte dieses Gefühl. Zuerst extreme Anspannung und dann extreme Verwirrung. Er war erstaunt, als er sich zu Sophia sagen hörte: »Einverstanden.«

Es war warm in der Hotelhalle, also bestellte er bei einem weiß beschürzten Mädchen ein Bier. Schnell trinken, dachte er, bevor Sophia kommt.

»Ich muss an die frische Luft. Und ich habe das Bier sehr wohl gesehen«, sagte Sophia, die wenig später in einem luftigen Blumenkleid aus dem Lift stieg. Sollte er ihr jetzt sagen, dass sie gut aussah?

Sie verließen die Hotelhalle, gingen nebeneinander die gläserne Vorderfront des Gebäudes entlang und bogen vor dem halb leeren Parkplatz in den schmalen Kiesweg ab, der zum Hotelpark und weiter in die Kremser Altstadt führte. Es roch immer noch nach Sommer, obwohl schon viele braun gefärbte Blätter von den Bäumen gefallen waren. Der Himmel war bleigrau verhangen, und Pecks weiße Haare wurden vom Wind zerzaust.

»Wie fühlst du dich?«

»Hat derjenige, der den Mord begangen hat, auch das Mozart-Manuskript gestohlen?« Sophia hatte dies mehr zu sich selbst gesagt.

»Möglicherweise. Egal, wer hinter der Handschrift her war, er brauchte die Unterstützung des Versicherungsmannes, denn nur der kennt die Codenummer des Tresors. Also dringt er in sein Zimmer ein, Monsieur Bagnon wird munter und schließlich mit Gewalt gezwungen, zum Tresor mitzukommen, wo er mit einem Messer so lange traktiert wird, bis er den Tresorcode preisgibt. Dabei schreit er laut, was du gehört hast. Der Einbrecher nimmt das Notenmanuskript an sich, erschlägt brutal den Franzosen und flüchtet durch das Hallenbad.«

»Warum lässt das Hotel die Türe offen, durch die man vom Bad in den Park kommt?«

»Keine Ahnung. Nicht unser Bier. Polizei-Bier! Was sagt übrigens deine Freundin Jutta?«

»Zurzeit wird die ganze Expertengruppe von dem dicken Polizisten verhört. Jutta möchte sich nach dem Essen kurz mit uns treffen.«

Supermoderne Architektur, dachte Peck, als er sich zum Hotel umdrehte. Ein klobiger Sichtbetonklotz mit bläulich spiegelnden Glasfronten, einer fußballfeldgroßen Hotelhalle und winzigen Zimmern. Den schönsten Blick auf das Hotelgebäude hat man, wenn man ihm den Rücken zukehrt, dachte er, und wandte sich der Kremser Altstadt zu.

»Ich habe Hunger«, sagte Sophia. »Aber ich möchte nicht im Hotel essen.«

»Möchtest du noch eine Runde schwimmen vor dem Essen?«

Sie stieß ihm ihren Ellbogen in die Rippen. Es schmerzte, bis sie in der Kremser Fußgängerzone die *Schwarze Kuchl* erreichten.

Als sie nach dem Essen und einem Spaziergang durch die belebte Altstadt über die Kreuzbergstiege wieder zum Hotel kamen, pfiff Peck überrascht durch die Zähne, als er eine bekannte Gestalt vor dem Eingang stehen sah.

»Leopold Funke, dein Freund und Helfer«, sagte er zu Sophia.

Funke sah ihnen mit einem Grinsen in seinem zerknitterten Gesicht entgegen. »Ich höre, Sie haben jetzt schon Ihre Leute, die für Sie die Leichen finden.« Sophia funkelte ihn an, und sein Grinsen verschwand. Funke murmelte irgendetwas Entschuldigendes, nahm ihre

Rechte und deutete galant einen Handkuss an.

Funke war vom LKA Salzburg, und Peck war ihm schon einige Male begegnet, als sie beide in einem Mordfall dem gleichen Täter auf der Spur waren. Nur war Pecks Spur um eine Spur kürzer gewesen.

»Was machen Sie hier?«, fragte Peck.

»Amtshilfe. Der Tote wohnte in Salzburg. In Maxglan. Ich musste seiner Witwe und meinem Chef versprechen, mich um die Sache hier zu kümmern. Unser Vertrauen in die Kompetenz Ferdinand Wampers ist etwas begrenzt.«

»Das Doppelkinn mit Spitzbart?«

Funke nickte und blickte Peck an. »Ich hoffe sehr, Sie haben von niemandem einen Auftrag, den mysteriösen Tod dieser Leiche, die Sie neben dem Tresor gefunden haben, aufzuklären. Oder verfolgen Sie schon eine Spur?«

»Wir sind völlig privat hier. Und ich verfolge ausschließlich die Spur des Grünen Veltliners.«

»Ausschließlich?« Funke zog seine Stirn in Falten.

»Nicht ganz«, sagte Peck. »Auch die Spur von Sophia.«

Jetzt grinste Funke, dann verabschiedete er sich mit einer grüßenden Handbewegung. Peck und Sophia betraten durch die schnell rotierende Glastüre die Hotelhalle, die immer noch voller Menschen war. Eine lange Schlange stand vor der Rezeption. Die wollen alle ihre Rechnung bezahlen und abreisen, dachte Peck. Hotelgäste haben was gegen Leichen im Spa-Bereich. In einem der Ledersessel im Hintergrund der Halle saß Jutta Meischner und winkte ihnen mit kräftigen Handbewegungen zu, so als ob es etwas Wichtiges zu berichten gäbe.

Peck hatte Jutta zwei oder drei Mal getroffen, und er wusste, dass sie und Sophia gemeinsam am *Amadeum* studiert hatten. Sie sah mit strengem Blick aus ihrer sitzenden Position zu ihm auf und streckte ihm ihre Hand entgegen, während die beiden Frauen sich einige Male auf beide Wangen küssten. Peck überlegte, was er trinken sollte. Für Wein war es zu früh und für Kaffee zu spät. Nicht zu oft am Tag durcheinander trinken, dachte Peck und bestellte bei dem Kellner, der mit einem Was-möchten-Sie-Blick vor ihnen stand, ein großes Bier, was Sophia mit dem Hochziehen ihrer Augenbrauen kommentierte.

»Etwas Irres ist passiert«, sagte Jutta Meischner, »Marais ist verschwunden.«

»Wer ist das?«

»Jean-Jacques Marais von der *Sorbonne* Paris, unser Mozart-Sachkenner aus Frankreich.«

»Klein, schmächtig, dunkle und lange Haare?«

Kopfnicken. »Er ist verschwunden oder hat sich davongemacht. Heute früh war er noch dabei, als wir über die weiteren Schritte in unserer Gruppe diskutiert haben, und als uns später dieser ekelhafte Kriminalpolizist zusammenrufen ließ, war Marais verschwunden. Offensichtlich ist er abgereist, da sein Zimmer leer geräumt ist. Nicht mal die Sachen aus seiner Minibar hat er bezahlt.«

Monsieur Marais, dachte Peck. Das kleine, schmächtige Männchen, der Franzose, dessen erregte Stimme er im *Seminarraum 1* gehört hatte. Aber wen hat er des Antisemitismus bezichtigt? Und warum ist er so überstürzt abgereist? Oder ist er gar nicht abgereist?

»Und«, sagte Peck, »stammt die Notenhandschrift nun von unserem großen Salzburger Sohn?« Jutta nickte Sophia zu.

»Wir haben in unserer Gruppe das gesamte Autograf zwei Tage auf Herz und Noten geprüft. Und wir sind uns einig: Die Handschrift ist ohne Zweifel von Mozart. Das Papier muss von unseren englischen Kollegen noch chemisch geprüft werden, zeigt aber alle Merkmale, die für das zu Ende gehende 18. Jahrhundert typisch sind.«

Eine kluge Frau, dachte Peck, ungefähr in Sophias Alter, nur deutlich weniger attraktiv. Jutta war klein und ausgesprochen hässlich, früh gealtert, faltig und wie ausgetrocknet. Ihr mittellanges Haar war grau und strähnig, das Kleid aus dickem, welligem Stoff, der wie Samt glänzte und viel zu schwer für ihren dünnen Körper war. Eine mächtige rotbraune Bernsteinkette lag auf ihrer eingefallenen Brust, die braun war von unzähligen Sommersprossen.

»Und was ist das genau für eine Komposition?«, fragte Peck.

»Es gab seit Beginn des 18. Jahrhunderts immer wieder die Vermutung, dass es neben dem Fragment, das in der Nationalbibliothek in Wien liegt, noch eine von Mozart fertiggestellte Partitur seines *Requiems* gibt.«

»Das Wiener Fragment ist das, welches von Süßmayr zu Ende geführt wurde?«

Jutta nickte.

»Und wo ist die jetzige Handschrift aufgetaucht?«

»Komplizierte Wege. Das Manuskript war lange verschollen und wurde dann in Polen gefunden. Ich kenne die Details auch nicht genau. Alica aus Krakau ist hier unsere Expertin.«

»In der Zeitung stand, dass es um die Frage, wer Österreich in der Expertenkommission vertreten sollte, einen heftigen Streit gab, der vom *Amadeum* bis nach Wien reichte.«

Jutta lächelte gequält. »Lulla, unser oberster *Amadeum*-Chef, wollte einen unserer pensionierten Oldies benennen, und Ralph Ott, mein direkter Boss, hat sich selbst berufen gefühlt.«

Sophia lächelte Peck zu. »Ich habe Ott vorige Woche in Juttas Büro kennen gelernt. Graue Schläfen und sehr gut aussehend.«

Peck sah sie verärgert an.

»Doch«, sagte sie, »ungefähr so alt wie du, nur schlanker.«

Peck drehte sich rasch von Sophia weg und sagte zu Jutta: »Und wie kamen dann Sie ins Spiel?«

»Das Ministerium in Wien hat sich daran erinnert, dass hier eine Causa mit nationaler Bedeutung vorliegt; und so was wird in Österreich immer nach parteipolitischen Gesichtspunkten entschieden. Also bin ich hier. Die richtige Fraktion macht's!« Jutta sah über ihre Schulter und deutete mit der Hand in Richtung Rezeption. »Da ist ja der Rest unserer Gruppe. Die kleine Schlanke mit dem schwarzen Kleid ist Alica von der *Jagellonia*-Bibliothek aus Polen, daneben mit dem weißen Hosenanzug steht Silke Bräuner, die deutsche Teilnehmerin. Sie hat eine Professur an der Uni Heidelberg.«

Rechts neben den Frauen stand ein Mann, der zu ihnen herübersah und Jutta zuwinkte.

»Der kleine Glatzköpfige ist Mr. Leonard Bartlett von der Versicherungsfirma, die dürre Bohnenstange daneben Morris Cooper von der *Royal Academy of Music* in London.«

»Wie war eigentlich das Arbeitsklima in Ihrer internationalen Gruppe?« Peck sah Jutta fragend an.

Sie schüttelte langsam den Kopf. »Ein richtiges Streitquintett, unterschiedliche Kulturen, unterschiedliche Interessen und unterschiedliche Aggressionspotenziale. Also Knatsch auf allen Kanälen. Und keinerlei akademischer Großmut.«

»Und alle wollen abreisen?«

»Was sollen wir noch hier? Das Mozart-Autograf ist weg. Fotokopien können wir auch zu Hause studieren. Aber die Kriminalpolizei versucht mit allen Mitteln, uns hier noch einige Zeit festzuhalten.«

»Wir gehen heute Abend zum Heurigen«, sagte Sophia zu Jutta. »Wenn du Lust hast ...«

»Geht leider nicht. Unser Team trifft sich nochmals zur Formulierung des Abschlusskommuniqués für die Presse.«

Peck sah, dass sich die schlanke Schwarzhaarige aus der Gruppe an der Rezeption verabschiedet hatte und an ihnen vorbei zum Hotelausgang ging. Mit den vier Fingern einer Hand winkte sie kurz Jutta zu.

»Alica aus Krakau«, sagte Jutta nochmals leise zur Erklärung. Peck registrierte einen Hauch Parfum und sah der Frau nach. Sehr kurz das kleine Schwarze, dachte er, und hübsche Beine.

»Gefällt sie dir?« Sophia lächelte, und er beschloss spontan, die Frage nicht zu beantworten.

»Wer steckt Ihrer Meinung nach hinter dem Raub?« Peck hatte sich Jutta zugewandt. Das kleine Schwarze hatte inzwischen die Hotelhalle durch die Drehtüre verlassen.

»Ich höre, es sind einige obskure Typen hier im Hotel gesehen worden, möglicherweise aus einem der Balkanländer. Der Empfangschef Dayer erzählte uns, dass die Polizei bereits eine heiße Spur verfolgt.«

»Wem gehört die geraubte Notenhandschrift eigentlich?«

»Der letzte rechtmäßige Eigentümer lebte in Leipzig.«

»Und die Polen haben das Manuskript bei *Maxa* versichern lassen?«

»Unter der Bedingung, dass ein besonders ausgebildeter Mitarbeiter der Versicherung hier im Hotel persönlich über die Handschrift wacht, rund um die Uhr und mit einem besonderen Tresor et cetera.«

»Wie viel sind die Noten wert?«

»Das weiß keiner genau, aber alleine der Versicherungswert soll bei dreihundert Millionen Euro liegen.«

*

Es regnete so stark, dass er aus dem kleinen Wohnzimmerfenster kaum bis zu dem wuchtigen Kastanienbaum sehen konnte, der vor dem Haus stand. *Cats and Dogs*. Er erinnerte sich an den Ausdruck aus seinem Englischunterricht. Über fünfzig Jahre her! Wie heißt so was auf Deutsch? Er suchte nach dem richtigen Wort und bewegte dabei die Lippen. *Wolkenbruch*, entschied er. Überall vor dem Haus lagen die braunen Blätter, die der starke Regen und der Sturm vom Baum geholt hatte. Langsam drehte er sich vom Fenster weg, griff nach der Zeitung und setzte sich auf das durchgesessene Sofa an der Wand. Doch er konnte sich nicht auf den Text konzentrieren. Die Buchstaben flimmerten eigenartig wie die Luft im Hochsommer über dem heißen Asphalt. Er erinnerte sich an seinen Traum, der ihn in der Nacht zurück in seine Kindheit geführt hatte. Er stand mit seinem Vater am Ufer eines mächtigen Flusses, der träge und ruhig dahinfloss. Doch plötzlich kam Wind auf, und der Fluss verwandelte sich innerhalb weniger Augenblicke zu einem tosenden Wasser. Ängstlich wich er vom Ufer zurück. Er bemerkte, dass ihn bei alldem sein Vater lächelnd angesehen hatte. Was bedeutete der Traum? Er wusste es nicht, war aber sicher, dass es eine Botschaft war, die ihm sein Vater geben wollte.

Roswitha war in der Küche. Sie hatte schon den ganzen Tag kein Wort mit ihm geredet. Sie kocht das Mittagessen, dachte er und sah auf die Uhr. Halb zwölf vorbei. Spinat. Heute ist Freitag, also gibt es Spinat mit Erdäpfeln. Kein Fleisch. Tradition, sagte Roswitha immer, am Freitag gibt es kein Fleisch. Was sollte er nur mit dem Tag anfangen? Was sollte er mit seinem Leben anfangen? Wie wäre es, wenn ich Roswitha heute umbringe? Er bräuchte nur in die Küche gehen und leise hinter sie treten. Er würde sie oben im Wald begraben … Er lächelte und legte die Zeitung weg. Es war ein Fehler gewesen, dieses Haus zu kaufen, in diesem langweiligen Dorf. Sie waren vor zehn Jahren aus der Stadt hierhergezogen. Die gesunde Landluft, sagte Roswitha.

Das hatte er nun davon ... ihm fiel die Decke auf den Kopf. Das ganze elende Dorf war eine einzige Decke. Einige hundert Leute, ein Dutzend alte Pongauer Bauernhöfe, und dazwischen hatten sich über die Jahre vielleicht dreißig oder vierzig Einfamilienhäuser breitgemacht, die sich den Hang entlangzogen. Kein Straßendorf, eher eine Streusiedlung, dachte er, die kleinen Häuser durcheinandergewürfelt, wie wenn jemand eine Handvoll Lego-Bausteine auf einen Tisch wirft. Schmucklose, kleinformatige Katen, alle nach dem gleichen Bauplan, den irgendein Baumeister fertig in der Schublade hatte. Seit er sein eigenes Haus voriges Jahr mit Holz verschalt hatte, kannte er auch die Abmessungen der Häuser. Neun Meter lang, acht Meter breit, zwei Fenster auf jeder Seite, eine Türe und oben ein pyramidenförmiges Walmdach mit Eternitplatten. Aber mehr konnte er sich damals nicht leisten. Roswitha hatte kein Geld in die Ehe mitgebracht, und sein Vater hatte es nie zu irgendeinem Reichtum gebracht. Ein sogenannter kleiner Angestellter, dachte er, das war sein Vater gewesen, und ein maßloser Trinker, bis zu seinem fünfzigsten Lebensjahr, als er sich irgendwo im Wald erhängte. Sie hatten ihn erst nach wochenlanger Suche gefunden.

Der Regen war etwas schwächer geworden, jetzt konnte man schon die Häuser erkennen, die sich den Hang hinunterzogen bis zu der kleinen Kirche, die die gleichen Abmessungen hatte wie die übrigen Häuser, nur zusätzlich einen kleinen Holzturm, nicht mehr als die Andeutung eines Kirchturms. Und dann der *Raffner*, das Dorfgasthaus, neben dem Fernsehen die einzige Unterhaltung im Dorf und die Kommunikationszentrale. Er lächelte. Roswitha kam ins Zimmer. Er hörte sie, drehte sich aber nicht um, sondern sah weiter aus dem Fenster, als ob weiß Gott was draußen zu sehen wäre. Sie drehte das Radio auf. Irgendeine Opernarie.

»Mach das aus«, sagte er, immer noch nach draußen schauend. »Ich mag das nicht.«

»Wo warst du?«, fragte sie.

»Hier. Und vorher ein kleiner Spaziergang.«

»Du warst lange fort ...«

»Nicht lange.«

»Hast du den Müll rausgetragen?«

»Nein.«

»Hast du die Schranktüre im Schlafzimmer endlich repariert?«

»Nein.«

»Hast du dich aus unserem Leben verabschiedet?«

Wahrscheinlich, dachte er. Wahrscheinlich bin ich dabei, mich zu verabschieden.

»Das Essen ist fertig.«

»Ich mag keinen Spinat.« Während er zur Türe ging, erinnerte er sich, dass er diesen Satz schon als Kind immer zu seiner Mutter gesagt hatte.

Der Regen hatte aufgehört, es war kühler geworden. Er stand vor seiner Haustür und sah auf das Nachbarhaus, das etwas oberhalb am Hang lag. Die Nachbarin muss verreist sein, dachte er, als er die geschlossenen Fensterläden sah. Ein kiesbedeckter Weg führte an dem Haus vorbei, quer über den Hang und dann hinunter zum *Raffner*. Auf der anderen Seite verlief der Weg hinauf zum Wald, eher nur ein schmaler Pfad, links und rechts tiefe Fahrrinnen von den Traktoren und in der Mitte ein dichter Streifen aus Gras und Unkraut. Oben am Wald, wo sich der Weg im Dunkel der Bäume verlor, konnte er durch den nach dem Regen aufsteigenden Dunst noch ein Haus erkennen. Das Blockhaus unseres *Professors*, dachte er. Sie kannten nicht mal seinen Namen, und selbst Roswitha wusste nicht, was er von Beruf war. Aber alle nannten ihn *Professor*, weil er sehr nach der Schrift sprach. *Burgtheaterdeutsch*, hatte der Raffnerwirt mal gesagt.

Er atmete tief ein. Die frische Luft roch nach Feuchtigkeit, nassem Laub und Erde. Er fühlte sich müde, und er spürte wieder seine Magenschmerzen. Vielleicht sollte er doch etwas Spinat essen und hinterher ein Mittagsschläfchen halten.

Plötzlich trat seine Frau hinter ihn. Er sah über seine Schulter. »Komm«, sagte sie, »das Essen steht auf dem Tisch.«

Gemeinsam standen sie noch einige Augenblicke vor der Tür. Sie zeigte auf das Nachbarhaus. »Frau Helm ist sehr aktiv.« Er wandte ihr sein Gesicht zu.

»Ich habe heute in der Nacht lange nicht schlafen können.« Er drehte den Kopf weg und musste wieder an den reißenden Fluss denken, an dessen Ufer er mit seinem Vater gestanden hatte.

»Ich war auf in der Nacht und sah die Nachbarin mit ihrem Auto nach Hause kommen. Es war vier Uhr vorbei. Und heute war sie schon ganz früh auf, und ich sah sie nach oben zum Professor gehen. Sie rannte fast, so eilig hatte sie es.«

»Mein Gott, hat sie ihn halt besucht.«

»Aber sie blieb ganz lange bei ihm im Haus.«

»Woher weißt du das?«

»Ich habe gewartet, bis sie wieder rauskam. Über zwei Stunden! Da hast du noch tief geschlafen. Und geschnarcht.«

Er schüttelte den Kopf. »Geht uns nichts an.«

»Ich sage dir, diese Frau hat es dick hinter den Ohren.«

Faustdick heißt das, dachte er.

»Aber du findest ja dieses Weib interessant und starrst ihr jedes Mal nach.«

Sie hat alles, was du nicht hast, dachte er. »Sie sieht gut aus«, sagte er leise.

»Sollte ich einmal merken, dass du dich dieser Frau näherst, dann bringe ich dich um.«

Erschrocken drehte er sich zu ihr.

»Oder sie«, ergänzte Roswitha und ging ins Haus.

*

»Ein durch und durch behagliches Heurigenlokal«, sagte Peck und sah auf die zahlreichen Gäste, die laut redend und lachend eng nebeneinander auf den Holzbänken saßen. Manche hatten leicht gerötete Gesichter und kleine Schweißperlen auf der Stirn. Eine Unmenge von Gläsern mit Weiß- und Rotwein stand auf den hellen Holztischen, und Peck beobachtete ein junges Mädchen und eine Frau im mittleren Alter, die mit großen Tabletts, auf denen sich kalorienstarke Gerichte und gut gefüllte Weingläser befanden, von Gast zu Gast eilten. Neben ihnen an dem großen quadratischen Ecktisch saß eine lärmende Gruppe mit norddeutschem Dialekt. *Anzugmenschen*, dachte Peck.

»Mit Krawatte geht man nicht zum Heurigen«, brummte er. »Du hast gar keine Krawatten mehr«, erwiderte Sophia und lächelte ihm zu.

Peck hatte bis vor drei Jahren als Geschäftsführer in einem international tätigen Unternehmen in Bayern gearbeitet, bis er nicht sehr ehrenhaft nach einem heftigen Streit über die Zukunftsstrategie vom Firmeninhaber entlassen wurde. Tags darauf warf Peck seine gesamte Krawattensammlung in den Müll. Bis auf eine rote Krawatte, die er für den Notfall bei Sophia deponierte.

»Können Sie mir einen guten Heurigen empfehlen?« Pecks Frage war an einen älteren Angestellten gerichtet, der gelangweilt neben dem Hotellift stand.

»Krustetten«, sagte der Mann fast feierlich. »Ein Heurigenort mitten in den Weinbergen, mit Charme und erlesenen Weinen sowie sättigender und schmackhafter Hausmannskost. Krustetten«, wiederholte er, »der beste Ort für Speis und Trank.«

Sie fuhren auf der Schnellstraße über die Donau und dann den Berg hinauf Richtung St. Pölten.

»Hier muss jetzt die Kreuzung kommen, an der die Straße nach rechts zum Stift Göttweig abbiegt. Der Mann an der Rezeption sprach von einer großen Statue, die direkt an der Kreuzung stehen soll … irgendein steinerner Heiliger.«

»Seit wann interessierst du dich für Heiligenstatuen?«

»Dieser Heilige ist wichtig. Er hat seinen rechten Arm ausgestreckt, mit dem er die Richtung nach Krustetten anzeigt, genau in Richtung meines Grünen Veltliners … und deines Essens.«

»Ich nehme die große Hauerplatte«, sagte Sophia zu dem jungen Mädchen, das eine enge Jeans und eine groß karierte Bluse trug und diensteifrig mit gezücktem Bleistift und Block neben ihnen stand.

»Und ich eine große Portion Haussulz mit viel Zwiebel«, sagte Peck. »Und ein Viertel Grünen Veltliner.«

»Für mich einen Krug heißes Wasser.«

Peck konnte sich vieles vorstellen, was er hier beim Heurigen trinken könnte. Heißes Wasser war nicht darunter.

»Ich denke nicht mehr an mein Erlebnis von heute früh.« Sie sah ihn an und versuchte zu lächeln. Etwas blass.

»Alleine der Versicherungswert liegt bei dreihundert Millionen ...«, sagte Peck in Gedanken.

»Kennst du die Legenden und Mythen, die sich um das *Requiem* ranken?«

»Ich weiß nur, dass Mozart vergiftet worden sein soll, und ich kenne die Story von dem *Grauen Boten*, der aus dem Jenseits kam und das *Requiem* bei dem bereits Todkranken in Auftrag gegeben hat.«

»Hast du gewusst, dass es sieben unterschiedliche Theorien zu seinem Tod gibt?«

»Salieri?«

»Ist eine davon ...«

Lautes Gelächter drang vom Nebentisch zu ihnen herüber. Eine hübsche Blondine wandte sich zu Peck um und lächelte ihn so lange an, bis sie Sophia bemerkte, worauf ihr Lächeln verschwand und sie den Kopf wegdrehte.

»Und jetzt ist die Handschrift weg«, sagte er langsam. »Und es gibt einen Toten.«

»Das muss ein besonders brutaler Mensch sein, der so blutrünstig mordet«, sagte Sophia.

»Nein. Mörder sind meist ganz normale Menschen, so normal wie Bahncard-Kunden.«

»Wer könnte es gewesen sein?«

»Keine Ahnung. Irgendein Gauner von außen, einer der sogenannten Experten oder wer immer. Er dringt in das Zimmer des Versicherungsmannes ein ...«

»Wie kam er in das Zimmer rein?«

»Entweder hat Bagnon seinem Mörder die Tür aufgemacht ...«

»Die beiden kannten sich vielleicht. Oder die Türe war gar nicht versperrt.«

»Oder sein Mörder hatte eine passende Magnetkarte für das Zimmer, und die Tür war von innen nicht verriegelt.«

»Und dann?«

»Und dann foltert er sein Opfer und erkämpft sich so den Zugang zum Tresor, versteckt den Packen Notenpapier irgendwo und ermordet deinen Versicherungsmann.«

»Das ist nicht *mein* Versicherungsmann. Warum trinkst du übrigens keinen Rotwein?«

»Das hier hat die Region berühmt gemacht«, entgegnete Peck und hob ihr sein Glas mit dem funkelnden Weißwein entgegen. »Natürlich gibt es auch gute Rote hier, aber ich bevorzuge den Grünen Veltliner. Die richtige Rebsorte für diesen Boden und dieses Klima. Die Natur hat es im Kremstal und in der Wachau gut gemeint mit dieser Traube.«

Sophia zog fragend die Augenbrauen hoch.

»Doch«, sagte er, »man soll das trinken, was die Stärke der Region ausmacht.«

»Mit Pfefferl«, sagte sie.

Es war schon spät, als Peck systematisch die Getränkekarte von oben bis unten durchprobiert und schließlich bei einer goldgelben Spätlese gelandet war.

In diesem Moment betraten einige Männer das Lokal und verteilten sich rund um einen der leeren Tische. Wild mit der Hand gestikulierend, rief einer nach der Bedienung.

»Einen dieser Männer habe ich schon mal gesehen«, sagte Sophia.

»Ich auch. Und er stinkt nach Schweiß.«

Sophia verließ den Tisch Richtung Toilette. Peck sah weiter zu den Männern und versuchte zu verstehen, was dort gesprochen wurde. Irgendeine osteuropäische Sprache, dachte er. Und der eine ist eindeutig der aus dem Lift: billiger Anzug, struppige Haare, eingedrückte Nase.

»Er heißt mit Vornamen Boris«, sagte Sophia, als sie an den Tisch zurückkam. »Ich habe es beim Vorbeigehen gehört, als ihn einer der anderen gerufen hat.«

Peck nickte langsam mit dem Kopf und sah gedankenverloren zu den Männern hinüber.

»Ich habe noch zwei wichtige Fragen an dich«, sagte Peck und beugte seinen Kopf näher zu Sophia.

»Erstens: Würdest du den Mann, der nach dem Schrei davongelaufen ist, wiedererkennen?«

Sophia überlegte und hob dann die Achseln. »Ein schwarzer Schatten. Oder schwarz angezogen. Mehr nicht … und die zweite Frage?«

»Könnte der Mann auf seinem kurzen Weg zum Hallenbad das Gefühl bekommen haben, dass du ihn gesehen oder sogar erkannt hast?«

»Ich bin mir nicht sicher«, sagte sie.

»Denn wenn es so wäre, bist du in großer Gefahr.«

Samstag, 17. September

Es ist alles ganz anders geworden, als geplant, dachte Peck, als er nach dem Aufstehen ins Bad geschlurft war. Sie mussten noch hierbleiben und der Polizei zur Verfügung stehen. Dabei wollten sie in den wenigen verbleibenden Tagen Krems und die Wachau genießen.

Missmutig schaute er in den Spiegel, ging etwas näher ran und betrachtete den älteren Mann genauer, der ihn mürrisch ansah. Graues Gesicht und tiefe Falten um die Augen.

Genießen Sie unsere Luxus-Intervallbrause, hatte Peck im Hotelprospekt gelesen. Und die Dusche war in der Tat ein hochtechnologischer Mechanismus und ohne Gebrauchsanweisung kaum zu beherrschen. Alleine die *intermittierende Massagefunktion mit Einhebelbedienung* … zuerst so heiß, dass sich die Haut bis an die Schmerzgrenze rot färbt und, einen Millimeter weitergedreht, eiskalt, dafür aber mit *integriertem Kneipp-Effekt*.

Dass fünf Minuten später Peck Sophia aufforderte, endlich das Bett zu verlassen, war schon jahrelang nicht vorgekommen, und er zelebrierte diese Situation. Zwanzig Minuten später saßen sie Punkt acht hungrig in der großen gläsernen Halle, in der hunderte weiß gedeckte Tische auf sie warteten. *Fitness-Breakfast-Lounge* las Peck und *Superior Early Morning Grill*.

»Ich wollte eigentlich nur frühstücken«, brummte er und näherte sich den bunten Theken mit breitem Speisenangebot. Drei Meter Müsli in allen Konsistenzen, zwei Meter Fischgerichte, gefolgt von einigen Armlängen Fleisch und Wurst, und hinter zwei Meter fünfzig Eierspeisen abschließend raumhohe Kuchenberge. Einige Minuten später kam Peck mit einem hoch aufgetürmten Teller Gegrilltem zu Sophia, die sofort begann, mit den Augen zu rollen.

»Ich habe vorhin mit Corinna telefoniert«, sagte sie, »die beiden laden uns heute Abend zu sich ein. Es gibt Gegrilltes.«

Corinna war Sophias Cousine, genauso liebenswürdig, wie ihr Mann Otto bieder war. Beide lebten irgendwo in der Nähe von Zwettl im Waldviertel.

»Otto lacht nicht über meine Witze. Außerdem ist er mir zu konservativ«, sagte Peck.

»Ein Konservativer bewahrt das Gute und Wertvolle, eine durchaus nachahmenswerte Einstellung.«

»Aber was soll ich da? Worüber soll ich reden?«

»Rede über die Frage, wie viele Kernkraftwerke wir brauchen. Egal, welche Meinung die beiden vertreten, du wirst alle gegen dich haben.«

»Vielleicht ist heute Abend was Interessantes im Fernsehen. Außerdem ist zu viel Gegrilltes ungesund.«

»Aber ich möchte zu meinen Verwandten.«

Wie sollte Peck sie umstimmen? Freundlich und unterwürfig sah er Sophia an. »Habe ich dir gegenüber heute schon dein fantastisches Aussehen, den sprühenden Intellekt und deinen umwerfenden Charme erwähnt?«

Sophia rollte nur die Augen. In diesem Moment trat Jutta an ihren Tisch. Wieder unmöglich gekleidet, dachte Peck. Ein weit schwingendes, violettes Samtkleid mit breitem Gürtel und auf der Brust eine handtellergroße Granatbrosche, die farblich nicht zum Kleid passte. Reizloses Äußeres trifft schlechten Geschmack. Jutta angelte sich einen Stuhl vom Nebentisch und setzte sich zu ihnen.

»Setzen Sie sich doch zu uns«, sagte Peck höflich. Jutta sah kurz zu ihm und wandte sich dann Sophia zu.

»Es soll sich bestätigt haben, dass bei dem Raub der Handschrift die Mafia mit im Spiel ist.«

»Sagt wer?«, fragte Peck.

»Sagt der Hoteldirektor.«

»Und was macht die Mafia mit einem Mozart-Manuskript?«

Sie zuckte kurz mit den Schultern. »Verkaufen, im Ganzen oder vielleicht sogar Blatt für Blatt. Oder man versucht, die Versicherung zu erpressen.«

Peck sah sie skeptisch an.

»Doch! *Art-Napping* heißt so was.«

»Ich habe noch eine Frage«, sagte Peck. »Sie haben gestern von den Streitereien im *Amadeum* erzählt, wer Österreich in der Expertenkommission vertreten soll. Und dabei haben Sie Ihren Big Boss erwähnt, der unbedingt einen Pensionisten benennen wollte. Wer hätte das sein sollen?«

»Aloys Lulla, unser Direktor, hat manchmal etwas eigenartige Ansichten. Er wollte meinen Vorgänger Doktor Nunzer in die Kommission schicken. Völliger Blödsinn! Nunzer lebt seit zwei Jahren irgendwo in einer Blockhütte hinterm Wald und ist nicht mehr auf der Höhe der Zeit. Ich glaube, der hat dort nicht mal einen Internetanschluss. Trotzdem hat Lulla ihm für das nächste Semester wieder einen Lehrauftrag am *Amadeum* versprochen. Übrigens habe ich noch eine Neuigkeit, Herr Peck. Die Expertenkommission bittet Sie ...«

Plötzlich trat Alica aus Polen an ihren Tisch, wieder mit dezentem Parfum und in einem eng geschnittenen schwarzen Kleid.

»Guten Morgen und entschuldigen Sie die Unterbrechung.« Alica verneigte sich leicht und sah dann Peck an.

»Wir bitten Sie, heute um neun Uhr dreißig in den *Seminarraum 1* zu kommen. Die Leitung der Bibliothek Krakau und der Geschäftsführer der *Maxa-Versicherung* möchten etwas Wichtiges mit Ihnen besprechen.«

Peck sagte zu, und Alica verließ den Tisch. Peck drehte sich um und sah ihr nach. Das Kleid war noch kürzer als gestern.

Sophia schnaubte. »Man kann im Beisein seiner Geliebten durchaus eine andere Frau anstarren. Aber Umdrehen bedeutet Krieg.«

»Ich mache mir nichts aus Frauen. Außerdem sehe ich die Dame ohnehin um halb zehn wieder.«

»Wenn du ihr heimlich nachsteigst, bekommst du mit mir nachhaltigen Ärger!«, fauchte Sophia und wandte sich Jutta zu, die den Dialog konzentriert verfolgt hatte und jetzt etwas verwirrt dreinsah.

Als sie nach dem Frühstück in die Lobby traten, winkte ein semmelblonder junger Mann an der Rezeption Peck zu und übergab ihm einen verschlossenen Umschlag.

»Eine wichtige Nachricht für Sie. Und dort drüben sitzt ein Journalist, der Sie dringend sprechen möchte.« Der Semmelblonde deutete diskret mit dem Kopf zu einem Tisch in der Mitte der Hotelhalle. Peck sah auf das Namensschild, das der junge Mann auf seiner Uniformjacke trug: *Hannes Schörghuber*. »Ich glaube, es ist sehr wichtig«, flüsterte der Semmelblonde bedeutungsvoll zu Peck und lächelte.

Rosige Wangen und etwas weiche, fast weibliche Züge, dachte Peck, aber wohlerzogen und höflich. Sicher war er schon in der Schule ein Musterschüler und der Liebling aller Lehrer gewesen.

»Sie glauben, es ist wichtig«, wiederholte Peck und lächelte zurück. »Für wen?«

Hannes Schörghuber errötete und wandte sich einem der Wartenden zu, die neben Peck an der Rezeption standen.

Bevor er sich auf den Weg zu dem Journalisten machte, öffnete Peck den Umschlag.

An Herrn Paul Peck. Bitte kommen Sie beide
heute um 13:30 Uhr in das Büro der Hoteldirektion im 8. Stock.
Gruß, Ferdinand Wamper, LKA NÖ.

Sophia sah ihn fragend an, und er drückte ihr den Zettel mit der Nachricht in die Hand.

»Der Brief ist an dich gerichtet«, sagte Peck lächelnd. »Und ich bin dein nachhaltiger Anhänger. Ich gehe jetzt kurz da hinüber zu dem Journalisten.«

Peck schlenderte quer durch die Hotelhalle, in der sich die vielen Stimmen und Geräusche zu einem eigenartig summenden Geräusch vereinigten.

»Von welcher Zeitung sind Sie?«

Der Journalist war ein kleines, drahtiges Männchen mit wachen Augen und einer braunen kurzgeschorenen Bürstenfrisur, durch die die helle Kopfhaut durchschimmerte.

»Ich schreibe für das Magazin *Profit*«, antwortete der Kleine, »wir sind schneller dran und recherchieren kompromisslos die Hintergründe.« Er lachte meckernd.

Mein Gott, dachte Peck, ein *Aufklärungsjournalist*. Alles in der Welt wird zunehmend boulevardisiert.

»Ich höre, Sie haben den Auftrag, sich um das verschwundene Mozart-Manuskript zu kümmern. Warum sagen Sie nichts?«

Peck war plötzlich etwas verwirrt und dachte einige Sekunden nach. »Sie haben mir auch noch keine Frage gestellt«, sagte er dann.

Sophia kam zu ihnen und fragte: »Wo soll ich auf dich warten?«

»Im Zimmer. Wir gehen dann zum Essen.«

Peck wandte sich Bürste zu. »Stimmt es, dass Ihre Zeitung nicht aufs Hirn zielt, sondern auf den Bauch? Manchmal auch etwas tiefer?«

»Aber Sie sind doch wegen Mozart hier?«

»Ich bin wegen der Wachau hier und wegen des Grünen Veltliners.«

»Und dabei haben Sie gestern die Leiche gefunden?«

Peck hatte die Lust verloren. Er stand auf und ließ den kleinen Journalisten sitzen. Peck blickte zur Rezeption und sah den Semmelblonden, der mit offensichtlichem Interesse sein Gespräch mit dem Journalisten beobachtet hatte. Mit schnellen Schritten steuerte Peck auf den jungen Blonden zu. »Wie viel hat Ihnen der Journalist bezahlt, damit Sie mich zu ihm bringen?«

Der Junge errötete wieder. »Fünfzig Euro. Aber sagen Sie nichts meinem Chef!«

»Wer ist Ihr Chef?«

»Herr Dayer. Wenn Sie mich verraten, bin ich meinen Job los.«

Peck lächelte ihm zu und ging Richtung der Aufzüge.

»Sie haben vorhin mit diesem Zeitungsfritzen gesprochen? Seien Sie vorsichtig, ich kenne diese Leute«, hörte er eine bekannte Stimme hinter sich. Er drehte sich um. Funke sah ihn grinsend an.

»Ich habe meine Einstellung zu Ihnen etwas geändert, Herr Detektiv. Und deshalb gebe ich Ihnen jetzt auch zwei Informationen.«

»Setzen wir uns kurz.«

»Unser Arzt hat die Leiche untersucht. Zum Tod geführt hat eindeutig die schwere Kopfwunde.«

»Also erschlagen. Mit dem berühmten stumpfen Gegenstand?«

Funke nickte. »Mit etwas Rundem, vielleicht einem Eisenrohr … das werden die weiteren Untersuchungen ergeben. Als ihm die Schnittwunden auf der Brust zugefügt wurden, hat er noch gelebt.«

»Deshalb das viele Blut.«

»Aber alles natürlich vorläufig, sagt unser Arzt.«

»Natürlich«, erwiderte Peck und sah auf die Uhr.

»Nur noch kurz eine Neuigkeit, die nicht nur mich, sondern auch Sie betreffen könnte. Von Europol ist ein Beamter hierher unterwegs.

Ein sogenannter *Elos*.«

»*Elos*?«

»Offensichtlich vermutet man bei dem Diebstahl der Mozart-Handschrift einen internationalen Kunstraub, und immer, wenn's grenzüberschreitend wird, tritt *Europol* auf den Plan, eine unserer neuen EU-Errungenschaften.«

»Und was ist ein *Elos*?«

»*Europol-Liaison-Officer*.«

»Wozu ist der gut?«

»Der Typ ist Franzose und heißt Detlev Sottice. Er kommt aus der Zentrale in Den Haag, also ein Bürohengst. Mir wurde gesagt, dass er ein Arschloch sein soll.«

»Schicken Sie ihn zum Heurigen.«

»Wichtig ist, Herr Peck, dass *Europol* nur koordinieren und den Informationsaustausch verbessern soll. Reiner Repräsentant! Dieser Typ darf hier nicht selbständig rumschnüffeln und Leute verhören.«

In diesem Moment sah er zwei der Osteuropäer aus dem Aufzug steigen und auf sie zusteuern. Boris, dachte Peck, den anderen kannte er nicht. Er deutete auf die zwei Männer und sah Funke an. Dieser nickte und als die beiden an ihnen vorbeimarschiert waren, sagte er: »Um diese Burschen werde ich mich heute kümmern.«

*

Konferenz-Layout, dachte Peck, als er den *Seminarraum 1* betrat. Die Tische mit den Namensschildern in U-Form angeordnet, ein Tisch, auf dem der Beamer stand, vorne quergestellt, Kaffee und Kekse auf einem Sideboard an der Wand beim Fenster. Peck fühlte sich zurückversetzt in seine frühere Firma. So etwas hatte er tausendmal mitgemacht. Sogar die Kekse waren die Gleichen. Die allgemeine Begrüßungsrunde führte ihn auch zu neuen Gesichtern. Jetzt sind also auch die Chefs angereist, dachte er, drückte jedem die Hand und ging dann zu dem Tisch mit den Getränken, prüfte kurz das Aussehen des Kaffees und nahm sich dann eine Tasse Tee und einen mittelgroßen Berg Kekse. Plötzlich stellte sich der lange hagere Engländer, der das Schild

Bartlett auf seinem Sakko trug, direkt neben Peck und beugte seinen Kopf zu ihm. »Ich muss Sie im Anschluss an unser kurzes Meeting dringend unter vier Augen sprechen. Bitte laufen Sie nicht weg.«

Peck nickte ihm unauffällig zu. »Am besten in der Hotel-Cafeteria.«

Er fand sein Namensschild direkt neben Alica und ihrem dezenten Parfumgeruch, wo er mit seinem Tee und dem Keksberg Platz nahm. Auf dem Tisch lag die Agenda:

Moderation: Doktor Stanislaw Moniuszko, *Biblioteka Jagiellonska* Kraków

Zur Analyse des Mozart-Autografs: Univ. Doz. Doktor Jutta Meischner, *Amadeum* Salzburg

Kunstdiebstahl. Ein Erfahrungsbericht: Leonard Bartlett, MSc, *Maxa Insurance* London und Doktor Morris Cooper, *Royal Academy of Music*, London

Abschlussdiskussion.

Als Moniuszko seine Begrüßungsworte mit einer angedeuteten Verbeugung in Pecks Richtung startete, wandte Alica ihren Kopf Peck zu. »Mein Big Boss! Danke übrigens, dass Sie gekommen sind.«

Etwas unaufmerksam und müde verfolgte Peck die längere Rede, die Alicas Chef in katastrophalem Deutsch herunterlas. Mit monotonen Worten gab er zuerst seinem Entsetzen über die unglaublichen Vorkommnisse Ausdruck und sprach den Angehörigen des Ermordeten sein Mitgefühl aus. Leonard Bartlett würde später noch auf einige Tatsachen im Zusammenhang mit dem Raub der Handschrift eingehen, vorerst ginge es aber um wichtige, von der Expertenkommission erarbeitete, musikhistorische Fakten, die man jetzt präsentieren würde.

Peck wurde erst wieder richtig munter, als Jutta über die Echtheit der Handschrift sprach. Zu ihrem Vortrag zeigte sie einige Powerpoints, auf denen die Argumente auf einen Blick zusammengefasst waren.

Peck blickte von einem zum anderen. Alle schienen geschockt und beeindruckt von dem, was sich im Hotel abgespielt hatte. Bei einem bemerkte er Zorn, beim anderen Niedergeschlagenheit, je nachdem, wie das individuelle emotionale Strickmuster ausgebildet ist, dachte er.

»Also, warum sind wir so gut wie sicher, dass die verschwundene Handschrift von Mozart stammt?« Juttas Blick kreiste einmal im Raum herum. »Wir verfügen im *Amadeum* über siebenhundert Originalhandschriften, Partituren und Briefe Mozarts, sodass wir die Eigenheiten, mit der Mozart seine Noten zu Papier gebracht hat, genau analysieren konnten. Die Schlüsselung, die Verteilung der Noten und ihre rhythmische Gruppierung in dem Autograf sind typisch für den späten Mozart. Die hier sichtbare Schreibweise für Vorschlagsnoten, oftmals fehlende Bögen von der Vorschlagsnote zur Hauptnote, kennen wir genau aus seinen anderen Manuskripten.«

»Auch wir haben keine Zweifel«, sagte Morris Cooper. »Wir konnten in London die Papierproben eindeutig identifizieren. Natürlich fehlt noch die spektralanalytische und chemische Untersuchung, aber auch bezüglich der Papierqualität sind wir jetzt schon relativ sicher. Die Blätter des *Requiems* sind durchgehend 22,5 mal 31,5 Zentimeter groß, das Wasserzeichen, meist in Form dreier Halbmonde bzw. eines Wappens mit drei Sternen im Zentrum, erscheint authentisch.«

Jutta nickte Morris Cooper zu. »Nicht eingehen möchte ich aus zeitlichen Gründen auf die Tatsache, dass mit gleicher Sicherheit auch der Wanderweg des Autografs vom Salzburg des Jahres 1791 über Leipzig, Berlin bis Polen von unseren Kollegen in Krakau lückenlos rekonstruiert werden konnte.«

Jutta legte ihren Laserpointer auf den Tisch und überließ den Platz Leonard Bartlett, der aus London angereist war und für einen Engländer leidlich gut Deutsch sprach. Klein, dick und mit spiegelnder Glatze stand er vor der Leinwand. Er entspricht überhaupt nicht dem üblichen Bild eines Briten, dachte Peck.

»Wie Sie wissen, sind wir seit Jahrzehnten auf die Versicherung von Kunstwerken spezialisiert. Alleine in Deutschland werden jährlich über vierzigtausend Grafiken und Gemälde als gestohlen gemeldet.

Ich bin mir mit Mr. Cooper von der *London Academy* einig«, Bartlett machte eine kleine Verbeugung zu dem neben ihm Sitzenden, »dass solche Wertgegenstände nicht aus Leidenschaft zur Kunst, sondern aus Geldgier geraubt werden und häufig von organisierten Banden. Meist sind es übrigens relativ unbekannte Kunstwerke, die sich leicht zu Geld machen lassen.«

Silke Bräuner, die Expertin aus Heidelberg, hob die Hand.

»Und warum klaut man dann ein ganzes Mozart-Autograf? Das ist doch unverkäuflich.«

Peck erkannte die Stimme sofort wieder. Silke war es, die Marais gestern lautstark einen dummen französischen Ignoranten genannt hatte. Sollte er mit ihr reden? Nein, sagte er sich. Nicht mein Bier. Also konzentrierte Peck sich wieder auf Bartletts Vortrag, soweit es die Nähe der attraktiven Alica zuließ, die ihm von Zeit zu Zeit einen Augenaufschlag mit einem Lächeln schenkte, das er zwar nicht einzuordnen wusste, aber trotzdem seine Fantasie ins Rollen brachte. Es war wenig Platz am Tisch, und er konnte Alicas Wärme spüren, die sehr knapp neben ihm saß. Er rief sich zur Ordnung und wandte sich wieder Bartletts Worten zu.

»... und möglicherweise wird sich schon in den nächsten Tagen jemand wegen eines Lösegeldes bei unserer Versicherung melden. Oder er tauscht die Mozart-Handschrift gegen Drogen oder Waffen. Und dies ist auch die schlechte Nachricht: Sollte das Mozart-Autograf jetzt oder später in den kriminellen Kreislauf der internationalen Geldwäsche kommen, könnte es Jahre dauern, bis es wieder auftaucht.«

»Können Sie Angaben zum Wert der Handschrift machen?«, fragte Peck.

»Der Versicherungswert allein für das Manuskript liegt bei zweihundertneunzig Millionen Euro. Die höchste Einzelversicherung in der Geschichte unserer Firma.« Allgemeines Geraune im Raum.

»Aber das ist möglicherweise nur die kleinere Summe. Der größte Wert liegt zusätzlich in den Aufführungsrechten des *neuen Requiems* und den daraus resultierenden Tantiemen. Das ist sicher ein weiterer dreistelliger Millionenbetrag.«

Bartlett setzte sich, und nach einer kurzen Pause wandte Stanislaw

Moniuszko sich direkt an Peck.

»Wir haben einige Erkundigungen über Sie eingezogen, Herr Peck«, sagte er lächelnd. »Sie sind ein Mann der Wirtschaft, Sie kennen das internationale Geschäft, und Sie sind ein gewissenhafter Berufsdetektiv. Deshalb haben wir uns entschlossen, Ihnen den Auftrag zu geben, das Mozart-Autograf für uns zurückzuholen.«

Peck hatte so etwas erwartet, überlegte kurz, ob er sich mehr erschrocken oder geehrt fühlen sollte, entschied sich dann für die Ehre und nickte mit dem Kopf.

»Wer ist mein Auftraggeber?«

»Die *Maxa-Versicherung* und die *Biblioteka Jagiellonska* Kraków. Zu gleichen Teilen.«

»Wie hoch ist eigentlich Ihr Honorar?«, fragte Bartlett.

Zehn Prozent über dem gesetzlichen Mindestlohn, dachte Peck und sagte: »Sehr erfolgsabhängig. Niedrige Fixpauschale und hoher Lohn im Erfolgsfall.« Er grinste. »Ihr Erfolg ist mein Verdienst. Ich werde Ihnen mein konkretes Angebot kurzfristig zukommen lassen.« Er sah, wie Alica den Kopf zu ihm drehte. Dann setzte sie wieder ihr betörendes Lächeln auf.

»Unser Auftrag lautet: Finden Sie die gestohlene Mozart-Handschrift.«

»Eines kann ich Ihnen jetzt schon versprechen«, sagte Bartlett zu den auf der Fensterseite sitzenden Mozart-Experten. »Mit großer Wahrscheinlichkeit wird Herr Peck nochmals mit Ihnen reden müssen.« Wenig Begeisterung bei den Damen und Herren Mozart-Spezialisten, dachte Peck. Als ob dies ihr Stichwort gewesen wäre, sagte Silke Bräuner ungeduldig: »Ich habe heute früh mit meinem Rechtsanwalt gesprochen, und ich denke nicht daran, mich hier noch länger wie eine Gefangene behandeln zu lassen. Morgen bin ich weg.«

Bartlett nickte nur leicht mit dem Kopf und tat im Übrigen so, als ob ihn das nichts anginge.

»Marais hat's richtig gemacht«, sagte Jutta, »der hat niemanden gefragt und ist schon lange in Paris.«

Der Lord lässt sich entschuldigen, er ist zu Schiff nach Frankreich, dachte Peck. Er verabschiedete sich, und an der Türe sah er, wie Jutta und

Silke den Kopf drehten und interessiert verfolgten, wie er gemeinsam mit Bartlett den Raum verließ.

Wenige Minuten später saß Peck in der Dämmerung der Cafeteria Leonard Bartlett gegenüber. Peck sah auf die Uhr. Zeit für einen Aperitif. Der Engländer bestellte Tee.

»Ich bedanke mich bei Ihnen, Herr Peck, dass Sie unseren Auftrag annehmen, und möchte Ihnen noch einige Information geben, über die ich oben vor den anderen nicht sprechen konnte.«

Peck nahm einen Schluck von seinem trockenen Sherry und sah Bartlett an.

»Marcel Bagnon war einer unserer verlässlichsten Mitarbeiter. Ich habe ihn persönlich sehr geschätzt und bedaure seinen Tod. Übrigens wohnte er seit vielen Jahren in Ihrer Heimatstadt, gemeinsam mit seiner Frau und dem Sohn.«

»Geben Sie mir seine Salzburger Adresse.« Bartlett nickte. »Bagnon hat mich in London angerufen, zwei oder drei Tage vor seiner Ermordung. Ihm liegen eindeutige Hinweise vor, sagte er mir, dass einer der angereisten Musikexperten nicht nur Mozart-Kenner, sondern auch ein Gauner ist, der hinter dem Mozart-Manuskript her war.«

»Frankreich, Österreich, UK oder Deutschland?«

Bartlett zuckte mit den Schultern. »Leider habe ich nicht erfahren, woher Bagnon seine Hinweise hatte. Das wollte er am Telefon nicht sagen. Verstehen Sie jetzt, warum wir uns nicht alleine auf die diversen Polizeiorganisationen in vier Ländern verlassen können, und schon gar nicht auf *Europol*? Wir brauchen jemanden, der den sogenannten Experten auf sämtliche Zähne fühlt, insbesondere Jean-Jacques Marais in Paris.«

Peck nickte.

»Verabreden Sie bitte unverzüglich Termine mit allen Experten, prüfen Sie deren Verbindungen zu lokalen Auktionshäusern, Hehlern, obskuren Antiquitätenhändlern und sonstigen illegalen Kunstgeschäften.«

»Bis demnächst in London«, sagte Peck, trank seinen Sherry aus und verabschiedete sich von Bartlett.

Als Peck vor seinem Zimmer 716 stand, hörte er Stimmen durch die Tür. Ein Mann. Was machte ein Mann bei Sophia?

»Gut, dass du kommst«, sagte Sophia, als er ins Zimmer stürmte. »Der Herr will mich verhören.« Sie saß zurückgelehnt auf der Couch, und vor ihr auf dem kleinen Tisch lag ein kleiner Kassettenrecorder. Im ersten Moment konnte Peck von dem Mann nur die schwarzen glänzenden Haare erkennen, die hinten fest am Kopf klebten. Als er den Kopf leicht zur Seite drehte, kamen ein kantiges Kinn und eine leicht gekrümmte, lange Nase zum Vorschein, die sein Gesicht wie einen Habicht aussehen ließen.

»Wer sind Sie?«, fragte der Mann, der auf dem Sessel Sophia gegenübersaß.

»Wer sind Sie?«, fragte Peck zurück.

Der Mann war etwa vierzig. Er trug eine schlecht gebügelte Stoffhose, sein weißer Hemdkragen war weit geöffnet und nur durch eine ziegelrote gestrickte Krawatte zusammengehalten. Er griff in seine zerknitterte Leinenjacke und brachte einen Ausweis zum Vorschein, den er Peck vors Gesicht hielt.

Detlev Sottice, Europol Den Haag,
Europol-Liaison-Officer.

Peck erinnerte sich an die Informationen, die er von Funke erhalten hatte, und setzte sich neben Sophia auf die Couch.

»Was tun Sie hier in Zimmer 716? Und was soll der Recorder?«

»Ich habe einige Fragen …«, sagte Sottice.

»Ich auch. Wo ist zum Beispiel Jean-Jacques Marais? Warum belästigen Sie nicht den?«

»Marais ist französischer Staatsbürger und ein freier Mann. Und ein solcher darf überallhin reisen.«

»Das reicht jetzt«, hörte Peck sich sagen. Er beugte sich langsam vor, angelte sich das Diktiergerät vom Tisch und entnahm ihm die kleine Tonbandkassette, die er in zwei Teile zerbrach.

»Was fällt Ihnen ein!«, schrie der Mann.

Langsam zog Peck das Tonband Meter für Meter aus der Kassette, bis es wie ein Knäuel brauner Spaghetti auf dem Tisch lag. Er nahm es, ging zum Bad und warf es ins Klo.

»Auf dem Tonband war bestimmt auch Ihre Stimme«, sagte Peck,

»also gehört alles in ordnungsgemäße Kanäle entsorgt.« Er setzte sich wieder neben Sophia, lächelte Sottice an und wartete, bis dieser rot anlief.

»Tu vas voir, si je t'attrape!« Sottice war in seine Muttersprache zurückgefallen. Er riss das leere Kassettengerät vom Tisch und sprang auf, sodass sein Sessel hinter ihm bis an die Wand flog. Seine Habichtnase zitterte, sein Gesicht war dunkelrot. An der Türe drehte er sich nochmals um. »Früher, im Wilden Westen, hätte ich Sie jetzt auf der Stelle erschossen. Wir sehen uns wieder, *stranger* … und dann Gnade Ihnen Gott!« Der Knall der Türe hallte noch lange nach.

»Arschloch! Du mieses, dreckiges Arschloch!«

Ob Sottice noch gehört hatte, was Peck murmelte, bevor er den Raum verließ? Auf jeden Fall sah Sophia ihn mit hochgezogenen Brauen an.

»Er hat zu viele *John-Wayne*-Filme gesehen«, stellte Peck trocken fest.

»Was meinte er damit?«

»Dass er mich auseinandernehmen will, wenn er mich in die Finger kriegt … oder so was Ähnliches. Gar nicht erst ignorieren! Komm, wir gehen zum Essen.«

Fünfzehn Minuten später saßen sie bei einem Italiener in der Fußgängerzone.

»In der Wachau zum Italiener!« Peck schüttelte den Kopf und bestellte gegrillte Tintenfische und ein Glas Soave.

»Das nehme ich auch«, sagte Sophia, »nur statt dem Wein heißes Wasser.«

»Welche Funktion hat dieser Sottice?«, fragte sie.

»Möchtest du hören, was Funke über ihn sagt? Detlev Sottice ist ein Wichtigtuer und ein französisches Arschloch. Sagt Funke.«

»Und was macht er sonst noch?«

»Er ist ein Beamter bei *Europol*. Er soll die Arbeit der einzelnen Polizeibehörden in den Ländern koordinieren, immer dann, wenn ein Kriminalfall die Grenze überschreitet.«

»Du hast dir soeben keinen Freund geschaffen.«

Peck zuckte mit den Achseln und hob Sophia sein Weinglas entgegen. »Genieße dein heißes Wasser.« Sie zeigte ihm kurz die Zunge.

»Wenn das Mozart-Manuskript nicht wieder auftaucht, hat die *Maxa-Versicherung* ein ernsthaftes Problem. Die höchste Versicherungssumme seit Bestehen der Firma. Deshalb schickt mich der Chef der Versicherung auch ins Ausland. Ich muss nach Paris und London.«

»Da will ich mit«, sagte Sophia. »Wohin geht's zuerst?«

»Paris ist wichtiger. Wegen Marais.«

»Paris ist wichtiger. Wegen des Shoppings.« Sophia grinste. »Außerdem spreche ich besser Französisch als du.«

Dagegen konnte Peck nichts einwenden.

»Wie lange musst du noch in Krems bleiben?«, fragte Sophia.»Ich muss Montag wieder in meiner Buchhandlung Geld verdienen.«

»Und ich werde wahrscheinlich mit meinen Plänen bis morgen nicht fertig sein.«

»Seit wann arbeitest du mit Plänen?«

»Ich muss mit dem Hoteldirektor einiges klären, mit unserem Freund Dayer über den Tresor und die offene Tür im Hallenbad reden und Silke aus Heidelberg einige Fragen stellen.«

»Und die schlanke dunkelhaarige Alica? Was willst du von der?« Sophia hob die Augenbrauen.

»Jetzt fällt's mir wieder ein«, sagte Peck. »Von ihr muss ich mir einiges über die Geschichte der Mozart-Handschrift erklären lassen.«

»Und weil du dich mit Alica triffst, schickst du mich alleine nach Salzburg zurück.«

»Erinnerst du dich an den Journalisten von heute Vormittag?«

»Den mit der Bürstenfrisur?«

Peck nickte. »Als ich mit ihm sprach, wusste er bereits, dass ich den Auftrag erhalten würde, das Mozart-Manuskript zu finden, was tatsächlich erst eine Stunde später in dem Konferenzraum erfolgt ist.«

»Ein Hellseher.«

»So was gibt's nur auf dem Oktoberfest. Und nur einmal im Jahr.«

*

Ferdinand Wamper trug heute ein violettfarbenes Hemd aus einem glänzenden Stoff, der in großzügigen Faltenwürfen seinen tonnenförmigen Oberkörper einhüllte. Er roch leicht nach Seife, und das nasse Haar war in Strähnen an den massigen Kopf geklatscht. Ob er die Mittagspause in der Sauna verbracht hatte? Oder im Bad?

»Ich habe keine Vorurteile, auch nicht gegen Sie«, verkündete er jovial, »und da mir mein Menschenverstand sagt, dass Sie beide nicht der Mafia angehören, werde ich Sie gemeinsam verhören und nicht in getrennten Sitzungen. Sie werden sich fragen, Herr Peck …«

»Ich frage mich gar nichts!« Peck mochte es nicht, wenn er so angesprochen wurde.

»Also nochmals von vorne, Herr Peck. Was haben wir bisher? Einen leeren Tresor und einen französischen Versicherungsexperten aus Salzburg, den ein Schlag getroffen hat.«

»Und einen französischen Mozart-Experten aus Frankreich, der getürmt ist.«

»Und einen französischen Beamten von der *Europol* aus Den Haag«, ergänzte Sophia.

Wamper machte eine abfällige Handbewegung. »Wenn nicht eine Dame hier wäre, würde ich sagen: Der ist ein Saftsack. Doch zurück zu Ihrer Entdeckung der Leiche.« Er zeigte auf Sophia. »Sind Sie ganz sicher, dass Sie den schwarzen Schatten, der geflüchtet ist, nicht erkannt haben?«

»Ganz sicher.«

»Bagnon hatte Zimmer 106«, sagte Peck, »haben Sie die Leute in den Nachbarzimmern verhört?«

»Warum wollen Sie das wissen? Meine Leute haben mit allen gesprochen. Nichts Besonderes. Keiner hat was gehört. Nur mit Nummer 105 konnten wir nicht sprechen, der war nicht zu erreichen. Holen wir aber nach.«

Nach einigen weiteren Fragen an Sophia und Peck beendete er das Verhör. »Aber Abreise ist strikt verboten!«, mahnte er und entließ sie gnädig mit einer lässigen Handbewegung.

Peck und Sophia standen einige Augenblicke beim Fenster, gegen das der Regen prasselte.

»Mit wem triffst du dich jetzt?«

»Ich werde mich auf die Suche nach Uwe Dayer machen, den Empfangschef.«

»Ich gehe unterdessen schwimmen. Hinterher lese ich mein Buch weiter und warte dann im Zimmer auf dich.«

Er fand die Hotelhalle bis auf ein älteres Ehepaar leer vor.

Internet Access Point stand über einem kleinen Mahagonischreibtisch, der in der Ecke neben der Rezeption stand und den Peck ansteuerte. Er suchte die Homepage der Firma *Zerberus* und hatte nach einigen Klicken die Beschreibung des Tresors vor sich am Bildschirm.

> »Zerberus ZE 007, die massive, stahlbewehrte
> Sicherheit für Ihre Dokumente, Barmittel und
> Pretiosen. Gesichert durch einen vierstelligen
> Nummerncode. Und sollten Sie den Code
> vergessen haben oder wenn für längere
> Zeit die externe Stromversorgung ausfällt,
> kein Problem: Der Tresor kann mit einem
> Notschlüssel geöffnet und danach ein
> neuer Code programmiert werden.«

Es lebe die Firma *Zerberus*, dachte Peck. Die haben an alles gedacht.

Peck sah Uwe Dayer an der Rezeption in ein vertraulich aussehendes Gespräch mit einem Hotelgast vertieft. Höflich wartete Peck, bis die Vertraulichkeit beendet war, und trat dann zu Dayer, der ihn wortlos anstarrte.

»Schenken Sie mir zehn Minuten Ihrer kostbaren Zeit. Ich möchte mit Ihnen gerne kurz ins Untergeschoss.«

»Passt zurzeit schlecht«, erwiderte Dayer unfreundlich und drehte den Kopf nach links und rechts, um anzuzeigen, wie viel er gerade zu tun hatte.

»Passt zurzeit gut«, sagte Peck. »Es ist wichtig. Kommen Sie!«

Widerwillig folgte Dayer ihm. Sie fuhren mit dem Bäderlift eine Etage nach unten und standen vor der grauen Tür mit der Aufschrift *Kein Eingang*.

»Da kamen Sie gestern raus«, begann Peck. »Wohin führt diese Türe?«

»Ein Rundgang«, sagte Dayer, »ich habe einen Kontrollrundgang gemacht.«

»So früh schon?«

Dayer nickte. »Ich muss alles selbst machen. Zu wenig Personal.«

»Nichts gehört? Oder gesehen?«

Kopfschütteln. Peck öffnete die schräg gegenüber liegende Tür mit der Beschriftung *Technikzentrale*. Es war heiß in dem kleinen Raum, und Peck hatte das Gefühl, dass hier die Luft weniger Sauerstoff enthielt. »Warum steht der Tresor eigentlich im Technikraum?«

»Die Versicherung hat im Vorfeld alles geprüft und freigegeben. Sogar exakt dieser Tresor wurde uns von *Maxa* vorgeschrieben. Das hängt mit der Zertifizierung zusammen und damit auch mit der Versicherungssumme.«

»Wer hat den Tresor bei *Zerberus* bestellt?«

»Wir, das Hotel. Nach Vorgaben der Versicherung. Und hier in einem zentnerschweren Zementklotz, mit dicken Eisenträgern bewehrt und fest mit dem Gebäude verbunden.« Wie zur Bestätigung schlug Dayer mit der flachen Hand auf den Betonblock, der den Tresor umschloss. »Das war die Bedingung, dass die Expertenkommission zu uns ins *Grandhotel* kam.«

»Wer kannte den Nummerncode?«

»Nur Bagnon. Er hat den Code persönlich programmiert.«

»Und was wäre passiert, wenn der Monsieur den Code vergessen hätte?«

»Dann hätte er Pech gehabt. Und das Manuskript wäre drinnen verschimmelt.«

»Sind Sie sicher?«

»Ganz sicher«, bestätigte Dayer. »Ich kenne mich da aus. Vielleicht hätte uns aber die Firma *Zerberus* in einem solchen Notfall helfen können …«

Peck ging weiter ins Hallenbad, in dem es stechend nach Chlor roch. Er sah im Wasser drei bunte Badekappen, die zu älteren Damen gehörten, die mit leisem Wellenschlag ihre Runden drehten. Sophia war nirgends zu sehen. Peck stieg die gefliesten Stufen zu den Garderobenschränken hinauf und zeigte auf die dahinterliegende rote Eisentüre. »Wer ist für diese Türe verantwortlich?«

»Wir haben keine Türenverantwortlichen. Abgeschlossen wird sie von unserem Hausmeister. Mirko.«

»Was macht dieser Mirko sonst noch?«

»Technik, Reparaturen, Mädchen für alles.«

»Auch das Laub im Park?«

Dayer nickte.

»Ich möchte ihn sprechen.«

»Geht erst wieder am Montag. Am Wochenende hat er frei.«

»Wird die Tür abends immer versperrt?«

»Natürlich.«

»Und warum war sie dann gestern früh offen? Und ich wette, schon die ganze Nacht!«

»Ich werde Mirko zur Rede stellen.«

»Wer hat die Schlüssel zu dieser Türe?«

»Es gibt nur einen Schlüssel, der in einem Wandschrank neben der Rezeption hängt. Und bevor Sie fragen: Keiner kann an den Kasten ran und den Schlüssel unbeobachtet rausnehmen.«

»Zeigen Sie mir den Schlüsselkasten.«

Sie gingen zurück zur Rezeption, und Dayer holte aus einem kleinen Holzkasten, der wie ein Vogelhaus aussah, einen Schlüssel mit einem Anhänger. *Notausgang Hallenbad*.

»Als Empfangschef haben Sie doch einen Generalschlüssel, der überall sperrt.«

Dayer nickte und griff an seine linke Hosentasche.

»Wer noch?«

»Nur ich und mein Chef, Herr Schwarz.«

»Und die Putzkolonnen?«

»Jede Putzfrau hat einen Schlüssel für die Zimmer, die ihr zugeteilt sind.«

»Also nicht für die rote Eisentüre?«

»Nein, nur mein Generalschlüssel passt überall.«

Peck bedankte sich bei Dayer, der flüchtig nickte und davoneilte. Peck entfernte sich einige Schritte von der Rezeption, blieb stehen und sah sich um. Keiner beobachtete ihn, als er sich langsam von rechts dem Schlüsselkasten näherte. Dann griff er von rechts in den kleinen Schrank. Peck sah sich suchend in der Hotelhalle um und entdeckte Dayer in der Nähe der Drehtür, wo er mit seinem Mobiltelefon sprach. Peck ging mit ausgestrecktem Arm auf Dayer zu, der sein Handy wegsteckte.

»Ich habe den Schlüssel dort am Boden gefunden«, sagte Peck. »Ihre Leute an der Rezeption sollten besser achtgeben.«

*

Es war dunkel in der Hotelhalle, und Peck sah den Regen, der mit lautem Rauschen gegen die hohen Glaswände schlug. Jetzt eine Stunde lesen, dachte er, und erinnerte sich, dass er seinen Bücherkoffer zu Hause vergessen hatte. Jedes gute Hotel hat eine Bücherei, dachte er und steuerte auf die Rezeption zu, hinter der ein gepierctes blondes Mädchen mit modischer Frisur ihm entgegensah.

»Sie haben doch sicher eine Hotelbibliothek«, sagte er.

»Biblio was?«

»Ein Buch. Gibt's hier so was?«

»Buch?«

»Ja. So groß ungefähr und mit vielen Seiten.«

»Wozu?«

»Zum Lesen.«

»Lesen?«

»Ja«, sagte Peck, »diese kleinen schwarzen Zeichen auf jeder Seite. Manche sagen Buchstaben dazu.«

»Sowashammwirhiernicht.«

Peck verdrehte die Augen. Das einzige Lesen, das sie kannte, waren wahrscheinlich die Weinlesen. Also doch Fernsehen, dachte er und ging zu den Aufzügen.

»Gut, dass wir nicht zu Corinna und Otto gegangen sind«, begrüßte ihn Sophia, als er ins Zimmer trat. »Ich bin total fertig, und ich möchte heute nicht mehr weggehen.«

»Kein Hunger?«

»Doch. Lass uns später in der Bar eine Kleinigkeit essen. Vielleicht ist um acht irgendwas im Fernsehen. Und jetzt habe ich ein Bad verdient.«

Peck grinste. »Ein heißes Bad ist für dich deutlich mehr als nur ein Mittel zum Sauberwerden.«

»Ich habe keine Ahnung, was du meinst. In genau zwei Minuten sitze ich bis zum Hals im Wasser.«

»Frauen haben eben mehr Tiefgang.«

Sie knallte ihm die Badezimmertüre vor der Nase zu.

Eine halbe Stunde und zwei weitere Badewannenfüllungen später stand Sophia mit einer Fernsehillustrierten vor ihm.

»Es gibt hundertvierzig Fernsehprogramme hier im Hotel«, sagte sie.

»Und nach welcher Art von Darbietung steht dein Sinn?«

»Ich möchte was Spannendes. *Titanic* zum Beispiel.«

»*Titanic* ist doch nicht spannend. Ich verstehe nicht, warum für diesen Film Millionen Menschen ins Kino gegangen sind, wo doch jedes Kind weiß, wie er ausgeht.«

»Das ist eben eine andere Art von Spannung.«

»Nein! Die Leute sind hingerannt, weil jeder gehofft hat, dass der schöne Leonardo di Caprio doch einen Platz im Rettungsboot ergattert und überlebt. Ich bevorzuge eher Filme ohne Action, Filme, wo nichts oder wenig passiert.«

»So wie bei Eric Rohmer?«

Er nickte. »Das ist was für mich. Oder ein alter Schwarz-Weiß-Film. Such mal so was in deiner Fernsehzeitung.«

Sophia verdrehte die Augen und blätterte in dem dicken Programmheft. »Da«, rief sie, »da ist ein Film für dich und für mich.« Sie gab ihm die Fernsehzeitung.

Titanic, las er, eine alte Verfilmung in Schwarz-Weiß aus dem Jahre 1943.

Sonntag, 18. September

Es war kalt geworden in den Bergen, und Erwin Lechner konnte seinen Atem sehen, der wie eine kleine Wolke vor seinem Gesicht tanzte und sich dann langsam auflöste. Dunstiger Nebel zog sich über die leicht ansteigende Wiese bis zum Wald hinauf, und er konnte zusehen, wie sich die leuchtenden Herbstfarben mehr und mehr gegen das Grün der Bäume abzeichneten. Er blickte ins Tal hinunter, das man durch das frühe silbergraue Licht des Morgens erahnen konnte. Ein weißer Wolkenschleier hing über den gegenüberliegenden Bergen der *Übergossenen Alm*. Langsam wanderte er den schmalen, grasbewachsenen Weg entlang, der zum Haus seiner Nachbarin und dann hinunter ins Dorf führte. Birgit heißt sie, dachte er, eine hübsche Frau und ganz anders als seine Roswitha. Weiter unten, vor einer Gruppe Kastanienbäume, deren Blätter sich schon braun färbten, löste sich eine Figur wie ein dunkler Schatten, der dann die Umrisse eines Mannes annahm, der ihm, ein Fahrrad schiebend, keuchend entgegenkam. Aus einem geflochtenen Korb hinten am Fahrrad ragten die Holzteile einer zusammenklappbaren Staffelei und lange Rollen aus weißem Leinen heraus. Unser Künstler, dachte er. Er sah die üppigen rostroten Haare, die ungekämmt nach allen Richtungen standen, und die weißen Strähnen in dem roten Bart, der schon einige Tage alt war. Fast zugewuchert, dachte er, verfilzte, struppige Haare rund um das sonnengebräunte Gesicht und tausend Falten um die Augen herum, die ihn mit einem listigen Lächeln ansahen.

»Guten Morgen, Herr Lechner. Auf der Flucht vor Ihrer Frau?«, fragte der Rothaarige, lachte laut und zeigte dabei seine schwarzen gezackten Vorderzähne. Ein Gebiss wie die Felsen der *Übergossenen Alm*, dachte Lechner. Und altmodisch gekleidet, eine ärmellose, glänzende Weste zur weit geschnittenen Knickerbockerhose aus grau kariertem Wollstoff. So was habe ich früher auch getragen, dachte er.

»Suchen Sie ein Motiv für ein neues Bild?«

Der Rothaarige lachte dröhnend. »Habe nur neue Leinwand gekauft und sonst einige Dinge, die ich brauche. Aber gemalt wird zu Hause.

Ich bin ja kein *Van Gogh*.« Er lachte nochmals laut und schob dann sein Fahrrad weiter bergauf. Lechner drehte sich nach einigen Sekunden nach ihm um, doch der Rothaarige war bereits im Dunst verschwunden. Er fröstelte und beschloss, ebenfalls zum Haus zurückzukehren. Nach den Kastanienbäumen bog der Weg nach rechts ab und als er sah, dass seine Nachbarin Birgit gerade aus ihrem Haus kam, blieb er stehen und duckte sich etwas. Sie blickte sich nach allen Seiten um, so als ob sie sich vergewissern wollte, dass ihr keiner zusah, dann schlug sie den Weg ein, der von ihrem Haus quer über die Wiese nach oben führte. Aha, dachte er, Birgit hat Sehnsucht nach dem *Herrn Professor*. Ihr halblanges Kleid aus blauem Stoff war eng geschnitten, und er blickte ihr nach, wie sie in schnellen kleinen Schritten und mit bemerkenswerten Hüftschwüngen Richtung Wald ging. In ihrer Hand blitzte etwas Weißes auf. Die aktuelle Tageszeitung für den *Professor*? Einige Augenblicke später hatte sie der von der Wiese aufsteigende Dunst verschluckt. Was hatte sie da oben verloren? Ist sie seine Geliebte? Der Gedanke tat ihm weh. Der *Professor* war weit über sechzig und sie zehn oder fünfzehn Jahre jünger, wahrscheinlich sogar noch mehr. Aber er war ja auch ein alter Mann. Er wandte sich nach links zu seinem Haus. Wahrscheinlich meckerte Roswitha wieder. Wo er so lange gewesen wäre. Soll sie meckern, dachte er, die dumme Kuh.

*

Ohne Sophia wird das Frühstück fast grenzenlos sein. Leise vor sich hinsummend, lud Peck sich mächtige Haufen fetten Schinkens, triefender Würstchen und speckglänzender Bratkartoffeln auf seine drei Teller. Der Körper braucht Brennwert, sagte er sich und legte noch ein Spiegelei oben drauf.

Wenige Meter vom Buffet entfernt prallte Peck mit Funke zusammen, der, ebenfalls beidhändig gut gefüllte Teller balancierend, auf der Suche nach einem leeren Tisch durch den Frühstücksraum irrte.

»Hier.« Funke deutete auf einen kleinen quadratischen Tisch.

Nachdem jeder sein Kaloriendepot hufeisenförmig um sich drapiert hatte, begrüßten sie sich förmlich.

»Ich dachte, Sie wohnen nicht hier im *Grandhotel*?«

»Tu ich auch nicht«, antwortete Funke kauend, »ich frühstücke nur hier.«

Auf den ersten Blick sah Funke gar nicht wie ein Polizist aus, eher wie ein älterer, freundlicher Mann, der nach dem Frühstück im Park zum Taubenfüttern ging. Peck blickte auf ein zerfurchtes Gesicht, das dichte, zurückgekämmte Haar und nikotinbraune Zähne, als Funke ihn freundlich angrinste und mit einer Kopfbewegung auf Pecks Teller deutete.

»Man sieht förmlich, dass Sie vorhaben, alleine und unbeaufsichtigt zu frühstücken.«

»Sophia erforscht in kundiger Begleitung die Kultur des Waldviertels.«

Funke nickte abwesend.

»Die Mordwaffe war definitiv eines der Eisenrohre im Technikraum. Damit hat der Mörder zugeschlagen.«

»Wie lange bleiben Sie noch in Krems?«, fragte Peck.

»Ich reise morgen früh. Der Fall liegt bei Wamper und den Kollegen vom LKA Niederösterreich.«

»Wo ist unser *ELOS*-Freund von der *Europol*?«

»Bereits abgereist. Er hat sich bei mir beschwert, dass irgendeiner während der Befragung aggressiv geworden ist und das Tonband mit der Zeugenaussage ins Klo gespült hat.«

Peck lachte. »Jetzt geht die Zeugenaussage den Bach runter.«

Als Peck nochmals zum Frühstücksbuffet ging, sah er eine bekannte Gestalt aus dem Aufzug steigen. Billiger Anzug, struppige Haare, eingedrückte Nase. Boris, der Stinker.

*

»Ich rede nur im Beisein meines Anwalts mit Ihnen!« Silke Bräuners Stimme klang laut und sehr bestimmt durchs Telefon.

»Aber ich möchte Ihnen heute nur einige harmlose Fragen stellen.« Peck stand mit dem Hörer in der Hand an der Hotelrezeption.

»Ich denke gar nicht daran, das Gespräch mit Ihnen alleine zu führen. Mein Rechtsbeistand reist aus Heidelberg an und wird morgen früh im Hotel sein.«

Peck bedankte sich höflich, und sie verabredeten sich für morgen um zehn in der Cafeteria. Er ging quer durch die Halle und erinnerte sich plötzlich an Jean-Jacques Marais, der sich so verdächtig schnell aus der Expertenrunde verabschiedet hatte. Ob er schon wieder in Paris war? Dann könnte er auch gleich einen Gesprächstermin verabreden. Zu Pecks großer Überraschung hob Marais sofort ab. Seine Stimme klang verschlafen und müde. Hatte Peck ihn aus dem Bett geholt? War er erst in der Nacht nach Paris zurückgekommen? Marais reagierte unfreundlich, als Peck seinen kurzfristigen Besuch ankündigte.

»Ich bin ab heute in Urlaub. Keine Störung. Von Ihnen schon gar nicht!«

Peck beschloss, höflich zu bleiben. »Wohin fährt ein französischer Mozart-Experte auf Urlaub? Wie wär's mit Salzburg Stadt und Land?«

»Das geht Sie weder etwas an, noch habe ich die Absicht, Ihnen meine Freizeitpläne mitzuteilen«, antwortete Marais unwirsch. »Frühestens am Montag, den 26. stehe ich Ihnen zur Verfügung. Da endet mein Urlaub, und nächsten Tag habe ich wieder Vorlesung an der *Sorbonne*.«

»Einverstanden. Montag übernächster Woche bin ich am frühen Vormittag bei Ihnen. Wo möchten Sie, dass wir uns treffen?«

»Bei mir im Haus.«

Peck notierte sich die Adresse, bedankte sich überschwänglich und ging dann langsam zum Stiegenhaus und in den ersten Stock.

Seit das LKA und Wamper abgezogen waren, sieht es hier wieder wie in einem richtigen Büro aus, dachte Peck, als er den Raum betrat. Ein beliebig austauschbares Chefbüro: Schreibtisch, Bildschirm, Telefon. Zum Unterschied zu Freitag wirkte Rupert Schwarz heute ruhig, auf alle Situationen wohl vorbereitet, ausgeglichen und ganz touristisch orientierter Gastgeber. Er begrüßte Peck mit einstudiertem Lächeln und der ausgestreckten Rechten, die auf den vor dem Tisch stehenden Besuchersessel wies.

Peck setzte sich und sah sich in dem kleinen Raum um, in dem es leicht nach Maiglöckchen roch. Neben der Tastatur lagen einige Blätter Papier, genau parallel zur Schreibtischkante, daneben ein Kugelschreiber und zwei exakt gespitzte Bleistifte. Peinliche Ordnung. Eine riesige goldfarbene Plakette auf seiner Brusttasche trug die Aufschrift *Managing Director Rupert K. Schwarz*. Was wohl das K. bedeutete? Kilian? Sein brünettes dünnes Haar glänzte in dem gleichen Farbton wie sein gut geschnittener Anzug, der offensichtlich erst vor fünf Minuten gebügelt wurde. Am Mittelfinger der rechten Hand glänzte ein dicker Ring mit einem blassrosa Stein. Peck sah, dass die Manschette seines Hemdes etwas nach oben gerutscht war und hellbraune Haare zum Vorschein kamen, die sich bis auf die gelbliche Haut des Handrückens fortsetzten. Auch sein Gesicht zeigte einen gelben Ton, nur die glattrasierten Wangen trugen einen rosigen Schimmer. Schwarz sah ihn aus dunklen Augen, die in tiefen Höhlen lagen, an.

»Haben Sie Detlev getroffen«, fragte Schwarz unvermittelt.

»Detlev?«

»Ja, dieser Franzose von der *Europol*. Ein schöner Name und ein sehr attraktiver, sympathischer Mann.« Schwarz sprach durch die Nase, seine sanfte Sing-Sang-Stimme war samtig und wohlklingend. Peck bekam eine Gänsehaut. »Ich möchte mit Ihnen über drei Dinge reden. Zuerst hätte ich gerne alle Meldezettel der letzten Woche gesehen.«

Schwarz nickte und begann, auf die vor ihm liegende Tastatur einzuschlagen. »Und was ist Punkt zwei?«

»Die Schlüsselfrage«, sagte Peck. »Zuerst zum Schlüssel für den Tresor in Ihrem Technikraum.«

Schwarz schüttelte unwillig den Kopf. »Der Tresor kann nur über einen Nummerncode geöffnet werden. Und den wusste nur Monsieur Bagnon.«

»Nein. Die Firma *Zerberus* denkt an alles. Es gibt für diesen Tresor auch einen Notschlüssel.« Schwarz hob die Augenbrauen in die Höhe und wählte eine Nummer.

»Frau Hallstein, bitte …« Er hielt seine Hand über die Sprechmuschel. »Das ist unsere Buchhalterin.«

Peck machte sich einige Notizen, bis Schwarz sich wieder an ihn wandte. »Es gibt tatsächlich einen Tresorschlüssel. Und der hängt gut verwahrt in unserem Hotelsafe.«

»Und der befindet sich wo?«

»In unserem Büro hinter der Rezeption.«

»Und wer hat Zugang zu Ihrem Safe?«

»Es gibt drei Schlüssel.« Er griff in die Schublade und knallte einen kleinen Schlüssel auf die Tischplatte. »Einen habe ich, einen Uwe Dayer und den dritten Safeschlüssel hat Frau Hallstein.«

»Es ist für uns ein Rätsel, wie der Dieb, der möglicherweise auch der Mörder ist, in der Nacht das Hotel betreten konnte.«

Schwarz hob kurz die Hand, schlug dann nochmals auf die Tastatur, sagte dann »Enter«, worauf der Drucker hinter ihm in Bewegung kam. »Wir haben ein hoteleigenes Grunddatensystem, in dem alle Gäste aufgelistet sind. Sie können alle Gästelisten haben, nach Geburtsdatum, nach Herkunftsland oder was Sie wollen.«

»Bitte eine Liste nach Körpergewicht.«

Schwarz schüttelte den Kopf. »Nach Paragraph 16 Beherbergungsgesetz dürfen wir das Gewicht unserer Gäste nicht erfassen.«

»Die plausibelste Lösung ist die rote Eisentüre im Hallenbad«, sagte Peck. »Sie führt ins Freie, und in der Früh, als die Leiche noch warm war, fand ich die Tür unversperrt vor.«

Schwarz schlug plötzlich mit der flachen Hand auf den Tisch. »Nein! Bevor ich abends nach Hause fahre, steht immer ein Kontrollrundgang auf meinem Programm. Und ich weiß, dass ich die Türe am Vorabend kontrolliert habe. Sie war geschlossen.«

Mit einem leisen Summen liefen zwei leicht gewellte Blätter aus dem Drucker, Peck schrieb einige Worte in sein Notizbuch, dann betrachtete er die Ausdrucke, die ihm Schwarz über den Tisch reichte.

»Das sind alle unsere derzeitigen Gäste, inklusive denen, die bereits in der letzten Woche abgereist sind.«

Peck sah auf Donnerstag, den 15. September. Er fand seinen eigenen und Sophias Namen in der Mitte der Tabelle.

»Warum steht nur bei den Männern ein Geburtsdatum?«

»Wir sind ein höfliches Hotel, Herr Peck.«

Männer werden alt, dachte Peck, Frauen nur älter. Er suchte die Nummer 105. *Boris Jellacic*. Bagnon hatte Zimmer 106, das Zimmer schräg gegenüber.

»Wohnt Nr. 105 noch im Hotel?«

Schwarz befragte seinen Bildschirm. »Sorry. Mr. Jellacic hat vor zehn Minuten ausgecheckt.« Er griff zum Telefon und sprach mit einem der Leute an der Rezeption. »Er hat ein Taxi bestellt und ist bereits abgereist.«

»Ist Zimmer 106 übrigens schon wieder vergeben?«

»Woran denken Sie! 106 ist erst heute früh von der Polizei freigegeben worden.«

»Geben Sie mir bitte die Schlüsselkarte zu Nummer 106. Und ich hätte mir gerne Ihre Anlage zur Videoüberwachung angesehen.«

Schwarz erhob sich, worauf der Maiglöckchengeruch etwas intensiver wurde. An der Rezeption steckte Schwarz eine Magnetkarte in den Schlitz eines druckerähnlichen Gebildes. »Für Zimmer 106«, sagte er und reichte ihm die Karte. »Kommen Sie.« Sie gingen durch die Drehtüre auf den Vorplatz, und Schwarz zeigte auf die Glasfassade. »Wir haben drei Kameras. Eine in der Halle, die von innen her den Eingang überwacht, Kamera B hier außen ist auf die Drehtüre gerichtet, und Kamera C daneben erfasst den gesamten Vorplatz bis zur Ein- und Ausfahrt des Parkplatzes.«

»Hinten ist keine Kamera?«

»Die Versicherung verlangt nur die Überwachung des vorderen Bereiches. Kommen Sie.« Schwarz führte sie in das Büro hinter der Rezeption, in dem eine blasse Frau gelangweilt irgendwelche Tabellen ausfüllte. Schwarz wies im Vorbeigehen kurz auf den neben der Türe stehenden Safe hin und verschwand in einem kleinen Nebenraum, der zur Hälfte von einem riesigen Fotokopierer ausgefüllt war. In einem Wandregal standen Dutzende kleiner Blechkästen, die permanent Piepstöne von sich gaben, begleitet vom rhythmischen Blinken zahlreicher farbiger Lämpchen.

»Unsere Telefonanlage«, erklärte Schwarz. »Und hier unser Gerät zur Videoaufzeichnung.«

»Keine Magnetbänder?«

»Alles digital. Nichts anderes als eine überdimensionale Festplatte.«

»Ich möchte alle Aufzeichnungen sehen«, sagte Peck, »und zwar von

Donnerstag, den 15. September, sechs Uhr abends, bis Freitag, den 16., um zwanzig Uhr.«

»Hier können Sie sitzen, die Fernbedienung funktioniert wie bei einem Videogerät. Ich wünsche Ihnen viel Spaß.« Er grinste.

»Und wenn ich Fotos möchte?«

Schwarz schaltete den Monitor ein, und man sah einige Leute, die vor dem Haupteingang des Hotels standen. Gestochen scharfe Bilder.

»Jetzt gehen wir etwas zurück in die Vergangenheit und auf *SINGLE DISPLAY*. Jedes Einzelbild zeigt Datum, Uhrzeit und eine vierstellige Nummer. Wenn Sie mir diese Daten geben, haben Sie innerhalb eines Tages die Abzüge. Und jetzt wünsche ich Ihnen viel Vergnügen bei der Filmvorführung. Nur die Handlung ist etwas langweilig.«

Mal schauen, dachte Peck. Er öffnete das Fenster, um sich von dem Maiglöckchenduft zu befreien, dann betätigte er so lange den schnellen Rücklauf, bis er beim vergangenen Donnerstag angekommen war, und drückte auf *PLAY*. Das Schwarz-Weiß-Bild flackerte einige Male, er schaltete auf Kamera B, und auf dem Monitor erschien ein Pärchen, das eng umschlungen dem Eingang zustrebte. Es war heiß und stickig in dem Raum trotz des geöffneten Fensters, und schon nach einigen Minuten taten Peck die Augen weh. Fernsehen ohne dramaturgische Höhepunkte, *Reality TV* ohne Ton … absolut nervtötend … wie beim öffentlich rechtlichen Fernsehprogramm. Ob er die Stelle suchen sollte, wo er und Sophia im Hotel ankamen? Um 21 Uhr 43 sah er einige dunkel gekleidete Männer, die sich vom Parkplatz her dem Hotel näherten. War das die Gruppe, die er mit Sophia abends beim Heurigen getroffen hatte? Er schaltete um auf Kamera C und sah die Gruppe von vorne. Der eine links war eindeutig Boris Jellacic, der Stinker aus dem Lift. Kamera A. Boris ging quer durch die Lobby, stand dann einige Minuten im Gespräch mit einer Blonden an der Rezeption, von dort stapfte er nach rechts, wo er in einem der Aufzüge verschwand.

Regungslos starrte Peck weiter auf den Monitor, doch Boris erschien nicht wieder. Er sah sich die Szene nochmals von vorne an, gewann aber keine neuen Erkenntnisse. Je später es wurde, desto weniger

Menschen erschienen auf dem Bildschirm, und er drückte auf *schnellen Vorlauf*, bis wieder etwas zu sehen war. Kamera C. Er drückte auf *STOP* und ließ die Aufnahme drei Minuten zurücklaufen. Es war ein Motorradfahrer, der aus dem Schatten des Parkplatzes kam und dann plötzlich von dem Lichtkegel des Scheinwerfers erfasst wurde, der sich automatisch eingeschaltet hatte. Das Einzelbild hatte den vorderen Teil des Motorrades erfasst. Man sah einen schwarzen Helm, von dem Fahrer aber nur den rechten Arm und Lederhandschuhe. Zusätzlich drehte er den Kopf von der Kamera weg, als ob er wüsste, dass er gefilmt wurde. Auf dem Motorrad war ein Aufkleber zu sehen, wie ein dunkler Drache, und die Nummerntafel, teilweise abgeschnitten vom rechten Bildrand. Peck notierte sich die genaue Uhrzeit und die Nummer des Bildes.

Peck überlegte, ein Bier zu trinken. Nein. Dann würde er sofort einschlafen. Plötzlich sah er ein Taxi aus der kurvigen Einfahrt kommen. Zwei Uhr fünf. Peck konnte am Bildschirm das Kennzeichen erkennen: KS. Krems Stadt. Der Fahrgast brauchte einige Zeit, bis er sich, mit dem Hinterteil zuerst, aus dem Taxi herausdrehte, stand dann etwas schwankend im Licht des Scheinwerfers und suchte in seiner Geldbörse, um den Taxifahrer zu bezahlen. Peck beugte sich vor, bis seine Nase fast den Monitor berührte und sah dann zu, wie der Mann in Richtung Hotelportal ging. Ein düster aussehender, älterer Typ mit Bart und struppigen, in alle Richtungen stehenden langen Haaren, die auf dem Schwarz-Weiß-Bild dunkel aussahen. Peck spulte zurück und sah sich die letzte Minute nochmals an. Der zuletzt angekommene Struppige müsste eigentlich dem Motorradfahrer vor dem Hotel begegnet sein. Peck schaltete auf Kamera A und sah, wie der Mann im Zickzackkurs und schwankend wie ein Schilfrohr die Rezeption ansteuerte. Er notierte sich wieder die Bildnummer. Peck hatte plötzlich das Gefühl, keine Luft zu bekommen, seine Augen brannten, und die Kehle war ausgedorrt. Doch ein Bier! Er ging durch das kleine Büro, das jetzt menschenleer war, und bestellte eine Flasche Bier. »Aber keine kleine!«

Er drückte wieder auf schnellen Vorlauf und stoppte jedes Mal, wenn sich am Bild irgendetwas veränderte. Gegen sechs Uhr früh wurde es heller und lebendiger in der Hotelhalle. Peck sah sich noch längere Zeit mit stark schwindender Aufmerksamkeit den Rest der Aufzeichnungen an, ohne auf einen weiteren Hinweis zu stoßen, der ihn weiterbrachte.

Er rief den Hoteldirektor an und gab ihm die Daten für die Bilder durch, die er sich notiert hatte.

»Bekommen Sie morgen.«

Peck rieb sich die Augen und fuhr sich mit den Fingern durch die Haare. Was sollte er jetzt machen? Er war müde. Nein, dachte er, kein kurzes Nickerchen am Zimmer. Irgendwann würde Sophia zurückkommen und wenn sie ihn schlafend vorfand, hätte er massiven Erklärungsnotstand.

Als er vor einem Großen Braunen saß, sah er, wie Alica aus einem der Aufzüge stieg, quer durch die Lobby ging und zu lächeln begann, als sie ihn sah.

»Ich habe einige Fragen, die ich Ihnen heute noch stellen möchte.«

»Jetzt ist es schlecht bei mir. Was machen Sie heute am Abend? Gehen wir essen, und zwischen Suppe und Dessert können Sie mich alles fragen, was Sie möchten.«

Peck nickte und zeigte, vielleicht etwas zu euphorisch, sein volles Einverständnis. »Gehen wir zur *Jell*?«

»Comment?«

»Ich kenne ein ausgezeichnetes Gasthaus hier in Krems.«

»Sieben Uhr?«

»Okay. Ich warte hier in der Halle auf Sie.«

Mit Interesse sah er Alica nach, die durch die Hotelhalle stöckelte, bis die Drehtüre sie verschluckte.

Als Peck sich umdrehte, sah er Morris Cooper aus London auf die Rezeption zugehen, mit Mühe einen schrankartigen Koffer mit hunderten verschiedenfarbigen Aufklebern hinter sich her ziehend.

»Sind Sie nächste Woche in Ihrem Büro?«, fragte Peck.

»Nur bis Mittwoch. Dann muss ich nach Boston.«

»Wo finde ich Sie in London?«

»Möchten Sie mich unbedingt im Büro besuchen? Das würde ich

nicht unbedingt bevorzugen. Vielleicht doch ein Restaurant? Oder, noch besser, ein Pub?«

Peck musste lächeln. Da waren sie wieder, die interkulturellen Unterschiede in der sprachlichen Kommunikation. *Das würde ich nicht unbedingt bevorzugen*, hatte Cooper gesagt, vorsichtig und andeutend, wie es der britischen Kultur entspricht. Ein Deutscher hätte wahrscheinlich gesagt: *Das können Sie sich abschminken!* Oder: *Das kommt überhaupt nicht in die Tüte!* Und wie vornehm hätte es die englische Queen mit einer *stiff upper lip* ausgedrückt? *I am not amused*.

Peck verabschiedete sich von Cooper und beschloss, im Zimmer auf Sophia zu warten. Als er die Türe aufschloss, wusste er, dass irgendetwas anders war als sonst. War es ein anderer Geruch, der im Zimmer hing? Dann sah er den Briefumschlag, der auf dem Bett lag. *Herrn Paul Peck. Zimmer 716*. Er setzte sich aufs Bett und öffnete das Kuvert.

»Ich weiß, wie der Mörder ins Zimmer 106 kam.
Und ich habe den Motorradfahrer gesehen.«

Darunter stand eine Handynummer. Genau in diesem Moment betrat Sophia das Zimmer, und er hielt ihr wortlos den Zettel hin.

»Ist das ernst zu nehmen?«, fragte sie.

Peck nickte und steckte den Zettel in die Tasche. »Ich glaube, das ist ernst zu nehmen.«

*

Wenig später fuhren sie auf der Schnellstraße über die schmutzig braune Donau, die sich träge in Richtung Wien dahinwälzte, dann bog Peck rechts auf die Bundesstraße ab und fuhr den Berg hinauf und an dem steinernen Heiligen vorbei, dessen Arm immer noch Richtung Krustetten zeigte. Der Intercity nach Salzburg war pünktlich, und Peck winkte Sophia zu, die ihren Kopf aus dem Fenster hielt, als der Zug langsam aus dem Bahnhof rollte.

»Grüß mir Alica aus Krakau«, waren die letzten Worte, die Peck verstehen konnte.

Noch am Bahnsteig zog er den geheimnisvollen Zettel aus der Tasche und wählte die Nummer.

»Hallo!« Eine jugendliche Stimme, die er sofort wiedererkannte. Hannes Schörghuber, der semmelblonde junge Mann an der Hotelrezeption.

»Ich habe Post von Ihnen bekommen. Und Sie wissen, wie der Mörder ins Hotel kam?«

»Ich weiß noch mehr!«

»Nämlich?«

»Nicht jetzt. Ich habe heute um elf Uhr am Abend Dienstschluss. Kommen Sie zu mir in die Wohnung. Um halb zwölf, es ist nur eine Viertelstunde vom Hotel entfernt.«

»Können wir nicht sofort miteinander reden? Das ist zu wichtig, um es aufzuschieben.«

»Geht jetzt nicht. Mein Chef steht neben mir. Bis heute Abend.«

»Wo genau?«

»Arbeitergasse 37 im zweiten Stock. Das ist der schmale Weg, der von der Alauntalstraße in die Altstadt hinunterführt.«

*

Als Peck im Hotel vor der Zimmernummer 106 stand und die Magnetkarte in Pfeilrichtung durchzog, bis das grüne Lämpchen aufleuchtete, dachte er an die Mitteilung Schörghubers. *Ich weiß, wie der Mörder ins Zimmer 106 kam*. Mit einer Schlüsselkarte wie er soeben? Oder hat Bagnon seinem Mörder doch die Türe geöffnet? Kannte er ihn? Der Raum war nur halb so groß wie Pecks *Luxury Suite*, ein typisches Hotelzimmer mit bequemem Bett und einem Schrank aus hellem Fichtenholz. Er würde nichts mehr finden, die Spurensicherung hatte sicherlich alles mehrfach durchsucht. Außerdem wusste er gar nicht, wonach er suchen sollte. Auf dem Nachttisch lagen eine Lesebrille und ein Taschenbuch. *A l'ombre des jeunes filles en fleurs*. Monsieur bevorzugte Marcel Proust, dachte er. *Auf der Suche nach der verlorenen Zeit*. Und das am letzten Tag seines Lebens. Bagnon hat die Suche zu spät begonnen, dachte Peck.

Er hob die Matratze und schob seine Hand zwischen die Auflage und das Bettgestell. Nichts. Der Spülkasten, dachte er. Wenn Peck besonders clever sein wollte, benutzte er den Spülkasten als Versteck. Er ging in die Toilette, doch er fand nichts. Auch der Kleiderschrank war leer. War bereits alles an die Witwe nach Salzburg geschickt worden?

Es war Punkt sieben, als Alica aus dem Aufzug stieg und auf ihn zukam. Schlanke, biegsame Figur, fuhr es ihm durch den Kopf. Und warum musste er genau in diesem Moment an Sophia denken? Alicas heller Mantel war vorne geöffnet und zeigte einen kurzen, schwarzen Rock und darunter hübsche Beine, die Peck bereits früher aufgefallen waren. Sie war eine kleine Frau, vielleicht ein Meter sechzig, wohlgerundet und genau nach seinem Geschmack.

Peck erinnerte sich an eine Äußerung seines Vaters, der oft von seinen Kriegserlebnissen gesprochen hatte. Er war im Krieg nicht nur feindlichen Soldaten begegnet, sondern auch vielen Frauen … und, so erzählte sein Vater manchmal, die hübschesten Frauen waren eindeutig in Polen zu Hause. Aber Peck nahm sich für den Abend vor, das Thema Polenfeldzug nicht anzusprechen.

Ein Freund in seinem Alter hatte vor einiger Zeit zu Peck gesagt, dass sich ein Mann jenseits der fünfzig einen neuen weiblichen Typus suchen solle, abweichend von dem Frauenbild aus der Jugendzeit, quasi ein zeitdynamisches, altersbegleitendes Frauenideal, das sich mit einem selbst mit ändert. Peck stufte solche frauenbezogenen Paradigmenwechsel als zutiefst sexistisch ein und lehnte sie deshalb strikt ab. Er würde immer die gleiche Art von Frauen attraktiv finden, eher klein, eher dunkelhaarig, eher so wie Sophia. Und wie Alica, die jetzt direkt vor ihm stand und ihn anlächelte.

Als sie über die Kreuzbergstiege in Richtung Altstadt gingen, erinnerte Peck sich an die Vorwürfe Sophias, dass er immer der gleichen Routine und immer dem gleichen Weg folgte.

»Lassen Sie uns hier nach links abbiegen«, sagte Peck, »diesen Weg hier bin ich schon zu oft gegangen.« Er beschloss, Sophia nicht zu sagen, dass er mit Alica von der altgewohnten Routine abgewichen war. Der schmale Weg vom Hotel hinunter in die Altstadt führte an einem riesigen Wohnblock vorbei mit hunderten Balkonen, die wie geschachtelt neben- und übereinander standen, eine ganze Landschaft aus Satellitenschüsseln, bunten Wäschestücken, die an Schnüren im Wind flatterten und Sonnenschirmen aller Größen. Als Peck an dem Haus vorbeiging, sah er in einem Erdgeschossfenster das Gesicht eines kleinen Buben, der ihn bleich und mit traurigen Augen anstarrte. Er drehte Peck den Kopf nach, der hinter Alica an dem Fenster vorbeiging, und das blasse Gesicht wurde kleiner und kleiner. Nach wenigen Metern drehte sich Peck nochmals zu dem Fenster um, aber der Bub war nicht mehr da.

»Ist was?« Alica hatte sich umgedreht und sah ihn fragend an. Peck schüttelte den Kopf. Plötzlich musste er an sein Treffen mit Hannes Schörghuber denken. Er sah auf die Uhr.

Keine Unruhe, sagte er sich, noch vier Stunden Zeit.

Sie gingen durch die Schlüsselamtsgasse zum Pfarrplatz, die Margarethenstraße hinauf zum Hohen Markt, wo sie einige Minuten auf der Bank vor dem alten Brunnen saßen, mit Blick auf die *Gozzoburg* und direkt vor dem Gasthaus *Jell*, wo auf den Eingangsstufen einige Kerzen und Windlichter standen.

»Ein gutes Gasthaus?«, fragte Alica. »Ich bin auch beim Essen sehr anspruchsvoll.«

»Ein gutes Gasthaus«, nickte Peck. »Kein modernes Restaurant, sondern beste Wirtshausküche. Bodenständige Rezepte, kombiniert mit neuen und überraschenden Zutaten.«

»Haben Sie das auswendig gelernt? Kommen Sie, Herr Peck, ich habe Hunger.«

Frau Jell, eine imposante, gastfreundliche Erscheinung, begrüßte sie in bodenlangem Weiß.

»Die stattliche Dame liebt ihre eigene Küche«, flüsterte Peck. Er mochte das etwas konservative Ambiente des Lokals, in dem er schon einige Male zu Gast war. *Weil's immer so war*, las er auf einem Polster, der auf der Ofenbank lag. Sie nahmen beide die *gratinierten Feigen mit Roquefort und Schinkenspeck* als Vorspeise. Als Alica die *Freilandhaxerln in Weißweinsud mit Rahmnockerln* bestellte, musste Peck sprachliche Unterstützung geben, er selbst wählte als Hauptgang die Jakobsmuscheln und dazu eine Flasche Grünen Veltliner vom Weingut *Körber*.

Er sah auf Alica, die ihm gut gelaunt und mit glänzenden Augen gegenübersaß. Sie trug ein enges T-Shirt mit breiten, waagrechten Streifen. Wie ein Zebra. Fasziniert sah er, wie anmutig sich die Streifen in ihrer Form veränderten, wenn sie ihren Oberkörper bewegte. Ich möchte auch wieder mal ein quergestreiftes T-Shirt tragen können, dachte er. Sagte es aber nicht.

»Aus welcher polnischen Stadt kommen Sie?«

»Geboren bin ich in Warschau, aber heute lebe ich in Krakau.«

Peck sah auf ihre Hand. Kein Ehering.

»Ich war vor einigen Jahren in *Kasimierz*, dem alten jüdischen Viertel von Krakau, das nach dem Krieg stark zerstört war.«

Sie nickte. »Einer der vielen *Kasimierz* in unserer Geschichte war König und hieß *der Jagellonier*. Und der ist auch der Namenspatron unserer Bibliothek.«

Sie prosteten sich mit dem Grünen Veltliner zu. Alica lächelte, und Peck fand es aufregend, dass sie ihm tief in die Augen sah.

»Ich hatte keine schöne Jugend in Warschau, wo ich bis nach der Schule mit meinen Eltern wohnte. Mein Vater hatte eine kleine Firma, doch er hat oft erzählt, dass er in seiner Jugend immer Soldat werden wollte. Aber er war irgendwann sehr krank, und so hat man ihn beim Militär nicht genommen. Er hatte viele Mitarbeiter in seinem späteren Unternehmen, und er hat alle mit militärischer Strenge geführt wie in einer Kaserne.« Alica sah, in Gedanken versunken, auf das Weinglas vor ihr und lächelte. »Die Mitarbeiter mussten salutieren, wenn sie morgens ins Büro kamen.«

»Erzählen Sie mir über die Handschrift Mozarts. Wie kam diese zu Ihnen nach Polen in die Bibliothek?«

»Lange Geschichte. Unsere Leute sind bereits vor über einem Jahr auf das Manuskript gestoßen, aber wir wollten ganz sicher sein. Die Mitarbeiter der Bibliothek und einige Fachleute aus Warschau sind in vielen europäischen Städten gewesen. Und die Spur der Handschrift hat uns auch nach Österreich geführt. Leider waren Ihre Kollegen aus Wien nicht sehr kooperativ.« Sie sah Peck vorwurfsvoll an. Sollte er jetzt ein schlechtes Gewissen bekommen?

»Was damals im Dezember 1791 in Mozarts Wiener Wohnung wirklich geschehen ist, wissen wir nicht. Mozart war während der letzten zwei Wochen vor seinem Tod Strohwitwer, weil seine Frau Constanze wieder einmal irgendwo auf Kur war. Während dieser Zeit hat er eifrig am *Requiem* komponiert, vielleicht sogar fertiggestellt und in die Kiste gelegt, wo er auch seine anderen Kompositionen aufbewahrte.«

»Und was passierte dann an dem Tag, als er starb?«

»Es war spät nachts, und wir wissen, dass außer Constanze noch einige weitere Personen bei dem todkranken Mozart waren. Sein Schüler Süßmayr, Doktor Closset, der Arzt, den man aus dem Theater an das Sterbebett Mozarts geholt hatte, und Josef, der Hausdiener. Möglicherweise hat eine dieser Personen das Manuskript gefunden und beiseite gelegt. Am wahrscheinlichsten allerdings, so ist unsere Theorie, hat Mozart selbst die Handschrift in der Truhe deponiert. Damals gab es noch keine Regale oder Aufbewahrungsschränke, also kam alles in die Kiste.«

Der Hauptgang wurde serviert, und sie unterbrach ihren Bericht. Peck hob sein Weinglas. »Auf dass wir das Manuskript wieder finden.«

»Hoffentlich«, sagte sie. War da Skepsis in ihrem Blick? Eine lange Pause trat ein, so als ob keiner von beiden mehr Lust hatte zu sprechen. Peck ergriff die Flasche, die neben dem Tisch in einem Weinkühler stand, und füllte die Gläser.

Alica trinkt schneller als ich, dachte Peck.

Nachdem die Bedienung ihre leeren Teller vom Tisch genommen hatte, prostete er ihr nochmals zu. »Und was passierte, nachdem Mozart gestorben war?«

»Auf dem Tisch und in der Lade fand Constanze zahlreiche Skizzen, die Mozart wohl als erste Entwürfe angefertigt hatte. Das sind jene Notenblätter, die wir als Fragment des *Requiems* immer schon kannten, das nach dem achten Takt des *Lacrimosa* abbricht.«

»Und dann von Süßmayr ergänzt worden ist?«

»Genau. Übrigens gab es schon vor zweihundert Jahren Vermutungen, dass Mozart das *Requiem* fertiggestellt und irgendwo verborgen hat.«

»Und dann noch die Verschwörungstheorie in Zusammenhang mit

seinem rätselhaften Tod.«

Sie nickte. »Die Blätter, die Constanze nach Mozarts Tod fand, sind eindeutig schnell hingeworfene Skizzen und Entwürfe. Im Gegensatz dazu lässt das jetzt gefundene Manuskript keinerlei Zeichen von Hast und Eile erkennen.«

»Und wie kam die Kiste nach Polen?«

»Abenteuerlich! Aber unsere Wissenschaftler konnten den gesamten Weg bis heute rekonstruieren.«

»Was war drinnen? In der Kiste, meine ich.«

»Unsere Leute sprechen immer vom *Konvolut*, neben dem *Requiem* eine Vielzahl anderer, zum Teil unvollendeter Kompositionen, vor allem kleinere Werke, Sonaten und Motetten. Und noch eine Sensation: Unter den Notenblättern fanden sich auch Teile seines Tagebuchs.«

»Mozart hat Tagebuch geführt?«

»Er hat schon als Zwanzigjähriger begonnen, in einem Tagebuch alle Kompositionen festzuhalten, sowohl die fertiggestellten als auch jene, an denen er gerade arbeitete. Und wir fanden auch die letzten Tagebuchblätter in der Kiste mit der Eintragung, dass er die *Seelenmesse* fertig komponiert hätte.«

»Und die Zettel und skizzierten Entwürfe in Mozarts Wohnung?«

»Die bekam zuerst ein gewisser Eybler und später Franz Xaver Süßmayr, der das *Requiem* zu Ende komponiert hat.«

»Und das bereits fertige Manuskript war zur Seite geräumt worden?«

Alica nickte. »Offensichtlich in die Tiefe des *Konvoluts*. Und die gesamte Kiste hat Constanze kurze Zeit später verkauft. Schließlich brauchte sie Geld.«

»Wer kauft so was?«

»Es gab damals schon Verleger mit Weitblick und Kapital, so zum Beispiel ein Hofrat Johann Adam Fabré aus Leipzig.«

»Notenmanuskripte Import-Export?«

»So ähnlich. Dieser Fabré hatte keine Ahnung, welche Schätze er da erworben hatte. Wir wissen nur, dass er irrsinnig viel Geld für die Kiste bezahlt hat.«

Peck nahm einen Schluck Wein und blickte wieder fasziniert auf Alicas bewegliche Querstreifen.

»Der Herr Hofrat ist schon 1792 gestorben, und der Koffer wanderte in den Keller seines Anwesens, wo er die gesamten Napoleonischen Unruhen und auch die Völkerschlacht in Leipzig heil überstand. Auf irgendeinem Wege gelangte das Konvolut an den Hof des Königs von Preußen, wo der Inhalt erst nach einigen Jahren und auch sehr nachlässig katalogisiert wurde. Und dann vergingen einige Jahrzehnte, bis gegen Ende des letzten Weltkrieges die Kiste in ein Archiv in Görlitz verlagert wurde.«

»Russische Truppen?«, fragte Peck.

»Ja. Im Mai 1945 kamen die Sowjets in das Gebiet um Görlitz. Um die zahlreichen Kunstwerke in Sicherheit zu bringen, hatte die SS bereits Monate zuvor mit geheimen Bauarbeiten im Wasserschloss *Radmeritz*, dem heutigen *Radomierzyce*, begonnen. Mit unermesslichem Aufwand wurden in aller Eile gepanzerte Lagerräume geschaffen. Die Sowjettruppen vermuteten nach Ende des Krieges dort geheimnisvolle SS-Unterlagen und beauftragten einen gewissen Doktor Raschke, einen unter den Nazis verfolgten Lehrer, das Archiv im Wasserschloss zu katalogisieren. Tadeusz Raschke haben wir zu verdanken, dass das *Requiem* heute noch unversehrt existiert. Er hat möglicherweise den Wert erkannt und die Handschrift in seinem Haus im Keller versteckt, bevor die Sowjetarmee das Schloss geplündert hat. Und vor zwei Jahren hat einer der Söhne Raschkes, ebenfalls Lehrer an der dortigen Schule, das Manuskript gefunden und es genauer angesehen. Er hat als Erster auf der Handschrift das entdeckt, was vor ihm alle übersehen haben, den Hinweis ›*Di me W.A. Mozart mppr. 1791*.‹«

»Und das heißt?«

»›*Di me*‹ heißt ›von mir‹ und ›*mppr*‹ bedeutet ›*manu propria*‹, also ›eigenhändig‹, eine Klausel, die Mozart in den letzten Jahren oftmals in sehr kleiner Schrift verwendet hat, um eigenhändige Notenschriften zu kennzeichnen.«

»Was passierte dann weiter?«

»Raschke Junior hat die Handschrift dem Kulturministerium in Warschau angeboten, und so kam das Mozart-Autograf schließlich nach Krakau und in die *Biblioteka Jagiellonska*.«

»Ist das nicht Kriegsbeute? Und gehört das Manuskript nicht zurück nach Deutschland oder, noch besser, nach Salzburg?«

»Eben nicht!« Alica war laut geworden und funkelte ihn mit blitzenden Augen an.

»Natürlich! Ihr mit eurer Beutekunst!«

»Aber Mozart war Österreicher.«

»Spielt überhaupt keine Rolle! Als das Manuskript nach *Radomierzyce* kam, gehörte dieses Gebiet zum Deutschen Reich. Es handelt sich also nicht um Kriegsbeute. Die Polen sagen: Wir können nichts dafür, dass von euch damals Kunstwerke in Schlesien gelagert wurden, einem Gebiet, das heute zu Polen gehört. Wir haben diesen Krieg nicht angefangen, und wir haben euch nichts geraubt! Früher Deutsches Reich, heute Polen. Und keine Spur von Kriegsbeute!«

Alicas Stimme wurde immer lauter und überschlug sich, ihr Gesicht hatte sich rot gefärbt.

Frau Jell, die zufällig am Nebentisch stand, kam herüber und fragte: »Ist das Essen nicht in Ordnung?«

Alica erkannte, dass sie zu heftig reagiert hatte, und setzte ein schiefes Lächeln auf.

Peck bestellte noch eine Flasche *St. Laurent Altenberg* aus Göttlesbrunn.

»Ich habe noch Hunger«, flüsterte Alica über den Tisch und bestellte Vanille-Grießnockerln in Erdbeersuppe, Peck nahm die Cremeschnitte, ein traditionelles Dessert, das er schon öfters und mit jedem Mal wachsender Begeisterung gegessen hatte.

Es war ein warmer, windstiller Herbstabend geworden, als sie das glatte Kopfsteinpflaster hinunter in die Altstadt gingen. Alicas Stöckelschuhe klapperten laut in der engen Fußgängerzone, die fast menschenleer war. Alle Auslagen hell beleuchtet und keiner schaut rein, dachte Peck, Werbekosten zum Schaufenster rausgeworfen.

»Noch ein Drink?«, fragte Alica in der Hotelhalle und zeigte in Richtung Bar. Peck sah verstohlen auf die Uhr. Noch eine dreiviertel Stunde bis zu seinem Treffen mit Hannes Schörghuber.

Alica war nahe an ihn herangerückt, obwohl die gepolsterte Bank genügend Platz bot, und Peck spürte die Wärme ihres Körpers.

»Ich möchte Ihnen etwas Interessantes zeigen«, flüsterte Alica nach dem ersten Whisky. »Ich habe eine Fotokopie der gesamten Mozart-Handschrift bei mir im Hotelzimmer. Die würde ich Ihnen gerne zeigen.«

Peck wusste nicht, was er tun sollte. In seiner Jugend hatte er weiblichen Wesen regelmäßig ein Briefmarkenalbum zur gemeinsamen Begutachtung auf seinem Zimmer angeboten. Und nie war eines der Mädchen enttäuscht gewesen, als sich herausstellte, dass er nicht mal eine einzige Briefmarke besaß. Von Briefmarken zu Manuskripten von Mozart dachte er, ein großer kultureller Fortschritt. Allerdings hatte er einige Jahrzehnte dazu gebraucht.

»Ich habe die Frau gesehen, die mit Ihnen hier im Hotel war«, sagte Alica, »aber sie ist abgereist. Also sind Sie frei, sich mit Mozartlichem zu beschäftigen.«

»Sorry«, sagte Peck und rückte ein kleines Stück von Alica weg. »Ich habe heute noch einen Termin. Beruflich. Ich nehme Ihren Auftrag sehr ernst. Das Mozart-Manuskript werde ich mir besser bei Tageslicht ansehen. Wegen dem kleingedruckten ›*manu propria*‹.« Er winkte dem Kellner. »Schreiben Sie bitte alles auf meine Zimmernummer.«

Alica sah ihm wütend nach, als er aus der Hotelbar flüchtete.

*

Peck schwitzte, und er genoss die Kühle der Nacht, als er mit langen Schritten hinunter ins Tal eilte, die Alauntalstraße überquerte und den kleinen Weg weiter, bis er rechts die großen Wohnblöcke erreichte. Die Haustüre zu Nummer 37 stand weit offen, und Peck betrat ein schmales, grün gestrichenes Stiegenhaus, in dem es säuerlich nach Bier und Sauerkraut roch. Das fahle Licht aus einer nackten Glühbirne, die von der Decke baumelte, reichte gerade aus, um den Staub zu erkennen, der zentimeterdick auf den Stufen lag. Als Peck an einem weißen Kinderwagen vorbeiging, der auf dem ersten Treppenabsatz stand, sprang plötzlich mit einem lauten Pfauchen eine Katze heraus und lief mit buschigem Schwanz zwischen seinen Beinen hindurch und hinaus ins Freie.

H. Schörghuber las Peck auf einem kleinen Schild an der Tür. Als niemand kam, drückte er ein zweites Mal auf den Klingelknopf, diesmal länger. Dann holte er sein Mobiltelefon aus der Tasche, wählte Schörghubers Nummer und hörte daraufhin in der Wohnung das Handy läuten. Aber niemand kam. Peck fühlte, wie sich Unruhe in ihm breitmachte. Schörghuber wusste, dass er kam. Warum öffnete er nicht? Mit dem Ellbogen drückte Peck die abgegriffene Klinke und öffnete langsam die Wohnungstüre. Er stand in einem breiten, hell erleuchtenden Vorhaus, das jemand zu einem Fitnessraum umgebaut hatte. In der Mitte des Flures stand breitbeinig und schwer eines dieser fitnesstechnischen Foltergeräte, das Peck nur vom Sehen her kannte, mit gepolsterten Auflagen, Gewichten und Seilzügen. Auf dem Boden lagen mehrere Hanteln in unterschiedlichen Größen. Er rief laut nach Schörghuber. Keine Antwort. Pecks Unruhe wuchs, und mit großen Schritten lief er auf eine Türe zu, die ihn in ein Schlafzimmer führte, mit einem überdimensional großen, zerwühlten Bett, an dessen Fußende ein Fernseher stand. Peck rief nochmals laut Schörghubers Namen. Die Wohnung bestand nur aus dem Schlafzimmer und einer Wohnküche, die Peck jetzt betrat. Wenige Möbel, eine Schrankküche, die auf engstem Raum alles beinhaltete, was man zum Kühlen und Kochen braucht. Und in der Mitte ein kleiner, quadratischer Tisch. Peck erstarrte, als er die Leiche sah, die unter dem Tisch auf dem Rücken lag und mit eingeschlagenem Schädel. Etwas Blut war aus der großflächigen, gezackten Kopfwunde auf den schachbrettgemusterten Linoleumboden geflossen. Wie bei einer komplizierten Fitnessübung lag der Körper flach auf dem Boden, die Beine leicht gespreizt, die Arme im rechten Winkel seitlich weggestreckt. Peck bückte sich. Über das Gesicht des Toten lief eine Fliege. Er verscheuchte sie.

Wie in einem Traum erhob er sich und ging langsam zum Fenster, unter dem ein Holzregal mit zahlreichen DVD's stand. Er zog eine der Hüllen aus dem Regal. *Heiße Jungs*. Zwei blonde, nackte Jünglinge in unzweideutiger Aktion. Auf dem untersten Regalbrett stand eine Fotografie. Hannes Schörghuber umarmt einen anderen jungen Mann. Beide lachen in die Kamera. *Heiße Jungs*, dachte Peck. Auf der

Rückseite der Fotografie las er: *Mit Alex in Torremolinos*.

Plötzlich erfasste Peck ein Schwindel, das Zimmer begann sich langsam zu drehen, und ihm wurde schlecht. Er setzte sich auf einen Stuhl beim Tisch und drückte einige Male die Augen fest zu, um das Schwindelgefühl zu vertreiben. Alica ist Schuld, dachte er. Zu viel Grüner Veltliner und hinterher noch Rotwein! Er war müde und durstig, seine Zunge klebte am Gaumen. Langsam stand er auf, trank ein Glas Wasser und durchsuchte dann beide Zimmer, sah in alle Schubläden und in jeden Schrank. Auf der Anrichte in der Küche lag eine Karte mit einem Magnetstreifen. Peck drehte sie vorsichtig mit einer Messerspitze um, ohne sie zu berühren. *Grandhotel Krems* las er, und mit Filzstift hatte jemand daneben geschrieben: Nummer 106. Marcel Bagnons Zimmernummer. Im Vorzimmer war ein altmodischer schwarzer Telefonapparat an der Wand befestigt. So etwas kannte er nur noch von seinen Eltern. Unter dem Telefon war ein kleines Brett befestigt wie ein Bücherregal für zwei Bände. Darauf lag ein blaues, abgegriffenes Notizbuch mit zahlreichen Telefonnummern. Peck nahm es mit in die Küche, setzte sich zum Licht und blätterte es aufmerksam durch. *Alex Liebig*. Der Name stand gleich auf der ersten Seite, daneben eine Handynummer. Peck steckte das blaue Büchlein ein. Dann sah er sich die Wohnungstüre genau an, fand aber keine Spuren, dass sie gewaltsam geöffnet worden war.

Was sollte er jetzt tun? Er starrte die Wand an, und nach einigen Sekunden wusste er es. Peck nahm sein Mobiltelefon aus der Hosentasche und wählte Funkes Nummer.

»Es ist fast Mitternacht«, brummte Funke.

»Ein Mord«, sagte Peck. »Ich warte hier auf Sie.«

»Wer?«

»Hannes Schörghuber, ein junger Mitarbeiter aus dem Hotel. Er liegt hier in seiner Küche mit einem eingeschlagenen Schädel.«

»Ich sitze gerade vor dem Fernseher.«

»Tauschen Sie Ihren Film gegen *Non-Fiction* hier in einer Kremser Wohnung. Ich gebe Ihnen die Adresse.«

Peck hielt das Glas, aus dem er getrunken hatte, unter fließendes Wasser, trocknete es sorgfältig ab und stellte es wieder in den Küchenschrank. Zwanzig Minuten später hörte er Schritte im Stiegenhaus. Funke betrat langsam und halb gebückt die Wohnung. Peck sah ein graues, müdes Gesicht mit schwarzen Ringen unter den Augen.

»Peck, Sie kann man keinen halben Tag alleine lassen.«

Wortlos gab er Funke den Umschlag mit Schörghubers Nachricht und erzählte von seinem Telefonat und der nächtlichen Verabredung. Funke sah sich die unter dem Küchentisch liegende Leiche aufmerksam an. Peck deutete auf die Schlüsselkarte Nummer 106, die Funke vorsichtig mit zwei Fingern in die Hand nahm. »Vielleicht wollte er Ihnen nur diese Karte zeigen. Als Hinweis, wie der Mörder in Bagnons Zimmer kam.«

»Ich war heute am Vormittag nochmals in Bagnons Hotelzimmer. Hat die Polizei irgendwelche Spuren entdeckt? Fingerabdrücke?«

»Nichts Verwertbares.« Funke sah etwas ratlos auf den Zettel mit Schörghubers Nachricht. »Was meint er mit dem Motorradfahrer?«

»Fragen Sie Ihren Kollegen Wamper, ob er sich die Aufzeichnungen der Videokameras angesehen hat, die den Hoteleingang überwachen. Da fährt kurz ein Motorradfahrer durchs Bild. Leider kann man das Nummernschild nicht erkennen.«

»Wissen Sie, dass Wamper im Kollegenkreis hier in Niederösterreich nur *Schweinchen Dick* genannt wird?« Funke grinste. »Und er wird schon bald Uwe Dayer auf den Pelz rücken.«

»Hören Sie, Herr Polizist, jetzt habe ich Ihnen ganz loyal eine Menge Details über Ihren Fall verraten. Jetzt erzähle ich Ihnen meinen Vorschlag, verbunden mit einer Bitte.«

Funke sah ihn mit erhobenen Brauen an.

»Ich muss mich morgen, spätestens übermorgen bei meinem Auftraggeber in London mit ersten Ergebnissen melden. Und ich bin psychisch ein extrem belastbarer Mensch, aber ein weiteres dieser nervtötenden Gespräche mit Schweinchen Dick ertrage ich nicht.«

»Worauf wollen Sie hinaus, Herr Detektiv?«

»Ich schlage Ihnen Folgendes vor …«

Funke verzog sein faltiges Gesicht, so als ob er in eine Zitrone gebissen hätte. Ahnte er, was jetzt kam?

»Sie sagen Wamper, dass Ihnen der junge Schörghuber heute dieses

Briefchen gegeben hat, dass Sie sich mit ihm nach Ende seines Dienstes hier mit ihm verabredet hätten. Und so weiter.«

»Sie meinen, ich soll den Leichenfinder spielen?«

»Erfasst! Es gehört zu den traurigen, aber verdammten Pflichten der Kriminalpolizei, als Erste bei der Leiche zu sein. Und nur der Tüchtigste ist so rasch am Tatort wie Sie.«

»Aber das ist gegen einige verdammte Regeln!«

»Regeln lassen immer Spielraum für Ausnahmen.« Peck grinste. »Ich danke Ihnen, Herr Funke. Sie haben was gut bei mir.«

*

Als Peck auf der Straße stand, atmete er tief durch. Er war verwirrt. Schon die zweite Leiche im Gefolge des *Requiems*. Der arme Junge. Was wohl genau passiert war? War der gleiche Mörder zweimal am Werk gewesen? Und hingen die beiden Bluttaten überhaupt zusammen? Doch, dachte er. Bei dem Mord an Bagnon liegt das Motiv auf der Hand: Folter, mit dem Ziel, den Safecode zu erpressen, Mord, um unerkannt mit der Mozart-Handschrift zu entkommen. Und bei dem jungen Schörghuber? Zuerst macht Hannes eine Entdeckung in Verbindung mit dem Hotelzimmer. *Ich weiß, wie der Mörder ins Zimmer 106 kam*. Dann teilte er seinen Verdacht jemandem mit, und dieser Jemand ermordet ihn. Ein Angestellter aus dem Hotel? Oder einer der Gäste? Und dann noch der zweite Teil seiner Nachricht: *Und ich habe den Motorradfahrer gesehen*. Könnte er zwei unterschiedliche Personen gemeint haben, die seinen Verdacht erregt hatten? Dem einen erzählt er seine Story vom Zimmer 106, und wusste er vielleicht, wer hier spätnachts mit dem Motorrad wegfuhr? Vielleicht aber auch nur ein harmloser Tourist. Schörghubers Botschaft deutet auf zwei Personen hin, entschied Peck schließlich, und sein Gefühl sagte ihm, dass der Mörder Schörghubers sich noch im Hotel befand. Hannes tat ihm leid. Mit wütenden Schritten marschierte er hinauf zum Hotel. Als er sich dem Eingang des Gebäudes näherte, sprach der Bewegungsmelder an, und er stand im Licht zweier starker Scheinwerfer. Er winkte in Richtung Videokamera, ging quer durch die Halle und hörte leise Musik aus der Hotelbar. Sollte er Sophia anrufen? Nein, zu spät. Vielleicht noch ein kleiner *Lagavulin* in der Bar? Als Pecks Augen sich an die schummrige Beleuchtung gewöhnt hatten, sah er in einer der Nischen im Hintergrund des Raumes das zebragestreifte T-Shirt Alicas aufleuchten. Sie saß in sehr geringem Abstand neben einem glatzköpfigen Mann, dem sie gerade zuprostete. Peck hörte ihr perlendes Lachen. Bei der Jell hat sie nicht so gelacht, dachte er und machte sich auf den Weg zu Zimmer 716.

Montag, 19. September

Peck war seit vier Tagen im *Grandhotel Krems*, seit drei Tagen war Marcel Bagnon tot sowie die Mozart-Handschrift verschwunden. Und vor einem Tag wurde Hannes Schörghuber ermordet.

Peck saß in einem der Ledersessel in der Lobby und trank seinen zweiten Großen Braunen. Nichts deutete in dieser frühen Stunde auf die exklusive Mondänität hin, mit der die Hotelhalle sich jeden Abend ihren Gästen darbot. Keine Lichter, keine Musik, die Halle war still und fast menschenleer. Nur ein gut frisierter Herr mit schwarzem Anzug und schwarzem Aktenkoffer stand am Fenster und sprach leise mit seinem Mobiltelefon. Und eine Dame vom Putzdienst in einem blau geblümten Arbeitskittel zog einen Staubsauger am Elektrokabel quer durch die Halle.

Er hatte in der Zeitung erst auf Seite fünf eine knappe Mitteilung über einen *Toten in Kremser Luxushotel* gelesen, jedoch ohne Hinweis auf *Mozarts Requiem*.

Peck dachte gerade darüber nach, was er vor seiner Abreise noch erledigen musste, als der Hoteldirektor mit trippelnden Schritten auf ihn zueilte. *Rupert K. Schwarz*, dachte Peck, und wie immer in feines Tuch gekleidet.

»Heute Nacht wurde einer unserer jungen Mitarbeiter in seiner Wohnung getötet.« Schwarz flüsterte es Peck zu, dann sah er sich um, ob es auch keiner gehört hatte.

Peck nickte. »Die Polizei recherchiert schon.«

»Ein Hotelgast und ein Angestellter innerhalb weniger Tage tot. Und der Mörder läuft immer noch frei herum, das ist alles nicht gut für den Ruf unseres Hauses.«

»Wie geht es Ihrem Empfangschef, Herrn Dayer?«

Schwarz zuckte zuerst mit dem Gesicht, dann mit den Schultern. »Übrigens, Ihre Fotos kommen noch heute.«

Peck verließ die Hotelhalle und ging einige Schritte in Richtung Parkplatz. Das frühe Morgenlicht war grau, dünne Wolkenschleier hingen über der Altstadt, nur auf der anderen Seite kündigten schwarze Wolkenbänke kommende Unwetter an.

Ein jäher Windstoß wirbelte seine weißen Haare durcheinander. Sophia hatte ihm schon zweimal gesagt, dass er zum Friseur solle. Peck war froh, dass er heute nach Salzburg zurückreiste. Was hatte er bisher erreicht? Ein Dreihundert-Millionen-Raub und als Verdächtige ein zwielichtiger Hotelmanager und dessen Angestellte, die sogenannten Mozart-Experten, allen voran Marais aus Frankreich und dunkle Figuren, die von irgendwo aus Osteuropa angereist waren. Und auf dem Hotelvideo ein verdächtiger Motorradfahrer sowie ein betrunkener Typ mit Bart und struppigem Haar.

Nach einigen Schritten ertappte Peck sich dabei, dass seine Gedanken immer wieder zu den beiden Morden zurückkehrten. Konzentrier dich auf die Mozart-Handschrift, sagte er sich. Alles andere ist Aufgabe der Polizei. Peck erhoffte sich wichtige Aufschlüsse aus den Gesprächen, die er morgen in Salzburg und dann in Paris und London führen würde. Er war jetzt schon über ein Jahr nicht mehr ins Ausland geflogen, auf einer beruflich bedingten Dienstreise, wie Peck sie in seinem früheren Job Dutzende Mal im Jahr machen musste. Nur hatte er damals eine Sekretärin, die für ihn Flug und Hotel buchte und einen detaillierten Reiseplan verfasste, sodass ein Blick genügte, um dem Fahrer zu sagen, wohin er wollte, wenn er am Zielort ins Taxi stieg. Er hatte vor einiger Zeit Sophia gefragt, ob sie nicht zukünftig diese wichtige Aufgabe seiner Reiseplanungen für ihn übernehmen könnte. Doch sie tippte nur mit dem Zeigefinger gegen ihre Stirn. Also schrieb Peck sich jetzt seine Reisepläne selbst. Er mochte das nicht.

Auf einer Wiese hinter dem Parkplatz sah Peck den Hausmeister auf einem kleinen Traktor in engen Kreisen um die zahlreichen Bäume kurven. Er hob die Hand und ging quer über den asphaltierten Parkplatz auf den Traktor zu.

»Der letzte Rasenschnitt in diesem Jahr?«, rief Peck.

Missmutig sah Mirko Slovic herüber, als er zuerst langsam vorbeirollte, sich dann aber doch entschied, den Traktor vor Peck anzuhalten. Er trug wieder seinen blauen Arbeitsanzug und auf dem Kopf eine gestrickte Wollmütze.

»Was wollen Sie? Ich habe viel Arbeit!«

»Sie haben am Freitag früh drüben beim Hallenbad das Laub aufgesammelt und in gelbe Säcke gefüllt.«

»Das mache ich seit zehn Jahren. Immer im Herbst. Und weiter?«

»Aber diesen Herbst gab es am Freitag früh einen Toten im Technikraum. Dort sind Sie doch öfters, oder nicht?«

»Schon möglich.«

»Herr Dayer beschuldigt Sie, die rote Türe im Bad nicht versperrt zu haben.«

»Der Herr Empfangschef! Dayer ist ein fauler Hund! Und ein Lügner. Er selbst läuft jeden Abend mit seinem Generalschlüssel durch die Gegend und kontrolliert angeblich alle Türen. Ich kümmere mich um den Garten.«

»Aber Sie wissen, wo der Schlüssel aufbewahrt wird.«

»Hören Sie! Ich arbeite hier seit vielen Jahren. Da weiß ich, was sich wo befindet.«

»Ich möchte noch wissen, ob Sie jemanden gesehen haben. Jemand aus dem Hotel, der dort nichts verloren hat, oder ein Fremder.«

»Nur der Herr Empfangschef persönlich war in der Früh schon unterwegs. Wahrscheinlich mit seinem Generalschlüssel.«

»Kommt er jeden Tag so pünktlich?«

»Ach wo!« Er deutete plötzlich mit dem Arm zum Parkplatz. »Da ist er ja.«

Peck drehte sich um. Mit quietschenden Reifen verließ ein weißer Sportwagen die kurvige Einfahrt und bog zum Angestellten-Parkplatz ab. Ein Audi TT Roadster, dachte Peck, Uwe Dayer hat einen teuren Geschmack.

»Neupreis mindestens fünfzigtausend«, sagte Peck.

»Hat er erst seit Kurzem.« Mirkos Stimme klang abfällig.

Peck wollte nachfragen, als plötzlich alles ganz schnell ging. Vom Hotel kam Wamper herübergelaufen, überraschend leichtfüßig für seine Masse, und hinter ihm ein uniformierter Polizist. Als Dayer aus dem Audi stieg, stand Wamper bereits neben ihm und legte Handschellen um seine Gelenke. Langsam war ein Polizeiwagen herangerollt, der Uniformierte schob Dayer mit dem Kopf voran ins Auto, und dann quietschten wieder die Reifen.

Wie in einem Film, dachte Peck, gut geprobt, die ganze Szene hatte kaum zehn Sekunden gedauert.

»Bei Ihnen im Hotel ist soeben ein Job frei geworden«, sagte Peck. »Wollen Sie sich nicht bewerben?«

»Ich sagte schon: Ein fauler Hund. Außerdem ein großes Arschloch.«

»Und er hat den Roadster erst seit Kurzem?«

»Ja, seit drei oder vier Tagen. Woher das Geld kommt, weiß keiner. Vorher fuhr er einen japanischen Kleinwagen.«

*

Ob Silke Bräuner wohl mit ihrem Anwalt kommt, fragte Peck sich, als er durch die Hotelhalle Richtung Cafeteria ging. Sie kam. »Ich bin Doktor Abraham Nickel«, sagte der junge Mann mit gelangweilter Stimme, der neben Silke an einem der kleinen Tische im Hintergrund des Raumes saß. Er trug einen exakt gebügelten grauen Anzug, der selbst in der Dämmerung der Bar noch glänzte. Das Hellste an ihm war sein unverschämt weißes Hemd, dessen zwei oberste Knöpfe offen standen. Peck sah die Brille und die gescheitelten dunklen Haare, und irgendwie sah der Typ wie *Ken Clark* aus, dem Reporter beim *Daily Planet*, kurz bevor er sich wieder in *Superman* verwandelte. Zwischen den Augenbrauen waren zwei tiefe Falten eingegraben. Auch ohne Krawatte eine elegante Erscheinung. *Geschniegelt und gebügelt*, hätte Pecks Mutter gesagt. Aber aggressiv. Er erinnerte Peck an einen bösartigen Hund, der schon die Zähne bleckte, bevor man ihn überhaupt ansah, geschweige denn berührte.

Peck hatte beim Vorbeigehen an der Theke einen Großen Braunen bestellt, den der Kellner jetzt brachte.

»Erzählen Sie mir was über sich«, sagte Peck lächelnd zu *Ken Clark*. »Was machen Sie so?«

»Ich bin Rechtsvertreter.«

Peck konnte nicht widerstehen. »Ich kenne nur Staubsaugervertreter. Vertreten Sie nun das Recht oder Frau Bräuner?«

»Bevor Sie weiter dumm reden, eine grundsätzliche Bemerkung vorab, Herr Detektiv«, sagte der Anwalt barsch. »Wir wissen, mit welchem Auftrag Sie seit dem Diebstahl der Notenhandschrift unterwegs sind. Und wir werden uns wenig anstrengen, Sie zu unterstützen, solange Sie mit unverschämten Verdächtigungen durch die Gegend rennen. Merken Sie sich: Meine Mandantin kann zum Raub der Handschrift nichts sagen. Und prägen Sie sich Folgendes gut ein: Meine Mandantin hat nichts gesehen, nichts gehört, und sie weiß nichts.«

Peck hatte bei dem Anwalt das Gefühl, dass man in seinem Beisein den Mund nicht aufzumachen brauchte. Doktor Nickel dozierte jetzt temporeich aus voller Kehle und mit rasch wechselnder Intonation über die rechtliche Situation, stellte Fragen, beantwortete sie auch selbst und fuchtelte dabei ununterbrochen mit seinen Händen in der Luft herum.

»Lieber Mann, ich kenne möglicherweise noch nicht alle Details, wie es sich aber für mich darstellt, hat Frau Doktor Bräuner ein unzweideutiges Alibi, sowohl was den Diebstahl als auch den Mord betrifft. Gibt es denn irgendein Verdachtsmoment in Richtung meiner Mandantin? Natürlich nicht, weil es völlig unmöglich ist, dass sie in irgendwelche kriminellen Machenschaften involviert ist, die sich hier im Hotel abgespielt haben. Und Sie führen eine Untersuchung durch – oder versuchen es zumindest – als privater Detektiv sozusagen und in halbamtlicher Mission. Warum ermitteln Sie nicht bei den wirklich Verdächtigen? Ich werde Ihnen sagen, warum, passen Sie auf! Weil Sie den falschen Leuten auf die Nerven gehen und sich auf unwichtige Details konzentrieren, aber nur die Tatsache, dass sich meine Mandantin als weltweit anerkannte Fachexpertin zufällig hier im Hotel aufhält, ist nicht ausreichend, sie unflätig zu behandeln. Meine Mandantin insistiert darauf, dass Sie ab sofort Ihre lächerlichen Bezichtigungen unterlassen. Muss ich noch deutlicher werden?«

»Niemand hat Frau Bräuner beschuldigt!« Peck sagte es langsam und jedes Wort betonend. »Und über ihr Alibi reden wir gleich.« Er blickte zu Silke Bräuner, die bisher kein Wort gesprochen hatte. Sie trug einen weißen Hosenanzug, rauchte eine lange, dünne Zigarette und sah ihn entspannt an, so als ob sie das Ganze nichts anginge.

»Frau Bräuner, kurz vor seiner Ermordung hat Monsieur Bagnon den Verdacht geäußert, dass einer aus Ihrer Expertenrunde nicht nur wissenschaftliches Interesse an dem Mozart-Manuskript hat. Also muss ich Sie fragen, wo Sie sich am Freitag früh aufgehalten haben, als die Handschrift aus dem Tresor geraubt wurde.«

Superman winkte ungeduldig mit der Hand. »Sie haben mich nicht verstanden oder nicht aufgepasst. Meine Mandantin hat nichts gesehen, nichts gehört, und sie weiß nichts. Es ist völlig egal, wo sie am Freitag in der Früh war.«

Peck seufzte. Wenigstens würde es kein langes Gespräch werden.

»Was ist Ihr Spezialgebiet an der Uni?«

»Musikgeschichte. Ich habe mich die letzten Jahre intensiv mit der Geschichte der Freimaurerei und deren Einfluss auf die Musik des 18. und 19. Jahrhunderts beschäftigt.«

»Und? Ist was dran an dem sogenannten Mozart'schen Freimaurer-Komplott?«

Lächelnd sah *Ken Clark* zu Silke Bräuner hinüber. Er hatte erfolgreich das Gespräch in die aus seiner Sicht richtigen Bahnen gelenkt.

»Die letzten Worte Mozarts zu seiner Frau Constanze waren: ›Der Geschmack des Todes ist auf meiner Zunge. Mit mir dauert es nicht mehr lange; gewiss hat man mir Gift gegeben.‹«

»Da hatte er das *Requiem* bereits vollendet?«

»Wie wir heute wissen, ja.«

»Glauben Sie, dass die Freimaurer Mozart vergiftet haben?«

»Möglich ist es. Entweder Quecksilber oder mit *Aqua Tofana*, einem aus Käfern gewonnenen Gift.«

»Aber warum sollte Mozart ermordet worden sein?«

»Es geht dabei um frühere Werke, insbesondere die *Zauberflöte* und die Kantate *Maurerfreude*. Möglicherweise hat Mozart darin zu viele Insidergeheimnisse oder geheime Freimaurer-Rituale verraten, bewusst oder unbewusst.«

»Aber deshalb wird man doch nicht umgebracht!«

»Mozart hat Ende 1791 gesagt: ›Jemand hat mir *Aqua Tofana* gegeben und den genauen Zeitpunkt meines Todes ausgerechnet, für den das *Requiem* bestellt wurde. Dieses *Requiem* schreibe ich für mich selbst.‹«

»Ende der Sitzung«, sagte *Ken Clark* und erhob sich.

*

»Sie haben Post«, rief ihm ein schwarzhaariges Mädchen von der Rezeption aus zu und winkte mit einem großformatigen braunen Briefumschlag. Peck blieb an der Theke stehen und öffnete das Kuvert. Es waren die Detailaufnahmen aus den Videofilmen, die ihm Schwarz angekündigt hatte. Peck sah auf dem ersten Bild den vorderen Teil des Motorrads mit einem großen dunklen Aufkleber in Form eines gefiederten Flügels und darunter den Schriftzug *HONDA Crossrunner.* Auf dem im Bild befindlichen Teil der Nummerntafel war die Endziffer 63 zu lesen. Mehr als ein schwarzer Lederhandschuh, der die Lenkstange kräftig umfasste, und ein kleiner Teil eines schwarzen Motorradhelms war von dem Fahrer nicht zu sehen.

Die nächsten beiden Fotos zeigten die Gruppe der dunkel gekleideten, grimmig aussehenden Männer, die auf das Hotelportal zugingen, sowie das gut getroffene Portrait von Boris Jellacic. Boris, der Stinker, dachte Peck.

Die letzte Aufnahme stammte von dem Bärtigen, der nachts betrunken aus dem Taxi kroch. Üppige Haare, die ungekämmt nach allen Richtungen standen. Ungepflegt, dachte Peck, kein typischer *Grandhotel*-Kunde. Wie alt mochte er sein? Peck schätzte ihn auf sechzig.

Peck steckte die Bilder zurück in den Umschlag und sah, dass das schwarzhaarige Mädchen an der Rezeption ihn aufmerksam beobachtet hatte. Er hielt ihr das Bild des Langhaarigen hin. »Können Sie sich an den erinnern?«

Sie nickte. »Ein unfreundlicher Gast, der mit nichts zufrieden war. Ich glaube, er hat schon vor zwei Tagen das Hotel verlassen.«

»Fragen Sie bitte auch Ihre Kollegen.«

Das Mädchen wandte sich mit dem Bild zuerst an einen jungen Burschen, der das Foto einige Sekunden anstarrte, worauf er den Kopf schüttelte, dann verschwand sie in einem der Räume hinter der Rezeption. Nach einer Minute erschien ein älterer Mann mit schütterem Haar und sah nochmals auf das Bild, das er in der Hand trug. »Der war einige Tage hier, ist aber schon abgereist.« Nein, an den Namen könne er sich nicht erinnern. Außerdem unterliege dies alles dem Datenschutz.

Peck war plötzlich müde und hungrig. Er beschloss, im Hotel eine Kleinigkeit zu essen und sich dann kurz im Zimmer auszuruhen, bevor er zurück nach Salzburg fuhr. Auf dem Weg zum Restaurant kam ihm Alica entgegen. Was sollte er tun? Er blieb genau vor ihr stehen und lächelte sie an. Doch Alica sah durch ihn hindurch, und ohne irgendeine Reaktion ging sie mit erhobenem Kinn an ihm vorbei. Gleichgültig zuckte Peck mit den Schultern.

Plötzlich meldete sich sein Telefon.

»Ich muss mit dir reden!!« Gerlinde, die Exgattin. Sie war die einzige Frau, die sich mit zwei Ausrufezeichen meldete.

»Es geht um Geld!«, sagte sie barsch. *Nicht schon wieder*, dachte er.

»Welches Geld?« Dumm stellen ist immer gut.

»Dein Geld! Stell dich nicht dumm! Und es geht um deinen Sohn Peter.«

»Ich dachte bisher immer, dass Peter *unser* Sohn ist.«

»Hör mal, Paul, ich habe keine Zeit für Semantik. Peter braucht deine Unterstützung.«

»Was ist mit ihm?«

»Alleine die Frage zeigt, dass du dich nicht um deine Kinder kümmerst. Wann hast du zuletzt mit Peter telefoniert?«

Peck überlegte einige Augenblicke, kam jedoch zu keinem Ergebnis, was er Gerlinde natürlich nicht mitteilte.

»Also weißt du es nicht! Deshalb informiere ich dich jetzt darüber, was es bei deinem Sohn Neues gibt. Er hat beschlossen, sich weiterzubilden.«

»Aber er hat doch schon ein Studium abgeschlossen.«

»Das reicht heutzutage nicht mehr! Er beabsichtigt, einen *MBA* zu machen.«

»MBA.« Peck wiederholte die Buchstaben langsam.

»Ja«, sagte Gerlinde, »er hat ein tolles Angebot für ein postgraduales

Studium zum *MBA* vorliegen.«

»Postgradual?«

»Tu nicht so! Du weißt genau, was das Wort bedeutet.«

»Eine Ausbildung zum *MBA* ist eine sehr gute Idee«, sagte Peck.

»Die gute Idee kostet aber fünfundzwanzigtausend Euro. Und so viel hat dein Sohn nicht.«

»Und deshalb hat Peter dich gebeten, bei mir Geld einzutreiben?«

»Dein Sohn weiß nicht, dass ich mit dir darüber rede. Und er darf es auch nie erfahren!«

»Wie viel gibst du ihm?«

Es entstand eine längere Pause. »Es geht nicht um mich! Meine Bitte ist, dass du deine Verantwortung als Vater wahrnimmst und ihn anrufst. Er soll dir zuerst von seinen Plänen berichten, danach zeigst du dich hoch erfreut über deinen bildungswilligen Sprössling, und schließlich bietest du ihm umfangreiche finanzielle Unterstützung an.«

Wie das Drehbuch für ein Hörspiel! Warum fühlte er sich plötzlich so müde? Mit leiser Stimme versprach er, Peter anzurufen. Dann legte er auf.

Am Eingang zum Hotelrestaurant hing ein großes Plakat: *Unsere Mittagsempfehlung: Pappardelle con Tartufi*. Müssten weiße Trüffel sein, dachte er. Nehme ich! Und ein Glas Barolo und später noch ein zweites. Die Pasta war hervorragend, nur die Trüffel waren auf forensische Spuren reduziert.

»Wie geht's dir?«, fragte Sophia, als er sie am Telefon hatte. »Hast du auch kalorienmäßig vernünftig gegessen?«

»Nein.«

»Warst du wenigstens sonst vernünftig?«

»Nein. Ich habe vor dem Essen ein sehr unerquickliches Gespräch geführt und außerdem gestern nachts einen Toten gefunden.«

»Wer?«

»Hannes, der blonde junge Hotelangestellte, der mir die Nachricht aufs Zimmer gelegt hat.«

Er hörte Sophia aufstöhnen. »Der behauptete, er weiß, wie der Mörder ins Hotelzimmer kam?«

»Genau der. Ich fand ihn in seiner Wohnung. Brutal erschlagen.«

»Wie Bagnon. Der gleiche Mörder?«
»Vermutlich.«
»Jetzt hast auch du einen Toten gefunden. In dieses Hotel gehen wir nie mehr. Wann kommst du endlich nach Salzburg?«
»Ich versuche nur noch, meine morgigen Gespräche mit den Leuten im *Amadeum* zu verabreden.«
»Glaubst du, dass dich die Professoren vom *Amadeum* weiterbringen? Von denen war doch keiner in Krems dabei.«
»Das wissen wir doch nicht. Und mich interessiert der akademische Streit, wer und warum vom *Amadeum* in die Expertenkommission entsandt werden sollte.«
»Welche Erkenntnisse erhoffst du dir daraus? Siehst du einen Zusammenhang mit den beiden Morden?«
»Eher mit dem Raub der Handschrift. Jeder Konflikt ist es wert, beachtet zu werden. Ich möchte mir ein klares Bild über die Personen machen, bei denen das geballte Wissen über Mozart und sein *Requiem* zu Hause ist.«
»Mit wem triffst du dich?«
»Lulla und Ott. Außerdem habe ich das Gefühl, dass es hilfreich wäre, nochmals mit deiner Freundin Jutta zu reden.«
»Und mein Gefühl sagt mir, dass du dich vor der Abfahrt noch eine Stunde aufs Bett legst.«
»Wenn ich mich hinlege, dann nur, um konzentrierter nachdenken zu können. Deine Gefühle sind wie so oft falsch.«
»War nett, mit dir zu plaudern«, sagte sie und legte auf.
Im Zimmer führte er einige Telefonate und hatte wenig später zwei Gesprächstermine für nächsten Tag verabredet. »Herr Professor Ott nimmt sich sicher die Zeit, Sie morgen um elf Uhr in seinem Büro zu empfangen. Zimmer 235 im zweiten Stock. Bitte seien Sie pünktlich, weil er danach Vorlesung hat.«
Tüchtige Sekretärin! Doktor Aloys Lulla, der Chef des *Amadeum* Salzburg, hatte erst nach dem Mittagessen Zeit. Um zwei würde er ihn treffen. Bei ihm brauchte er nicht pünktlich zu sein. Offensichtlich hatte er keine Vorlesung.
Nur ein Viertelstündchen, dachte Peck, als er sich in lupenreiner Kö-

nigsstellung aufs Bett legte. Und nur zum Nachdenken.

Er war müde. Und froh, dass er endlich abreisen konnte. Ein eigenartiges Hotel, dachte er. Würde er diese Luxus-Oase mit dem *Rund-um-die-Uhr-Service* vermissen? Ein Punkt, der ihn vor allen anderen faszinierte, nannte er das *Gummibärchen-Phänomen*. Jedes Mal, wenn er das Zimmer verließ und die Bettdecke oder einer der Polster zerknautscht war, hatte der Zimmerservice es mit wundersamer Geschwindigkeit wieder in Ordnung gebracht. Und wenn er ins Zimmer zurückkam, lag der Polster arithmetisch ausgerichtet auf dem Bett, genau mittig mit einem definierten Knick versehen, in dem er stets zwei Gummibärchen vorfand, liebevoll in transparentes Verpackungspapier gehüllt. Selbst wenn Peck nur fünf Minuten wegging, war das Bett hinterher wieder in straffer Ordnung, mit den beiden Gummibärchen im Knick des Polsters. Einmal hätte er beim Verlassen des Zimmers fast die kleine Süßigkeit aufs Spiel gesetzt, kehrte dann aber zum Bett zurück und brachte mit einigen rabiaten Schlägen die Bettdecke und den Polster in die notwendige Unordnung. Dann verließ er laut pfeifend das Zimmer, wartete fünf Minuten im Hotelflur, gut in einem Seitengang versteckt, um zu beobachten, was passierte. Doch es kam niemand. Leise schlich er auf Zehenspitzen zum Zimmer zurück und riss die Türe auf. Glattgestrichene Bettdecke. Und in dem fünf Zentimeter tiefen, völlig symmetrischen Polsterknick lagen die beiden Gummibärchen, fast wie in erotischer Umarmung. Süße, farbige Chemie in Bärenform, dachte er, und kaum Kalorien. Er könnte sie kiloweise verschlingen.

*

Pecks Abreise vom Hotel lief verheißungsvoll ab. Kaum hatte er die Drehtüre passiert, als ein Sonnenstrahl durch die dunkle Wolkendecke brach und die vor ihm liegende Ausfahrt hell beleuchtete, als hätte jemand die Absicht, ihn sicher und schnell vom Hotel wegzuführen. Kurz nach drei, als Peck mit seinem VW auf der Dürnsteiner Seite durch die Wachau fuhr, schob sich die Wolkendecke wieder zusammen und schwere Tropfen klatschten auf die Scheibe.

Müde und durstig fuhr er um halb sieben langsam zu seiner Wohnung im Stadtteil Aigen. Johannes-Filzer-Straße 46 war ein großer, fünfstöckiger Wohnblock mit vielen Mietern und, abgesehen von zahlreichen, meist lärmenden Kindern, eine ruhige Wohnumgebung. Peck stieg im fünften Stock aus dem Aufzug und ging in dem fahlen Licht der schwachen Deckenlampe zu seiner Wohnungstüre am Ende des Ganges.

Zwei Dinge dominierten in seiner Wohnung: Alte, meist dunkelbraun glänzende Möbel und Unmengen von Büchern, gestapelt auf Sideboards und Tischen sowie in zahlreichen überfüllten Regalen. Die raumhohen Büchergestelle an beiden Wänden hatten das Vorhaus zu einem schmalen, dunklen Büchertunnel werden lassen, der von der Eingangstür bis zum Wohnzimmer reichte.

Neben weiteren Bücherregalen war das Wohnzimmer durch eine dunkle Ledercouch und einen Lehnstuhl geprägt, seinem Lieblingsplatz, mit Leselicht und Tisch für Buch, Rotwein oder Whisky.

Direkt neben seinem Leseplatz lagerten jene Bücher griffbereit im Regal sowie am Fußboden, die er besonders mochte und immer wieder zur Hand nahm: Kafka, Joseph Roth, Thomas Mann, Wittgenstein und Carl Barks.

Wenig später saß er mit einem *Lagavulin* im Lehnstuhl und kramte in seinen Unterlagen. Wo hatte er die Telefonnummer von Morris Cooper hingetan? Aus der Nachbarwohnung drangen plötzlich lautes Geschrei und Lärm zu ihm herüber. Da ging es wieder mal hoch her. Laut dröhnte die Musik durch die Wand, und mächtig stampfende Bässe ließen Pecks Geschirr im Schrank vibrieren. Er sah auf den Whisky, der neben ihm auf dem Tisch stand, bemerkte erstaunt die kleinen konzentrischen Kreise in dem halb vollen Glas. Wie bei einem runden Teich, in den jemand einen Stein geworfen hatte. In dieser Lautstärke geht es fast jeden Abend zu, dachte Peck erbost. Als ob die dünne Wand eine einzige Lautsprechermembrane wäre. Er hatte schon mehrmals bei den Nachbarn geläutet und um mehr Ruhe gebeten, bisher jedoch sehr erfolglos. Wütend nahm er einen Schluck Whisky, als sein Handy läutete.

»Hallo Papa, hier ist Peter. Wie geht es dir?«

»Danke. Ich hatte vor, mich bei dir zu melden.«

»Hat Mama dich angerufen?«

»Ich höre, du planst, dich noch einmal in einen Hörsaal zu setzen.«

»Also hat Mama mit dir gesprochen!«

»Ein *MBA* ist eine tolle Ausbildung.«

»Und der Titel wird meiner Karriere einen Schub nach oben verpassen, glaub mir! Was ist das für ein Lärm bei dir in der Wohnung? Lebst du gerade deine Leidenschaft zu *Heavy Metal* aus?«

»Das sind die Heavy Nachbarn. Die spielen so laut Musik, dass ich weder denken noch lesen oder später schlafen kann.«

»Hast du dich schonmal beschwert?«

»Hundert Mal schon und in allen Eskalationsstufen. Alles ergebnislos.«

»Hör mal, ich habe vor Kurzem einen Kurs über praktische Psychologie besucht. Lass mich das übernehmen, und gib mir die Telefonnummern deiner Nachbarn.«

Peck suchte sein Telefonbuch.

»Ich melde mich wieder«, sagte sein Sohn und legte auf.

Peck holte sich noch einen *Lagavulin*. Wenn er stand, waren die wummernden Bässe noch besser zu hören, die als rhythmisches Stakkato zu ihm herüber drangen. War das ein Telefon, das gerade da drüben läutete? Nach fünfzehn Sekunden war es plötzlich ruhig. Ungewohnt, so als ob sich die Stille wie eine Decke über alles ausgebreitet hätte. Peck war irritiert. Was war passiert?

Er wählte Peters Nummer. »Was hast du denen da drüben erzählt?«

»Mein Geheimnis!« Peck konnte das Grinsen seines Sohnes hören.

»Vielleicht gebe ich dir später mal Einblick in meine psychologischen Geheimstrategien. Reden wir wieder über mein Masterstudium. *Executive Master of Business Administation in General Management*. Klingt doch gut, oder?«

»Dann ist dein Titel länger als der Name. Tolle Sache!«

»Viel BWL, strategisches Management und Entrepreneurship. Alles Dinge, die ich für meine Karriere brauche.«

Aber nicht ganz billig, dachte Peck.

»Und nicht ganz billig«, sagte sein Sohn, »vierundzwanzigtausend

Euro für vier Semester. Aber die Hälfte zahlt mein Chef. Dafür muss ich vier Jahre in der Firma bleiben.«

»Also zwölftausend Euro für dich.«

»Gut gerechnet, Papa. Unterstützt du mich?«

»Okay. Ich zahle die Hälfte von der Hälfte. Also sechstausend.«

»Etwas wenig! Ich hatte mehr erwartet.«

»Die Hälfte von der Hälfte, das ist ein vortrefflicher väterlicher Beitrag.«

»Schade.«

»Bist du jetzt sauer? Es gibt ja auch noch Mama.«

»Ich überlege, ob ich deine Nachbarn anrufen soll, dass sie die Musik wieder aufdrehen können.«

Peck lachte.

»Nein, ich bin nicht sauer! Danke für den halben *MBA*. Und keine Bange, ich rufe deine Nachbarn nicht an.«

Peck lehnte sich zurück. Er war müde und beschloss, heute früh ins Bett zu gehen. Aber vorher musste er noch Morris Cooper anrufen. In London ist es eine Stunde früher, dachte er, als er Coopers Telefonnummer gefunden hatte. Ein Beamter ihrer Majestät wird um diese Zeit sicher noch in seinem Büro sein.

Nach zwei Anläufen hatte Peck mit Cooper eine Verabredung zum *Late Lunch* am Mittwoch. Peck konnte außerdem das Sekretariat an der *Londoner Royal Academy of Music* überreden, für ihn ein Hotelzimmer im *Charing Cross Hotel* zu buchen.

Nachdem er Sophia telefonisch eine gute Nacht gewünscht hatte, wankte er müde ins Schlafzimmer. Beim Ausziehen fiel Schörghubers Notizbuch auf den Boden, das in irgendeiner Tasche gesteckt hatte. Er hatte ganz darauf vergessen. *Heiße Jungs*, dachte er und suchte die Telefonnummer von Alex. Festnetz mit Kremser Vorwahl.

»Hier ist Paul Peck. Ich habe gestern im *Grandhotel Krems* vom Tod Herrn Schörghubers erfahren und ermittle in dem Fall der aus dem Hotel geraubten Mozart-Handschrift.«

»Und?«

»Ich habe Ihre Telefonnummer aus einem Notizbuch, das ich in seiner Wohnung gefunden habe. Waren Sie mit Hannes befreundet?«

»Die Polizei war schon hier. Ohne Mitgefühl. Nur blöde Fragen und so.«

»Wer könnte ihn getötet haben?

»Keine Ahnung.«

»Hatte Hannes Feinde?«

»Keine Feinde, die ihn so sehr hassen, dass sie … Außer einem vielleicht …«

»Außer wem?«

»Hannes sagte, dass er einige wichtige Informationen erhalten hat, die jemanden stark belasten würden.«

»Wen und was könnte er damit gemeint haben?«

»Vielleicht seinen Chef im Hotel.«

»Wen meinen Sie?«

»Uwe Dayer. Er muss ein Arschloch sein. Hannes hat unter ihm gelitten.«

»Warum gelitten?«

»Keine Ahnung. Irgendwas muss gestern im Hotel vorgefallen sein. Hannes hat nur Andeutungen gemacht, wollte am Telefon darüber nicht sprechen. Er hatte vor, mir heute zu erzählen, worum es ging. Doch heute kann er mir nichts mehr erzählen.«

»Aber irgendwas muss er doch gesagt haben.«

»Er sagte: ›Ich habe einen schrecklichen Verdacht‹. Und: ›Jetzt habe ich ihn.‹«

»Worum es bei diesem Verdacht auch immer ging, wissen Sie, ob Hannes seinen Chef daraufhin angesprochen hat?«

»Er sagte, dass er die große Trumpfkarte erst heute ausspielen würde.«

»War das alles?«

»Ich glaube, dann sagte er noch etwas.«

»Nämlich?«

»Er sagte: ›Jetzt ist er dran!‹«

Dienstag, 20. September

Es war sieben Uhr, und Peck blieb nach dem Läuten des Weckers noch einige Minuten bewegungslos im Bett liegen. Noch ein bis zwei Stunden Schlaf, dachte er, und er wäre für den Tag gerüstet. Das *jahreszeitliche Gleichnis des Lebens* kam ihm in den Sinn, von dem er vor ein paar Tagen in irgendeiner Zeitung gelesen hatte. Nach dieser Analogie entspricht der Frühling dem Lebensabschnitt der Kindheit und Jugend, der Sommer steht für die Kraft der frühen Männlichkeit, für Karriere und Partnersuche, der Herbst dem beginnenden Kräfteverlust des Alters und schließlich der Winter der noch verbleibenden Zeit im Altersheim. Peck lag ruhig auf dem Rücken und horchte in sich hinein. Er fühlte sich wie Anfang November.

Als er, attackiert von stechenden Rückenschmerzen, gebückt vor seinem leeren Kühlschrank stand, hörte er sein Handy läuten. Als er das Mobiltelefon nach hektischem Gelaufe durch die ganze Wohnung schließlich im Badezimmer gefunden hatte, rief er Sophia zurück.

»Ich bin soeben in der Buchhandlung eingetroffen. Bist du jetzt erst aufgewacht?«

»Diese Frage beantworte ich nicht ohne meinen Anwalt.«

»Was machst du heute? Als Detektivmanager brauchst du klare und detaillierte Aktionspläne!«

»Ich habe zwei Termine im *Amadeum*, unter anderem mit dem Chef deiner Freundin Jutta.«

»Du triffst dich mit Doktor Ralph Ott, dem gut aussehenden Mann mit den grauen Schläfen?«

»Warum hast du mich eigentlich angerufen? Nur um mir zu sagen, dass Ott ein bildschöner Adonis ist? Deiner Meinung nach jedenfalls.«

»Nein. Jutta hat sich bei mir gemeldet. Sie meinte, du hättest noch einige Fragen zu Mozart und zum *Requiem*. Wenn du sie treffen möchtest: Sie ist um halb zehn im *Café Bazar*.«

Damit war der Start in den Tag geklärt: Frühstück und zwei Große Braune im *Bazar*.

Als Peck gerade seine Wohnungstüre zusperrte, traf er beim Lift auf das junge Heavy-Metal-Ehepaar aus der Nachbarwohnung. Beide sahen ihn verschreckt an. So völlig anders als sonst.

»Tut uns leid, dass wir manchmal etwas laut Musik spielen«, murmelte der Mann und drückte die flache Hand gegen seine Brust.

»Beziehungsweise gespielt haben«, korrigierte die Frau. »Wir wollen uns zukünftig mehr den leisen Tönen widmen.«

Peck war erstaunt. Woher kam dieser Richtungswechsel?

»Ihr junger Kollege hat uns gestern angerufen und uns alles über Sie erzählt. Tut uns leid. Das konnten wir ja nicht wissen.«

»Ab sofort nur Zimmerlautstärke, sobald es draußen dunkel wird«, ergänzte sie.

Peck lächelte freundlich. Das größte Wunder ist die Wirklichkeit. Er musste unbedingt nochmals mit seinem Sohn sprechen, welche Geheimwaffe hier im Spiel war.

Pecks Laune besserte sich noch weiter, als er mit dem Auto und den Glenn Gould'schen *Goldbergvariationen* an der Salzach entlangfuhr. Turbulente föhnige Winde fegten über Salzburg hinweg, aber abgesehen davon versprach es, ein warmer Herbsttag zu werden, als Peck die Stufen aus dem Untergrund der *Raika-Garage* das Sonnenlicht am Elisabeth-Kai erreichte. Er dachte an seine Gesprächspartner, die er heute treffen würde. *Klare und detaillierte Aktionspläne* hatte Sophia von ihm gefordert, eine Selbstverständlichkeit, wie er fand. Sollte er für all seine im Voraus geplanten Aktivitäten eine To-do-Liste schreiben? Planen heißt, den Zufall durch Planungsfehler ersetzen, dachte er. Außerdem bedeutete Planen auch, genau zu wissen, was man *nicht* tun oder auf später verschieben sollte. Also beschloss Peck, für nächste Woche eine Nicht-to-do-Liste zu erstellen.

Nach zwei Eiern im Glas mit Vollkornbrot und dem ersten Großen Braunen saß er gerade über den *Salzburger Nachrichten*, als Jutta Meischner das *Bazar* betrat.

»Ich habe heute einen Tag Urlaub«, sagte sie und bestellte ein Achtel Rotwein. Ihr faltiges gelbliches Gesicht war ungeschminkt und strahlte genauso Müdigkeit aus wie ihre schleppende, leicht nach vorn gebeugte Art, sich fortzubewegen. Sie trug ein mit großformatigen

Blumen bedrucktes Kleid, und auf ihrem flachen Busen erblühte eine Rose, von Margeriten umrankt.

»Wie weit sind Sie bei Ihrer Suche nach dem Manuskript?«

»Ich treffe mich in zwei Stunden mit Ihrem Chef im *Amadeum*.«

»Ott? Wozu soll das gut sein? Er war doch in Krems nicht dabei, kann also das Autograf nicht gestohlen haben.« Sie bekam etwas Farbe im Gesicht. »Und wenn Sie etwas Musikgeschichtliches über Mozart wissen möchten, fragen Sie besser mich. Mein Chef ist fachlich eine Doppelnull!«

Peck sah sie an und wusste einen Moment nicht, was er sagen sollte.

»Also«, sagte sie, »warum wollen Sie mit Ott reden?«

»Mein Gefühl sagt mir, dass er was Interessantes weiß. Vielleicht über den Verbleib der Notenhandschrift oder die Zusammensetzung der Expertenkommission.«

»Ihr Gefühl? Vielleicht stimmt was mit Ihrem Gefühl nicht, Herr Peck.«

Das denkt Sophia auch immer. »Aber irgendwelche Expertisen muss doch der Herr Universitätsprofessor haben.«

»Er hat Expertisen! Ott bumst alle seine Studentinnen. Er ist ein begabter Womanizer!«

Oh Gott, stöhnte Peck innerlich, und Sophia findet, dass er gut aussieht.

»Als ich meinen ersten Lehrauftrag am *Amadeum* erhielt, war Ralph Ott wahrscheinlich noch ein ernst zu nehmender Wissenschaftler, aber dann ist er aufgestiegen in der Hierarchie, zuerst zum Leiter des Fachbereiches und dann Institutsvorstand. Ab dieser Zeit trug er plötzlich teure Maßanzüge, ließ sein Büro mit Eschenholz täfeln, verringerte die Zahl seiner Vorlesungen und achtete nur noch auf die politischen Winde vom Ministerium aus Wien. Seine Frau ist ihm schon vor drei Jahren davongelaufen.«

»Mit dem Fund der Handschrift ist die Musikwelt um einen Mythos ärmer geworden«, versuchte Peck, zum Thema *Requiem* zurückzukommen. »Wie kam es, dass das *Requiem* immer schon ein heiß diskutierter Streitpunkt war?«

»Das *Requiem* ist seit Mozarts frühem Tod immer mehr zu einer Legende geworden, die über die Jahrzehnte wie eine Neujahrsrakete in einzelnen Stufen explodiert ist. Zuerst kam der greise Salieri, über dreißig Jahre nach Mozarts Tod, und behauptete plötzlich, er hätte Mozart vergiftet. Dabei war Salieri damals bereits nachweislich dement und geistig hochgradig verwirrt. Kurze Zeit danach zündet die zweite Raketenstufe in Form des angesehenen Schriftleiters einer damals renommierten Musikzeitschrift.«

»Was hat er getan?«

»Verwirrung der gesamten Musikwelt. Er behauptete plötzlich, dass überhaupt nichts beim *Requiem* von Mozart stammt, sondern alles von seinem Schüler Süßmayr aus irgendwelchen Notenzettelchen zusammengebastelt wurde.«

»Und der Film von Milos Forman. Haben Sie ihn gesehen?«

Jutta nickte. »Das war die Replik zur ganzen bisherigen Mozart-Story. Der Film rückt wieder Salieri als Bösewicht in den Vordergrund.«

»Und was ist die letzte Erkenntnis?«

»Aller Mythos zu Ende! Keine Zeit mehr für Märchen um Mozarts *Requiem*. Die originale Mozart-Handschrift ist zwar verschwunden, es kursieren aber bereits Fotokopien.«

Peck dachte an Alica und die nächtliche Einladung in ihr Hotelzimmer. Vielleicht hätte er die Einladung doch annehmen sollen.

»Demnächst werden die Uraufführungen anrollen, Galakonzerte für Frack und Abendkleid. Sobald der Streit um die Aufführungsrechte geklärt ist. Da geht es um mehr als einige hundert Millionen.«

»Ist Ihnen im Grandhotel Krems irgendetwas aufgefallen, was einen Hinweis auf die geraubte Handschrift geben könnte? Gibt es irgendetwas, das ungewöhnlich war? Selbst eine Kleinigkeit könnte wichtig sein.«

Jutta dachte nach und schüttelte dann den Kopf.

»Ungewöhnlich war nur dieser Empfangschef. Ich glaube, Dayer hieß er. Ich habe ihn bei einem nächtlichen Treffen im rückwärtigen Teil des Hotelparks beobachtet, zusammen mit einigen eigenartig aussehenden Männern.«

»Wann war das?«

»Es sah wie ein sehr vertrauliches Gespräch aus. Am Donnerstag vor dem Mord an dem Versicherungsmenschen.«

»Wie viele?«

»Fünf oder sechs. Sahen wie Jugos aus, alles schwarzhaarige, wilde Typen in schlecht sitzenden Anzügen.«

»Und welchen Eindruck hatten Sie von Ihrem Pariser Kollegen?«

»Marais? Ihn hat wohl einiges gestört an unserer Expertenrunde, vor allem mit Silke aus Deutschland hatte er laufend Streit. Marais war kleinlich und aggressiv.«

»Worum ging es?«

»Und Silke benahm sich arrogant und überaus selbstbewusst. Das konnte nicht gut gehen.«

»Vorurteile zwischen Franzosen und Deutschen?«

Jutta Meischner nickte. »Mozart hat jedenfalls dabei kaum eine Rolle gespielt.«

Peck erinnerte sich an die lautstarke Auseinandersetzung, die er mit angehört hatte.

»Frau Meischner, wo waren Sie am Freitag, den 16. September, um sieben Uhr in der Früh?«

Juttas Gesicht rötete sich schlagartig und bekam einen wütenden Ausdruck. »Sie fragen mich nach meinem Alibi! Was soll das!« Sie sprang auf und stieß den Stuhl hinter sich lautstark um. Plötzlich war es still im Kaffeehaus. Die an den Nebentischen Sitzenden hatten die Gespräche unterbrochen und sahen aufmerksam zu ihnen herüber.

»Herr Peck, soweit ich Ihren Auftrag verstanden habe, werden Sie nicht dafür bezahlt, dem Mörder nachzujagen. Oder bin ich in Ihren Augen mordverdächtig?«

»Ich habe den Auftrag, die Mozart-Handschrift zu finden«, sagte Peck, »und ich bitte Sie um Ihre Unterstützung.«

Jutta stand immer noch mit wütendem Gesicht vor ihm. Hinter ihr hatte ein Kellner sich diskret genähert, der den am Boden liegenden Stuhl an den Tisch rückte. Zitternd vor Wut sah sie Peck an und zog die Mundwinkel leicht nach unten. »Wenn Sie das Manuskript finden wollen, warum sind Sie dann hier, statt nach ihm zu suchen?«

»Ich brauche einige Informationen von Ihnen.«

»Ich kenne Ihre Sophia seit Jahrzehnten. Und bisher war sie so was wie eine Freundin zu mir. Aber seit heute weiß ich, dass ihr Partner eher ein misstrauisches Arschloch ist als ein Detektiv.« Jutta kramte in ihrer Tasche, knallte einen Fünf-Euro-Schein auf den Tisch und verließ ohne einen weiteren Blick auf Peck das *Bazar*.

*

Die Rathausuhr zeigte zehn Minuten vor elf, als Peck vor dem *Bazar* stand und die vor ihm liegende sonnenbeschienene Szenerie betrachtete, die träge dahinfließende grüne Salzach, den Turm des Alten Rathauses, darüber die Festung Hohensalzburg und weiter links die Staatsbrücke, auf der sich die Autos in beiden Richtungen stauten. Er würde rechtzeitig bei Ott im *Amadeum* sein.

Peck wählte die Nummer von Christine Bagnon. Wie sie wohl den Tod ihres Mannes verkraftet hatte? Und ob sie auch gebürtige Französin war? Nein. Salzburger Großstadtdialekt, dachte Peck, als sie sich am Telefon meldete. Vielleicht mit einem leichten *Lungauer Einschlag*.

»Passt Ihnen vier Uhr?«

»Kommen Sie. Sternhofweg Nummer 13. Im ersten Stock.« Eine traurige, leise Stimme.

*

Um Punkt elf stand Peck in einem schmalen Schlauch, der als Vorzimmer und Sekretariat zu Otts Büro diente. Mit dem Rücken zum Fenster saß am Ende des langen Raumes die Sekretärin, von der nur eine blonde Haarwolke erkennbar war wie eine riesige, von hinten durchleuchtete Zuckerwatte. Und vorne ein schweres grünes Brillengestell.

»Gehen Sie rein«, sagte die Zuckerwatte, ohne von ihrer Tastatur aufzusehen. »Er erwartet Sie.«

Warum begrüßt er mich so überschwänglich, dachte Peck, als er den Kopf ins Zimmer streckte und erschrocken beobachtete, wie Ott hinter seinem Schreibtisch aufgesprungen war und, beide Arme nach ihm ausgestreckt, auf ihn zueilte. Er heißt mich wie einen Sohn willkommen, der nach zwei Jahren Auslandsaufenthalt endlich wieder seinem Vater in die Arme eilt.

Ott war mittelgroß, schlank mit dunklem Haar und einem durchdringenden Blick. *Womanizer*. Und: *Gut aussehender Mann*, erinnerte sich Peck an Sophias Aussage und suchte die sagenhaften grauen Schläfen. Doch da waren nur schwarze, fettig glänzende Strähnen, die noch dazu gefärbt waren. Frauen haben bezüglich Männern einen eigentümlichen Geschmack, dachte Peck. Zumindest bei fremden Männern. Kaum hatte er Platz genommen, kam die Sekretärin lautlos herein, blieb hinter Peck stehen und fragte, ob er etwas trinken möchte. Er hatte Durst und bat um ein Glas Wasser.

»Ich weiß genau, wie Sie heißen und warum Sie hier sind«, eröffnete Ott das Gespräch. Er sprach langsam, Wort für Wort, mit einer samtenen, wohlklingenden Stimme. Wie ein Pfarrer, der gerade über das Gleichnis des dankbaren Samariters im Lukas-Evangelium predigt. Sein Gesicht war braun gebrannt, als ob er soeben von einem mehrwöchigen Badeurlaub zurückgekommen wäre. Die lange, vorspringende Nase war leicht gebogen und gab seinem Gesicht einen raubvogelartigen Ausdruck. Peck sah die herumirrenden, knopfartigen Augen, die dann wie auf Befehl stehen blieben und ihn mit stechendem Blick anblitzten.

»Herr Professor Ott«, begann Peck und sah erstaunt, dass Ott plötzlich wie wild mit beiden Händen hin- und herfuchtelte, so als ob er sich am Bahnsteig von jemandem verabschiedete, der gerade mit dem Zug davonfuhr.

»Nein, nein!«, rief er gönnerhaft. *»Professor* bin ich erst in einer Stunde wieder, im Hörsaal vor meinen Studenten. Hier im Büro und für Sie bitte nur Ott!«

Die Sekretärin mit der Zuckerwattefrisur brachte eine kleine Kaffeetasse und für Peck ein kleines Glas Wasser. Lauwarmes Leitungswasser.

»Ich habe von meiner Mitarbeiterin Jutta Meischner gehört, dass unser französischer Kollege Hals über Kopf aus dem Hotel geflohen ist.«

Peck nickte. »Welche Vorlesungen halten Sie?«

Ott richtete seinen Oberkörper auf. »Ich leite die wissenschaftliche Abteilung am *Amadeum*, bin verantwortlich für die Gesamtedition aller Mozart'schen Werke, erster Delegierter der Mozart-Forschung in der *Österreichischen Akademie der Wissenschaften* sowie Gastprofessor an den Universitäten Boston und Tokyo.«

Peck machte mit dem Kopf eine leichte Neigebewegung nach links und rechts, um anzudeuten, wie sehr er beeindruckt war.

»Warum wurden nicht Sie in die internationale Sachverständigenkommission gewählt, die in Krems getagt hat?«

»Ihr Hinweis auf die Expertenrunde bringt mich nochmals zurück zu Jean-Jacques aus Paris, der so überraschend aus Krems abgereist ist. Sozusagen über Nacht.«

»Wenn Sie Marais meinen, ich werde ihn in Paris treffen, in nicht ganz einer Woche.«

Ott lächelte herablassend. »Wenn Sie nur wegen Jean-Jacques ins schöne Paris reisen, können Sie sich den Flug sparen.«

»Kennen Sie Marais?«

»Seit Jahren. Er ist hochgradig emotional, korrupt und überschätzt sich kolossal. Somit ist Jean-Jacques für Sie maximal ein sinnvoller Gesprächspartner, was irgendwelche zweitklassigen französischen Komponisten betrifft. Fachlich ist er eine Null. Seine sogenannten wissenschaftlichen Veröffentlichungen haben *Jerry-Cotton*-Niveau.«

»Ich habe als Jugendlicher *Jerry Cotton* gern gelesen«, sagte Peck, »und ich möchte nochmals auf meine Frage zurückkommen, warum Jutta Meischner und nicht Sie als österreichischer Mozart-Experte nach Krems entsandt wurde.«

»Politische Kabale! Meine eigene Mitarbeiterin hatte offensichtlich den besseren Draht zum Ministerium in Wien und höhere Affinität zur richtigen Partei. Also fuhr Jutta Meischner.«

»Herr Ott, man erzählt, dass noch jemand für die Expertenkommission im Gespräch war, nämlich der Vorgänger von Frau Doktor Meischner, der jetzt bereits in Pension sein soll.«

»Was man nicht alles erzählt! Sie spielen auf Benjamin Nunzer an. Er ist tatsächlich seit zwei Jahren im Ruhestand. Ihn als Mozart-Experten einzustufen, war nichts anders als die inkompetente Idee unseres obersten inkompetenten Chefs.«

»Lulla?«

Ott nickte. Eine der fettigen Haarlocken löste sich aus der glatt gebügelten Ordnung seiner Frisur und zitterte über seiner rechten Augenbraue. »Früher hatte Nunzer eine Professur für Musikgeschichte, heute ist er verkalkt und fachlich überfordert. Leider hat Lulla einen Narren an ihm gefressen und ihm dieses Semester wieder einen Lehrauftrag am *Amadeum* erteilt.«

»Hat Doktor Nunzer sich auch mit Mozart und seinen Werken beschäftigt?«

»Glauben Sie denn, dass Sie hier am *Amadeum* irgendeinen Vorgang finden, der sich nicht mit Mozart beschäftigt? Gerade hier in dieser Stadt, wo man aus Mozart Likör und Kugeln macht! Aber Nunzer ist weder bei Mozart noch sonst wo ein Experte. Selbst die Studenten haben zwischenzeitlich erkannt, dass sein Wissen nicht mehr auf der Höhe der Zeit ist.«

»Ich muss Sie fragen, wo Sie sich aufgehalten haben, als im *Grandhotel Krems* der Versicherungsmann überfallen und die Handschrift geraubt wurde.«

Ott reagierte gelassen. Vielleicht war es nur eine leichte Röte, die sich auf den Wangen und seiner Hakennase zeigte.

»Wenn Sie die Güte hätten, mir zu sagen, wann dies stattgefunden hat?«

»Freitag, den 16. September, um vier bis sieben Uhr früh.«

Ott öffnete eine der Schubladen und begann, in einem glänzenden schwarzen Buch zu blättern.

»Kein guter Tag. Ich war am Abend vorher, das war der Donnerstag, mit einem Wissenschaftskollegen aus Belgien im *Silbernen Hirschen*. Plötzlich machte sich ein Teil meines Schneidezahnes selbständig, was lächerlich aussah und höllisch schmerzte. Ich rief noch vom Restaurant meinen Freund an, der Zahnarzt ist, und am Freitag saß ich um halb sieben früh in seiner Ordination auf dem Marterstuhl. Ich bekam ein Provisorium verpasst, sodass ich um acht wenigstens meine Vorlesung halten konnte, trotz gefühlloser Mundpartie.« Ott grinste Peck an, wie um ihm zu präsentieren, dass seine Schneidezähne wieder in Ordnung waren. Seine schwarze Haarlocke über dem Auge zitterte immer noch.

Plötzlich schob die Sekretärin ihre Zuckerwattekugel durch die Türe. »Da ist ein Anruf für Sie in der Leitung, Herr Professor. Ihr Freund, der Oldie. Ein privates Anliegen und angeblich sehr, sehr wichtig. Außerdem wartet hier schon der Diplomand. Er hat einen Termin bei Ihnen.«

»Wir sind ohnehin schon längst fertig hier«, sagte Ott und sprang auf. »Danke für Ihr Verständnis.«

Also erhob sich auch Peck, sah nochmals zu Ott, der ihm lächelnd die Türe aufhielt und diese nach ihm sofort schloss, sodass Peck sich wieder in dem schmalen Vorraum wiederfand. Eine schmächtige Gestalt stand, mit dem Rücken zu Peck, beim Schreibtisch der Sekretärin, redete wie ein Wasserfall und fuchtelte mit den Händen, bis die Sekretärin laut zu lachen begann. »Den muss ich mir merken«, gluckerte sie.

Der Herr Diplomand erzählt lustige Witze, dachte Peck und verließ leise das Sekretariat.

Er überquerte beim Landestheater die Schwarzstraße, bog beim *Sacher* nach rechts ab, ging auf dem Makartsteg über die Salzach und folgte der wie zu jeder Tageszeit vollgestopften Getreidegasse, bis er am Waagplatz *Sophias Bookshop* betrat.

Peck liebte Bücher, und es gab für ihn keine anziehendere Umgebung als Buchgeschäfte und keine romantischere als Buch-Antiquariate. Und deshalb mochte er Sophia genauso wie ihre kleine Buchhandlung.

Vorne beim Fenster die Kasse, umgeben von zahlreichen Neuerscheinungen, Stadtplänen und Reiseführern in allen touristischen Sprachen und Preisklassen. Weiter hinten in der fensterlosen Dämmerung lag das Antiquariat, Pecks Welt rund um einen alten Lederstuhl und der Leselampe. Fast wie ein Wohnzimmer. Wenn sich ihm nach dem Bruch mit seiner Firma die Chance geboten hätte, wäre er gerne Verkäufer in einer Buchhandlung geworden. So einer wie dieser hier, mit dunkelbraunen Holzregalen, bis zur Decke gefüllt mit

Romanen, dicken Atlanten und alten Inkunabeln. Und dem Geruch nach altem Papier und Ledereinbänden.

Peck saß in dem Lehnstuhl und sah zu Sophia, die vorne am Fenster mit einer laut schnatternden Gruppe Japaner beschäftigt war. Sie redete mit dem ganzen Körper, wenn sie auf eines der Bücherregale an der Wand zeigte oder zwei Stufen auf die Bibliotheksleiter turnte. Es war ständig Bewegung in ihr, und ihre schulterlangen braunen Haare flogen in einem Bogen um ihr Gesicht. Peck war sehr zufrieden mit dem, was er von seinem Platz aus sah.

Nachdem sie jedem der japanischen Touristen einen Hochglanz-Stadtführer sowie eine ziehharmonikaähnlich gefaltete Fotoserie zum Thema *Romantic Mozart Locations* verkauft hatte, hing Sophia das Schild ›*Bin beim Essen*‹ an die Eingangstüre.

»Wie gut, dass keine Kunden da sind«, sagte Peck und zog sie an sich. Er küsste sie und vergrub dann sein Gesicht in ihren Haaren.

Mit raschen Schritten marschierten sie durch die Judengasse und als sie in Richtung Kranzlmarkt gingen, fegte ein plötzlicher Windstoß vom Alten Markt herüber, und Pecks lange Haare wirbelten durcheinander.

Ich muss zum Friseur, bevor Sophia es anmahnt, dachte er.

»Und sag nie wieder, dass Ralph Ott gut aussieht!«

»Doch, mein Schatz, das tut er.«

»Ott ist ein schmalzlockiger Wichtigtuer mit gefärbten Haaren. Und deine Freundin Jutta nennt ihn einen Womanizer. Er geht mit jeder seiner Studentinnen ins Bett und verspricht ihnen wahrscheinlich je nach erotischem Engagement um ein oder zwei Grad bessere Noten.«

»Du verstehst nichts von gut aussehenden Männern.«

»Doch! Ich habe einen Spiegel zu Hause. Also bin ich bei diesem Thema ein Experte!«

Sophia sah mit einem skeptischen Blick über ihre Schulter zu ihm zurück. »Du musst dringend zum Friseur, mein Bester!«

Sie bogen von der Getreidegasse rechts ab und betraten ein Durchhaus, das sie nach einigen Metern zum *Wilden Mann* führte. Es waren nur wenige Gäste in dem Lokal, die meisten mit einem Glas Bier vor sich und großen Tellern mit verführerisch riechender und zumeist kalorienintensiver Hausmannskost.

»Gehst du heute wieder auf Schnitzeljagd?«, fragte Sophia, während sie irgendwas in ihrer Handtasche suchte.

»Da du andere Männer in letzter Zeit attraktiver findest als mich, zahlst du heute das Essen!« Und Peck klappte mit einem Knall die kleinformatige Speisekarte zu.

»Warum verschiebst du andauernd meine Shoppingreise nach Paris?«

»Ich habe mit Marais in Paris telefoniert. Er hat erst am Montag in einer Woche Zeit. Deshalb fliege ich morgen zuerst nach London.«

»Wie geht eigentlich deine innere Befindlichkeit mit der Tatsache um, dass du einem Packen Notenpapier nachjagst, der dreihundert Millionen wert ist? Ich glaube, ich könnte in deiner Situation nicht mehr ruhig schlafen.«

»Ich glaube, mich beeindruckt der ideelle Wert des Manuskripts mehr als die Millionen. Ich meine damit das weltweite Echo, das der Fund der Mozart-Handschrift ausgelöst hat. Wie ein musikalisches Erdbeben der Stärke sieben auf der nach oben offenen *Köchel-Skala*.«

»Was erwartest du dir von den Gesprächen in London?«

»Erstens muss ich meinem Auftraggeber Bericht erstatten. Und er möchte, dass ich mit allen sogenannten Experten spreche.«

»Wen triffst du in London?«

»Vor allem Juttas englischen Kollegen Morris Cooper.«

»Die dünne Bohnenstange aus dem Hotel in Krems?«

»Er ist bei der Londoner *Royal Academy of Music*."

»So was wie unser *Amadeum*?«

»Wie bei uns. Alles trieft vor Tradition. Einige hundert reiche Studenten in allen denkbaren Fächern von der Maultrommel bis zum freihändigen Dirigieren. Der letzte große Wurf der Londoner Akademie heißt *Simon Rattle*.«

»Triffst du Cooper in der Akademie?«

»Nein. Er ist ein vernünftiger Mann. Wir sind in einem Restaurant verabredet.«

Sophia lächelte. »Was heißt Wiener Schnitzel auf Englisch?«

»Und am nächsten Tag rede ich mit Leonard Bartlett, meinem Auftraggeber von der *Maxa-Versicherung*. Der hat mir übrigens in Krems erzählt, dass ihn Bagnon kurz vor seinem Tod angerufen und einen der Mozart-Experten beschuldigt hat, hinter der Handschrift herzujagen. Er wollte aber am Telefon nicht sagen, wer.«

»Und was glaubst du?«

»Einer der musikalischen Experten hat in die eigene Tasche gewirtschaftet.«

»Hast du deshalb Jutta heute im *Bazar* beleidigt?«

»Ich habe sie nicht beleidigt, sondern nur nach ihrem Alibi gefragt.«

»Sie hat das als unfreundlichen Akt betrachtet und sich am Telefon über dich beschwert.«

»Misstrauisches Arschloch hat sie mich genannt! Und jetzt bin ich sauer auf sie! Zwei Morde innerhalb kurzer Zeit sind mehr als ein unfreundlicher Akt. Da müssen solche Fragen erlaubt sein. Marcel Bagnon hat übrigens auch unseren Freund Uwe Dayer belastet.«

»Warum?«

»Das werde ich hoffentlich in London erfahren. Vermutlich aber eine ähnliche Story, wie ich von Jutta heute im *Bazar* gehört habe. Sie hat Uwe Dayer bei sehr intimen Gesprächen beobachtet.«

»Mit irgendwelchen leichten Mädchen?«

»Mit schweren Jungs. ›Sahen wie Jugos aus‹, sagte Jutta, ›alles schwarzhaarige, wilde Typen in schlecht sitzenden Anzügen.‹«

*

Peck fand es zumindest bemerkenswert, dass er Aloys Lulla vom ersten Moment an nicht ernst nahm und sich wunderte, wie ein Mann mit diesem intellektuellen Strickmuster Präsident und Rektor einer so angesehenen Universität werden konnte.

Wie hatte Jutta gesagt? Die richtige politische Partei macht's! Lulla hatte einen glänzenden Kahlkopf mit einem gekrausten Haarkranz, der sich von einem Ohr über den flachen Hinterkopf bis zum anderen Ohr erstreckte. Statt einer akademischen Führungspersönlichkeit glich Lulla eher dem Buchhalter in einem Familienunternehmen, ein Mann mit weichen Gesichtszügen, dessen Wangen wie zwei schlaffe Säckchen genauso nach unten hingen wie die dunklen Tränensäcke unter den Augen, die Peck durch starke Brillengläser blinzelnd ansahen. Präsidial thronte Lulla zurückgelehnt hinter seinem Schreibtisch, und wie ein Frühstücksdirektor begrüßte er Peck mit den Worten: »Tee oder Kaffee?«

»Bitte Tee«, sagte Peck. Er wollte nichts riskieren. Die mahagonibraune Schreibtischplatte, die ihn von Lulla trennte, war mindestens drei Meter lang, mit einem leichten, nierenförmigen Schwung, der Peck an die Theke in einem der irischen Pubs am Salzachkai erinnerte. Am westlichen Ende des Schreibtisches stand eine schlaff nach unten hängende rotweißrote Fahne. Bis auf ein Telefon in halböstlicher Position war die weite Mahagoniebene leer.

»Der Fund des Mozart-Autografen ist die größte historische Sensation des Jahrhunderts«, sagte Lulla und bewegte langsam seine Hände aufeinander zu, bis sich die abgespreizten Finger berührten. »Wenn es Ihnen tatsächlich gelingen sollte, die Handschrift wiederzufinden, so wird Ihr Name in die Geschichte eingehen.« Peck wusste nicht genau, was er jetzt erwidern sollte.

»Sie sehen«, sprach Lulla weiter, »ich kenne Ihren Auftrag, und ich weiß auch, dass Sie mit Doktor Meischner bekannt sind, die wir in die Fachkommission nach Krems entsandt haben. Jutta Meischner ist eine ausgezeichnete Musikhistorikerin, aber sie war definitiv nicht die Idealbesetzung für diese hochkarätige und internationale Expertenrunde.«

»Sie hatten einen anderen Favoriten?«

»Ich hätte einen unserer Seniorkonsulenten vorgezogen, der mit der Mozart-Forschung enger vertraut ist.«

»Wen meinen Sie?«

»Ich meine natürlich Doktor Benjamin Nunzer, einen der hervorragendsten Sach- und Fachkenner des Mozart'schen Schaffensprozesses.«

»Ist Nunzer nicht Pensionist?«, fragte Peck lauernd.

»Doktor Nunzer ist nicht in Pension! Er ist *emeritus*!«

Lulla lächelte. Das Lächeln eines Mannes, der es gewohnt war, kraft seiner Position immer am längeren Hebelarm zu lächeln. Peck traute Lulla trotz seiner starken Brillengläser weder Durch- noch Weitblick zu.

»Und Herr Nunzer hält nach wie vor Vorlesungen?«

»Nach wie vor brillante *Lectures*, mit denen er die Studenten begeistert. Und Kollege Nunzer nimmt dabei die Mühe in Kauf und fährt zweimal pro Woche von Kleinbergheim, oder so ähnlich, nach Salzburg, um am *Amadeum* seinen Lehraufträgen nachzukommen.«

Eine ältere Sekretärin brachte ein Halblitergefäß Tee, das sie vorsichtig vor Lulla auf den Schreibtisch stellte, und für Peck eine kleine Tasse mit lauwarmem Kräutertee.

»Wie gesagt, Kollege Nunzer ist ein hervorragender Musikpädagoge.« Lulla zeigte wieder sein selbstbewusstes Lächeln, machte dabei eine weit ausholende Handbewegung und erwischte treffsicher die große Tasse, sodass sich der Tee wie ein Wasserfall auf den Tisch ergoss. Fluchend sprang er auf und rief mit einem verzweifelten Aufschrei nach seiner Sekretärin. Die Trockenlegungsaktion verlief umständlich und dauerte lange Minuten, bis Lulla schließlich saß und mit dem vorhin unterbrochenen Lächeln seine Aufmerksamkeit wieder Peck zuwandte.

»Wer ist eigentlich, rechtlich gesehen, der Eigentümer der verschwundenen Mozart-Handschrift?«

»Wir natürlich!«, rief Lulla mit entsetzter Stimme. »Österreich, genauer Salzburg, und noch genauer das *Amadeum*, wir sind die kompetente Forschungsstätte, in unseren Archiven lagern auch die meisten der übrigen Mozart-Autografen. Also gehört uns auch das *Requiem*.«

»Aber Polen sieht das anders.«

»Das spielt keine Rolle. Es hat nie irgendwelche historischen Verknüpfungen zwischen Polen und Mozart gegeben. Bei dem, was der Bibliothek in Krakau hier in die Hände gefallen ist, handelt es sich eindeutig um Kriegsbeute. Mozart ist Österreicher, also gehört das Manuskript des *Requiems* uns!«

»Und die Verwertungs- und Aufführungsrechte?«

»Gehören dem *Amadeum* Salzburg. Wir werden hart kämpfen um

unsere historisch begründeten Eigentumsrechte.« Lulla schlug sich dabei im Takt seiner Worte auf die Brust.

Hic Mozart, hic Amadeum, dachte Peck.

»Herr Professor Lulla, wo waren Sie am Freitag, den 16. September, sehr zeitig in der Früh?«

Lulla öffnete eine Schublade, legte mit beiden Händen bedächtig ein dickes Buch vor sich auf den Tisch und begann, darin zu blättern. »Da war ich im Bett«, sagte er, ohne aufzusehen.

»Das steht alles in diesem Buch?«

»Ich schreibe in mein Tagebuch alles, was wichtig ist. Ich bin am Vortag um einundzwanzig Uhr sechzehn zu Bett gegangen und freitags um fünf aufgestanden. Ich bin ein Morgenmensch.«

Peck spürte eine leichte Gänsehaut.

»Dann eine halbe Stunde Powerwalking, ein gesundes Frühstück und um sieben Uhr im Büro. Übrigens gemeinsam mit meiner Sekretärin. Wie ich liebt auch sie es, frühmorgens schon zu arbeiten und abends mit den Hühnern zu Bett zu gehen.« Er lachte laut und abgehackt. »Das muss ich Ihnen unbedingt erzählen, Herr Peck, es entsprach schon als Jugendlichem meiner physiologischen Befindlichkeit, vor Sonnenaufgang auf den Beinen zu sein. Meine Mutter sagte immer ...«

Peck sah Lulla immer noch konzentriert an, hatte aber begonnen, sich langsam von seinem Sitz zu erheben. Er bedankte sich für das Gespräch und wandte sich im Vorhaus einer der beiden breiten Treppen zu, die in einem weit geschwungenen Bogen zum Haupttor im Erdgeschoss führten. Im Stiegenhaus roch es nach Staub und schlechter Luft. War das noch Staub aus Mozarts Zeiten?

Warum sind oftmals die obersten Chefs eines Unternehmens die größten Pflaumen, überlegte er. Welches Firmenkonstrukt war wohl das *Amadeum*? Vermutlich eine Non-Profit-Organisation, voll abhängig von staatlichen Subventionen. Da fällt die Inkompetenz des Präsidenten nicht so auf. Um keinen Gewinn zu machen, braucht es keinerlei unternehmerischen Geschicks. Es ist verdammt hart, nicht der Beste zu sein, dachte Peck, als er seinen VW aus der Garage geholt hatte und zuerst Richtung Kommunalfriedhof fuhr, dann am Almkanal entlang, wo er rechts in den Sternhofweg abbog. Die Sonne blendete ihn, es war heiß im Auto, und er verspürte starken Durst.

Die Nummer 13 war ein niedriges, hellgrün gestrichenes Zweifamilienhaus mit einem kleinen, verwahrlosten Vorgarten, in dem einige halb vertrocknete Blumen ihre braunen Köpfe hängen ließen. Die Haustüre stand weit offen, und neben dem oberen Klingelknopf las Peck den Namen BAGNON. Er läutete und betrat, ohne eine Antwort abzuwarten, das schmale Stiegenhaus, wo er im ersten Stock auf eine hagere schwarzgekleidete Frau stieß, die vor ihrer Wohnungstüre stand.

»Frau Christine Bagnon?« Keine sehr geistreiche Begrüßung, dachte Peck. Er hatte in seiner kurzen Laufbahn als Detektiv schon einige Male Frauen aufsuchen müssen, die erst seit Kurzem Witwe waren. Ob sie wusste, dass er dabei war, als die Leiche ihres Mannes gefunden wurde? Etwas unsicher nahm er die letzte Treppenstufe und sah, wie sie langsam in ihre Wohnung zurückging, wo sie sich zu ihm umdrehte.

»Was wollen Sie von mir?«

Peck hörte eine leise, brüchige Stimme und sah in dunkle, traurige Augen. Sie bat ihn mit einer zeitlupenartigen Armbewegung weiterzugehen, und er betrat das Wohnzimmer und sah die vielen Pflanzen, die auf dem Boden und auf einem weiß lackierten Regal vor dem breiten Fenster standen, durch das die Sonne ins Zimmer schien. Peck kannte die Namen der Blumen nicht, die einen intensiven und unangenehmen Geruch verströmten. An der dem Fenster gegenüberliegenden Wand stand ein Klavier, darauf einige Fotografien und ein unordentlicher Stoß mit Noten.

Christine Bagnon stand in der Mitte des Raumes und trat dann langsam, den Blick fest auf Peck gerichtet, einen kleinen Schritt zurück, verunsichert wie ein ungebetener Gast in ihrer eigenen Wohnung. Sie trug eine schwarze Hose und einen engen schwarzen Pullover. Dünn, dachte Peck, nicht schlank, und die schwarze Kleidung ließ sie noch blasser erscheinen. Sie seufzte und rieb die Hände aneinander, wie um die Kälte aus ihrem Körper zu vertreiben. Von irgendwo her war leise Musik zu hören. Romantik, dachte er, Schumann wahrscheinlich.

»Schumann«, sagte sie und lächelte, so als ob sie seine Gedanken erraten hätte.

»Warum sind Sie gekommen? Setzen Sie sich doch.« Sie deutete auf einen stabilen Holzsessel mit kurvig geschnitzten Beinen, der vor dem Blumenregal stand.

Peck versuchte, mit einigen gemurmelten Worten sein Beileid zum Ausdruck zu bringen, was ihm nur wenig überzeugend gelang.

»Ich arbeite mit der Versicherung zusammen, bei der Ihr Mann angestellt war.«

»Maxa?«

Peck nickte. »Ich treffe mich morgen mit Leonard Bartlett in London.«

»Leonard war Marcels Chef. Ich kenne ihn gut. Er hat mich vor zwei Tagen hier besucht.«

»Stammt Ihr Mann aus Paris?«

»Wir waren fast fünfundzwanzig Jahre verheiratet.« Sie flüsterte fast. »Ich bin Salzburgerin und habe an der *Sorbonne* studiert. Ich wollte Pianistin werden. An der Uni habe ich Marcel kennen gelernt. Wir haben viele glückliche Jahre in Illier gelebt, ungefähr achtzig Kilometer von Paris weg. Marcel war dort Musiklehrer am Gymnasium.«

»Combray«, sagte Peck, *»Proust*.«

»Noch ein Marcel.« Sie lächelte. Ein trauriges Lächeln. »Dann bekam er das Angebot der *Maxa-Versicherung*, die ihm sehr viel mehr Geld bot, als er als Lehrer verdiente. Aber diese Entscheidung hatte unser Leben verändert; er war nur noch unterwegs, wir haben uns oft Tage, manchmal Wochen nicht gesehen. *Maxa* arbeitet weltweit mit Museen und Galerien zusammen. Dieser Job in Krems, fast vor der Haustüre, war ein Sonderfall. Aber es wurde seine letzte Dienstreise.« Ihre Augen füllten sich mit Tränen.

»Frau Bagnon, hatte Ihr Mann Feinde?«

»Jeder hat welche. Sie nicht?«

Was sollte Peck darauf erwidern?

»Eine Handschrift von Mozart, Herr Peck, bei solchen Vermögenswerten hat man immer Feinde.«

»Hat Ihr Mann über irgendwelche außergewöhnlichen Dinge gesprochen, die ihm aufgefallen waren oder über die er sich Sorgen gemacht hat?«

Sie schüttelte langsam den Kopf.

»Oder hat er eine Person erwähnt oder einen Verdacht?«

»Nein. Er sprach mit mir wenig über seinen Beruf.«

»Haben Sie Kinder?«

Plötzlich hörte er die laute Stimme eines jungen Mannes, der hinter ihm ins Zimmer gestürzt kam. »Ich muss dringend los! Ich nehme den Wagen!«

Peck drehte sich um und sah einen jungen Burschen, unrasiert und mit struppigen hellbraunen Haaren. Er trug eine dunkelbraune Cordhose und ein blaues bis weit auf die Brust offenes Jeanshemd. Leicht vorgebeugt und mit geöffnetem Mund sah er seine Mutter an.

»Nein«, sagte sie schroff. »Dein Vater hätte es nicht gewollt, dass du sein Auto nimmst.«

»Mein Vater ist tot. Er kann nichts mehr wollen. Los, mach schon. Her mit den Schlüsseln!«

»Nein«, wiederholte sie ruhig.

Der Kopf des Jungen färbte sich in zornigem Rot, und fast schien es, als ob er sich auf seine Mutter stürzen würde. Doch dann blieb er stehen, drehte sich um und ließ die Türe hinter sich laut zuknallen.

»Das war Jochen«, sagte sie, wie um damit den lauten Auftritt erklären zu können. »Er hing sehr an seinem Vater. Und er war wie von Sinnen, als er von seinem Tod erfahren hat. Zuerst Trauer, die dann immer mehr in Wut und Zorn überging. Und zuletzt hat er dem Mörder seines Vaters Rache geschworen.«

Als Peck langsam zu seinem Wagen zurückging, dachte er nochmals über den Auftritt Jochens nach. Vor allem zerbrach er sich den Kopf, warum ihm die Stimme des Jungen bekannt vorkam.

*

Es war ein sonniger Herbstabend, und sie beschlossen, im Gasthaus *Überfuhr* an der Salzach zu Abend zu essen.

»Vielleicht einer der letzten warmen Abende, um im Gastgarten zu sitzen.« Peck hatte es mehr zu sich selbst gesagt. Sie bestellten zwei Gläser Grünen Veltliner vom *Jamek* aus der Wachau.

»Jutta ist wirklich darüber sauer, wie du dich heute aufgeführt hast.«

Peck schüttelte den Kopf. »Ich habe mich nicht aufgeführt!«

»Doch! Jutta sagt, du hast dich wie ein Elefant benommen.«

»Elefant? Aber wir saßen nicht im Porzellanladen. Wir saßen im *Bazar*.« Sophia sah ihn lange an, ohne zu antworten.

»Warum sagst du nichts?«, fragte Peck. »Hast du eine Frechheitsblockade?«

Sie lächelte.

»Glaub mir, Sophia, ich habe deine Freundin nur nach ihrem Alibi gefragt.«

»Jutta war am Nachmittag nochmals kurz bei mir in der Buchhandlung. Sie war sehr aufgeregt, und hinterher fuhr sie mit dem Taxi zum Bahnhof.«

»Hat sie Salzburg verlassen?«

Sophia nickte. »Es sah aber eher nach Flucht aus. Jutta hat nie offen darüber gesprochen, aber ich glaube, ihr Mann lebt und arbeitet irgendwo in Deutschland.«

»Was macht er?«

»Er arbeitet für einen der größten Spezialverlage in Süddeutschland.«

»Und was ist spezial an diesem Verlag?«

»Genau das habe ich Jutta heute auch gefragt. Ihr Mann handelt mit Antiquitäten.«

»Welche?«

»Alte Handschriften und Notenmanuskripte.«

Mittwoch, 21. September

Ohne Frühstück war er mit dem Taxi zum Flughafen gerast, wo er nun verschwitzt und grantig auf dem Platz 16B saß und der Stewardess zusah, wie man die Leuchtstreifen am Boden beachtet und wann die Sauerstoffmasken von der Decke fallen. Peck hasste die qualvolle Enge eines Mittelplatzes. Links saß ein dicker junger Mann in einem dunkelgrauen Businessanzug, der noch mehr schwitzte als er, rechts am Fenster eine kühle und stark geschminkte Blondine, die betäubend nach *Chanel No. 19* roch.

Hinter sich hörte er die Stimme eines Mannes: »Wie hat sich in diesem Geschäftsjahr Ihre Umsatzrendite entwickelt?«

Aufmerksam wartete Peck auf die Antwort.

»Äwerädsch«, sagte eine zweite männliche Stimme. Alles Businessleute, fühlte er sich bestätigt.

Von weiter hinten hörte er eine Frauenstimme: »Ich will heute noch ins Wachsfigurenkabinett und zum *Buckingham Palace*.« Erst jetzt erkannte er, dass auch normale Menschen an Bord waren.

Irgendwie hatte Peck sich mit der Zeit vertan. Als er aus dem Flugzeug stieg, war es schon fast halb eins. Um dreizehn Uhr war er mit Morris Cooper bei *Simpson's-in-the-Strand* verabredet. Mit fliegenden Haaren hastete er nach dem Aussteigen auf unzähligen Rolltreppen und Laufbändern durch den halben Flughafen, bis er schließlich mit quietschenden Sohlen vor einem riesigen Schild *QUEUE UP!* auf etwa tausend Menschen stieß, die sich in Viererreihen blass und gottergeben mit ihren Reisepässen frische Luft zuwedelten und sich Schritt für Schritt auf die Passkontrolle zubewegten. Gefühlte drei Stunden später rannte Peck mit schmerzendem Rücken aus dem Gebäude und traf auf eine weitere Viererreihe, die sich in einer anmutigen Kurve bis zum Taxistandplatz hinzog.

Peck bot dem Taxifahrer eine fahrzeitabhängige Sonderprämie, die dieser lächelnd akzeptierte und daraufhin mit rauchenden Reifen durch die City jagte. Eine halbe Stunde zu spät, dachte Peck, zwängte sich schwitzend aus dem Taxi und lief, den Koffer laut hinter sich her ratternd, zum Eingang des Restaurants.

»Ich bin hier um eins p.m. mit einem Geschäftsfreund verabredet«, schnaufte er zu dem weinrot uniformierten Türsteher.

»Das ist vorbildlich, es ist aber erst halb eins vorbei.« Der Weinrote hielt ihm seine Armbanduhr entgegen. Scheiße, dachte Peck. Er hatte total auf die eine Stunde englische Zeitdifferenz vergessen. Er war viel zu früh da.

Und jetzt? Wie bei Proust, dachte er. *Die wiedergefundene Zeit*. Er machte kehrt und ging zurück in Richtung *Trafalgar Square*, wo er fünf Minuten später das *Charing Cross Hotel* betrat. Nach dem Einchecken deponierte er seinen Koffer im Zimmer und ging zurück zum Restaurant.

»Gut, dass Sie pünktlich sind«, sagte Morris Cooper, der am Eingang des Restaurants neben dem weinroten Türsteher auf ihn wartete und Peck die Hand entgegenstreckte. Lang und hager, dachte Peck, wie eine Figur von Giacometti und fast einen Kopf größer als er.

»Gut, dass Sie pünktlich sind«, wiederholte der uniformierte Bedienstete und grinste. Peck würdigte ihn keines Blickes.

»Ich habe einen Tisch im ersten Stock reserviert«, sagte Cooper mit monotoner Stimme, ging um Peck herum und stelzte vor ihm mit schlaksigen Bewegungen die Stufen nach oben.

Alles braun, dachte Peck, als er den holzgetäfelten Raum mit unzähligen schweren Holztischen betrat, die im exakten geometrischem Muster ausgerichtet waren. Antiquiert aussehende Lampen an der Wand spendeten warmes Licht. Sie imitierten echte Kerzen, inklusive der Wachstropfen aus gelblichem Kunststoff. Die massive Wandtäfelung machte den Eindruck, als ob sie bereits vor Jahrhunderten dunkelbraun gebeizt worden war. Ein Gefühl der Sicherheit bemächtigte sich Peck. Egal, welche wirtschaftlichen Finanzkrisen oder politischen Skandale die Außenwelt auch beschäftigten, hier drinnen herrschte die unverrückbare Ruhe und Sicherheit immerwährender Tradition.

Peck hatte das Gefühl, dass ihn Cooper beobachtete. Dabei wirkte er fahrig und unruhig. Sein Gesicht war gerötet, über den tief liegenden Augen wucherten lange Augenbrauen, die ihm zusammen mit der leicht gebogenen Nase das Aussehen eines Habichts gaben.

»*Simpson's-in-the-Strand* ist so alt wie Mozarts *Requiem*«, sagte er und reichte Peck die Speisekarte, die fast so groß wie der Tisch war.

»Ich habe private Sorgen«, sagte Cooper. »Wenn ich schon zwei Stunden zum Lunch mit Ihnen verbringen muss, will ich wenigstens etwas Gutes essen. Ich nehme *Simpson's Roast Meat with Mint Sauce, Peas and Baby Onions*. Beste britische Küche übrigens. Das sollten Sie auch bestellen."

»Möchten Sie Ihre privaten Sorgen für sich behalten oder mir davon erzählen? Nur, damit ich Ihren Umgangston besser einordnen kann.«

Cooper sah ihn schweigend an. Er überlegt, ob er sich mir anvertrauen soll, dachte Peck.

»Bei mir ist eingebrochen worden.« Cooper sah ihn stirnrunzelnd an.

»Wann?«

»Irgendwann heute am Vormittag. Ich war nur kurz weg.«

»Und?«

»Was und?«

»Was gestohlen?«

Cooper schüttelte den Kopf. »Ich glaube nicht. Aber die Zimmer sind durchwühlt worden. Soweit ich in der kurzen Zeit feststellen konnte, fehlt nichts. Ich habe einige wertvolle Bilder und Handschriften in der Wohnung. Alles noch da.«

»Haben Sie die Polizei verständigt?«

»Ich habe nur sofort das Türschloss, das aufgebrochen wurde, auswechseln lassen. Dann musste ich ein Taxi rufen, um rechtzeitig hier bei Ihnen zu sein.«

»Wenn Sie möchten, können wir unser Gespräch abkürzen oder verschieben.«

Cooper schüttelte energisch den Kopf. »Ich werde morgen mit der Polizei reden. Genießen wir das Essen.«

In diesem Moment dockte am Tisch ein Kranwagen an, der den zwei Meter langen Spieß mit dem *Roast Meat* in Form eines halben Rindes transportierte.

»Auf der linken Seite ist das Fleisch *rare*, also blutig englisch, wie Sie im Deutschen sagen, die Mitte heißt bei uns *medium*, und hier rechts ist alles *well done*.«

»Ich bin nicht rechts orientiert«, sagte Peck. »Ich tendiere mehr zur Mitte.«

Ein zweiter Kellner hatte zwischenzeitlich eine Flasche Wein entkorkt. *King's Fume Stanlake Park Estate* las Peck auf dem Flaschenetikett. Er erstarrte innerlich. Cooper hatte einen englischen Weißwein geordert. Es lebe das gesunde Vorurteil, dachte Peck, als er den ersten Schluck trank. Der Wein schmeckte hervorragend und bildete eine ideale Ergänzung zur Minzsauce und zum Fleisch. Alles *well done*.

Die Mehrzahl der Tische im Restaurant waren besetzt, und trotzdem war nur ein leises, fast diskretes Murmeln zu hören.

»Sie treffen morgen um neun Uhr Leonard Bartlett von der *Maxa Insurance* in seinem Büro. Das liegt direkt an der Themse, irgendwo in der Nähe der *Blackfriars Bridge*. Ich gebe Ihnen noch die genaue Adresse.«

Peck bedankte sich mit einem Kopfnicken.

»Bartlett hat mich angerufen. Genau wie ich hat er morgen kaum Zeit für Sie, also hat er noch einen Experten von *Sotheby's* eingeladen, der Ihnen mehr oder weniger wertvolle Informationen zum Thema Kunstraub und Mafia geben wird. Ich selbst werde morgen an Ihrem Meeting mit Bartlett nicht teilnehmen.«

»Mr. Cooper, ich möchte nochmals über den Morgen des 16. September reden, als das Manuskript in Krems geraubt wurde. Ist Ihnen irgendetwas aufgefallen? Haben Sie etwas beobachtet, was wichtig sein könnte?«

»Ich hatte am Vorabend die wichtige Entdeckung gemacht, dass die Hotelbar über eine ausgezeichnete Kollektion schottischer Whiskies verfügt, und sah mich deshalb in der patriotischen Verpflichtung, alle durchzuprobieren, was mir mit viel Energie schließlich gelang. Folglich war mir am nächsten Morgen, das war der *Black Friday*, etwas nebulös im Kopf. Ich wachte erst auf, als mich dieser dicke Polizist mit der Botschaft weckte, dass ein Mord geschehen und der Mozart verschwunden sei.«

»Hat irgendjemand Ihr Scotch-Programm beobachtet? Oder waren Sie ein einsamer Trinker?«

»Meine Frau war dabei. Sie hat allerdings Ginger Ale getrunken.«

Peck sah Cooper überrascht an. »Ich dachte, Sie waren alleine im *Grandhotel Krems*.«

»Das dachten alle. Aber es ist nicht verboten, mit einer Frau nach Österreich zu reisen. Zumal, wenn die Reise bezahlt wird.«

»Ich würde gerne mit Ihrer Frau reden.«

»Das werden Sie nicht!« Cooper schüttelte heftig den hageren Kopf. »Auf gar keinen Fall. Meine Frau bleibt außen vor.«

Er betrachtete einige Sekunden intensiv das Muster des Tischtuchs. »Es war nämlich nicht direkt meine Frau«, schob er dann nach. »Ich meine, nicht meine Ehefrau, sondern eine gute Freundin. Natürlich alles in Ehren.«

»Natürlich«, erwiderte Peck. »Wohnt sie hier in London?«

Cooper schüttelte wieder den Habichtkopf und deutete mit seinem Zeigefinger nach unten. »Sie ist in Brighton zu Hause.«

»Und diese Frau aus Brighton kann Ihren schweren Kopf bestätigen, mit dem Sie an diesem Morgen im Bett aufgewacht sind?«

»Als britischer Gentleman werde ich es zu verhindern wissen, dass Sie je erfahren, wie diese Dame heißt.«

»Haben Sie sonst nichts Ungewöhnliches gesehen an diesem Morgen? Oder an den Tagen davor?«

»Ich erinnere mich an einen Streit, den ich später gehört habe. Irgendeine Auseinandersetzung zwischen unserem französischen Kollegen Marais und Silke aus Deutschland.«

»Worum ging es?«

»Marais war sehr aufgebracht; er schimpfte über die Deutschen im Allgemeinen und speziell auf jene, die behaupteten, ein Anrecht auf Mozarts Handschrift zu haben.«

»Warum?«

»Marais formulierte allen Ernstes die Forderung, dass das Manuskript nach Frankreich gehört. An die *Sorbonne*. Das ist natürlich Unsinn, aber so sind die Franzosen nun mal. Ähnlich wie Deutsche und Österreicher. Alles haben wollen.«

Auf leisen Sohlen war der Kellner an den Tisch getreten.

»Was nehmen Sie als Dessert?«

»Englische Cracker, englischen Käse und englischen Port. Für uns beide.«

Um Gottes Willen, dachte Peck wieder mit leichten Anzeichen einer Gänsehaut.

Cooper entnahm einer Innentasche seines Sakkos ein Blatt Papier, das er vor sich auf den Tisch legte. »Ich möchte Sie gleich über einige Analyseergebnisse informieren. Dann wird unser Abend auch nicht zu lange. Unsere Wissenschaftler an der Royal Academy konnten vor allen anderen beweisen, dass die Handschrift aus der Zeit Mozarts stammt.«

»Haben Sie an Papierproben mit der C14-Methode gearbeitet?«

Cooper schüttelte den Kopf. »Quatsch! C14 taugt hier nichts, für Papier viel zu ungenau. Wir hatten mehrere Ansatzpunkte, die alle zum selben Resultat geführt haben. Das erste Indiz bezieht sich auf die für die Papierherstellung verwendeten Faserstoffe aus Leinen und Baumwolle, die bis Mitte des 19. Jahrhunderts üblich waren. Die weiteren Beweise betreffen die Papierleimung sowie die Tusche oder Tinte, die Mozart verwendet hat. Alle Indizien weisen auf Ende des 18. Jahrhunderts hin.«

»Wie sicher?«

»Ganz sicher! Schließlich wurden sämtliche Untersuchungen von britischen Forschern vorgenommen. Der kompetenteste unter ihnen ist Alan Tyson, der schon vor Jahren Mozarts Notenpapiere und deren Wasserzeichen so gründlich erforscht hat, dass wir sogar das *Köchelverzeichnis* widerlegen konnten.«

Cooper deutete mit dem Finger auf das Blatt vor ihm. »Dies ist eine Fotokopie der Wasserzeichen, die typisch sind für die Papiersorten, die Mozart verwendet hat. Drei Halbmonde nebeneinander, die Buchstaben FV und manchmal eine Krone mit drei Sternen.«

»Aber es gibt auch Zweifler an Ihren Ergebnissen«, sagte Peck. »Vor allem am *Amadeum* in Salzburg.«

»Diese Zweifler sind keine wirklichen Experten. Alles Laien, Herr Peck, von Jutta Meischner angefangen bis zu Lulla. Selbst Ralph Ott ist, international gesehen, nur mittelmäßig. Ich kenne Ott übrigens gut, da ich ihn zwei- oder dreimal auf Tagungen getroffen habe. Ein

Mann mit einem obskuren intellektuellen Strickmuster.«

»Also sitzen die wahren Mozart-Experten in London!«

»Natürlich! Was dachten Sie denn?« Er klopfte mit dem Zeigefinger auf den Tisch. »Hier ist die Expertise zu Hause, in London und an anderen britischen Universitäten. Wir kennen auch die historischen Zusammenhänge genau, schließlich war Mozart in London, wo er 1764 auf Einladung von König George III im *Buckingham Palace* spielte.«

»Aber, da war Mozart erst acht Jahre alt.«

»Genau! Da sehen Sie, wie früh wir bereits mit unseren Mozart-Studien eingesetzt haben.«

»Mozart war aber auch zweimal in Paris.«

»Das können Sie vergessen! In Paris wurde die gesamte Familie so schlecht behandelt, dass Mozarts Mutter schließlich starb. Sie liegt noch heute irgendwo in Paris begraben.«

Peck nahm einen Schluck von dem sehr süßen Portwein.

»Ich habe noch eine Frage zu Ihrem geplanten Gespräch mit meinem Kollegen Marais in Paris. Ich habe mich gefragt, warum Sie nicht an der *Sorbonne* verabredet sind, sondern Marais in dessen Privathaus treffen.«

Peck dachte einige Augenblicke über diese Frage nach, als Cooper irgendetwas von *Mens Rooms* murmelte und schnellen Schrittes den Tisch verließ. Plötzlich fühlte Peck, wie er unruhig wurde, dann erstarrte er.

»Ihre letzte Frage interessiert mich«, sagte Peck zu Cooper, der nach wenigen Minuten wieder am Tisch Platz genommen hatte. »Von wem haben Sie die Information, dass ich mit Marais in dessen Haus in Paris zusammenkomme?«

Cooper sah ihn überrascht an. Oder war es Verlegenheit? »Woher ich diese Information habe?«

Peck nickte. Er war ganz sicher, dass er niemandem, nicht einmal Sophia, erzählt hatte, wo genau er mit Marais verabredet war.

»Hat das für Sie eine Bedeutung?« Cooper zog die buschigen Augenbrauen hoch.

Peck nickte.

»Ich bin nicht mehr sicher«, sagte Cooper. »Es war ein Telefonat, das ich vor einigen Tagen mit Paris geführt habe. Mit einem Journalisten.«

»Wer?«

»Ein Journalist, der sich in der Musikszene bestens auskennt. Sie fragen mich das in einem Ton, als ob dies ein Teil Ihrer kriminalistischen Ermittlungen wäre. Maurice Loutil heißt dieser Zeitungsmensch. Ich kenne ihn noch nicht lange. Mein Kollege Jean-Jacques Marais hat uns vor wenigen Wochen in Paris bekannt gemacht.«

»Maurice Loutil?«

»Ja. Spezialisiert auf Musikwissenschaft, insbesondere das 18. Jahrhundert. Loeillet, Rameau, Mozart et cetera.«

»Und?«

»Die Musikwelt ist klein! Marais wird dem Journalisten erzählt haben, wann und wo Sie ihn treffen. Ganz einfach.«

Ganz einfach, dachte Peck. Manchmal führen die einfachsten Dinge zu den größten Verwicklungen. Und irgendwas war faul an Coopers Geschichte.

*

Erwin Lechner saß im Halbdunkel des kleinen Wohnzimmers und dachte nach. Er liebte es, seine Ideen und Gedanken im Dunkeln auszubrüten, geschützt und verborgen vor der Klarheit und Unbarmherzigkeit des Tageslichts. So viel in seinem Leben und auf der Welt war unverständlich, und wie jetzt setzte er sich dann auf die Couch vor dem kleinen Fenster, den Kopf zurückgelehnt, bis er die kalte Wand hinter sich berührte, und ließ seine Gedanken ohne besonderes Ziel in die Dämmerung fliegen.

Er sah zum Fenster. Die Sonne war noch nicht aufgegangen. Es musste vor fünf Uhr sein. Von draußen hörte er, wie der Wind durch die Zweige des großen Kastanienbaumes rauschte, der vor dem Haus stand. Er schloss die Augen und hörte die leisen Geräusche, mit denen der noch dunkle, neblige Tag erwachte. Er dachte an den Traum, in dem er als kleiner Junge gemeinsam mit seinem Vater die Hauptrolle spielte, und er dachte an Roswitha, die Wärme ihres Körpers und die leisen Geräusche, die sie in der Nacht von sich gegeben hatte wie ein gedämpftes Winseln oder Flüstern. Er war aufgestanden, noch bevor draußen der erste helle Schimmer zu sehen war, und hatte sich leise angezogen. Er verspürte Lust auf einen Schnaps und schüttelte langsam den Kopf, da er wusste, dass kein Alkohol im Haus war. Roswitha achtete sehr darauf. Sollte er zum *Raffner* gehen? *Auf eine frühe Kräftigung*, wie er es nannte.

Er öffnete die Augen und sah auf seine Hände und konnte die braunen Flecken auf der faltigen Haut seiner Handrücken erkennen. Warum hatte er früher den schleichenden Prozess des Altwerdens nie gespürt? Er schloss wieder die Augen. Mit vierundzwanzig hatte er sich frei gefühlt und voller Kraft, um das Leben zu erobern, kurze Zeit danach hatte er Roswitha kennen und lieben gelernt. Mit ihr wollte er alt werden. Manchmal sah er wieder ihr Gesicht vor sich, mit dem glänzenden braunen Haar und den dunklen Augen. Roswitha arbeitete in der Nachbarabteilung, und lächelnd erwiderte sie seinen Blick, wenn sie sich mittags auf dem Weg zur Kantine begegneten. Wie lange waren ihm damals die Jahre vorgekommen, als er noch glaubte, in der Firma Karriere zu machen, diese Jahre voll beruflicher Energie und Zuversicht, begleitet von seiner Liebe zu Roswitha. Es war kalt im Zimmer. Senile Bettflucht, hatte Roswitha einmal zu ihm gesagt, als sie ihn so wie jetzt, auf der Couch sitzend, fand. Er fühlte keine Liebe mehr zu dieser Frau, und immer mehr kam er sich wie ein Gefangener vor, wie eingesperrt in einem kleinen Raum mit dicken Ziegelwänden, aber ohne Ausgang. Er sah auf seine Handflächen und verfolgte die tiefen Furchen, aus denen manche die Zukunft weissagen konnten. Die Lebenslinie. Er fuhr mit dem Zeigefinger der anderen Hand die Linie entlang, bis sie sich am Handballen mit einer anderen Linie kreuzte.

Du sollst nicht begehren Deines nächsten Weib. Genau in diesem Moment kam ihm wieder die biegsame schlanke Gestalt seiner Nachbarin Birgit Helm in den Kopf, wie sie gestern mit einem selbstbewussten Lächeln und provozierenden Hüftschwüngen an ihm vorbei Richtung Wald ging. Er sah ihre nackten Arme und ihre festen Brüste, die ihm weiß entgegenleuchteten, weil sich die Träger ihres Unterrockes verschoben hatten. Dann hatte sie ihn schelmisch angelacht, und es hatte wie eine auffordernde Melodie geklungen.

Er stand auf und schlurfte langsam zur Türe. Grauer, nebelhafter Dunst lag über der Wiese vor dem Haus, und er hob den Kopf und sah das zaghafte Licht des neuen Tages. Vor dem Haus drückte er die Beine fest durch, hob die Arme und streckte seinen ganzen Körper, bis es ihm wehtat. Ich habe Lust auf dich, murmelte er leise und blickte hinüber zu ihrem Haus. Und ich habe Lust auf einen Schnaps. Langsam ging er auf dem grasbewachsenen Weg hinunter zum Raffner.

Ob Roswitha noch schlief? Routine, dachte er. Immer die gleichen Abläufe, die gleichen Gedanken und die gleichen langweiligen, langen Tage mit ihr, alles im Voraus berechenbar. Der Traum kam ihm wieder in den Kopf, als er mit seinem Vater am Ufer des reißenden Flusses stand. Alles ist im Fluss, dachte er, nur in seinem Leben war Stillstand, ohne Abwechslung und ohne Hoffnung auf Veränderung. Als er sich dem Gasthaus näherte, beschleunigte er seine Schritte. Die Türe war krumm und niedrig, und er musste seinen Kopf einziehen, als er die dunkle Gaststube betrat, in der nur eine Deckenlampe in der Nähe der Schank träges Licht verbreitete. Es roch nach kaltem Zigarettenrauch.

»So früh schon Durst?« Er hörte die donnernde Stimme Georg Raffners und entdeckte ihn erst nach einigen suchenden Blicken hinter der hölzernen Theke.

»Nur ein Glas oder zwei zur Stärkung für den Tag«, sagte er, fast entschuldigend. Der Wirt trug ein baumwollenes Hemd, das bis auf die behaarte Brust geöffnet war und mit schiefem Kragen um seinen Hals hing. Heute noch nicht frisiert und noch nicht fertig angezogen, dachte Erwin Lechner und sah auf Raffners struppige Haare und die dunklen Bartstoppeln. Der Wirt blickte ihn lauernd mit zusammengekniffenen Augen an. Er griff nach einer kleinen Flasche, die hinter ihm im Regal stand und hielt sie kurz hoch. »Mein selbstgebranntes Zwetschkenwasser.«

Erwin trank das bis zum Rand gefüllte Glas in einem Zug leer. Tränen stiegen ihm in die Augen. Er stöhnte wohlig.

»Nicht so gierig.« Raffner lachte laut und legte dabei den Kopf in den Nacken. Dann füllte er nochmals das Glas bis zum Rand. Erwin Lechner drehte Raffner den Rücken zu und trank das Glas in kleinen, schnellen Zügen leer.

»Schreib's auf die Liste«, sagte er und verließ mit unsicheren Schritten die Gaststube.

Der Nebel hatte sich verzogen, und die Sonne beschien noch ohne wärmende Kraft den schmalen Fahrweg, der vom Dorf zu seinem Haus und nach einer leichten Biegung weiter hinauf zum Wald führte. Sein Herz hämmerte, als er in kleinen, vorsichtigen Schritten bergauf ging. Der Alkohol war in seinen Magen geströmt, in das Blut und in sein Gehirn. Er torkelte leicht zur Seite. Der Schnaps hatte ihn nicht beruhigt. Er wusste, dass er ihm Schaden zufügte, seinen Geist manipulierte und die Gedanken noch mehr verwirrte.

Es roch frisch und kühl, ein leichter Wind wehte von den Bergen herüber, und das gleichförmige Rauschen der Bäume mischte sich mit dem Gezwitscher der Vögel. Als er nach oben blickte, sah er Licht in seinem Haus. Roswitha war bereits aufgestanden und stand vielleicht gerade mit geöffneten Haaren vor dem Spiegel. Was würde sie sagen, wenn er jetzt in der Früh schon nach Schnaps roch?

Beim Haus der Nachbarin war noch kein Licht zu sehen, aber mit zusammengekniffenen Augen erkannte er, dass die Haustüre nur angelehnt war und vom Wind rhythmisch auf- und zugeschlagen wurde. Er wandte sich nach rechts und ging über die grünbraune Wiese, bis er vor dem Haus der Nachbarin stand. *Birgit Helm* las er auf dem kleinen Holzschild.

Er hätte später nicht sagen können, warum er die halb geöffnete Türe aufdrückte und den dunklen Gang betrat. War es der Mut, den ihm der Alkohol gab, oder nur Neugierde? Es war still im Haus, selbst das Gezwitscher der Vögel war nicht mehr zu hören. Leichter Parfumgeruch lag in der Luft. Birgits Duft, dachte er. Und dann blieb er erstarrt stehen, als er vor der weit geöffneten Wohnzimmertüre stand. Zuerst sah er nur ihre Füße, die einen halben Meter über dem Boden hingen und leicht hin- und herschwangen. Er bückte sich und betrat den Raum. Sie war es. Birgit Helm hing an einem Strick, der oben am Deckenbalken verknotet war. Ihr Kopf war in einem unnatürlichen Winkel zur Seite geneigt, das Gesicht blau angelaufen, mit nach vorn gequollenen Augen und leicht geöffnetem Mund, aus dem die herausgestreckte Zunge zu sehen war. Er rieb sich die Augen und konnte nicht glauben, was er sah. Durch die geöffnete Tür blies der Wind und versetzte den hängenden Körper in eine langsame Drehbewegung. Ein Schuh steckte noch auf ihrem Fuß, der andere lag auf dem Holzboden. Er erkannte den blauen Rock und die weiße Bluse wieder, die sie auch gestern getragen hatte. Birgits Haare sahen feucht oder fettig aus und hingen ihr in langen Strähnen nach vorne ins Gesicht.

Ein Schwindel hatte ihn erfasst. Er klammerte sich an dem schweren Tisch fest und konnte den Blick nicht von dem schrecklichen Anblick lösen. Nach einigen Sekunden begann er, langsam zurückzuweichen, stieß mit dem Rücken gegen den Türstock, drehte sich dann um und stürzte mit einem Aufschrei ins Freie.

*

Peck mochte die authentische viktorianische Pracht des *Charing Cross Hotels* und die Hotelbar mit dem stimmungsvollen Blick auf den *Trafalgar Square*. Und er liebte das Hotel auch wegen der Nähe zu den Buchhandlungen *Foyles* und *Waterstones*, die schon bei früheren Dienstreisen öfters der Grund waren, dass er mit sündteurem Übergepäck den Rückflug angetreten hatte.

Langsam zwängte er sich durch das Nachmittagsgewühl der *Charing Cross Road*. Er dachte an sein Gespräch mit Morris Cooper. Was hatte es gebracht? Zu wenig, dachte er. Aber immerhin ein gutes Mittagessen bei *Simpson's*. Peck fühlte, dass seine gute Laune wuchs. *Ein geschenkter Nachmittag* lag vor ihm. Er würde ihn mit einem intensiven Besuch in zwei oder drei Buchhandlungen starten, dann in einem Pub mit einem Whisky auf den unvermeidlichen Bücherkauf anstoßen und sich abends irgendwo in Soho ein kleines Restaurant für ein größeres Dinner suchen. Er genoss den Sonnenschein, bewunderte die Cafés, Pubs, viktorianischen Hausfassaden und die kurzen Röcke der Mädchen. *National Portrait Gallery* las er auf einem holzgerahmten

Schild, dann wechselte er die Straßenseite. Er mochte diesen Teil der Stadt zwischen *Whitehall* und der *Oxford Street,* wo jetzt am Nachmittag das städtische Leben pulsierte. Gemächlich schlenderten Frauen in beiden Richtungen an ihm vorbei oder stellten ihre schweren Einkaufstaschen auf den Gehsteig, wenn sie vor einer der Auslagen stehen blieben. Teenager in Markenkleidung überquerten laut lachend und ihr Mobiltelefon in der Hand haltend, die Straße, als plötzlich mehrere ohrenbetäubende Explosionen die enge Straßenschlucht erbeben ließen und sofort eine Panik auslösten. Weiter vorn quollen schwarze Rauchschwaden aus der U-Bahn-Station *Leicester Square*. Der Straßenverkehr war zum Erliegen gekommen, die Autos hupten hektisch und irgendwo heulte eine Sirene. Die Passanten standen eng aneinandergedrückt auf der Straßenkreuzung vor dem Zugang zur U-Bahn, aus dem die Menschen schreiend und mit rußgeschwärzten Gesichtern ins Freie liefen. Langsam drückte Peck sich an der dicht gedrängten Menschentraube vorbei, als ein älterer Engländer sich ihm lächelnd zuwandte. »Don't worry! Das ist nur unser jährlicher Bombenanschlag. Kein Grund zur Panik.«

Ein cooler Londoner, dachte Peck und sah ihm kurz nach. Dann blieb er wie erstarrt stehen. Jutta, dachte er! Da ist Jutta Meischner. Und in Begleitung eines ihm unbekannten Mannes. Die beiden standen hinter einer der laut durcheinander redenden Gruppe, dann sagte der Mann seiner Begleiterin etwas ins Ohr, worauf die beiden sich aus der Ansammlung entfernten und mit eiligen Schritten Richtung Leicester Square gingen. Eindeutig Jutta! Sie trug Jeans und darüber einen fast bodenlangen hellgrauen Mantel. Der Mann war ganz in Dunkelblau gekleidet und hatte jetzt seinen Arm um die Schultern der Frau gelegt. Die beiden beschleunigten ihre Gangart, und plötzlich sah die Frau sich um. War er zu nahe hinterhergegangen? Hatte sie ihn erkannt? Peck sah, dass die Frau ein Tuch aus der Manteltasche zog, das sie sich um den Kopf band. Der Mann hatte seinen Arm von der Frau genommen. Mit hektischen Schritten überquerten sie schräg den Platz und bogen in eine kleine Seitenstraße ein. *Panton Street* las Peck auf einem der Schilder, eine dunkle Gasse, in der schuttbeladene Container und eine rostige Betonmischmaschine die Durchfahrt für den Verkehr blockierten. Das Paar ist zielsicher unterwegs, dachte er und ließ sich etwas zurückfallen. Ein Lastwagen rumpelte heran und wirbelte eine Staubwolke auf. Peck schloss kurz die Augen und konnte gerade noch erkennen, dass die beiden in einem mehrstöckigen Gebäude verschwanden. Vor dem Haus standen einige Bauarbeiter mit weißen Helmen und beugten sich über einen Plan und zeigten dann auf die hohen Leitern und das Baugerüst, das die Fassade verdeckte. *Hotel Panton* stand in staubigen Lettern über dem Eingangsportal, durch das Peck in einen dunklen, fensterlosen Raum eintrat. Schmutz, Bauschutt überall. Hinter einer mit einer Kunststoffplane abgedeckten Theke hob ein junger Mann den Kopf, als Peck näher kam.

»Das Hotel ist noch bis nächsten Monat geschlossen. Wir renovieren.« Und wie zur Bestätigung machte er eine weitläufige Bewegung mit dem Arm.

»Ich will kein Zimmer. Ich suche das Paar, das vor wenigen Sekunden hier hereinkam. Ein Mann und eine Frau.«

»Ein Mann und eine Frau«, wiederholte der Mann. »Die ewig gleiche Geschichte seit tausenden Jahren. Aber außer den Bauarbeitern ist hier niemand«, sagte der Mann und lächelte.

Peck begann, sich zu ärgern. Er wollte in diesem Moment nicht über soziologische Gleichnisse aus der Menschheitsgeschichte aufgeklärt werden.

»Und ich bin auch gleich weg«, sagte der Mann. »Happy Hour!«

»Wo geht's hier hin?« Peck zeigte auf die einzige Tür im Hintergrund.

»Zum Lichthof und direkt ins Zentrum unserer Bauarbeiten.« Er lächelte wieder. Ein vordergründig freundlicher Bediensteter, aber er lügt. Er muss die beiden gesehen haben! Peck nickte dem Mann zu und ging durch die Tür, die ihn in einen schmalen Gang führte, in dem einige leere Schubkarren und Holztröge standen. Die einzige Tür. Also müssen die beiden hier entlanggegangen sein. Ohrenbetäubender Lärm empfing Peck in einem kleinen, glasüberdachten Innenhof. Auf hohen Gerüsten turnten Bauarbeiter und produzierten dichte Staubwolken, die sich langsam im Raum verteilten und das meiste Licht verschluckten, das durch das Glasdach fiel. Überall Schutthaufen, Dreck und schriller Lärm. Wie bei einem Slalomlauf schlängelte Peck sich durch den Wald von Gerüststangen, bis ihn ein lauter Knall aufschreckte. Direkt neben ihm war ein schwerer Zementsack auf den Boden geknallt. Peck stieß einen Schreckenschrei aus und sah nach oben. Durch den dichten Staubnebel konnte er einige der blau gekleideten Bauarbeiter erkennen. Aber keiner hatte offensichtlich bemerkt, was geschehen war. Oder tat zumindest so. Eilig verließ Peck diesen gefährlichen Ort, öffnete die nächste Türe und fand sich in einer schmalen Straße wieder, die ihn nach wenigen hundert Metern zurück zur *Charing Cross Road* führte. Und von dem Paar keine Spur. Keine sehr professionelle Verfolgungsjagd. Die beiden hatten ihn ausmanövriert. Plötzlich beschlichen ihn Zweifel, ob es tatsächlich Jutta gewesen war. Doch! Er hatte sie jetzt oft genug gesehen, die gleiche kleine Gestalt, sogar ihr Gesicht glaubte er erkannt zu haben. Oder doch ein Irrtum?

Die Polizei hatte den Zugang zur U-Bahn-Station *Leicester Square* großräumig abgesperrt, Dutzende Uniformierte liefen hektisch herum und befahlen den Gaffern, endlich weiterzugehen.

Was sollte er jetzt tun? *Foyles*, dachte er. Die Entspannung ruft. Angeblich die größte Buchhandlung der Welt, und gerade als er die Rolltreppe hinauf in die Welt der Belletristik fuhr, klingelte sein Handy.

»Wo sind Sie?« Funke aus Salzburg.

»Ich sehe mir Bücher an.«

»Wo?«

»London.«

»Foyles?«

»Sie stören mich beim Bücherkaufen.«

»Hören Sie, Peck, während Sie sich in London vergnügen, sitzen andere bei der Arbeit. Es gibt Neuigkeiten.«

Peck sagte nichts und wartete, bis Funke weitersprach.

»Unser Freund Wamper aus St. Pölten war überzeugt, dass Uwe Dayer der Mörder des jungen Schörghubers ist. Aber jetzt musste er ihn aus der U-Haft entlassen.«

»Scheiße«, entfuhr es Peck. Der neben ihm am Bücherregal stehende Engländer hatte die Augenbrauen hochgezogen und starrte zu ihm herüber. »German, Austria or Switzerland?«

Peck beschloss, die Frage offen zu lassen, drehte sich weg und konzentrierte sich auf sein Gespräch mit Funke. »Dayers Freundin macht's möglich. Sie hat ihm ein lupenreines Alibi verpasst. Wasserdicht und felsenfest.«

»Und was jetzt?«

»Man hat bei Hannes Schörghuber ganze Stapel von DNA-Spuren gefunden, in der Wohnung, aber auch an der Leiche. Liegt alles noch im Labor in Wien und dauert noch.«

»Wann haben Sie das erfahren?«

»Wamper hat mich angerufen und mir vieles erzählt, Wichtiges und Unwichtiges. Und dabei musste ich an Sie denken.«

»Beim wichtigen oder beim unwichtigen Teil?«

»Warum sind Sie eigentlich in London? Es wäre doch brisanter gewesen, zuerst Ihrem französischen Mozart-Experten Marais auf die Nerven zu gehen.«

»Der hat erst in einigen Tagen Zeit für mich. Sagt er.«

Peck hörte Funke laut schnaufen. »Was ist los? Geht es Ihnen nicht gut, Herr Polizist? Verschnupft oder unter Erfolgsdruck?«

»Seien Sie froh, dass Sie nicht an meiner Stelle sind!«

»So schlimm?«

»Mir wurde der Fall im Prinzip aus der Hand genommen. Zuerst von meinem Chef hier in Salzburg, und jetzt hat sich Wien eingeschaltet.«

»Ich verstehe.«

»Das können Sie gar nicht verstehen, was hier los ist! Dreihundert Millionen Versicherungswert und dann noch die Mordfälle. Hier ist der Teufel los. Dazu nervt mich täglich noch die Presse.«

Peck überlegte kurz, ob er von seiner Verfolgungsjagd berichten sollte. Aber Funke hat jetzt kein Interesse an seiner Zementsack-Episode. Und möglicherweise hatte er sich geirrt, und Jutta Meischner saß friedlich in Salzburg oder bei ihrem Antiquar in Frankfurt. Also beendete er das Gespräch, fuhr mit den Rolltreppen nach oben. Nichts kaufen, beschloss er. Nur schauen! Er mochte den Geruch der Bücher, der ihn hier empfing, und er sah in dem langen Raum alle Literaturgattungen nebeneinander, sortiert und gruppiert auf drehbaren Büchertürmen und in endlosen, raumhohen Regalen auf der anderen Raumseite. Peck sah vom Ende der Treppe auf die vor ihm liegenden dreißig Meter Buchrücken. Und plötzlich machte er eine Entdeckung. Die vielen Buchmeter leuchteten in vier voneinander exakt abgegrenzten Abschnitten in den Farben Weiß, Rotschwarz, Blaurosa und Orange. Peck trat näher, um diese literarische Farbenpolitik zu enträtseln. Und er entdeckte klare Abhängigkeiten. Belletristik und Romane zeigten sich in hellen Farben, meist in Weiß. Die größte räumliche Ausdehnung hatten die Bücher in aggressiven Rot-Schwarz-Kontrasten: Die Kriminalromane und blutrünstigen Thriller, rot gesprenkelte Bände mit blutigen Serienmorden, zersägten Toten und in die Haut eingeritzten, geheimnisvollen Runenzeichen. Im Anschluss an Rotschwarz folgten Bücher in den Pastelltönen Rosa und Hellblau: Mystery, Liebe, Romance und Buchtitel mit blonden, schulterfreien Damen in brustbetonter Aufmachung, die ihre Arme um die mächtigen Schenkel langhaariger, muskelbepackter und barbusiger Highlander schlangen. Die letzte und kleinste Gruppe in der Bücherreihe war neu für Peck: Unisono in orangem Grundton gehaltene Bände mit dunkelhäutigen Nomadenfrauen in bodenlangem Kaftan, mit einem Wanderstock ausgerüstet, die weit ausholend durch die afrikanische Steppe der Sonne zuschritten. Selbstverwirklichung und Buschmentalität in fernen Entwicklungsländern.

Peck war fasziniert. Er hatte die Bedeutung der Farbe in der Literatur entdeckt, möglicherweise die größte Innovation seit Goethes Farbenlehre. Zumindest eine neue Annäherung an die Welt der Literatur, dachte er: *Zeigen Sie mir die Farbe Ihres Buches, und ich sage Ihnen, was Sie lesen!*

Nicht kaufen, nur schauen, hatte er beschlossen. Eine halbe Stunde später schleppte er die beiden prall gefüllten Leinentaschen zuerst zur Kasse und dann zurück zum Hotel. Zu früh, um schlafen zu gehen, dachte er und betrachtete es als günstigen Wink des Schicksals, dass er in der *Terrace-on-the-Strand-Bar* einen freien Platz direkt am Fenster fand. Nach zwei *Guinness* und einem Whisky stieg er auf Whiskey um, ließ die Rechnung aufs Zimmer schreiben und ging dann beschwingt zum Lift.

Ein viel zu kleines Zimmer, ein viel zu großes Bett. Die Schublade seines Nachtkästchens klemmte, und nach einiger Gewaltanwendung fand er darin eine Gideon-Bibel. Das Gute ist immer und überall, dachte er und setzte sich in ein filigran aussehendes Lehnsesselchen aus weißem Plastik, das zu kippen drohte, als er sich nach hinten lehnte. Er griff nach einem Hochglanzmagazin, das auf dem runden Tisch neben dem Fenster stand und blätterte gedankenlos herum, bis er unter dem Titel *Die Macht der Farbe* auf einen Artikel über die Kunst der Fotografie stieß. Auf einer der Seiten war nebeneinander zweimal das gleiche Foto einer irisch aussehenden Schönheit abgebildet, links schwarz-weiß mit grauschwarzer Haarpracht, rechts sah man, dass sie braune Sommersprossen und eine feuerrote Mähne hatte. Er legte das Magazin zur Seite, versank einige Sekunden in Gedanken und suchte dann sein Mobiltelefon.

»Hast du was getrunken? Was treibt dich in London an? *Lagavulin*, vermute ich.« Sophia war augenblicklich ans Telefon gegangen.

»Ich bin nur müde. Die Zeitverschiebung stresst mein Nervenkostüm.«

»Ich bin sicher, es ist eher der Whisky nach Eintritt der Dämmerung.«

»Ich würde nie über meinen Schatten trinken. Aber ich hatte heute ein bemerkenswertes Erlebnis.«

»Das ist selten bei Männern deines Alters. Was hast du erlebt?«

»Deine Freundin Jutta, mit und ohne Kopftuch und mit einem Mann in London unterwegs. Ich bin ihnen gefolgt, aber sie sind mir entwischt.«

»Ganz sicher Jutta?«

»Sehr sicher.«

»Und der Mann? War das Daniel Meischner?«

»Keine Ahnung. Ich habe Juttas Ehemann nie gesehen.«

»Ich werde Jutta nochmals am Handy anrufen.«

»Du kannst froh sein, dass ich noch lebe«, sagte Peck mit dramatischem Unterton.

»Zu viel Whisky kann in der Tat lebensbedrohlich sein.«

»Quatsch«, sagte Peck und erzählte Sophia von der Baustelle und dass der Zementsack nur knapp neben ihm aufgeschlagen war.

»Gott schützt die Betrunkenen, Verrückten und Einfältigen«, sagte sie schnaufend.

»Wenn du auch nur den kleinsten Versuch unternimmst, mich in eine dieser drei Gruppen einzuordnen, bin ich sauer.«

Zwei Sekunden Stille. »Und wie war dein heutiges Gespräch?«

»Morris Cooper weiß nichts und hat nichts gehört.«

»Und deshalb bist du nach London gereist?«

»Ich habe eine Bitte.«

»Nur zu.«

»Erinnerst du dich an das Foto des alten Mannes aus der Videoüberwachung im *Grandhotel Krems*?«

»Der mit den dunklen Haaren und dem struppigen Bart?«

»Bitte rufe den Hoteldirektor in Krems an. Vielleicht bietet die Videoüberwachung auch ein Bild in Farbe. Wenn ja, soll er mir das Bild zumailen.«

»Aber du liebst doch eher Schwarz-Weiß-Filme!«

»Rupert Schwarz heißt der Direktor. Sag ihm schöne Grüße von mir. Du bist eine attraktive Frau, also kann er sich sicher an dich erinnern.«

»Sag auf der Stelle den vorletzten Halbsatz noch mal. Aber laut und deutlich!«

Mit der Fernbedienung in der Hand saß er wenig später auf dem Bett und schaltete sich durch die geistlose und überwiegend englischsprachige Programmvielfalt. Plötzlich hörte er österreichischen Dialekt, und mit müden Augen verfolgte er eine Nachrichtensendung auf irgendeinem österreichischen Kabelsender. In einem kleinen Dorf im Pongau war die Leiche der fünfzigjährigen Birgit H. entdeckt worden. Die Polizei vermutete Selbstmord. Peck hatte den Namen des Dorfes nicht verstanden. Er drehte den Fernseher ab, ging ins Bad und fiel zwei Minuten später müde aufs Bett. Birgit H., dachte er, fünfzig Jahre alt. Er hatte mal eine Birgit gekannt. Die müsste jetzt ungefähr fünfzig sein.

Donnerstag, 22. September

Peck saß mit Kopfweh beim Frühstück. Zu viel *Lagavulin* sagte er sich, sah, dass auf seinem Teller neben den *Scrambled Eggs* noch Platz war und schaufelte noch etwas *Baked Beans* neben die fettglänzenden Champignons. Er sah auf die Uhr. Nicht mehr viel Zeit. Um neun musste er bei der *Maxa Insurance* sein. Irgendwo an der Themse, nahe der *Blackfriars Bridge*, hatte Cooper gestern gesagt. Wo hatte er den Zettel mit der Adresse hingesteckt?

Kaum saß er an seinem Tisch, als sein Mobiltelefon läutete. Er drückte auf sein Handy und ging in die Hotelhalle.

»Herr Paul Peck?«, fragte eine weibliche Stimme.

»Mit diesem Namen habe ich mich gemeldet«, sagte er.

»Mein Name ist Renate Helm. Ich bin die Tochter von Birgit Helm.«

Birgit H., dachte er, die Tote gestern Abend im Fernsehen. »Meine Mutter ist gestern früh in ihrem Haus tot aufgefunden worden. Sie hing an einem Strick im Wohnzimmer.«

Peck murmelte etwas wie »Tut mir leid«, und plötzlich war er hellwach.

»Sie haben meine Mutter mal gekannt.« Sie sprach mit leiser Stimme, und Peck presste das Handy fest an sein Ohr.

»Meine Mutter hatte es mir erzählt, als wir Ihren Namen in der Zeitung sahen.«

»Wie war der Mädchenname Ihrer Mutter?«

»Koller. Birgit Koller.«

»Woher haben Sie meine Telefonnummer?«

»Internet. Mein Verlobter und ich würden Sie gerne sprechen.«

»Warum?«

»Die Polizei sagt, meine Mutter hat Selbstmord begangen.«

»Und Sie glauben das nicht?«

»Nie und nimmer!« Ihre Stimme bekam plötzlich mehr Kraft und Betonung. »Meine Mutter hat das Leben geliebt, und sie war religiös.«

Zwei gute Gründe, die gegen Selbstmord sprechen, dachte Peck.

»Aber da ist noch etwas, über das wir mit Ihnen sprechen möchten.«

»Von wo rufen Sie an?«

»Wien.«

»Ich fliege heute noch dorthin. Wir könnten uns morgen treffen.«

»Wann? Erich, mein Verlobter, nimmt sich dann frei. Er möchte bei dem Gespräch unbedingt dabei sein.«

»Ich habe morgen früh eine Besprechung in der Innenstadt. Wo wohnen Sie?«

»In der Porzellangasse, im 9. Bezirk.«

»Ich versuche, pünktlich um elf Uhr bei Ihnen zu sein.«

Birgit Helm, dachte er, Birgit Koller. Er konnte sich kaum an sie erinnern. Ein nebelverhangenes Bild tauchte vor ihm auf, eine kleine, etwas rundliche Schwarzhaarige, kokett und immer gut gelaunt. Er war gerade mit dem Studium fertig geworden, als er sie kennen lernte. Kurze, heftige Liebschaft nennt man so was. Als er dann wenige Wochen später den Job in Deutschland angenommen hatte, kam sie ihn noch ein- oder zweimal besuchen, dann war die Beziehung eingeschlafen.

Nie und nimmer! Die Tochter glaubt nicht an einen Selbstmord. Warum bringen Menschen sich selbst um? Er hatte oft erlebt, dass sich die Angehörigen nachher den Kopf darüber zerbrachen, warum sie vorher nichts bemerkt hatten, oder sich sogar Vorwürfe machten, mitschuldig an dieser unsinnigen Tat zu sein. Solche Überlegungen sind meist zwecklos, dachte er, Selbstmorde gehorchen keinen logischen Gesichtspunkten, sie geschehen oft überraschend, auch ohne schwere Krankheit oder Geldschwierigkeiten. Egal, ob jung oder alt, plötzlich beschließt ein Mensch, seinem Leben ein Ende zu setzen. In vielen Fällen gibt es lange Vorlaufzeiten mit depressiven Phasen, und manchmal werden Freunde und Angehörige völlig überrascht und fassungslos mit dem Selbstmord konfrontiert, den sie nicht verstehen und mit dem sie nicht umgehen können.

Peck speicherte den Termin und die Adresse in Wien in seinem Handy. Donnerstag, der 22. September, hatte nicht gut begonnen, dachte er. Zuerst Kopfweh, dann dieser Anruf, vor ihm ein kalt gewordenes Frühstück und draußen Regenwetter. Gedankenverloren sah er auf seine verschrumpelte Eierspeise. Birgit, dachte er, erhängt, aber kein Selbstmord. *Nie und nimmer*! In einem kleinen Dorf im Pongau. Also war die Polizei Salzburg zuständig und folglich Leopold Funke, schloss er die Beweiskette ab. Zumindest ist er eingeschaltet, wenn bei der Polizei irgendwelche Zweifel am Selbstmord aufkommen sollten.

Er schob den Rest des Frühstücks zur Seite, holte seine wenigen Unterlagen aus dem Jackett und machte sich einige Notizen für das bevorstehende Gespräch mit Leonard Bartlett. Immerhin musste er seinem Auftraggeber einen kurzen Report seiner bisherigen Aktivitäten geben.

Es war kalt im Raum, und das nass triefende Wetter hatte auf ihn abgefärbt. Was machte er hier eigentlich? Er hatte gestern ein ergebnisloses Gespräch geführt und würde heute mit Leonard Bartlett weitere ergebnislose Gespräche haben, nur angereichert mit Vorwürfen, warum er bisher auf der Suche nach der Mozart-Handschrift nicht erfolgreich gewesen war. Er hätte schon lange Juttas Mann in Frankfurt aufsuchen sollen, bei Marais mehr Druck nach einem früheren Termin machen sollen, und er hätte gestern bei der Verfolgung umsichtiger und schneller sein sollen. Natürlich, einiges davon würde er nachholen, aber möglicherweise war es dann zu spät. Was machte er wirklich hier? Das Treffen mit meinem Auftraggeber ist wichtig, sagte er sich.

Peck deponierte seinen prall gefüllten Koffer an der Rezeption und ging zum Ausgang, wo er jedoch die Drehtüre nicht verließ, da draußen gerade ein Wolkenbruch niederging, sondern nach einer 360-Grad-Rotation in die Hotelhalle zurückkehrte. Mit einem dunkelblauen Riesenschirm, der die Aufschrift *Charing Cross Hotel* trug, ging er zum zweiten Mal durch die Drehtüre und dann die regenglänzende *Villiers Street* hinunter zur Themse. Schnürlregen in London, intensiv, gleichmäßig und alles durchdringend. Über den *Victoria Embankment Gardens* lag wolkenartig der Nebel, der die benachbarte *Waterloo Bridge* fast verschluckte. Auf einem der grauen Schiffe, die verankert am *Embankment* lagen, konnte er durch die vom Wasser aufsteigenden Nebelschwaden den Namen *H. M. S. Chrysanthemum* entziffern. Der scharfe Südwind trug einen Geruch von schmutziger Feuchtigkeit von der Themse herauf. Das Wasser des Flusses war braun und aufgewühlt.

Plötzlich läutete irgendwo im Inneren seines Mantels das Mobiltelefon.

»Hallo Papa! Hier ist Julia.«

Seine Tochter. Peck blieb am *Embankment* stehen und starrte in den Fluss.

»Rufst du aus Zürich an?«

»Wo bist du gerade?«

»In London. Und es regnet. Warum rufst du an?«

»Warum muss bei dir alles einen Grund haben?«

»Wenig passiert grundlos«, sagte Peck. »Wie geht es dir?«

»Interessiert dich das wirklich?«

»Natürlich. Was macht dein Job?«

»Ich glaube dir deine Anteilnahme nicht.«

»Quatsch! Du bist meine Tochter, also schenke ich dir meine Beachtung.«

»Geschenkt hast du mir schon lange nichts mehr. Du leihst mir nicht mal dein Ohr! Du bist das genaue Gegenteil von Mama.«

Peck seufzte. Natürlich! Mama macht alles richtig, Mama ist die Beste!

»Und ich?«

»Mama meldet sich wenigstens von Zeit zu Zeit am Telefon.«

»Mein Job deckt mich sehr mit Arbeit zu.«

»Das kenne ich! Als ich klein war, hast du pausenlos an deiner Karriere gearbeitet, und deine Gedanken waren immer beim Job.«

»Aber wir haben doch auch vieles gemeinsam unternommen.«

»Das muss ich vergessen haben. Ich weiß nur, dass du immer schon im Büro warst, als ich beim Frühstück saß, und abends war ich schon im Bett, als du endlich heimkamst. Todmüde natürlich. Wenn du überhaupt nach Hause gekommen bist. Ich erinnere mich nur an deine angeblich nächtelangen Besprechungen und an tausende Dienstreisen.«

»Von denen ich dir immer etwas mitgebracht habe.«

»Auch daran kann ich mich nicht mehr erinnern. So, wie du vergessen hast, dass du eine Tochter hast.«

»Sagst du mir jetzt bitte, wie es dir geht?«

»Mir geht es beschissen! Nicht mal das merkst du.«

»Warum beschissen?«

»Mein Chef ist ein Dummkopf und ein Arschloch. Und das ist eine gefährliche Kombination!«

»Was ist los?«

»Er ist mit nichts zufrieden, und seit Neuestem steigt er mir nach und fragt mich zweimal die Woche, ob ich mit ihm abendessen gehe. Dabei ist der geile Bock verheiratet und hat zwei Kinder.«

»Es tut mir leid, dass ich mich so lange nicht gemeldet habe.«

»Wirklich?«

»Ja«, sagte Peck. »Und ich möchte, dass wir uns mal treffen. Komm nach Salzburg. Oder ich besuche dich in der Schweiz. Wie wäre es nächstes Wochenende?«

»Ich muss in meinen Kalender schauen. Aber die nächsten drei Wochen sind bei mir belegt. Aber vielleicht im November.«

Und dann verabschiedeten sie sich, und Peck merkte erst jetzt, dass der Regen stärker geworden war. Er blieb noch einen Augenblick am Themseufer stehen und sah auf die unendlich lange Front klassischer Reihenhäuser aus dem 18. Jahrhundert, die sich an der dem Fluss abgewandten Straßenseite entlangzogen. Britische Tradition, in steinerne Fassaden gegossen. Großformatige Messingschilder mit ehrwürdigen Namen wiesen auf die Büros von Rechtsanwälten, Notaren und Steuerberatern hin.

Upper Thames Street Nummer 107 lag direkt neben der *Blackfriars Bridge*, die Peck zwanzig Minuten später erreichte. *Maxa Insurance Ltd. European Headquarters* las er auf dem Marmorblock, darunter war ein fünf Zentimeter dicker Klingelknopf, den Peck vorsichtig drückte, worauf sich das zentnerschwere Holztor mit dezentem Summen millimeterweise öffnete.

Die Eingangshalle war eindrucksvoll, aber nicht einladend, schmuckloser Marmor am Boden und an den Wänden, glänzende Kühle auf allen Seiten. Auf einem der übereinander angeordneten Metallschilder fand er den Hinweis, dass sich das Büro Bartletts im zweiten Stock befand. Die Sekretärin, die Peck bereits erwartete, passte zum Outfit des gesamten Gebäudes. Schlicht und teuer gekleidet, rosa geschminkte, vornehme Kühle.

»Die Herren warten schon auf Sie.«

Leonard Bartlett saß träge hingegossen hinter seinem Schreibtisch. Als er Peck sah, sprang er trotz seiner kolossalen Fettleibigkeit flink wie ein Hirsch auf und watschelte ihm breitbeinig entgegen. Völlig unbritisches Äußeres, dachte Peck, nur das stolz erhobene Kinn und die zumindest äußerlich zur Schau getragene Höflichkeit zeugten von traditioneller, vielleicht sogar aristokratischer Herkunft. Bartlett trug einen tadellosen dunklen Anzug mit kontrastreichen Längsstreifen, die ihn jedoch weder schlanker noch größer erscheinen ließen. Die wenigen grauen Haare auf seinem kugelförmigen Kopf waren penibel auf der Glatze drapiert. Trotz seines Lächelns sieht er sorgenvoll und müde aus, dachte Peck. Auf dem linken Besucherstuhl vor dem Mahagonischreibtisch saß ein Mann, der wie Karl Lagerfeld aussah: dürr, silbergraue lange Haare mit Rossschwanz, schwarzer, dezent glänzender Anzug.

Timothy Stamford. Senior Expert, Sotheby's London las Peck auf der Visitenkarte, die ihm Mr. Lagerfeld mit einer angedeuteten Verbeugung in die Hand drückte.

»Ich habe meinen Freund Timothy Stamford zu dem Gespräch dazugebeten.« Bartlett sprach mit einer tiefen, angenehmen Stimme mit irgendeinem britischen Dialekt, den Peck nicht einordnen konnte. »Sotheby's ist das traditionsreichste Auktionshaus der Welt. Das Unternehmen macht einen Umsatz von mehr als zwei Milliarden Dollar.« Er lächelte Stamford zu, der die Nennung des Umsatzes wie eine Huldigung entgegennahm, bestätigend mit dem Kopf nickte und dann den Kopf in den Nacken warf, wobei ihm der Pferdeschwanz um die Schultern flog. »Lassen Sie es mich so sagen«, begann Mr. Lagerfeld mit leiser Stimme, »ich habe nicht verstanden, Mr. Peck, warum gerade Sie diesen Auftrag erhalten haben, wo wir doch alleine hier in London über eine Reihe von exquisiten Fachleuten verfügen, private Institute genauso wie unsere Experten von *Scotland Yard*.«

Bartlett sah etwas peinlich berührt zu Peck und blätterte dann hektisch in einigen Papieren, die vor ihm lagen.

Peck beschloss, nicht zu reagieren. Er sah an Bartlett vorbei aus dem Fenster. Der Regen war etwas schwächer geworden, und er erkannte auf der anderen Seite der Themse den unförmigen roten Backsteinklotz der *Tate Modern*, die heute noch eher wie ein Kraftwerk aussah.

»Tee oder Kaffee?«, fragte Bartlett freundlich. Wollte er das Gesprächsklima wieder etwas zurechtrücken? »Ich habe in Österreich guten Kaffee schätzen gelernt und hier im Büro sofort in eine Espressomaschine investiert. Natürlich ein britisches Fabrikat. Ich empfehle Ihnen einen Großen Braunen.«

Peck zog die Augenbrauen nach oben, dann nickte er.

»Berichten Sie mir von Ihren Fortschritten, immerhin sind bereits«, er sah auf den Kalender, der vor ihm lag, »fünf Tage seit dem Raub des Mozart-Manuskripts vergangen.«

»Sie wissen, dass noch ein zweiter Mord geschehen ist, der mit hoher Wahrscheinlichkeit mit dem Diebstahl in Verbindung steht. Ein junger Hotelangestellter.«

»Die Polizei verdächtigt doch diesen eigenartigen Hotelmanager. Uwe Dreier oder so ähnlich.«

»Uwe Dayer«, sagte Peck. »Den musste die Polizei gerade wieder laufen lassen. Hat angeblich ein Alibi.«

Die Sekretärin erschien mit einem großen Tablett. »Ihr Kaffee. Mit herrlicher Crema.«

Crema ist ein Aberglaube, dachte Peck. Ein Kaffee ist entweder gut oder schlecht, mit Crema hat das nichts zu tun. Er sah auf die dampfende Tasse, die vor ihm stand. Dieser Kaffee hier hat nur eine Crema, weil er aus Wut darüber zu schäumen begann, dass er so zubereitet wurde.

Bartlett sah Peck zu, der sich, die Tasse an den Lippen, durch die Crema arbeitete. »Marcel Bagnon hat mir kurz vor seinem Tod berichtet, dass er Uwe Dayer verdächtigte, Kontakte zur Mafia zu pflegen. Und er hat ihn zweimal in Krems in sehr vertraulichen Gesprächen mit zwielichtigen, osteuropäisch aussehenden Typen beobachtet.«

»Nannte Bagnon noch einen weiteren Grund, warum der Hotelmanager verdächtig ist?«

Bartlett zuckte mit den Schultern. »Mehr weiß ich nicht.«

»Die Wiener Kriminalpolizei hat eine Spezialtruppe zum Thema Ost-Mafia. Dort bin ich morgen. Was wissen Sie übrigens über Professor Jean-Jacques Marais? Ich werde ihn nächsten Montag in Paris treffen.«

»Viel zu spät!« Stamford war laut geworden. »Wenn ich Ihr Auftraggeber wäre, würde ich ganz rasch dafür sorgen, dass Sie Ihre Gangart beschleunigen.«

»Marais hatte bisher keine Zeit für mich.«

»*Keine Zeit für mich*«, wiederholte Bartlett pointiert. »Wenn ich das schon höre! Timothy hat recht. Machen Sie jetzt endlich Druck. Meine persönlichen Verdachtsmomente bezüglich der Handschrift betreffen die Mafia oder Marais. Wobei ich eher auf Marais tippe. Haben Sie übrigens bisher mit den übrigen sogenannten Experten gesprochen?«

»Ich hatte gestern eine nicht sehr ergiebige Unterhaltung mit Morris Cooper.«

Bartlett schüttelte den Kopf. »Der ist Brite, unverdächtig und außerdem einer der echten Mozart-Kenner. Weltweit übrigens.«

Die wahren Experten sitzen in England, dachte Peck. In diesem Moment neigte Stamford ihm seinen Oberkörper zu und kam mit dem Kopf näher. Ein leichter Rosenduft wehte herüber. Ob er ein *Lagerfeld*-Parfum benutzte?

»Bedenken Sie bitte eines, Herr Peck, wenn es Ihnen tatsächlich gelingen sollte, die Handschrift zurückzuholen, dann würden Sie Ihr ganzes Leben nie wieder etwas Bedeutenderes leisten. Haben Sie dies stets vor Augen!«

Peck sah ihn lange an und dachte einige Sekunden über diese grundsätzlichen Worte nach. Vielleicht war es doch ein *Hugo-Boss*-Aftershave.

»Ich habe bei *Sotheby's* vor zehn Jahren ein einziges Lied von Mahler versteigert. Für fast eine Million Pfund. Und jetzt setzen Sie den Wert des *Requiems* daneben. Kunstraub ist ein lukratives Geschäft. Und um Kunstraub aufzuklären, bedarf es weitreichender Expertisen. Über die Sie wahrscheinlich nicht verfügen.«

»Welche Rolle spielen kriminelle Sammler bei solchen Delikten?«, fragte Peck. Er hatte beschlossen, sich nicht provozieren zu lassen.

»Jeder wirkliche Fachmann wüsste, dass Diebe selten ein leidenschaftliches Verhältnis zu ihrer Beute haben. Der geheimnisvolle, manische Steinreiche, der in seinem mit Samt tapezierten Tresorraum sitzt und sich mit Schweißperlen auf der Stirn über seine Kunstwerke freut, gehört in die Krimi-Literatur. Lesen Sie eigentlich keine Kriminalromane, Mr. Peck?«

»Wie schätzen Sie die Erfolgsquote bei der Aufklärung ein?«

»Wenn unsere hauseigenen Experten ermitteln, tauchen irgendwann die gestohlenen Schätze wieder auf. Fanatische Sammler sind wie Exhibitionisten. Sie wollen zeigen, was sie haben.«

»Sind Sie als Versicherung erpressbar?«

Stamford reichte Pecks Frage mit einer Handbewegung zu Bartlett weiter.

»Art-Napping? Selten erfolgreich! Die *Maxa* lehnt so einen Deal kategorisch ab. Wenn sich eine Versicherung auf so was einlässt, erhält sie jede Woche einen neuen Erpresserbrief.«

»Noch eher glaube ich daran«, sagte Bartlett, »dass über den Kunstraub Risikokapital für den Drogenhandel beschafft wird.«

»Eine besondere Art der Geldwäsche«, sagte Peck. »Was wissen Sie übrigens als Insider über Jutta Meischners Mann?«

Bartlett nickte. »Daniel Meischner? Kunsthandel *en detail* und *en delict*. Ich rate Ihnen dringend, nach Frankfurt zu fahren, um ihm auf den Zahn zu fühlen.«

»Soweit ich weiß, ist er auf alte Handschriften und Notenmanuskripte spezialisiert. Und ich habe gestern Hinweise erhalten, dass sich bereits die Polizei um ihn bemüht.«

»Daniel Meischner hat in seinen Katalogen bereits mehrmals gestohlene Stücke zum Verkauf angeboten.«

»Wir trauen ihm alles zu«, sagte Bartlett.

Sollte er den beiden jetzt erzählen, dass er Meischner und seine Frau gestern gesehen hatte? Wenn sie es waren.

»Glauben Sie, dass Marais und Daniel Meischner sich kennen?«, fragte er stattdessen.

»Davon können Sie ausgehen.« Bartlett richtete seinen Zeigefinger wie eine Pistole auf Peck. »Marais und Jutta Meischner waren auf gleichem Gebiet tätig. Und das gilt auch für ihren Mann. Die Musikwelt ist klein.«

Die Musikwelt ist klein. Diesen Satz hatte Peck erst kürzlich gehört. Von wem?

»Ich habe geplant, Meischner in Frankfurt aufzusuchen.«

»Tun Sie das!«, erwiderte Bartlett. »Und irgendwann in nächster Zeit sollten Sie uns konkrete Erfolge vorweisen!«

Peck nickte. Wie auf ein geheimes Zeichen standen sie alle drei gleichzeitig auf.

Bartlett beugte sich leicht vor und sah Peck fest in die Augen. »Er ist mehrfach vorbestraft. Und wir wissen, dass Marais mit Daniel Meischner in Frankfurt eng zusammenarbeitet. Fast alles krumme Dinger. Darauf sollten Sie Ihr Augenmerk legen.«

Sie verabschiedeten sich, und Peck war erstaunt, wie kraftvoll Stamford seine Hand ergriff. Als er nach dem üblichen zweimaligen Händeschütteln versuchte, sich aus Stamfords festem Griff zu lösen, ließ dieser nicht los, sondern zog Peck nahe zu sich heran und beugte seinen Kopf vor, wie um Peck etwas ganz Vertrauliches zuzuflüstern, was niemand sonst hören sollte.

»Ich wiederhole, es ist eine Schande, Ihnen so einen wichtigen Auftrag zu geben, von dem Sie jetzt schon rettungslos überfordert sind. Und ich werde dafür sorgen, dass Sie erfolglos bleiben.«

Stamford zog seinen Kopf ruckartig zurück, lächelte Peck unverschämt an und verschwand aus dem Raum.

»Was hat er Ihnen so vertraulich mitgeteilt?«, fragte Bartlett und lächelte.

*

»Ich habe eigentlich keine Zeit, Taxi für Sie zu spielen. Und ich erwarte mir jetzt konkrete Ergebnisse und Erfolgsmeldungen, Herr Peck. Please, speed up!«

Sie saßen im Auto in Richtung Flughafen, und Bartlett sprach mit lauter Stimme und war deutlich unfreundlicher geworden.

Peck nickte.

»Die Ungeduld, die Tim Stamford an den Tag gelegt hat, sieht zwar etwas unhöflich aus, ist aber sehr gut verständlich.«

»Ich verstehe«, sagte Peck und fragte sich, was er eigentlich verstanden hatte.

Sie standen vor einer roten Ampel. »Ich habe darüber auch mit Ihrem Co-Auftraggeber gesprochen, der *Jagellonia*-Bibliothek. Frau Doktor Alica Fonkowicz aus Krakau hat sich ebenfalls nicht sehr positiv über Sie ausgesprochen. Sie sagte irgendwas von mangelnder Zuverlässigkeit.«

Alica, dachte Peck. Also ist sie doch sauer.

Bartlett fuhr zum Flughafenparkplatz, entschuldigte sich, dass er keine Zeit mehr habe, ihn zum Lunch einzuladen, und fuhr davon.

Peck fand noch einige englische Pfund und investierte diese in eine Portion *Fish and Chips*. Leberkässemmeln gab es nicht.

Das Flugzeug war voll besetzt. Peck erkannte einige der Passagiere vom Hinflug wieder. Er war müde und schlief sofort nach dem Start ein. Als er irgendwann mit trockener Kehle erwachte, sah ihn sein Sitznachbar mit bösen Blicken an. Hatte er geschnarcht? Peck blätterte im *Lufthansa-Magazin*, und sein Blick fiel auf einen Artikel mit der Überschrift »Früherkennung eines Herzinfarktes.« Erschrocken steckte er die Zeitschrift wieder in die Sitztasche vor sich.

Dunkelgraue Wolken über Wien, schwüles und schweißtreibendes Wetter. Aber wenigstens kein Regen. Als er sich im Taxi dem Stubenring näherte, klingelte sein Handy. Christine Bagnon aus Salzburg. Sie war aufgeregt, und ihre Stimme zitterte. »Jochen ist verschwunden!«

»Seit wann?«

»Er ging gestern früh weg und kam abends nicht nach Hause.«

»War er aufgeregt?«

»Ich habe schon alle seine Freunde und die gemeinsamen Bekannten angerufen. Nichts!«

»Wo könnte er sonst sein?«

»Ich mache mir Sorgen! Ich sagte Ihnen doch schon, Jochen hing sehr an seinem Vater. Und er will ihn rächen. Blutige Rache, genauso hat er sich ausgedrückt.«

»Wohin ging er, als er gestern früh die Wohnung verlassen hat?«

»Er studiert.«

»Wo?«

»Musik. Jochen studiert am *Amadeum* in Salzburg.«

*

Um Punkt sechs kam Peck im *Hilton* am Stadtpark an. Erstens ist das *Hilton* kaum teurer als andere gute Hotels, dachte er, und zweitens laufen die Spesen direkt weiter an Bartlett und Alica.

Peck hievte den schweren Koffer schwungvoll auf das Bett, was sein Rücken spontan mit einem stechenden Schmerz kommentierte. Er ließ das Gepäck liegen und ging in die Dusche, als das Telefon läutete.

»Hallo, Paul! Ich stehe an der Rezeption und warte hier unten auf dich.«

Peck hatte seinen Cousin Gerold während der letzten Jahre einige Male bei Familienfeiern, meist bei Beerdigungen, getroffen. Gerold war der Sohn einer Schwester seiner Mutter. Und das nennt man Cousin, beendete er die Familienanalyse. Gerold war sein Leben lang bei der Kripo Wien angestellt und dort ins mittlere Management aufgestiegen und seit Kurzem in Pension. Peck betrachtete seine persönliche Beziehung zu Gerold als belastbar genug, um ihn um einen Gefallen zu bitten.

Er hatte von den wenigen Treffen, an die er sich erinnerte, Gerold als sympathischen Menschen in Erinnerung, ganz im Gegensatz zu Gerolds Frau Maria. Sie ist die reine Katastrophe. Eine gefährliche Mischung aus Dummheit und *Ich-weiß-alles–besser!* Peck erinnerte sich an eine große Hochzeitsfeier irgendwo in der *Steirischen Toskana*, zu der er, damals noch mit seiner Frau Gerlinde, eingeladen war und an das Pech, dass Maria den Platz genau neben ihm zugewiesen bekam. Gefangen und ohne Fluchtmöglichkeit musste Peck sich den gesamten Abend von Maria die Welt aus Sicht einer Kleinbürgerin erklären lassen.

Eine Viertelstunde später wanderten sie zu Fuß durch den Stadtpark, in dem schon die ersten Lichter brannten. Als sie am vergoldeten *Johann Strauß* vorbeigingen, fragte Peck: »Wohin führst du mich?«

»Ich habe einen Tisch in der *Meierei im Stadtpark* reserviert, gleich da vorne.«

»Da war ich noch nie.«

Sie aßen einen *Waller*, dazu bestellte Gerold einen hervorragenden *Pinot Blanc*, und als Nachspeise eine *italienische Käse-Reise*.

»Wie geht es Maria?«

»Sie liebt ihre vier Mahlzeiten am Tag, löst routiniert ihre täglichen fünfzig Kreuzworträtsel und isst dazwischen einige Kilo Milchschokolade.« Peck wartete, dass ihn Gerold nach dieser Bemerkung ansah. Doch er tat es nicht, sondern nahm einen großen Schluck aus seinem Weinglas.

»Wie lange bist du in Pension?«

»Zu lange. Ich bin viel zu lange zu Hause!«

Pause. Sollte Peck nachfragen? Gerold saß mit hängendem Kopf neben ihm und drehte sein Weinglas im Kreis, als ob es seine Aufgabe wäre, den Wein von allen Seiten zu überwachen.

»Es ist furchtbar, Paul«, brach es dann aus ihm heraus. »Sie kann nicht kochen, sie ist faul, und sie lässt sich gehen. Als ich noch täglich zur Arbeit musste, bekam ich einiges nicht mit, aber jetzt …« Gerold sah ihn mit faltiger Stirn an. »Sie liegt den ganzen Tag in ihrem glänzenden Trainingsanzug auf der Couch und schaut *Shopping-TV* oder liest einen dieser 64-Seiten-Heft-Romane. *Frauenarzt Doktor Rosenholz* oder *Die Liebe in den Bergen*. Sie hortet diesen Trivialschund tonnenweise und unterhält noch eine dynamische Tauschbörse mit ihrem hohlköpfigen Bekanntenkreis. Und im Schlafzimmer liegt so dick der Staub.« Er zeigte ihm mit Daumen und Zeigefinger einen Abstand von ungefähr drei Zentimetern. »Dabei war sie einmal intellektuell im Vorderfeld, weißt du, was ich meine? Paul, wir alle werden älter, bekommen Falten im Gesicht.« Peck nickte verständnisvoll. »Und alle in unserem Alter nehmen einige Kilo zu.«

»Übertreibe nicht«, sagte Peck.

»Was ich sagen will, ich akzeptiere logischerweise, dass auch Maria älter wird, aber manchmal habe ich den Eindruck, dass sie langsam verblödet.« Gerold tippte mit seinem Zeigefinger einige Male gegen seine Stirn.

Was sollte Peck jetzt sagen? Zum Beispiel: Warum lässt du dich nicht scheiden?

Stattdessen sagte er: »Wen treffen wir morgen?«

Gerold hob den Blick und lächelte, als ob er sich wegen des Themenwechsels freute. »Du lernst morgen Lazi kennen.«

Peck hob die Augenbrauen.

»Markus Sedlacek, genannt Lazi, Leiter unserer Osteuropa- und Mafia-Abteilung.«

Peck war müde, aber er hatte den Eindruck, dass Gerold noch lange nicht vorhatte, nach Hause zu gehen. Er gähnte geräuschvoll und hinter vorgehaltener Hand, dass es seinem Gegenüber auffallen musste.

»Du bist müde«, seufzte Gerold schließlich, so als ob er eine Niederlage eingestehen müsste. Dann erhob er sich.

Peck ging zu Fuß quer durch den Stadtpark zurück, umrundete einmal den kleinen Teich und kehrte zum *Hilton* zurück. Hätte er länger bei Gerold aushalten sollen? Aber was hätte er tun können? Zuhören und ihm Ratschläge erteilen? Zuhören alleine hätte wahrscheinlich schon gereicht, um Gerold zu helfen.

»Sie haben eine Nachricht.« Die Blonde an der Hotelrezeption reichte ihm mit dem Schlüssel einen weißen Umschlag. Sophia.

Er ging ins Zimmer, öffnete zuerst alle Fenster, drehte die Heizung ab, bevor er Sophia anrief.

»Wo bist du gerade?«

»Warum hast du um meinen Rückruf gebeten?«

»Ich habe dich am Abend nur im Hotel angerufen, aber nicht verlangt, dass du mich zurückrufst. Wo warst du so lange?«

»Abendessen. Mit Gerold.«

»Und seiner Maria?«

»Nur er und ich. Übrigens, ist deine Freundin Jutta aufgetaucht?«

»Verschwunden. Und weder am *Amadeum* noch auf ihrem Handy erreichbar.«

»Bartlett, mein halber Auftraggeber von der *Maxa-Versicherung* hat mir nochmals bestätigt: Jutta Meischner ist die ehrbare Ehefrau eines mehrfach Vorbestraften. Hast du das gewusst?«

»Vielleicht hat sie mir deshalb so gut wie nichts über ihre Ehe erzählt. Ich habe übrigens ein Foto gefunden, auf dem der Ehemann Daniel zu sehen ist.«

»Du bist eine wahre Fundgrube.«

»Wenn du mich noch einmal eine Grube nennst, verbrenne ich die Fotografie.«

»Verwahre das Bild sicher an deinem Busen. Ich bin ganz erpicht darauf, mir das anzusehen.«

»Meinen Busen?«

»Das Foto.«

»Hast du mir sonst noch was zu sagen?«

»Ich habe heute über den Mord an dem jungen Schörghuber nachgedacht. Nach allen Hinweisen, die ich in den letzten Tagen bekommen habe, spricht einiges dafür, dass es Uwe Dayer war, der Marcel Bagnon und den jungen Schörghuber ermordet hat.«

»Dann hat er auch die Mozart-Handschrift geklaut?«

»Möglich.«

»Was heißt das?«

»Dayer besaß als Einziger alle wichtigen Schlüssel sowohl zum Hallenbad als auch aus dem Bad ins Freie. Er konnte sich auch problemlos den Zugang zu Bagnons Zimmer verschaffen. Und er hat Marcel Bagnon getötet, um sich mit brutaler Gewalt den Nummerncode für den Tresor zu beschaffen. Dann wollte er das Manuskript aus dem Tresor holen.«

»Warum *wollte* …?«

»Weil ich glaube, dass ein anderer schneller war.«

Freitag, 23. September

Wolkenbruch und stürmischer Wind. Herbstanfang in Wien. Das Haus in der Wasagasse, vor dem Peck durchnässt um Punkt neun Uhr ankam, war ein typischer vierstöckiger Jahrhundertwende-Bau mit grauer Fassade, angedeuteten und echten Türmchen und Erkern sowie einigen Jugendstil-Ornamenten.

»Das ist Gerhard Sedlacek, verantwortlich für das organisierte Verbrechen und Spezialist für Osteuropa.« Gerold zeigte auf einen unscheinbar aussehenden Grauhaarigen mit Schnauzbart, der aufgestanden war, als Peck den kleinen Raum betrat. Sedlacek trug sein Haar so kurz geschoren, dass man darunter die Kopfhaut sehen konnte. Stoppelfrisur hieß das früher. Er trug eine abgewetzte graue Cordhose und ein dunkelrotes Flanellhemd mit großen Karos. Eher urlaubsmäßige Kleidung, dachte Peck.

»Und das sind Müller römisch eins und römisch zwei«, stellte Sedlacek zwei Beamte vor, die so aussahen, wie man sich Beamte vorzustellen hat. Nur die Ärmelschoner fehlten. Peck nickte den beiden Müllers zu, die nebeneinander auf einer Holzbank vor dem Fenster saßen. Wie vierzigjährige, eineiige Zwillinge. Graue, faltige Gesichter, dünnes fettiges Haar und ein unglücklicher Gesichtsausdruck, so als ob sie soeben erfahren hätten, dass die Ehefrau das Familienauto zu Schrott gefahren hat. Aber vielleicht hatten sie gar kein Auto. Vielleicht waren sie nicht einmal verheiratet.

Jede Besprechung beginnt mit dem Austausch der Waffen, dachte Peck und legte die kleine Sammlung an Visitenkarten übersichtlich vor sich auf den Tisch.

»Wir bilden hier im LKA eine eigenständige Abteilung zur Bekämpfung der organisierten Kriminalität, spezialisiert auf die sogenannten Mafia-Gruppierungen Osteuropas.« Sedlacek verzog Mund und Schnauzbart zu einem schiefen Lächeln. »Hoch qualifiziert und personell unterbesetzt.«

Peck sah auf die beiden Müllers, die gelangweilt und mit steinernem Gesicht auf der Bank saßen. Er hätte nicht begründen können, warum er den beiden Beamten die von Sedlacek angepriesene Qualifikation nicht zutraute.

Peck griff in seine Tasche und legte das Foto auf den Tisch, das von der nächtlichen Videoaufnahme im Hotel stammte und die Männer zeigte, die sich um Boris Jellacic scharten. Die Langeweile war schlagartig aus den Gesichtern der Beamten verschwunden. Müller eins pfiff überrascht durch die Zähne.

»Die ganze Bande vereint!«

»Und unser Freund Boris im Mittelpunkt«, sagte der andere Zwilling und drückte seinen fetten Finger auf das Foto. »Der Mann stinkt«, sagte er und drehte sein Gesicht zu Peck.

»Und die anderen? Was sind das für Leute?«, fragte Peck. Sedlacek nahm die Fotografie in beide Hände. »Das sind die gefährlichsten Arschlöcher, die wir in unserer Kartei haben. Boris Jellacic ist ein ehemaliger Angehöriger des KGB, der beim Zusammenbruch der Sowjetunion nahtlos in eine Karriere innerhalb der Russen-Mafia gewechselt ist.«

Müller zwo nahm seinem Chef das Bild aus der Hand. »Der Stinker«, flüsterte er fast ehrfürchtig, »mit seiner ganzen Gefolgschaft.«

»Welches Business betreiben diese Leute? Und warum waren sie in Krems? Im *Grandhotel*!« Peck sah Sedlacek fragend an.

»Nach dem Zusammenbruch des Ostblocks kam nicht nur die Russen-Mafia nach Westeuropa. In deren Schlepptau folgten die übrigen Banden.«

»Woher?«

»Die beiden hier links auf dem Foto sind Albaner, die nach den kommunistischen Unruhen Mitte bis Ende der Neunziger zu uns kamen, ein unseliger Exodus krimineller, ethnischer Albaner, ähnlich der Jugo-Mafia, nur stärker spezialisiert auf illegalen Waffenschmuggel, Drogenhandel und Kunstraub.«

»Kunstraub wie in Krems?« Peck sah Sedlacek an.

Sedlacek nickte und wackelte mit der Fotografie auf und ab. »Wir wissen, dass mindestens einer dieser Burschen in Krems albanisch sprach. Und wir wissen auch, dass die Albaner gerne im Verbund mit der Jugo-Mafia auftreten.«

»Kosovo«, sagte Müller zwo. »Die Kosovo-Albaner sind zwar jugoslawischer Herkunft, bilden aber ein Bindeglied zu den albanischen Gruppierungen. Kriminelle Joint Ventures auf hohem Niveau. Können wir dieses Foto haben?«

Peck nickte. »Und was weiter?«

»Wir werden eine europaweite Fahndung nach Boris starten«, sagte Sedlacek und sah streng zu Müller eins, der daraufhin diensteifrig nickte und mit seinem Zwilling aus dem Raum eilte.

»Geht immer seinem Geruch nach«, rief ihnen Sedlacek hinterher.

*

»Das ist Erich Rönz, mein Verlobter«, sagte Renate Helm leise und deutete auf den jungen Mann, der neben ihr saß und wie geistesabwesend aus dem Fenster sah. Er wirkte noch im Sitzen lang und hager. Wie eine dürre Bohnenstange. Kein Fleisch auf den Knochen, hätte früher Pecks Mutter gesagt.

»Erich ist Immobilienmakler bei der Sparkasse«, sagte Renate Helm und legte ihre Hand mit einer zärtlichen Geste auf seinen Unterarm, den er daraufhin ruckartig wegzog.

»Erich hat viel Talent, Leuten Eigentumswohnungen und Grundstücke zu einem höheren Preis zu verkaufen, als sie sich leisten können.«

Erich sagte nichts. Er beobachtete interessiert einige Vögel, die mit lautem Geschrei in dem dürren Baum vor dem Fenster herumflogen. Vielleicht Anfang dreißig schätzte Peck Renates Verlobten ein. Erich hatte unruhige, eng zusammenstehende Knopfaugen, fettiges, leicht gekräuseltes Haar auf dem dünnen, langen Kopf, der mit den hohen Backenknochen und einer weit vorspringenden Nase wie das Gesicht eines exotischen Tukans aussah. Peck hätte dem Mann kein Grundstück abgekauft.

»Herzliches Beileid zum Tod Ihrer Mutter.« Renate nickte mit dem Kopf, worauf ihr hellbeiges Haar, das im Hinterkopf zusammengebunden war, begann, hin- und herzuschwingen. Sie hatte ein breites, flächiges Gesicht, das von der Sonne stark gebräunt war und fast die gleiche Farbe wie ihr Haar hatte. An ihren Ohren hingen einige großformatige goldene Ringe und klimperten leise. Peck versuchte, aus dem Gesichtszügen Renate Helms und seinem brüchigen Langzeitgedächtnis Ähnlichkeiten mit ihrer Mutter herauszulesen. Doch die Jahrzehnte hatten in seinem Kopf fast alle Spuren verweht.

Ungeduldig rutschte Renate Helm auf ihrem Sessel herum. Peck hatte das Gefühl, dass sie endlich zur Sache kommen und über den Tod ihrer Mutter sprechen wollte.

»Warum glauben Sie nicht an einen Selbstmord Ihrer Mutter?«

»Weil ich meine Mutter kenne. Selbstmord? Nie und nimmer! Sie liebte das Leben, sie liebte mich und ihren Beruf!«

»Was machte Ihre Mutter beruflich?«

»Sie arbeitete als Übersetzerin für ein großes Steuerberatungs- und Notariatsbüro in München. Und sie übersetzte Bücher für einen Frankfurter Verlag, meist Kriminalromane, vom Schwedischen ins Deutsche. Meine Mutter hat am Anfang ihrer Ehe einige Jahre in Schweden gelebt. Erst später kehrte sie von Jonköping zurück nach Bayern.« Renate lächelte, leise, und wie für sich, ohne dass sie Peck ansah.

»Wo ist Ihr Vater?«

Sie zuckte mit den Achseln. »Abgehauen! Er ist vor fünf Jahren plötzlich verschwunden. Von einer Dienstreise nach Osteuropa nicht zurückgekehrt. Und seitdem lebte meine Mutter alleine.«

Es war heiß in dem kleinen Wohnzimmer, und Peck hatte Durst bekommen. Ein eigenartiger Geruch lag in der Luft, doch Peck konnte nicht sagen, wonach. Vielleicht war es der Geruch der unendlichen Sauberkeit und der blitzblanken Ordnung. Die Wohnung sah aus, als ob jemand versucht hätte, den Durchschnittsgeschmack einer österreichischen Kleinfamilie nachzubauen. Überall glatte, glänzende Möbeloberflächen in IKEA-Qualität.

»Sie haben eine schöne Wohnung«, sagte Peck, als Renate mit einem Tablett belegter Brote und einer Teekanne wieder ins Zimmer kam.

»Mögen Sie Kräutertee?« Peck erstarrte und schüttelte verbissen den Kopf. »Hätten Sie vielleicht ein Glas Bier?« Dann beobachtete er mit großem Interesse eines der belegten Brote, dick mit Mayonnaise bestrichen und durch und durch matschig. Das Bier war lauwarm.

»Hatten Sie engen Kontakt zu Ihrer Mutter?«

»Wir haben mindestens einmal in der Woche telefoniert.«

»Wie gut kannten Sie meine Mutter, Herr Peck? Und wie lange ist das her?«

»Hundert Jahre. Eine nicht sehr enge Freundschaft, vielleicht auch etwas Jugendliebe, nicht mehr.«

»Nicht mehr? Sonderbar, meine Mutter konnte sich sofort an Sie erinnern.«

Wir haben mindestens einmal in der Woche telefoniert. Peck dachte an Julia und Peter, seine beiden erwachsenen Kinder. Wie oft hatte er in den letzten Monaten mit ihnen telefoniert?

»Frau Helm, Ihre Mutter muss mindestens einen Feind gehabt haben.«

Renate Helm sah ihn lange an. »Irgendetwas hatte sich in den letzten Wochen bei meiner Mutter verändert.«

»Wir glauben, dass sie jemanden kennen gelernt hat«, sagte Erich Rönz und beugte sich nach vorne, so als ob ihn das Gespräch erst jetzt zu interessieren begann.

»Aber sie hat Ihnen nichts Näheres erzählt?«

»Da sind einige eigenartige Dinge passiert«, sagte Renate. »Ich habe meine Mutter angerufen, schon vor über einer Woche. Sie hat geklagt, dass sie Sorgen hätte und nicht schlafen kann. Sie war sehr aufgeregt in diesem Moment und erzählte, dass sie gerade von einer langen Autofahrt zurückgekommen wäre. ›Ich war weit weg‹, antwortete sie auf meine Frage. ›Sieben bis acht Stunden Autofahrt, hin und zurück, und ohne Pause.‹ Und jetzt sei sie todmüde und erschöpft.«

»Hin und zurück?«, fragte Peck. »Und wohin?«

»Das sagte sie nicht. Und auch nicht, wen sie getroffen hat. Sie muss jemanden kennen gelernt haben, sagten wir uns.«

»Vor über einer Woche? Wann genau haben Sie mit Ihrer Mutter telefoniert?«

»Das müsste am Freitag gewesen sein, also die Nacht vom 15. auf den 16. September, als sie mit dem Auto unterwegs war. Ich hatte Angst um sie, meine Mutter war manchmal etwas leichtsinnig, und insbesondere bei Männern hat sie oft der gute Geschmack verlassen.«

Peck hörte interessiert zu. »Schade, dass Sie nicht herausgefunden haben, wohin Ihre Mutter die achtstündige Autofahrt geführt hat.«

Renate nickte. »Aber wir beschlossen herauszufinden, was hinter ihrem eigenartigen Verhalten steckte. Oder wer.«

»Sie haben ihr nachspioniert?«

»Nein!« Ihre Stimme war etwas lauter geworden. »Ich bin ihre Tochter, keine Spionin!«

»Erzählen Sie.«

»Es war vor einigen Tagen, meine Mutter hatte durchblicken lassen, dass sie am Abend Besuch erwartete. Und da ist Erich hingefahren.«

»Wohin genau?«

»Kleinbergdorf. Wie der Name sagt: kleiner Ort in den Pongauer Bergen, nicht weit weg von Bischofshofen.«

Kleinbergdorf, den Namen hatte Peck irgendwann in letzter Zeit gehört. Aber er konnte sich im Moment nicht erinnern, wer den Ort erwähnt hatte.

Erich beugte wieder seinen Oberkörper nach vorne und suchte den Blick zu seiner Verlobten. »Ich war dort und habe mich in der Nähe des Hauses versteckt. Sie hatte Besuch von einem Mann, der am späten Nachmittag ihr Haus verließ und mit dem Wagen wegfuhr. Ein kleingewachsener, unsympathischer Typ, ungefähr fünfzig Jahre, und er fuhr wie der Teufel auf der Autobahn in Richtung Wien. Und ich hinterher.«

»Ohne, dass er Sie sah?«

Erich lächelte. »Natürlich hat er mich nicht bemerkt. Ich hatte keine Schwierigkeiten, ihm zu folgen.«

»Welches Auto fahren Sie?«

»Kein Auto«, sagte Renate Helm. »Erich hat ein Motorrad.«

*

Er wusste jetzt, wer die Frau ermordet hatte. Zum dritten Mal füllte er mit zittrigen Fingern sein Glas und leerte es in einem Zug. Er saß vorgebeugt auf der Kante des Stuhles und sah durch das Fenster auf die Wiese und die dahinterliegende Landschaft. Sein Arbeitszimmer war ein winziger Raum, kaum größer als der Schreibtisch, auf dem unordentlich Stöße von Papier und Bücher herumlagen. Und daneben die Flasche mit dem Obstler.

Die letzten zwei Tage waren kaum zu ertragen gewesen. Einer der Polizisten hatte ihn jedes Mal genau beobachtet und ihm nachgesehen, wenn er an ihrem Haus vorbeifuhr. Er hatte Angst. Birgit Helm war tot. Ermordet. Der Raffner hatte es ihm sofort erzählt. Der Schnaps brannte in seinem Magen. Er fühlte Übelkeit in sich aufsteigen. Vor zwei Tagen hatte der komische Alte da unten die Leiche gefunden, und er sah, wie die Polizei rotweiße Bänder an den Bäumen rund um Birgits Haus spannte. Zweimal war dieser freche Polizist bei ihm gewesen und hatte ihm dumme und unangenehme Fragen gestellt. Er schloss die Augen. Die Frau würde heute noch am Leben sein, wenn er damals nicht telefoniert hätte. Er hatte Angst, sein Herz raste, und sein Mund war ausgetrocknet. Noch einmal füllte er das Schnapsglas bis zum Rand. Er war müde. Die beiden letzten Nächte hatten ihn entweder schreckliche Alpträume geplagt, oder er hatte stundenlang wach gelegen. Er sah auf seine Hand. Sie zitterte, und er konnte nichts dagegen tun. Körperlich gut in Form, hatte er immer von sich behauptet. Aber in letzter Zeit hatte er so deutlich wie nie zuvor gespürt, dass er ein alter Mann geworden war.

Langsam war er heute früh nochmals an Birgits Haus vorbeigefahren, und aus dem Wagen konnte er das aufgeregte Treiben der Polizisten beobachten, teilweise in weißen Kunststoffanzügen wie Astronauten, die hin- und herliefen und große Koffer ins Haus trugen.

Alles ist anders seit zwei Tagen, dachte er, seit die Frau tot war und er bemerkt hatte, dass jemand bei ihm ins Haus eingedrungen war. Das Fenster in dem kleinen Abstellraum auf der rückwärtigen Seite in Richtung Wald war eingeschlagen. Er hatte sich in allen Räumen genau umgesehen, aber keine Veränderung und keine Unordnung bemerkt. Nur sein Laptop, der auf dem Schreibtisch in seinem Arbeitszimmer stand, war verschwunden. Heute ist Freitag, dachte er, am Montag würde der Elektriker aus Bischofshofen kommen und endlich die Alarmanlage montieren. Plötzlich konnte er kaum noch Luft holen. Die Angst schnürte ihm die Kehle zu.

*

Peck pfiff durch die Zähne. »Was für ein Motorrad fahren Sie?«

»Honda. Eine Endura.« Erich Rönz grinste stolz. »Verstehen Sie jetzt, dass mich der Mann nicht zu sehen bekam? Ein schnelles Motorrad in der Dunkelheit ist viel unauffälliger als ein Auto.«

»Kleinbergdorf.« Peck sagte es mehr zu sich und zerbrach sich den Kopf, wo und wann er den Namen schon mal gehört hatte.

»Schöner Blick ins Tal und auf die *Übergossene Alm*, die genau gegenüberliegt«, sagte Renate in schwärmerischem Ton.

»Ich würde gerne einen Blick auf Ihr Motorrad werfen«, sagte Peck.

»Geht leider nicht.« Der junge Mann hob bedauernd die Hände. »Meine Maschine ist in der Werkstatt. Kundendienst, verstehen Sie?«

»Morgen ist Samstag«, sagte Peck, der einen spontanen Beschluss gefasst hatte. »Ich werde einen Ausflug in die Berge machen und mir das Dorf etwas genauer ansehen. Haben Sie einen Schlüssel zum Haus Ihrer Mutter?« Renate Helm nickte.

Peck wandte sich ihrem Verlobten zu. »Erzählen Sie mir doch den zweiten Teil Ihrer Verfolgungsfahrt. Wo endete die Jagd, die Sie in Kleinbergdorf gestartet hatten?«

Erich Rönz streckte seine Adlernase nach vorne. »Ich habe den Mann verfolgt, bis er zu Hause war und den Wagen in seine Garage fuhr.«

»Wo?«

»In Gneixendorf. Das ist ein kleiner Weiler oder ein Dorf in der Nähe von Krems an der Donau.«

Pecks Herzschlag beschleunigte sich. »Und was geschah weiter?«

»Es war stockdunkel in der Straße, ich habe mein Motorrad hundert Meter weiter abgestellt und konnte gerade noch sehen, wie der Mann die Garage zusperrte und ins Haus ging. Ich wollte schon zu meiner Maschine gehen, als sich auf der anderen Straßenseite ein Mann dem Haus näherte. Er war plötzlich aus der Dunkelheit aufgetaucht, ging durch den kleinen Vorgarten und läutete. Ich wusste nicht genau, warum, aber ich war neugierig geworden und wartete im Schatten der Sträucher. Es brannte Licht im Haus, manchmal sah ich Schatten durch die Vorhänge, und ich stand mir über eine Stunde ein Loch in den Bauch, bis plötzlich beide Männer aus der Türe kamen, eifrig aufeinander einredeten und sich dann die Hände schüttelten. Der eine, der zu Fuß gekommen war, ging die Straße hinauf und verschwand in der Dunkelheit. Später fuhr dann ein Motorrad mit hoher Geschwindigkeit vorbei. Ich bin sicher, dass es auch eine Honda war. Wie meine. Aber ob es der Mann war, der vorher zu Fuß zum Haus ging, weiß ich nicht.«

»Würden Sie den Mann, der zu Fuß kam, wiedererkennen?«

»Ich denke schon, auch wenn er nur für einen kurzen Moment im Licht der Straßenlampe stand.«

»Und dann?«, fragte Peck.

»Nichts dann. Der Bekannte von Renates Mutter, dem ich von Kleinbergdorf aus gefolgt bin, wohnte dort. Er blieb noch kurz im Licht vor seiner Haustüre stehen, sah mehrmals nach links und rechts und verschwand dann im Haus.«

»Wie ging es dann weiter?«

»Gar nicht. Ende der Story. Zehn Minuten später waren alle Fenster dunkel, und ich sah, dass es schon fast elf Uhr war. Also ging ich zu meinem Motorrad und fuhr zurück nach Wien.«

»Sie haben doch sicher nachgesehen, ob an der Haustür ein Name stand.«

Erich Rönz nickte. »Da war ein Türschild. Und darauf der Name. Uwe Dayer.«

*

»Machen Sie mir im Wagen keine Fettflecke«, sagte der Taxifahrer vor dem Bahnhof in Krems. Peck war hungrig aus dem Zug gestiegen. Von den matschigen Mayonnaisebroten bei Frau Helm hatte er keines gegessen, sodass er gezwungen war, sich am Kremser Bahnhof mit zwei Leberkässemmeln einzudecken.

nd der einstündigen Zugfahrt hatte er Sophia angerufen.

bist du?« War da ein Vorwurf in ihrer Stimme?

habe vor, unseren Freund Dayer zu besuchen.«

ozu?«

»Uwe Dayer ist ein krummer Hund. Aus zwei Gründen. Erstmals bin ich überzeugt, dass er in den Mord an dem jungen Hannes Schörghuber verwickelt ist. Weder Funke noch ich haben Vertrauen in das Alibi, das ihm irgendeine obskure Freundin verschafft hat, womit er aus der U-Haft frei kam. Ich verstehe Funkes Kollege Wamper nicht. Was immer in Krems gelaufen ist, Dayer spielt darin eine zentrale Rolle.«

»Du sagtest, dass es zwei Gründe gibt.«

»Uwe Dayer kannte die ermordete Frau in Kleinbergdorf.«

Peck konnte Sophias Überraschung am Telefon hören.

»*Die Tote im Pongau*. Gestern war das gesamte Fernsehprogramm voll davon.«

»Ich habe vor einer Stunde mit der Tochter der Ermordeten gesprochen. In Wien.«

»Ist sie hübsch?«

»Irgendjemand in Salzburg hat mir in den letzten Tagen etwas über einen Ort namens Kleinbergdorf erzählt. Ich weiß aber nicht mehr, wer.«

»Einer vom *Amadeum*?«

»Ich glaube, Lulla erwähnte den Ort, als er über den emeritierten Oldie sprach, der immer noch Vorlesungen halten darf und den Ott nicht leiden kann.«

»Ich weiß, wen ich im *Amadeum* fragen muss. Ich rufe dich zurück.«

»Gneixendorf«, sagte Peck zu dem Taxifahrer.

»Beethoven«, sagte der Taxifahrer. Peck sah ihn überrascht an.

»In Gneixendorf hat Beethoven längere Zeit bei seinem Bruder verbracht.«

In diesem Moment fuhr mit kreischenden Sirenen und Blaulicht ein Feuerwehrwagen an ihnen vorbei und drängte das Taxi auf die rechte Fahrspur.

»Feuer in einem Einfamilienhaus«, sagte der Taxifahrer. »Die Zentrale hat's über Funk durchgegeben. Wo in Gneixendorf?«

»Wo es brennt?«

»Wohin Sie müssen. Welche Straße?«

»Beethovenweg 36.«

Sie näherten sich bereits dem Stadtrand von Krems und fuhren gerade an einem Einkaufszentrum vorbei, als Pecks Mobiltelefon läutete.

»Wo sind Sie?« Funke. Und ohne ein Wort der Begrüßung.

»Fast in Gneixendorf. Ich habe vor, Uwe Dayer einen Besuch abzustatten.«

»Große Vorsicht, Peck!« Der sonst so ruhige Funke konnte auch laut und ungeduldig sein. »Mich hat vor einer Minute Wamper aus St. Pölten angerufen. Möglicherweise war es doch Dayer, der Hannes Schörghuber getötet hat.«

»*Management by potatoes*«, sagte Peck, »einmal rein in die Kartoffeln – einmal raus.«

»Ich esse keine Kartoffeln«, sagte Funke. »Außerdem heißt das *Erdäpfel*. Wamper sagt, er wartet nur noch auf den DNA-Test, um Dayers Schuld beweisen zu können.«

»Ich glaube, dass diesmal Ihr Kollege Wamper richtig liegt«, sagte Peck.

»Und ich habe große Zweifel!«

»Darum werde ich erst recht mit Dayer reden. Schließlich sind die Zugfahrkarte nach Krems und das Taxi teure Ausgaben. Vor allem das Taxi.«

Peck hörte den Taxifahrer brummen.

»Seien Sie vorsichtig. Das Ganze ist vielleicht komplizierter, als wir denken. Und Dayer ist gefährlich!«

Das Taxi hatte das Stadtgebiet von Krems verlassen und fuhr mit hoher Geschwindigkeit die Schnellstraße bergauf, die Richtung Waldviertel führte.

»Peck! Sind Sie noch da?«

»Sagen Sie, Herr Polizist, die Leiche im Pongau hing doch in Ihrem Verantwortungsgebiet, oder?«

»Birgit Helm? Haben Sie auch da Ihre privatdetektivischen Finger drin?«

»Erhängt. Ich frage mich: Mord oder Selbstmord?«

»Ich war dort«, sagte Funke. »Und ich habe Zweifel an der Selbstmordtheorie.«

»Birgit Helms Tochter auch.«

»Woher wissen Sie das?«

»Ich kannte die Tote mal. Vor hundert Jahren. Und ich weiß noch mehr. Uwe Dayer und Birgit Helm standen sich sehr nahe, zumindest kannten sie sich gut.«

»Wissen wir. Meine Leute haben in Helms Haus Hinweise auf Dayer gefunden. Die beiden müssen sich schon vor einem Jahr kennen gelernt haben.«

»Wo war Dayer zur Zeit des Mordes an Birgit Helm?«, fragte Peck.

»Sie können ihn ja gleich fragen. Aber uns fehlt noch die genaue Mordzeit. Die Gerichtsmedizin ist ein fauler Haufen. Ich bekomme erst morgen den Befund.«

»Halten Sie mich auf dem Laufenden.«

Der Taxifahrer sah Peck misstrauisch über die Schulter an. »Sie reden viel über Tod und Mord. Und über teure Taxifahrer.«

Langsam fuhr der Wagen durch eine schmale Straße, die hundert Meter weiter von einem mitten auf der Fahrbahn stehenden Feuerwagen blockiert war, an dem noch immer das rund umlaufende Blaulicht eingeschaltet war, das sich in hektischen Reflexen in den Fenstern der gegenüberliegenden Siedlungshäuser widerspiegelte. Peck sprang aus dem Taxi und lief zu dem kleinen Einfamilienhaus mit schmutzig grauer Fassade, an der eine massive Feuerwehrleiter lehnte, die zu einem der beiden Fenster im ersten Stock führte. Dunkler Rauch quoll aus den Fenstern, der langsam in grauen Wolkenfäden über die Dächer der Häuser davonschwebte. Über den Fensteröffnungen war die Hausmauer rußgeschwärzt, es roch nach verbranntem Holz und Kunststoff. Hektisches Treiben der Feuerwehrleute im Vorgarten, in dem niedrige, halb verdorrte Büsche standen, von Gras überwuchert, das schon lange nicht mehr geschnitten worden war. Laute Rufe und Befehle schwirrten durch die Luft. Einer der Feuerwehrmänner stolperte aus der Haustüre, nahm den Helm vom Kopf und wischte sich über die Stirn. Peck hörte irgendetwas Ähnliches wie »Feuer aus«, worauf es plötzlich ruhig wurde, die Stimmen leiser und die Bewegungen langsamer.

»Ich war gerade auf dem Weg zu dem Mann da oben«, sagte Peck zu dem Feuerwehrmann und deutete mit dem Kopf zu den Fenstern.

»Der Brand ist gelöscht«, sagte der Mann. »Es war nur eine Person im Haus, ein Mann, oben im ersten Stock. Er ist tot.«

*

Eine eigenartige Stille herrschte in der schmalen Straße. Neugierige standen mit gereckten Hälsen vor ihren Haustüren oder lehnten sich weit aus den Fenstern der benachbarten Gebäude. Die Feuerwehrleute packten mit eingespielter Routine ihre Geräte zusammen und verstauten sie im Wagen, auf dem lautlos noch immer das Blaulicht blinkte.

Peck überlegte, ob er auf Wamper warten oder sich mit dem Taxi davonmachen sollte, das noch immer mit laufendem Motor einige Meter entfernt am Straßenrand stand.

Wer zu lange zögert, den bestraft das Leben, dachte Peck, als er das Polizeiauto sah, das soeben mit quietschenden Reifen um die Ecke bog, die massige Gestalt Ferdinand Wampers vorne am Beifahrersitz.

Es dauerte einige Sekunden, bis Wampers Körpermassen sich umständlich aus dem Auto befreit hatten.

»Was machen Sie hier?«, schnauzte der Dicke Peck an.

»Ich warte auf Sie«, sagte Peck, »da drinnen finden Sie zwei Dinge, eine Leiche und einen Brandherd.«

Wamper hob die Augenbrauen. »Sie rühren sich nicht von der Stelle!« Dann winkte er dem Feuerwehrmann und einem der uniformierten Polizisten und stampfte ins Haus.

Das dauert noch länger, dachte Peck und griff nach seiner Geldtasche. »Ich brauche Sie nicht mehr. Und bitte eine Quittung«, sagte er zu dem Taxifahrer.

Nach zehn Minuten kam Wamper aus dem Haus und winkte Peck zu dem Polizeiwagen. »Steigen Sie ein. Ich möchte mit Ihnen reden.«

Sie setzten sich nebeneinander auf die Rückbank des Autos, beide

Türen weit geöffnet.

»Ist es Dayer?«, fragte Peck.

»Haben Sie ihn umgebracht?«

»Quatsch! Als ich hier ankam, war die Feuerwehr schon fieberhaft am Werk.«

Wamper machte mit seinem stämmigen Arm eine abwehrende Bewegung. »Bedeutet überhaupt nichts. Sie hätten schon lange vorher da sein können, um das Feuer zu legen und Dayer zu töten.«

Peck griff in seine Jackentasche und hielt Wamper die Taxiquittung hin. »Rufen Sie den Taxifahrer an!«

»Bedeutet überhaupt nichts«, knurrte Wamper stur.

»Ich hörte, Sie können beweisen, dass Uwe Dayer der Mörder von Hannes Schörghuber ist.«

»Wenn Sie mich fragen, finden Sie in letzter Zeit etwas zu viele Leichen in und um Krems.«

»Wenn Sie mich fragen, hätten Sie schon viel früher kapieren müssen, dass Dayers Alibi falsch ist. Nachlässige Recherche nennt man so was unter Fachleuten.«

Wampers Gesicht lief rot an. »Sie gehören nicht zu den Fachleuten! Sie sind nur ein großer privater Schlaumeier. Ich könnte Sie wegen permanenter Behinderung der Polizei festsetzen.«

Peck deutete mit der Hand in Richtung Haus. »Sagen Sie mir lieber, was mit Dayer passiert ist.«

»Die Feuerwehr hat den Leblosen oben im Wohnzimmer gefunden und in den Garten hinters Haus getragen. Aber Uwe Dayer war schon tot.«

»Erstickt?«

»Oder erschlagen. Da ist Blut an seinem Kopf. Wer könnte das Feuer gelegt haben?«

»Keine Ahnung«, sagte Peck, »aber wenn ich's weiß, rufe ich Sie an.«

Wampers Kopf wurde noch eine Spur dunkler. »Sie werden sich noch wünschen, mich nicht zum Feind zu haben.«

»Ich wünsche mir schon seit Langem, Sie nicht zum Freund zu haben.«

*

Als der Zug den Bahnhof von Linz passierte, meldete sich Pecks Mobiltelefon. Sophias Rückruf. »Mein Kontaktmann im *Amadeum* hat mir bestätigt, dass Benjamin Nunzer, seines Zeichens halb pensionierter Professor am *Amadeum* in Kleinbergdorf wohnt. *JWD*, wie die Berliner sagen.«

»Ich lade dich morgen zum Mittagessen in den Pongau ein«, sagte Peck.

»Okay«, hörte er Sophias Stimme. »Du zahlst. Und dann erzählst du mir, woher du die Pongauer Leiche und ihre Tochter kennst. Ich erkläre dir dann auch, was *JWD* bedeutet. Ich wünsche dir eine kurzweilige Zugfahrt. Und in einer Stunde stehe ich am Bahnhof in Salzburg und erwarte dich.«

»Du siehst müde aus«, sagte Sophia, als Peck aus dem Waggon stieg.

»Wahrscheinlich arbeite ich zu viel.« Er gab ihr einen Kuss.

»Oder es ist nur dein Alter, das du immer stärker zu spüren bekommst.«

In diesem Moment klingelte Pecks Handy.

»Hier ist Funke.« Peck blieb stehen und blockierte den Bahnsteig, bis ihn Sophia am Ärmel zur Seite zog.

»Neuigkeiten aus Salzburg oder aus Krems?«, fragte Peck.

»Wamper sagt, das Ergebnis der DNA-Analyse ist eindeutig.«

»Die Spuren, die man in Schörghubers Wohnung gefunden hat?«

»Ja.«

»Lassen Sie mich raten. Sperma?«

»Haare. Jede Menge. Auch an der Leiche.«

»Und?«

»Der Mörder Schörghubers heißt eindeutig Uwe Dayer.«

Samstag, 24. September

Peck hatte schlecht geschlafen. Im Traum war er nur knapp einem Brand entgangen, und jetzt stand er müde und barfuß am Fenster und sah einigen Kindern zu, die auf der Wiese vor dem Haus laut kreischend einem Ball nachliefen. Achtzehn Grad zeigte das Thermometer, die richtige Temperatur für Frühsport, dachte er, öffnete heroisch das Fenster und begann den Tag mit zehn raschen Armbeugen. Danach frühstückte er gesund und fleischlos, verließ das Haus und fuhr mit dem Wagen in gemütlichem Tempo an der Salzach entlang Richtung Innenstadt.

Uwe Dayer hat Hannes Schörghuber ermordet. Aber warum?

Peck sah kein Motiv. Hatte der Junge irgendetwas im Hotel beobachtet, was seinem Chef Dayer hätte gefährlich werden können? Hatte Dayer die Mozart-Handschrift aus dem Tresor gestohlen und dann in seiner Wohnung in Gneixendorf versteckt? Wurde er vielleicht deshalb zu Hause überfallen und getötet? Sollte Wamper das Manuskript in Dayers Wohnung finden, würde die Polizei als großer Held dastehen, was sich negativ auf ihn auswirken würde, auf seinen Ruf als Detektiv und auch auf sein Honorar. Pecks Herzschlag beschleunigte sich. Oder war das Manuskript möglicherweise verbrannt? Zweihundert Jahre altes Papier ist trocken und brennt gut. Versicherungswert dreihundert Millionen. Aber wer versteckt schon solche Millionenwerte in seiner Wohnung? Und dann die Tote im Pongau? War sie Dayers Geliebte? Wohin fuhr Birgit Helm damals in der Nacht? Vom 15. auf den 16. September, hatte ihre Tochter gesagt. An diesem 16. September hatte Sophia die Leiche Bagnons im Hotel gefunden. Und drei Tage später bricht bei Uwe Dayer der Reichtum aus, und er fährt plötzlich einen neuen, teuren Sportwagen.

Woher hatte er das Geld? War Uwe Dayer ermordet worden? Oder ein Unfall? Kein Unfall, dachte Peck. Wie könnte ein Unfall zuerst eine Kopfwunde nach sich ziehen und dann einen Wohnungsbrand verursachen? Also doch Mord.

Mit den Worten: »Hier kommt der Ritter in der glitzernden Rüstung zu seiner Maid, mit langem Schwert, zum Kampf bereit«, betrat Peck *Sophias Bookshop* am Waagplatz.

»Und ich soll in deiner *Case Study* das arme Ritterfräulein spielen, das du beschützt?«

»Vielleicht bist du in der Geschichte auch nur der Lindwurm?« Peck grinste kurz, dann bückte er sich reaktionsschnell. Ein schweres, ledergebundenes Buch mit stabilen Metallecken flog über ihn hinweg und landete mit einem Krach im Hintergrund des Geschäfts.

»Was war das für ein Buch?«, fragte er.

»Ein Ratgeber. *Konflikte gewaltsam lösen*.«

»Du solltest es lesen.«

»Du siehst müde aus«, sagte Sophia.

»Das hast du gestern Abend am Bahnhof schon behauptet. Aber du hast recht, ich hatte gestern große Probleme einzuschlafen.«

»Du darfst ab heute Mittag ein langes, ruhiges Wochenende in den Pongauer Bergen mit mir verbringen.«

»Ich habe mein Auto unten an der Salzach geparkt. Wann fahren wir?«

Sophia deutete zur Eingangstüre. »Da draußen stehen meine Öffnungszeiten. Bis zwölf Uhr bin ich für meine Kunden da. Dann erst kommst du dran. Hier ist übrigens das Bild von Jutta und ihrem Daniel.« Sie griff in eine der Schubladen und hielt ihm ein kleines Foto hin. »Ich war auf ihrer Hochzeit eingeladen. Von damals stammt das Bild.«

Ein gelbstichiges, etwas verwackeltes Foto, auf dem Peck Jutta Meischner erkannte, die mit seligem Lächeln zu einem dicklichen, blondgelockten Jüngling aufsah, der einen Kopf größer war und einen schwarzen Anzug trug, auf dessen Revers eine riesige weiße Blüte prangte. Er betrachtete das Bild lange. »Wie alt ist dieses Foto?«

»Bei Juttas Hochzeit war ich fünfundzwanzig.« Sie lächelte zuerst und als er nichts erwiderte, hob sie langsam die linke Augenbraue. »Sag es nicht«, zischte sie. »Denk es nicht mal!«

Der Mann in London hatte etwa diese Größe, war aber weder übergewichtig noch blondgelockt.

»Mit den Jahren verändern selbst Männer sich«, sagte Peck. »Kann durchaus sein, dass ich diesen Menschen in London gesehen habe.« Er wandte sich Sophia zu, die mit ernstem Gesicht irgendeinen Punkt an der Wand zu fixieren schien. Wo war sie mit ihren Gedanken?

»Was ist«, fragte er.

»Ich muss immer wieder an die Situation denken, als ich im Keller des Hotels stand, wo ich den Toten entdeckt hatte.«

»Es bringt nichts, in einem fort an die Leiche zu denken.«

»Das ist es nicht. Was mir nicht aus dem Kopf geht, ist die Erinnerung an den schwarzen Schatten, der aus einer der Türen kam und vor mir weglief. Ich habe diese schreckliche Szene immer wieder durchgespielt wie ein Video, und ich bin mir jetzt sicher, dass es der Schatten eines Mannes war, den ich sah. Aber da war noch etwas, was mir auffiel. Ich zermartere mir den Kopf, aber es fällt mir nicht ein.«

In diesem Moment klingelte es an der Tür, und ein Kunde betrat das Geschäft.

Sophia hatte mehrere Atlanten in den Regalen, und auf einer der Straßenkarten entdeckte Peck nach einigem Suchen *Kleinbergdorf* am Ende einer dünnen, gestrichelten Linie, die in der Legende als Güterweg bezeichnet war, fern von der Autobahn und weit weg von Bischofshofen, dem nächstgelegenen größeren Ort. *Von dort also dreieinhalb bis vier Autostunden hin und genauso lang wieder zurück*, erzählte Birgit Helm ihrer Tochter. Aber wohin? Die *Elemente des Euklid*, dachte Peck, er würde mit ihnen das Geheimnis lösen, nur mit den von Euklid zugelassenen Werkzeugen Zirkel und Lineal, die er beide in Sophias Schublade fand. Wie weit fährt man in dreieinhalb bis vier Stunden? Bei viel Autobahn und durchgetretenem Gaspedal errechnete er dreihundertundfünfzig Kilometer, bei langsamerer Fahrweise vielleicht nur zweihundert Kilometer. Und jetzt noch die gefahrenen Kilometer in die Distanz umrechnen. Luftlinie auf der Karte ist zwanzig bis dreißig Prozent weniger als die gefahrenen Straßenkilometer, schätzte er, und dies ergibt zwei Kreise auf der Karte, einen mit dem Radius von etwa zweihundert, einen mit einhundertfünfzig Kilometer. *Best Case* für die schnelle Autofahrt und der benzinschonende *Worst Case* auf Bundesstraßen, dachte er und kam sich vor wie früher in der Schule bei einer Mathe-Schularbeit. Dann stach er den Zirkel bei

Kleinbergdorf ein, zog die beiden Bleistiftkreise und ließ seinen Blick die beiden Bögen entlanglaufen. Der äußere Kreis berührte im Osten den Stadtrand von Wien, im Süden fast Udine und lief in Deutschland irgendwo zwischen Augsburg und Ulm hindurch. Der kleine Kreis kam bis zu den Vororten von München, im Süden bis Tarvis und lief in Niederösterreich etwa durch Pöchlarn. Peck legte seine Brille weg und studierte die beiden Kreise nochmals genauer. Dann pfiff er überrascht durch die Zähne. Wenn die beiden Kreise den *Worst* und *Best Case* darstellen, dann liegt der Real Case genau in der Mitte. Und welche Stadt lag genau zwischen den beiden Kreisbögen? Er beugte sich über die Karte. Krems an der Donau! Kein Zweifel!

*

Zwar kein gerichtsfester Beweis, aber ein gut recherchiertes Faktum, wie er fand. Birgit Helm fuhr in der Nacht vom 15. auf den 16. September von Kleinbergdorf offenbar nach Krems. Peck lehnte sich zufrieden zurück. Hatte sie Marcel Bagnon getötet? Warum nicht? Frauen töten, um jemanden loszuwerden, dachte er. Und Männer töten, um jemanden zu behalten. Aber was könnte bei Birgit Helm das Mordmotiv sein? Möglicherweise morden Frauen eher aus Liebe und Leidenschaft. Aber auch aus Geldgier? Eher nein. Geldgier ist männlich. Aber für dreihundert Millionen ist alles möglich, dachte er, da zertrümmert eine Frau auch den Schädel eines Menschen.

Peck stellte den Straßenatlas zurück ins Regal, schaltete Sophias PC ein und fand ein Mail von Rupert Schwarz. Der Herr Hoteldirektor hatte die Bitte nach den Farbbildern der nächtlichen Videoaufnahmen nicht vergessen. Gruppenbild mit Boris, dachte Peck beim ersten Foto, und kein großer Unterschied zu den schwarz-weißen Bildern. Nachts sind alle Gauner grau und werden auch im Farbfilm nicht bunt. Peck stutzte, als er das Foto des struppigen Alten betrachtete, dessen Rauschebart und wilde Frisur auf dem Farbbild in tiefem Rot erstrahlte. Wer war der Typ? Peck beschloss, mit dieser Fotografie nochmals eine Umfrage im Hotel zu starten. Er taxierte lange das Gesicht auf dem Bild. Kein dummer Mensch, etwas verwildert zwar, aber eher von der intelligenteren Sorte. Ein Schauspieler? Oder ein Künstler?

»Schau mal«, sagte er zu Sophia, deren Kunde gerade das Geschäft verlassen hatte. »Unser Freund aus dem Hotel.«

Sie nahm das Foto zur Hand. »König Drosselbart.«

Peck wählte die Nummer der Salzburger Kriminalpolizei und musste lange warten, bis sich die gehetzte Stimme Funkes meldete. »Was ist los mit Ihnen, Peck, kaum lässt man Sie allein, ist trotz meiner eindringlichen Warnung der Hauptverdächtige tot.«

»Erzählen Sie mir, was die Gerichtsmedizin festgestellt hat.«

»Welchen Ihrer zahlreichen Leichenfunde soll ich zuerst kommentieren?«

»Birgit Helm. Hat sie Selbstmord begangen?«

»Nein! Nach der Obduktion eindeutig nicht Tod durch Erhängen. Sie wurde vorher erwürgt, übrigens mit dem gleichen Seil, an dem der Mörder sie danach aufgehängt hat.«

»Und Dayer?«

»Der ist definitiv nicht an Verbrennungen oder Rauchgasvergiftung gestorben.«

»Sondern?«

»Raten Sie mal! Erstochen. Und eine Platzwunde am Hinterkopf, die aber wahrscheinlich nicht tödlich war. Wahrscheinlich zuerst von hinten niedergeschlagen, bis er bewusstlos war, und dann ein Stich ins Herz. Übrigens ein Brotmesser aus Dayers Küche. Es ist kaum Blut geflossen.«

Peck sagte nichts.

»In welchem Zustand haben Sie Dayer eigentlich in Gneixendorf gefunden?«

»Gar nicht«, sagte Peck. »Als ich ankam, war schon alles gelaufen, und die Feuerwehr hatte Dayer nach hinten in den Garten getragen. Er war aber mausetot, sagte einer der Feuerwehrleute, mein Freund Wamper hat mir keinen Blick gestattet, weder in das Haus noch auf die Leiche.«

»Alles zusammen ein sehr eigenartiger Mord.«

»Genau«, sagte Peck. »Wenn Sie jemanden bewusstlos schlagen und ihm dann ein Brotmesser in die Brust stecken, würden Sie dann noch zusätzlich die Wohnung anzünden?«

»Vielleicht Angst vor DNA-Spuren?«, sagte Funke.

»Oder es war ein unbeabsichtigter Brand. Dayer war offenbar dabei, sich was zu essen zu machen. Eine der Herdplatten war aufgedreht, und darauf stand eine Pfanne mit Öl. Möglicherweise war das der Brandherd. Vielleicht wurde das Feuer aber auch gelegt, das klärt derzeit eine Spezialeinheit der Kripo Wien.«

»War die Wohnungstüre aufgebrochen?«, fragte Peck.

»Nein. Wamper geht davon aus, dass Uwe Dayer seinen Mörder selbst eingelassen hatte. Wahrscheinlich kannte er ihn.«

*

»Der Fall ist schwierig, und die Suche nach dem Manuskript gestaltet sich langwieriger und komplizierter, als ich dachte.«

»Männer haben immer dann Probleme, wenn die Komplexität steigt und sie mehrere Dinge gleichzeitig zu erledigen haben.«

»Quatsch«, sagte Peck.

»Maskuline Multitasking-Schwäche nennt das die Gender-Wissenschaft.«

»Ich liebe es, mehrere Dinge simultan zu erledigen. Und ich kann das auch.«

»Männer können nicht mal mit beiden Händen gleichzeitig streicheln. Kannst du das?«

Peck dachte einen Augenblick darüber nach, ob dies eine Fangfrage war. »Bei mir weiß die Rechte immer, was die Linke tut«, sagte er dann bestimmt.

Genau im Tunnel am Pass Lueg fragte Sophia: »Hast du an die Flugtickets und das Hotel in Paris gedacht?«

»Ich denke immer an die Dinge, die dir wichtig sind.«

»Wo residiert dein edles Ritterfräulein in Paris?«

»*Hôtel Regyns* an der Place des Abbesses.«

»Beste Lage?«

»Beste Lage am Montmartre. Wer vertritt dich übrigens im Geschäft während deines Pariser Müßiggangs?«

»Meine Tochter. Sie nimmt Urlaub, um meinen Bücherumsatz nach oben zu treiben.«

Plötzlich klopfte Sophia fordernd auf seinen Arm. »Bist du übrigens dieser Birgit Helm früher mal nachgelaufen?«

»Nie. Wer Frauen nachläuft, sieht sie ja nie von vorne.«

»Warum hast du eigentlich so schrecklich viele Frauen kennen gelernt in den Jahren vor mir?«

»Das kommt daher, dass ich stets auf der Suche war nach einer Frau, wie du es bist.«

Er blickte kurz zu ihr hinüber und bemerkte, dass sie die Augenbrauen weit hochgezogen hatte. Gefahr im Verzug.

Mutig setzte er seine Argumentationskette fort. »Und trotz gesteigerter Frauenfrequenz konnte ich so was Tolles wie dich nirgendwo auftreiben, weshalb ich jahrelang mühevoll weitersuchen musste.«

Ihr seitlicher Schlag in seine Rippen schmerzte ihn noch bis nach Werfen.

»Woher kennst du diese Frau in Kleinbergdorf wirklich?«

»Sie hieß früher Koller mit Mädchennamen.«

»Also eine prähistorische Liaison?«

»Hundert Jahre her.«

Es war wenig Verkehr auf der Tauernautobahn, und Peck berichtete von seiner Studienzeit und der Romanze mit einem schwarzhaarigen, hübschen Mädchen namens Birgit. Und er erzählte Sophia von seinem Gespräch mit der Tochter und Erich Rönz, und wie sie unruhig wurden, als der Verdacht aufkam, dass ihre Mutter einen Mann kennen gelernt haben könnte, und den Zweifeln, dass ihr Tod ein Selbstmord war.

»Es war also kein Selbstmord?«

Peck schüttelte den Kopf. »Die Gerichtsmedizin spricht eindeutig von Fremdverschulden. Der Mörder hat sie zuerst erdrosselt und dann in ihrem Wohnzimmer erhängt.«

Peck zog das Mobiltelefon aus seiner Brusttasche und reichte es Sophia. »Bitte wähle aus dem Telefonbuch die Nummer von Christine Bagnon.«

Sophia drückte einige Male auf der Tastatur herum und seufzte dann. »Wann kaufst du dir endlich eine Freisprechanlage für dein Handy?«

»Hier ist Paul Peck, guten Tag. Ich habe nur eine Frage an Sie. Haben Sie Nachricht von Jochen?«

»Nein.« Eine leise, kaum verständliche Stimme. »Ich bin in großer Sorge.«

»Frau Bagnon, ich muss dringend mit Ihrem Sohn sprechen. Er soll mich anrufen. Würden Sie ihm das bitte ausrichten, wenn er sich meldet.«

Nachdem sie Bischofshofen der Länge nach durchfahren hatten, bog Sophia auf eine schmale Straße in Richtung der Berge ab. Sie hatten die Plätze getauscht, und Peck betrachtete die imponierende Bergwelt rechts und links des Tales.

Einige der grünen Hügel vor ihnen hatten bereits einen braunen Schimmer. Peck sah auf die Berge dahinter, den dunkelgrünen Wald und die in der Sonne liegenden Almwiesen dazwischen. Die schmale asphaltierte Straße war in einen holprigen Schotterweg übergegangen, und Sophia fuhr jetzt langsamer. *Güterweg Kleinbergdorf* stand auf einem weißen Schild. Sie umrundeten halbkreisförmig ein kleines Wäldchen, dann wand sich der Güterweg als schmale Sandstraße in Serpentinen nach oben. Von einem Seitenweg vor ihnen kam ein Laster mit einem leeren Anhänger, viel zu schnell und eine hellbraune Sandwolke hinter sich herziehend.

»Was erwartest du dir von dem Besuch hier in den Bergen?«

»Kleinbergdorf ist doch ein sehr bemerkenswerter Ort.«

»Warum?«

»Überleg mal, hier lebt eine Frau, die plötzlich ermordet wird, genau wie ein Kremser Hotelmanager, mit dem sie offensichtlich ein Verhältnis hat. Und hier lebt ein Mann, der mit der toten Frau genauso vertraut war wie mit Mozart.«

»Der Professoren-Oldie aus dem *Amadeum*?«

Peck nickte. »Also einige gute Gründe hierherzukommen.«

»Und mich zum Mittagessen einzuladen«, ergänzte Sophia.

Nach zehn Minuten tauchte eine Ansammlung kleiner, schmutzig grauer Siedlungshäuser auf, die sich den Hang hinauf in Richtung Wald erstreckten. *Herzlich willkommen in Kleinbergdorf* stand auf einer verwitterten Holztafel am Rande der Straße. Sie parkten auf dem kleinen Wiesenstück neben einer Kapelle, deren niedriger, pyramidenförmiger Turm mit verwitterten Holzschindeln gedeckt war. Es war kalt, als sie aus dem Wagen stiegen, und sie konnten ihren Atem als kleine graue Wolken sehen. Die Luft roch frisch, nur ein leichter Geruch von Holzbrand zog durch die Straßen. Langsam gingen sie eine Runde durch den Ort, der menschenleer wirkte, bis auf einige ältere Frauen, die beeindruckend große Kopftücher trugen, sie misstrauisch beäugten und dann sofort wieder hinter irgendeiner Tür verschwanden.

»Kleinbergdorf ist ein Ort ohne Zentrum«, sagte Sophia.

»Kein gewachsenes Bauerndorf, eher durch Zuwanderung entstanden. Migration im Pongau. Hier haben sich in den letzten Jahren viele Leute mit wenig Geld angesiedelt, vielleicht um die Ruhe und die Berge zu genießen.«

»Und kälteresistente Mücken«, sagte Sophia und wedelte mit der Hand durch die Luft.

»Alles etwas planlos.« Peck sah auf die eintönigen Siedlungshäuser, die sich, eng aneinandergeschmiegt, zwischen die alten Bauernhäuser gedrängt hatten. Ein schmaler, mit Gras bewachsener Weg führte nach oben in Richtung Wald, wo die Häuser weniger dicht aneinandergereiht waren. Sie standen im Schatten des ausladenden Balkons eines großen, zweistöckigen Blockhauses, dessen massive Holzbalken über die Jahre dunkel und rissig geworden waren. Peck ging einige Schritte zurück und sah nach oben. *Gasthof Raffner* stand über der Türe.

»Jetzt kommt meine Einladung«, sagte Peck und öffnete die Türe, die dabei ein lautes Quietschen von sich gab. Kein Vorraum. Sie fanden sich direkt in einer dämmrigen Gaststube wieder, und einige Köpfe wandten sich schlagartig ihnen zu. Ein halbes Dutzend ältere Männer saßen an einem Holztisch beim Fenster, jeder eine Halbe Bier vor sich, mit braun gebrannten Gesichtern, die die Fremden feindselig mit einem *Was-wollen-die-denn-hier-Blick* empfingen. Mit zusammengekniffenen Augen hatte sie der Wirt, der leicht nach vorn gebeugt hinter der Theke stand, beobachtet. Während Peck und Sophia den Raum durchquerten, starrten ihnen die Männer nach, nur der Wirt hatte sich abgewandt und wischte wie gedankenverloren mit einem Tuch an einigen Gläsern herum. Es war still im Raum, und Peck näherte sich dem Schanktisch, neben dem ein Schäferhund lag, der langsam ein Auge öffnete und wie zur Begrüßung den Schwanz hob.

»Wir würden gerne bei Ihnen mittagessen. Und wir möchten bei Ihnen übernachten.«

»Sie möchten hier übernachten!«, wiederholte der Mann laut, sodass alle im Raum wieder den Kopf hoben und sie neugierig ansahen. »Essen und Schlafen ist natürlich möglich bei uns«, sagte der Mann abgehackt, so als ob er es nicht gewohnt war, ganze Sätze zu sprechen. »Deshalb steht da draußen *Gasthaus*.« War da ein Lächeln in seinem Gesicht?

Das Essen schmeckte überraschend gut. Peck aß ein *Pongauer Schnitzel*, das, abgesehen von einigen Kräutern, die er nicht kannte, wie ein Wiener Schnitzel schmeckte. Sophia hatte sich aus der kleinformatigen, abgegriffenen Karte einen Bauernsalat mit Topfenkäse und Kräutern ausgesucht.

Die Männer am Fenster begannen ein Kartenspiel und murmelten von Zeit zu Zeit irgendwelche Worte, die Peck nicht verstehen konnte. Sie sahen wie Bauern oder Landarbeiter aus, mit derben, braun gebrannten Gesichtern und kräftigen Händen. Sie wirkten mürrisch, als ob ihnen das Spiel keinen Spaß machen würde. Offensichtlich hatten sie das Interesse an ihnen verloren, denn sie spielten jetzt konzentriert, und Peck konnte hören, wie die Spielkarten lautstark auf den Tisch klatschten. Der Wirt gesellte sich zu ihnen, und Peck sah, wie die Männer mit beeindruckender Geschwindigkeit das Bier in sich hineinschütteten, immer wieder kurze Botschaften austauschten und das Kartenspiel mit einem vielstimmigen Grunzen begleiteten. Peck konnte ihre Worte nicht verstehen, er war aber in der Lage, zwischen einem ärgerlichen und einem erfreuten Grunzen zu unterscheiden.

Zimmer eins stand auf dem hölzernen Schlüsselanhänger, der auf dem Schanktisch für sie bereit lag. Als sie den Gastraum verließen, hob der

Hund wieder kurz den Schwanz.

»Im Zimmer eins ist es sehr kalt«, sagte Sophia, die als Erste den kleinen Raum im ersten Stock betrat, in dem das Fenster offen stand.

»Wir sind fast auf tausend Meter Höhe. Du kannst heute Nacht meine dicke Steppdecke haben. Frieren für dich sehe ich als meine vornehmste Aufgabe an.«

»Ich erwarte, dass du mich wärmst und nicht die Decke«, sagte sie und gab ihm einen Kuss.

Die Einrichtung des Zimmers bestand aus dem Bett, einem kleinen Tisch am Fenster, vor dem ein hölzerner Stuhl stand und einem mit Blumenmotiven bemalten Kleiderkasten, dessen Türe sich nicht schließen ließ und sich immer wieder mit einem quietschenden Geräusch von selbst öffnete. Das ganze Haus, die weiß getünchten, rissigen Mauern und der Bretterboden waren windschief wie ein zu rasch gebauter hölzerner Hühnerstall.

»Auch das Bett ist schief«, sagte Peck, »ich werde heute Nacht immer wieder zu dir hinüberrollen.«

»Herzlich willkommen. Ich ertrage deine Attacken ohnehin bereits seit fast zwanzig Jahren.«

Langsam gingen sie über die gefährlich knarrende Holzstiege nach unten, und Peck öffnete die Türe zum Gastraum, sah hinein und blieb erstarrt stehen. An dem Tisch neben der Türe saß ein Gast, den er bestens kannte. Derbes Gesicht mit Bart und struppige, feuerrote Haare, die nach allen Seiten davonstanden. Der Mann auf der Fotografie.

*

»Was macht's?«, sagte der Mann mit rauer Stimme und trat an die Theke.

»Neun Euro fünfzig.«

Sophia war ebenfalls wie vom Donner gerührt stehen geblieben und starrte auf den Mann, der das Wechselgeld in die Tasche steckte und mit zusammengekniffenen Augen zuerst Peck und dann Sophia ansah. Hatte er ihre Überraschung bemerkt? Mit einem leichten Kopfschütteln und einem unverständlichen Gemurmel verließ er das Lokal.

»Sind Sie mit dem Zimmer zufrieden?«, fragte der Wirt hinter der Theke.

»Wer war das?« Peck deutete zur Türe.

»Ich rede nicht über meine Gäste. Und schon gar nicht mit Unbekannten, wie Sie es sind.« Die vier Kartenspieler hatten sich ihnen zugewandt und nickten zustimmend mit dem Kopf. Der Wirt drehte sich wortlos von ihnen weg und ging in die Küche.

Als sie ins Freie traten, atmete Peck tief ein und sah sich um. Quer über die leicht abfallende Wiese sah er gerade noch die Gestalt mit den roten Haaren eilig in einem der Siedlungshäuser verschwinden.

»Was hältst du davon?«, fragte Sophia und sah zu dem Haus hinüber.

»Ich halte den Wirt für einen unfreundlichen Gastgeber«, sagte er und wandte sich Sophia zu. »Wir werden Drosselbart später besuchen. Zuerst möchte ich zum Haus von Birgit Helm.«

Es war etwas wärmer geworden. Die Sonne schien zeitweise durch die Wolken, und vom Süden wehte ein lauwarmer Wind, der die oftmals schon braunen Blätter der Bäume zum Rauschen brachte. Eine Frau kam von der Kirche unten den Weg herauf, schnaufend ein Fahrrad neben sich her schiebend.

»Wo ist das Haus von Frau Helm?«, fragte Peck.

»Wozu? Die ist doch schon lange tot.«

»In welchem Haus hat sie gelebt?«

»Jetzt kommen die Neugierigen schon aus der Stadt.«

Peck sagte nichts. Die Frau wischte sich über die Stirn und bequemte sich dann doch zu einer Antwort. »Da oben beim Kastanienbaum. Das Haus mit den hellen Eichenbalken.« Sie wandte den Blick ab, streckte ihr Kinn energisch in die Luft und ging wortlos weiter.

Als Peck den Schlüssel in seinen Taschen suchte, trat Sophia einen Schritt zurück. »Eigentlich mag ich nicht in das Haus reingehen.«

»Ich habe keine Ahnung, wonach ich suche, aber es wird nicht lange dauern.«

»Ich warte da drüben auf der Bank auf dich.« Sie deutete mit dem Kopf zu dem Kastanienbaum, unter dem eine Holzbank in der Sonne stand.

Peck öffnete die Türe, und ein Sonnenstrahl fiel in den fensterlosen Gang, sodass er den Staub sehen konnte, den er aufgewirbelt hatte. Er blieb stehen. Völlige Stille im Haus, in dem es leicht nach Chemie roch. Wie nach Desinfektionsmitteln.

Es war ein kleines Gebäude. Fast wie ein Ferienhaus, dachte er, unten wohnen, im Oberstübchen schlafen. Das Erdgeschoss bestand aus einem einzigen Raum mit einem großen Esstisch in der Mitte, neben der Türe die Kochnische und auf einem niedrigen Tischchen an der Wand ein großer Fernseher. Gegenüber stand ein gemütlich aussehendes Ecksofa aus braunem Leder, auf dem Peck Platz nahm und sich zurücklehnte. Unordnung, dachte er, Schubladen standen offen, zwei Bilder waren von der Wand gerissen, das Telefontischchen lag umgekippt auf dem Boden. Trotz der Unordnung fühlte er sich wohl in dem Raum. Die Bücher, dachte er, die machen das Zimmer gemütlich. Auf den Wandregalen standen einige hundert Bände, oft in Zweierreihen hintereinander, zum Teil lagen sie verstreut auf dem Boden. Und dann blickte er nach oben und erstarrte. Von dem massiven Deckenbalken in der Mitte des Raumes hing ein Stück eines Seiles. Peck erhob sich langsam und sah sich das kurze Seilende an. Wurde Birgit Helm damit erhängt ? Peck schüttelte den Kopf. Warum zum Teufel hat die Kripo das Seil an der Decke belassen und damit noch der Tochter diese grausige Erinnerung an den Mord an der Mutter präsentiert?

Neben der Küchenzeile sah Peck eine schmale Tür in einen Nebenraum. Birgits Arbeitszimmer. Ein Schreibtisch vor dem Fenster, vollgeräumt mit durcheinander geworfenen Papieren und den für Büroarbeiten üblichen Dingen, einem Locher, einem schwarzen Behälter mit Bleistiften und Kugelschreibern und einem Magnetwürfel mit einer Traube Büroklammern.

Ein kleines Schwarz-Weiß-Foto hinter Glas zeigte zwei Frauen, die auf einer sonnigen Wiese standen und starr in die Kamera schauten. Die Jüngere ist Renate Helm, dachte er und nahm das Bild in die Hand. War die andere Frau Birgit? Peck sah das helle gewellte Haar, das bis zu den Schultern reichte, und ein blasses, herzförmiges Gesicht mit einer etwas zu spitzen Nase. Er kramte in seinem Gedächtnis und suchte im Nebel der Vergangenheit nach einem Anhaltspunkt, doch da war nichts. Andere frühe Jugendflammen tauchten vage an die Oberfläche, aber keine Birgit, zumindest fand er keine Ähnlichkeit mit dem nebelhaften Bild des kleinen dunkelhaarigen Mädchens. Dreißig Jahre, dachte er, da darf man schon mal ein Gesicht vergessen.

Er stellte die Fotografie zurück auf den Tisch. Daneben sah er eine niedrige Kunststoffschale mit zwanzig oder dreißig Schlüsseln. Peck leerte den Inhalt auf den Tisch. Eine Schlüsselsammlung. Zu welchen Schlössern die wohl gehörten? Er durchsuchte das Gewirr, fand einen winzigen Schlüssel wie für ein Tagebuch, andere, die wohl zu Koffern oder Kleiderschränken gehörten, bis sein Blick auf einen ungewöhnlich aussehenden Schlüssel fiel, mit eigenwillig gezacktem Bart und einem metallenen runden Anhänger, auf dem die Zahl 87 eingeprägt war. Warum legt jemand so eine Sammlung an? Er warf den Schlüssel wieder zurück in die Schale und sah sich weiter im Raum um. Direkt vor dem Schreibtisch hingen zwei Fotografien an der Wand, auf denen Peck Renate Helm und Erich Rönz erkannte. Das Bild daneben war vergilbt. Er sah nochmals die etwa fünfzigjährige Birgit und einen Mann, die sich, an einem gedeckten Tisch nebeneinander sitzend, anlächelten. War das Birgits Mann? Plötzlich verschwunden, hatte Renate Helm gesagt. Von einer Dienstreise nach Osteuropa nicht zurückgekehrt.

Peck nahm eines der Bücher aus dem Wandregal, ein Wörterbuch Schwedisch-Deutsch. Renate hatte ihm erzählt, dass ihre Mutter Romane ins Deutsche übersetzt hatte. Neben dem Wörterbuch standen einige ähnlich aussehende Taschenbücher nebeneinander, von denen er eines herauszog. *Ein einwandfreier Mord*, und auf einer der ersten Seiten fand er den Hinweis: Titel der schwedischen Originalausgabe *Det felfria mordet*. Aus dem Schwedischen übersetzt von Birgit Helm. Langsam ging er über die knarrende Holzstiege nach oben, wo sich das Schlafzimmer befand, ein winziger Raum mit schrägen Wänden und zwei Dachfenstern. Auch hier war alles durchwühlt worden, Kleider und Wäsche lagen auf dem Bett und am Boden. Hier hatte jemand etwas gesucht. Aber was? Durch das Dachfenster suchte er den großen Kastanienbaum und sah aus der Ferne, dass Sophia eine Gesprächspartnerin bekommen hatte.

Er stieg ins Erdgeschoss und als er die Türe versperrte, bemerkte er einen alten Mann, der vor dem Nachbarhaus stand und dem die tief stehende Sonne direkt ins Gesicht schien. Peck ging langsam über die Wiese in Richtung Kastanienbaum. Auch der Alte hatte sich in Bewegung gesetzt. Sophia saß auf der Bank, und neben ihr stand eine alte Frau, die Arme vor der Brust verschränkt und mit einem Kopftuch, das sie weit nach vorne geschoben hatte, sodass Peck ihr Gesicht kaum sehen konnte. Sie trug ein braunes Baumwollkleid, das aussah, als hätte der grob gewobene Stoff bereits eine Laufbahn als Bettdecke hinter sich.

»Das ist die Nachbarin von Frau Helm«, sagte Sophia, »ihr Mann hat die Tote gefunden.«

Peck wandte seinen Blick dem alten Mann zu, der wortlos in ihre kleine Runde getreten war.

»Sie war eine gute Nachbarin«, sagte der Alte, »und eine freundliche Frau.«

»Misch dich nicht ein!«, sagte die alte Frau. »Er ist ihr dauernd nachgestiegen. Sie hat ihm gefallen.«

Peck sah, dass der alte Mann wütend die Augen rollte. »Lass es gut sein, Roswitha.«

»Sie hat schwedische Bücher ins Deutsche übersetzt«, sagte Sophia, »das ist ein Job, bei dem sie viel zu Hause gewesen sein muss. Hatten Sie guten Kontakt zu Ihrer Nachbarin?«

»Er hätte gerne mehr Kontakt zu ihr gehabt, der alte Depp! Aber unsere Frau Nachbarin war nicht viel zu Hause! Im Gegenteil, die war dauernd im Auto unterwegs. Oder oben beim Professor.«

»Der Professor?« Sophia sah kurz zu Peck. »Wo wohnt der?«

Der Mann deutete mit einer kurzen Handbewegung hinauf in Richtung Wald. »Das alte Haus da oben.«

»Dorthin ist sie immer hinauf, fast jeden Tag. Und wie sie gerannt ist.«

»Ich glaube, ich kenne den Herrn Professor«, sagte Sophia.

Die Alte kniff die Augen zusammen und sah Sophia vorwurfsvoll an. »So, Sie kennen ihn also auch. Aber er ist heute nicht da, am Samstag kommt er immer erst am Abend nach Hause. Wenn er überhaupt kommt.«

»Das ist das Schöne an so einem kleinen Ort«, sagte Peck, »man kennt alle Leute und weiß genau, was sie tun und wo sie sind.« Sophia warf ihm einen fragenden Blick zu.

»Sie war eine Schlampe, und es ist nicht schade um sie.«

»Du übertreibst«, sagte der Mann, und er zeigte mit seinem Gesicht, dass er die Vorwürfe seiner Frau nicht billigte.

»Pah!«, rief die Alte. »Eine liederliche Schlampe war sie, und die dauernden Männerbesuche.«

»Wer hat sie besucht?«

»Wenn nicht der Professor von da oben, dann kam ein anderer, meist der Gleiche.«

»Können Sie diesen anderen beschreiben?«

»Gut aussehend, vornehmer Anzug, nicht sehr groß und ein paar Kilo zu viel. Er kam mit dem Auto, und er wirkte, als ob er immer in Eile wäre.«

»Haben Sie auf das Kennzeichen des Wagens geachtet?«

»Wir sind doch keine Spione!«

»Und wohin fuhr Ihre Nachbarin, wenn sie mal keinen Männerbesuch hatte?«

»Keine Ahnung, aber sie war mit ihrem Auto oft stundenlang weg.«

»Stundenlang?«, sagte Peck und bemerkte, wie sich Sophia aufmerksam vorbeugte.

»Ja. Erst eine Woche vor ihrem Tod hat sie wieder eine ihrer langen Lustreisen unternommen.«

»Wann war das?«

»Vielleicht vor einer Woche. Am Kühlschrank hängt mein Kalender, wo ich all diese Sachen eintrage.«

Wir sind doch keine Spione!

»Es ist vorbildlich, wie Sie sich um Ihre Nachbarn bemühen«, sagte Peck.

»Über Nacht wegbleiben und erst in der Früh zurückkommen. So etwas macht eine anständige Frau nicht.« Und wie als Bestätigung ihrer Worte nickte sie so energisch, dass ihr Kopftuch ins Rutschen kam. »Und als sie nach Hause kam, war über den Bergen schon das

Morgenrot. Ich konnte wieder mal nicht schlafen, und da hörte ich ihr Auto und sah sie ins Haus schleichen. Und kaum war es richtig hell geworden, lief sie aufgeregt und mit fliegenden Haaren hinauf zum Professor, wo sie lange blieb!«

»Lange?«, fragte Peck.

»Sehr lange! Mindestens drei Stunden!«

»Sie hat auch manchmal ihre Tochter besucht«, sagte der Alte.

»Du verteidigst sie auch noch, dieses schamlose Weib. Wie sie immer angezogen war, tief ausgeschnittene Bluse und nackte Knie. Schöne Augen hat sie dir gemacht. Männer sind ja so dumm!«

Peck bemerkte, dass Sophia begonnen hatte, zustimmend mit dem Kopf zu nicken. Er räusperte sich laut. Dann wandte er sich dem Alten zu. »Vor drei Tagen haben Sie die Tote in ihrem Haus gefunden? Aus welchem Grund sind Sie in das Haus Ihrer Nachbarin gegangen?«

»Das frage ich mich auch. Was hattest du dort zu suchen?«

»Es war in der Früh«, begann der Alte zögerlich, »und die Haustüre war offen. Das war ungewöhnlich. Tat sie sonst nie.«

»Ist Ihnen in der Nacht davor irgendetwas Ungewöhnliches aufgefallen?«

»Nein«, sagte die alte Frau und sah ihren Mann streng an. »Überhaupt nichts, das hat uns schon die Polizei gefragt.«

»Doch«, sagte der Alte. »Da war was. So gegen früh.«

»Was?«

»Ein Motorrad. Ich habe es genau gehört. Eine schwere Maschine. Gas gegeben, und weg war sie.«

*

»Herr Professor Doktor Benjamin Nunzer ist heute nicht zugegen«, sagte Sophia und sah zu dem Haus am Waldrand hinauf, das bereits im Schatten lag.

»Der kommt morgen dran«, sagte Peck, »und jetzt gehen wir zu Mister Rotfuchs.«

Sie gingen langsam über die Wiese, bis sie weiter unten die ersten Siedlungshäuser erreichten.

»Das muss das Haus sein«, sagte Peck, drehte sich um und sah zurück zum Gasthaus.

»Severin Stürmer.« Peck las laut den Namen, der auf dem Namensschild an der Haustüre stand und war überrascht, als der Mann sie bereits an der Tür erwartete.

»Was ist los?«

»Das ist los«, sagte Peck und hielt ihm sein Foto vor die Nase.

»Kann ich das haben«, sagte Stürmer. »Ich brauche ein neues Passfoto.«

»Wir würden Sie gerne kurz sprechen.«

»Warum sind Sie mir vom Gasthaus bis hierher nachgeschlichen?«

»Wir würden Sie gerne kurz sprechen.«

»Kommen Sie rein.«

Eine Künstlerwerkstatt. Das ganze Erdgeschoss des kleinen Hauses war ein Atelier, angefüllt mit Staffeleien, Stapel mit roh gezimmerten Holzrahmen, ohne und mit aufgespannten Leinwänden sowie unzähligen Tischen mit Pinseln und Farbtöpfen. Kaum ein Quadratmeter des mit Farbklecksen übersäten Fußbodens war begehbar, ohne mit weit ausholendem Schritt über irgendwelche Hindernisse zu steigen. Es roch nach Pfeifentabak, Farbe und Lösungsmittel. Und nach Essensdünsten. In der offenen Küchenzeile stand irgendein rauchendes Gericht am Ofen, daneben stapelte sich schmutziges Geschirr in der Abwasch.

»Meinetwegen setzen Sie sich irgendwo hin«, sagte Stürmer und deutete auf eine durchgesessene Couch am Fenster, auf der neben einigen Büchern eine dunkelbraune Decke lag, die halb auf den Boden gerutscht war.

Wie ein Storch stieg Peck vorsichtig über einige Farbtöpfe und ging zu einer der am Fenster stehenden Staffeleien, an der ein halb fertiges Bild mit gut bekannten Seerosenmotiven lehnte. »Monet«, sagte er mehr zu sich.

»Ich habe Ihnen einen Platz auf der Couch angeboten. Von Herumschnüffeln war keine Rede.«

Stürmers roter Bart war so mächtig und struppig, dass Peck seinen Mund fast nicht sehen konnte, wenn das Gebiss nicht so auffällig gewesen wäre. Einer der vorderen Zähne fehlte ganz, die anderen waren großteils verfault, ein ekelhaftes Gebiss wie ein schwarz gezacktes Gebirgsmassiv.

»Wo haben Sie das Foto her?«

»Das zeigt Sie am 15. September, sehr spät am Abend. Wo waren Sie da, Herr Stürmer?«

»Sagen Sie's mir.«

Peck sagte nichts. Stürmer betrachtete stirnrunzelnd sein eigenes Foto. Dann änderte sich plötzlich sein Gesichtsausdruck. »Wie man sieht, werde ich langsam alt. Habe ich wirklich so viele Falten wie auf dem Bild?«

Peck spürte, wie der Ärger in ihm hochstieg.

»Krems!«, rief der Rothaarige dann. »Das ist vor dem Eingang zum *Grandhotel*. Jetzt erinnere ich mich wieder.«

»Was haben Sie dort gemacht?«

»Wer sind Sie überhaupt?«

Peck zeigte seinen Ausweis, den ihm der Rothaarige aus der Hand nahm und aufmerksam betrachtete.

»Ich untersuche den Mord an Ihrer Nachbarin dort oben.«

»Frau Helm? Schade um sie! Eine gebildete Frau. Und hübsch.«

Peck ließ seinen Blick durchs Zimmer schweifen. »Sie sind ein sehr begabter Künstler, aber alle diese Bilder hat vor Ihnen schon mal ein anderer gemalt.«

Sein Grinsen zeigte einen unverhüllten Blick auf das zackige Zahngebirge. »Meine Spezialität. Repliken, sagen wir dazu. Ich verkaufe sie und kann davon leben.«

»Was ist eigentlich der Unterschied zwischen einer Replik und einer Fälschung?«, fragte Sophia.

Sein Grinsen verschwand. »Liebe Dame, das sind semantische Wortklaubereien! Auf dieses Gebiet begebe ich mich nicht. Zumindest nicht mit Ihnen.«

»An wen verkaufen Sie Ihre Bilder?«

»Entweder direkt an einen Auftraggeber oder eine Kunstagentur in Wien, mit der ich schon seit Jahren zusammenarbeite. Deshalb war ich auch in Krems. Geschäftsbesprechung mit meinem Auftraggeber.

Machen wir einmal jedes Jahr.«

»Und da leisten Sie sich immer das *Grandhotel*?«

»Solange die Burschen das zahlen, ja.« Er grinste.

»Die Burschen? Sind das so was wie Zwischenhändler?«

»Die Agentur kauft von mir die Bilder, verkauft sie weiter und verdient gut daran. Ich verdiene auch gut daran, und alle sind happy.«

»Kann ich auch bei dieser Agentur kaufen?« Peck hatte sich etwas vorgebeugt.

»Und Sie sind sicher, Herr Peck, dass all diese Fragen direkt mit dem Mord an Frau Helm zu tun haben?« Stürmer nahm von irgendwoher eine Visitenkarte und hielt sie Peck hin.

»Da können Sie ein Bild von mir kaufen. Wenn Sie das dazugehörige Kleingeld haben.«

DUNA GLOBAL ART

www.duna-global-art.com

las Peck.

»Kannten Sie Birgit Helm näher?«

»Sie war sehr belesen. Wir tauschten manchmal Bücher aus, und sie hat sich meine Bilder angesehen.«

»Mehr nicht?«

»Mehr nicht. Unsere Bekanntschaft war rein kulturhistorischer Art.« Er grinste. Zahnlücke.

»Wo waren Sie in der Nacht von Dienstag, den 20., auf Mittwoch, den 21. September?«

»Langsam werden Ihre Fragen konkreter. Vor drei Tagen? Da war ich hier. Wenn es meine Geschäfte nicht unbedingt erfordern, fahre ich ungern weg. Und bevor Sie mich fragen: Nein, ich kann mich an diesem Tag an nichts Ungewöhnliches in Kleinbergdorf erinnern, und nein, ich habe kein Alibi.«

»Schade«, sagte Peck.

»Aber in dieser Nacht vor dem Hotel in Krems«, Stürmer tippte mit dem Finger auf das Foto, »da ist mir was aufgefallen, falls Sie sich auch für diesen Zeitraum interessieren. Schließlich weiß ich heute, dass damals einige krumme Dinge in dem vornehmen Hotel in Krems passiert sind.«

»Was ist Ihnen aufgefallen?«

»Ich war, ehrlich gesagt, nicht ganz nüchtern, als mich das Taxi auf dem Platz vor dem Hotel auslud, aber ich erinnere mich genau, dass mir ein Mann auffiel, der quer über die Wiese gelaufen kam, stutzte, als er mich erblickte, und wie in Panik im Gebüsch verschwand.«

»Wie sah der Mann aus?«

»Moment! Ich ging einige Meter weiter in Richtung Eingang, als er zurückkam, und zwar auf einem Motorrad, das er nicht auf dem Parkplatz, sondern irgendwo in der Dunkelheit des Parks versteckt hatte. Dann schwang er sich in den Sattel und knatterte davon.«

»Was für ein Motorrad?«

»Honda. Ganz sicher, ich kenne mich da aus.«

»Und das war in der Nacht vom 15. auf den 16. September?«

»Ja. Ganz sicher.«

»Würden Sie den Mann identifizieren können?«

»Er lief einmal durch den Lichtkegel des Scheinwerfers vor dem Hotel. Nur eine kurze Sekunde, aber ich glaube, ich würde ihn wiedererkennen.«

*

Der Himmel hatte sich zugezogen, ein kalter Wind blies vom Wald herunter, und Sophia legte ihre Arme um sich, als sie zurück zum *Raffner* gingen.

»Verdächtigst du ihn«, fragte sie.

»Des Bilderfälschens? Ja.«

»Traust du ihm einen Mord zu?«

»Ich traue jedem einen Mord zu, aber ihm ganz besonders.«

»Könnte er das Notenmanuskript geklaut haben?«

»Stürmer war zur betreffenden Zeit im *Grandhotel*, er hat schon rein beruflich eine Affinität zu Kunst, und seine dubiosen Geschäftspartner interessieren sich wahrscheinlich nicht nur für Gemälde von Monet, sondern auch für Handschriften von Wolfgang Amadeus. Das sagt mir mein Gefühl.«

»Vielleicht stimmt was mit deinem Gefühl nicht«, sagte Sophia, und

Peck konnte in der Dämmerung erkennen, dass sie grinste.

Sie gingen den schmalen, grasbewachsenen Weg zu der großen Kastanie und weiter in Richtung Gasthaus.

»Wo sind Rotbarts Geschäftspartner wohl zu Hause?«, fragte Sophia.

Peck suchte nach der Visitenkarte, die er von Stürmer bekommen hatte. »*Duna Global Art*. Was bedeutet eigentlich *Duna*?«

»*Duna* ist ungarisch und heißt Donau. Und die Donau fließt von uns durch ganz Osteuropa bis Rumänien und dann ins Schwarze Meer.«

Osteuropa, dachte Peck, Albanien und Exjugoslawien.

Interessante Märkte für Kunsthandel.

Sonntag, 25. September

Alles geht vorüber. Nur die Vergangenheit nicht. Wer hat das gesagt? Peck saß mit Sophia beim Frühstück, als er die Musicbox entdeckte, wie achtlos in die Ecke geschoben und halb von dem wuchtigen schwarzen Ofen verdeckt. Er erinnerte sich an den Tag vor vielen Jahren, als er mit seinem Großvater irgendwo in einem Gasthaus im Mühlviertel saß und zum ersten Mal eine Musicbox gesehen hatte, diesen glänzenden, lichterfüllten Wunderapparat, auf dem vorne in Großbuchstaben *WURLITZER* stand. Es war in Freistadt, nach Ende der zweiten Klasse Volksschule und zu Beginn der Sommerferien, als er stolz das Zeugnis von der Schule nach Hause brachte. *Lauter Einser*, lobte ihn seine Mutter und steckte ihm einige Schillinge zu. In dem Gasthaus überlegte er lange, auf Zehenspitzen und mit klopfendem Herzen vor der geheimnisvollen, wie Gold und Silber glänzenden Musicbox stehend, bis er endlich auf *B 14* drückte. *Mamatschi, schenk mir ein Pferdchen*. Er erinnerte sich nicht mehr an den Text, nur daran, dass es ein trauriges Lied war, das er gut von seiner Mutter kannte und das von unerreichbaren Wünschen handelte, die nie und nimmer in Erfüllung gehen konnten.

Peck ging zu der Musicbox und suchte *B 14*. Irgendein unbekannter Sänger und ein englisch oder amerikanisch klingender Popsong. Enttäuscht ging er zum Tisch zurück. Sophia lächelte ihn an. Hatte sie seine Gedanken erraten?

»Wir müssen los«, sagte Peck etwas ungeduldiger als notwendig und verschlang den Rest seiner Eierspeise. Sophia hatte sich zurückgelehnt und grinste.

»Ich liebe dich«, sagte sie. »Und auch deine maskuline Herbheit. Aber ich glaube auch, dass es deine männliche Schönheit noch steigern würde, wenn du dir das Ei vom Kinn wegwischen würdest.«

Es musste in der Nacht stark geregnet haben, und kalte Sturmböen fegten den Hang herunter, als Sophia und Peck auf dem noch regennassen Weg in Richtung Wald gingen.

»Der Herr Professor ist daheim«, sagte Sophia. »Im Haus brennt Licht.« Pecks Hosenbeine, an dem einige Zweige und Blätter hingen, flatterten im Sturm, der seine und Sophias Haare zerzauste. Das Rauschen der Bäume wurde lauter, je weiter sie sich dem Waldrand und Nunzers Haus näherten.

»Willst du zurückgehen und beim *Raffner* auf mich warten?«

Sophia schüttelte den Kopf. »Der Professor fährt VW«, sagte sie und zeigte auf den Touareg, der vor der Haustüre parkte.

Sie standen vor einem einstöckigen Haus mit hellbrauner Holzverkleidung und einem dunkelgrauen Schindeldach. Durch eines der kleinen Fenster sah man eine von der Decke hängende Pendelleuchte, deren Licht auf zwei Bilder fiel. Seitlich stand eine aus rohen Holzbrettern gezimmerte, etwas schiefe Hütte, die sich am Haus abstützte.

Als Sophia die beiden niedrigen Stufen hinaufgeklettert war, wurde die Türe aufgerissen, und sie stand direkt vor dem Mann, der sie, die Hände in die Hüften gestemmt, unfreundlich ansah.

»Ich habe Sie schon erwartet«, sagte der Mann mit einer etwas brüchigen, hellen Stimme.

Er war etwas kleiner als Peck, hatte aber einen massigen Körper und ein blasses, zerknittertes Gesicht, dominiert von einer knollenartigen Nase und einer dicken Hornbrille mit starken Gläsern, hinter denen wache Augen blinkten. Ungefähr siebzig Jahre alt, dachte Peck, als er Nunzer genauer betrachtete, der mit seinem weißen, wallenden Haar dem alten Franz Liszt ähnelte.

»Kommen Sie herein. Ich möchte Sie was fragen«, sagte er, trat einen Schritt zurück, bis sie eingetreten waren, und stemmte dann langsam die Haustüre zu, gegen die von außen der Sturm brauste.

Peck und Sophia folgten ihm ins Wohnzimmer, das von einem in der Mitte stehenden, schwarz glänzenden Bösendorfer Flügel dominiert wurde, auf dem sich Bücher und Noten in schiefen Türmen stapelten. Der Deckel über der Tastatur war aufgeklappt, und darüber stand ein eindrucksvoller siebenarmiger Kerzenleuchter. Im Wohnzimmer war es dämmrig. Kam das von dem wenigen Licht, das durch die beiden winzigen Fenster ins Zimmer drang, oder von dem kalten Zigarrenrauch, der in stinkenden Nebelschwaden im Raum hing? Sophia und

Peck saßen auf zwei wackeligen Stühlen, die direkt neben dem Flügel standen.

»Wir wollen uns also gegenseitig etwas fragen.« Peck sah Nunzer ins Gesicht, der vor Sophia stehen geblieben war.

»Warum tun Sie das? Sie streunen hier im Ort herum und stellen Ermittlungen über mich an. Was soll das?«

Die Kleidung Nunzers wirkte abgetragen, war aber einmal elegant gewesen. Ein altmodischer karierter Anzug mit seidener Weste und eine Kette, wahrscheinlich mit einer Uhr, die in seiner Westentasche steckte.

»Man erzählt, Sie seien Detektiv und untersuchen den Mord an dieser Frau da unten.«

»An dieser Frau da unten? Aber Sie kannten doch Frau Helm sehr gut. Haben Sie sie nicht Birgit genannt?«

»Sie war meine Nachbarin. Eine von mehreren.«

»Aber nicht alle Ihrer Nachbarn war so oft zu Besuch bei Ihnen.« Es entstand eine kurze Pause. Er überlegt, ob er mit der Wahrheit rausrücken soll, dachte Peck. Er blickte zu Sophia hinüber, die Nunzer mit gerunzelter Stirn betrachtete.

Nunzer holte sich eine Zigarre, schnitt sie ab und entzündete sie, umständlich paffend. Er sah auf seine Zigarre und deutete mit dem Kopf zum Flügel. »Ich habe ihr Klavierunterricht gegeben. Sie mochte Musik.«

»Wenn Sie mir Klavierstunden geben würden, wie lange dauert üblicherweise eine Unterrichtseinheit?«

»Fünfzig Minuten. Aber ich bin kein Bürokrat. Das kann durchaus mal eine volle Stunde sein oder noch länger.« Er lächelte, wobei ihm der Rauch aus Mund und Nase strömte.

»Im Dorf erzählt man, dass Frau Helm meist viel länger bei Ihnen zu Besuch war. Stundenlang, sagen manche. Und relativ oft.«

»Dummes Geschwätz von neugierigen Leuten! Darum kümmere ich mich nicht.« Dann sagte er nichts mehr. Prüfend sah er auf die Spitze seiner Zigarre. Er wirkte plötzlich verwirrt, und sein blasses Gesicht sah noch zerknitterter aus. Angst, dachte Peck. War das Angst in seinen Augen? Oder zumindest ein großes Unbehagen. »Es war am

Freitag vor einer Woche, als Frau Helm zu Ihnen kam, kaum dass die Sonne aufgegangen war. Geben Sie schon zu so früher Morgenstunde Klavierunterricht? Und sie soll zu Ihnen gelaufen und sehr aufgeregt gewesen sein.«

Pause. Peck bemerkte, dass Nunzer die Augen hinter den dicken Brillengläsern kurz schloss. Dachte er nach? »Ich erinnere mich«, sagte er dann mit leise krächzender Stimme, so als ob er mitten im Stimmbruch steckte. »Frau Helm hat mich am Vortag angerufen und bat mich um diesen frühen Termin für Ihre Klavierstunde, da ich am Abend noch zu einer Tagung nach München fahren wollte.«

»Woher wusste Birgit Helm schon am Tag vorher, dass Sie dorthin mussten?« Gute Frage, dachte Peck und sah anerkennend zu Sophia hinüber.

»Vielleicht habe ich es ihr irgendwann vorher mitgeteilt. Aber von einer Aufregung habe ich nichts gespürt. Es war eine normale Klavierstunde, und wir haben nur Fingerübungen gemacht. Da ist weder etwas Aufregendes noch Ehrenrühriges dabei.«

»Und nach den Fingerübungen ist Frau Helm wieder gegangen?«

Nunzer sah Peck etwas verwirrt an. Er nickte.

»Und wann sind Sie von hier weggefahren?«

»Um die Mittagszeit.«

»Und wann waren Sie wieder hier?«

Nunzer hob die Augenbrauen. »Sie fragen nach meinem Alibi?«

Er stand auf und holte von irgendwoher einen kleinen Taschenkalender, in dem er einige Male hin- und herblätterte.

»Der Kongress dauerte drei Tage. Meine Rückreise war am Dienstag. Ich blieb aber nicht hier, sondern fuhr am selben Tag noch nach Graz weiter. Ich vertrete dort das *Amadeum* in einer europäischen Arbeitsgruppe für alte Musik.«

Peck, der sich einige Stichworte notiert hatte, sah von seinem Notizbuch auf. »Warum sind Sie nicht gleich von München aus nach Graz weitergefahren?«

»Was soll das? Ich musste erst abends in Graz sein, hatte aber für die nächsten Tage nicht genügend Wäsche dabei. Und da die Route von München nach Graz ziemlich genau durch Kleinbergdorf führt, war ich kurz zum Wäschetanken in meinem Haus.«

»Wann genau haben Sie an diesem Dienstag Ihr Haus verlassen?«

»Am späten Vormittag angekommen, am späten Nachmittag wieder weggefahren.«

»Sind Ihnen an diesem Tag irgendwelche ungewöhnlichen Dinge aufgefallen?«

Nunzer antwortete nicht sofort. Er saß plötzlich wie geistesabweisend da, und sein Gesicht hatte noch mehr an Farbe verloren. Peck bemerkte einen kleinen Schweißtropfen auf Nunzers Stirn. Mit einer langsamen Bewegung hob er den Kopf und machte nochmals einen Blick in seinen Kalender. »Ich war nur wenige Stunden hier im Haus.«

»Und das steht in Ihrem Kalender? Herr Nunzer, sind Sie sicher, dass alles so war wie immer?«

»Was meinen Sie?« Nunzer wirkte verstört. Sein Kopf zitterte leicht. Er sprach jetzt mit leicht vibrierender Stimme. Hatte er getrunken?

»Ich meine, vielleicht haben Sie etwas beobachtet, das von Bedeutung sein könnte.«

»Im Dorf oder hier im Haus?«

»Hier im Haus.«

»Nein«, sagte Nunzer. »Da war nichts.«

»Seit wann wissen Sie, dass sich die Expertenkommission in Krems treffen würde?«

»Schon sehr früh. Das war in Fachkreisen, also bei uns im *Amadeum*, lange bekannt, bevor es in die Zeitung kam.«

»Und wann haben Sie erfahren, dass das *Requiem* gestohlen wurde?«

Unwillig schüttelte Nunzer den Kopf. »Weiß ich nicht mehr. Aus der Zeitung, oder vielleicht hat mich auch Jutta angerufen.«

»Jutta Meischner?«

Er nickte.

»Herr Nunzer, was unterrichten Sie eigentlich am *Amadeum*?«

»Ich bin Fachmann für die *Geschichte der Mozart-Handschriften*.«

*

Peck sah Nunzer aufmerksam an, dann schrieb er eifrig wieder einige Notizen in sein dünnes Buch. »Sie sind doch bereits in Pension. Warum reisen Sie im Auftrag des *Amadeum* auf Tagungen und halten immer noch Vorlesungen?«

»Lulla will es so. Er hat meine Qualitäten eben erkannt!« Ein kurzes Lächeln huschte über sein blasses Gesicht.

Peck hob seinen Kopf und sah Nunzer an. »Hat Herr Professor Ott ebenfalls Ihre Qualitäten erkannt?«

Nunzer fixierte einige Sekunden lang irgendeinen imaginären Punkt an der Wand hinter Peck, dann drehte er sein Gesicht zu ihm. »Wie war Ihre Frage?«

»Sie haben zu Lulla einen guten Draht. Wie ist Ihr persönliches Verhältnis zu Ralph Ott?«

»Ott ist einer der besten Fachleute im *Amadeum*. Und ein sehr guter Kollege. Wir schätzen uns gegenseitig.«

»Das ist bemerkenswert«, sagte Peck. Nunzer sah ihn mit starren Augen an, so als ob Peck in einer fremden Sprache geredet hätte.

»Mozart-Forschung ist immer bemerkenswert.«

Sie bedankten sich für das Gespräch, und Nunzer begleitete sie noch zum Ausgang, wo er mit steinernem Gesicht lange stehen blieb, bis er schließlich langsam die Türe schloss.

»Der Herr Professor war streckenweise mit seinen Gedanken auf einer weiten Reise.« Sophia sagte es leise mehr zu sich selbst.

»Wovor hat er Angst?«, fragte Peck, als sie mit großen Schritten den Weg nach unten gingen. Dunkle Wolken standen über den Bergen auf der anderen Seite des Tales, und der Regen wurde von Sekunde zu Sekunde stärker. Peck spürte, dass das Wasser wie ein Rinnsal den Hals entlang nach unten lief und ihm seine Haare in nassen Büscheln ins Gesicht hingen, als er sich auf den Autositz warf. Sophia hatte ein Handtuch aus ihrer Reisetasche geholt und reichte es ihm.

»Ott ist ein sehr guter Kollege, sagte Nunzer. Verstehst du das?«

»Was soll ich verstehen?«

»Warum haben zwei Menschen eine so absolut gegensätzliche Meinung voneinander? Das ist doch bemerkenswert.«

»Was meinst du?«

»Ott sagt: ›Benjamin Nunzer ist verkalkt, inkompetent und weder bei Mozart noch sonst wo als Experte einzustufen.‹ Und Nunzer bezeichnet Ott als einen der besten Fachleute im *Amadeum* und als sehr guten und hoch geschätzten Kollegen.«

Sophia dachte eine Sekunde nach. »Bei anderen würde ich sagen: Männer sind nie logisch. Bei Nunzer behaupte ich: Er lügt.«

»Er lügt«, wiederholte Peck. »Und er hat Angst.«

»Außerdem ist da noch was faul«, fügte er hinzu.

Sophia sah ihn fragend an. »Worauf willst du hinaus?« Peck sah, dass Sophia noch immer das Wasser über das Gesicht lief.

»Hätte Nunzer einen Vorteil von Birgits Tod?«

»Meine weibliche Intuition sagt mir, Nunzer und Birgit Helm hatten ein kräftiges Liebesverhältnis.«

»Meine männliche Intuition sagt mir, dass du recht haben könntest. Was ist wirklich passiert?«

»Okay«, sagte sie, »was wirklich passiert ist: Es geht meiner Meinung nach um Leidenschaft, Liebe und Eifersucht.«

»Eifersucht?«

»Ja. Nicht nur Birgits Tochter, sondern wahrscheinlich auch Nunzer haben mitbekommen, dass da ein neuer Mann aufgetaucht ist, der Birgit öfters in Kleinbergdorf besucht hat.«

»Uwe Dayer. Und Nunzer empfindet ihn als Nebenbuhler, also stellt er Birgit zur Rede. Streit, Kampf, tot. Und um von seiner Tat abzulenken, versucht er, einen Selbstmord vorzutäuschen.«

»Hat er auch Dayer umgebracht?«

»Möglich ist es«, sagte Peck und dachte an das rauchende Haus in Gneixendorf.

»Also ein Mord aus Eifersucht. Und ohne Zusammenhang mit der Mozart'schen Handschrift?«

»Und genau das glaube ich nicht«, sagte Peck.

»Warum nicht?«

»Nochmals zu deiner Frage ›Was ist wirklich passiert?‹. Spielen wir das Ganze mal durch. Birgit Helm aus Kleinbergdorf lernt einen Hotelmanager aus Krems kennen. Nennen wir das *Zufall 1*, okay?«

»Okay.«

»In Krems wird die Handschrift gestohlen und kurze Zeit darauf der Hotelmensch ermordet.«

»*Zufall 2*«, sagte Sophia.

»Frau Helm aus Kleinbergdorf unternimmt nächtliche Mammutfahrten mit ihrem Auto. Und wo war sie höchstwahrscheinlich? In Krems. *Zufall 3*.«

»Dann taucht ein obskurer Bilderfälscher mit guten Osteuropa-Kontakten auf dem Video des Kremser Hotels auf. Und wo ist dieser Künstler zu Hause? In Kleinbergdorf. *Zufall 4*.«

»Einige Tage später wird Birgit in ihrem Haus tot aufgefunden. Und mit wem hat sie gemeinsam Tastenspiele gemacht? Benjamin Nunzer.«

»Das gilt nicht als Zufall! Sie wohnen schließlich beide hier im gleichen Dorf. Und fast Tür an Tür.«

»Aber was ist Nunzers Fachgebiet?«

»Er ist Experte für Mozart-Handschriften!«

»*Zufall 5*!«

»So viele Zufälle gibt es im Leben nicht«, sagte Sophia.

»Eben. Außerdem hat Nunzer kein Alibi.«

*

Der starke Regen begleitete sie auf der Autobahn bis Salzburg, und in den aufgewirbelten Wasserwolken der Überholenden hatte Peck Gelegenheit, über die Nachteile eines untermotorisierten Autos nachzudenken.

»Wann geht unser Flugzeug?«

»Kurz nach vier. Ich hätte meinen Koffer gleich ins Auto mitnehmen sollen.«

»Ich muss noch packen«, sagte Peck. »Geht aber schnell. Kleiner Koffer, wenig Wäsche, Handgepäck.«

Sophia sah ihn mit gerunzelter Stirn an. »Quatsch! Bei mir ist es komplett anders. Ganz großer Koffer mit wenig drin und kein einziges Handgepäck.«

»Wozu dann ein großer Koffer, wenn du so wenig einzupacken

hast?«

»Weil ich in Paris Kleider kaufen will! Ist doch logisch, oder?«

Peck weigerte sich, diese Art von Logik zu verstehen.

»Kaufst du mir auch Schmuck in Paris? Der beansprucht keinen Platz im Koffer. Ich bin bereit, ihn an Hals und Handgelenken zu transportieren. Notfalls auch an den Ohren.«

An den Ohren? Peck stellte sich taub. »Ich bitte dich, nochmals deine Ansprechpartner im *Amadeum* zu kontaktieren.«

»Wozu?«

»Ich möchte ein gestochen scharfes Foto haben, auf dem die gesamte Fakultät des *Amadeum* zu sehen ist, alle schön nebeneinander. Gruppenbild mit Lulla, deinem Schönling Ralph Ott und Benjamin Nunzer.«

*

Peck hatte vor dem Abflug nochmals versucht, Jean-Jacques Marais zu erreichen, den er morgen in Paris treffen würde, doch er kam nur bis zur Mailbox.

Bei Pecks ehemaligen Arbeitskollegen Harry meldete sich eine weibliche Stimme mit dem Namen Olga. Zuerst versuchte Peck sich auf Französisch.

Als Antwort kam: »Nie nie, Monsieur!«

Dann auf Deutsch: »Ich möchte Monsieur Harry Munk sprechen!«

»Nie nie, Monsieur! Jak masz na imie?«

Was jetzt? »I would like to talk to Monsieur Munk. Bin ich da richtig bei Ihnen?«

»Munk? Nie, nie. Mam na imie Munk …«

Peck unterbrach sie. »Hören Sie, ich Paul Peck. Sie Olga. Okay? Ich reden, Sie hören. Okay?«

»Okay«, sagte die Stimme, die zwischenzeitlich schon weinerlich klang.

»Also nochmals. Ich Paul Peck. Wie heißen Sie?«

Einige Sekunden Stille. »Ich?« Die Stimme war jetzt sehr leise geworden. »Ich Paul Peck«, sagte sie dann.

Dann hörte Peck im Hintergrund eine männliche Stimme, und Harry kam lachend ans Telefon.

»Wir haben seit Kurzem ein polnisches Au-pair-Mädchen. Manchmal nicht ganz einfach. Paul, wie gewünscht, habe ich einen Platz in deinem Lieblingslokal reserviert. Neun Uhr, im *Salon Rouge*.«

Peck freute sich auf das gemeinsame Abendessen im *Restaurant À la Pomponette*, wo schon Picasso zu Gast war, der einige hundert Meter weiter in der Rue Lepic gewohnt hatte.

»Woher kennst du eigentlich Harry Munk?« Sophia drehte den Kopf zur Seite und beobachtete durch das Fenster die geschlossene weiße Wolkendecke.

»Er ist studierter Kaufmann und hat früher in unserer Firma das Rechnungswesen geleitet. Dann haben wir hier eine französische Niederlassung gegründet, und er ging als Geschäftsführer nach Paris, obwohl er kein Wort Französisch sprach. Also lernte er mühsam in Kursen und Privatunterricht zuerst die Sprache, bevor er mit seiner Frau nach Paris umzog.«

»Arbeitet er noch?«

»Nein. Er verließ kurze Zeit nach mir die Firma und wechselte zu einem der größten Verlage in Paris. *Sallimard* ist spezialisiert auf Reiseführer und geschichtliche Fachbücher. Außerdem gibt der Verlag eine Tageszeitung heraus. *Le Journal Franc*. Irgendwo zwischen Regenbogenpresse und *Political Correctness*. Harry wurde dort kaufmännischer Leiter, dann Mitglied der Geschäftsleitung und verdiente plötzlich das Doppelte als bei uns.«

In Paris war es deutlich wärmer, obwohl der Himmel genauso grau und unfreundlich aussah wie in Salzburg. Sie nahmen den Orly-Bus, der sie in einer halben Stunde zur Place Denfert Rocherau brachte, durchquerten zu Fuß den Friedhof *Montparnasse*, von wo sie eine direkte Métroverbindung zur Place des Abbesses hatten. Der mächtige ratternde Lift führte sie von ganz tief unter der *Butte Montmartre* an die Oberfläche, wo sie unter dem gläsernen Jugendstil-Dach den Platz betraten. Peck stellte seinen Koffer ab und sah sich um. Wie in dem kleinen Zentrum eines Dorfes fand rund um den Platz das Leben statt, geruhsam und etwas langsamer, als man es in einer Weltmetropole vermuten könnte. Kinder spielten, Frauen standen mit Kinderwägen daneben oder gingen mit ihren Einkaufstaschen in das Obst- und Gemüsegeschäft gegenüber. Männer saßen rauchend auf einer der Bänke im Schatten der alten Platanen oder kamen leicht schwankend aus dem *Le Sancerre* an der Ecke.

Sophia lächelte ihn an.

»Das ist der Dorfplatz«, sagte Peck. »Von hier aus muss man Paris erkunden. Ich war schon oft auf diesem Platz und auch in dem Hotel dort drüben.«

»Während das Ganze für dich offenbar eine persönliche Wallfahrt ist statt eine ernsthafte Recherche, bin ich gezwungen, mir mühsam den Kopf zu zerbrechen, in welchem Stadtviertel von Paris ich meine Shoppingtour starte.«

Sie gingen quer über den Platz und betraten nach wenigen Metern das winzige Foyer des *Hôtel Regyns*.

Nach dem Einchecken duschten sie und hatten vor dem Treffen zum Abendessen noch Zeit für einen Rundgang. Sie schlenderten vom Hotel nach links, wo der Weg in eine kleine Passage mündete, die sich überraschenderweise in einer krumm gelaufenen Steinstiege fortsetzte, die sie in gemächlichen Serpentinen nach oben führte. Von der höchsten Erhebung in Paris gingen sie ein Stück nördlich, bis sie zu einem kleinen Weingarten kamen, der sich an der Rue des Saules entlangzog.

»Ich habe hier mal an einem Winzerfest teilgenommen, das jedes Jahr gefeiert wird und bei dem man den Wein trinkt, der hier im Weinberg geerntet wird.«

»Und?«

»Der Wein war sauer wie Essig.«

Sie standen einige Minuten still nebeneinander an der brüchigen Mauer und sahen hinunter auf die vor ihnen ausgebreitete Stadt, in der bereits die ersten Lichter angegangen waren. Peck legte den Arm um Sophia und zog sie an sich. Zuerst spürte er eine leichte Zurückhaltung. Sophia hatte ihren Blick starr auf das aus tausend Lichtern blinkende Paris gerichtet. Peck sah zu ihr und bemerkte, wie ihr eine Träne über die Wange rann. »Was ist?«, fragte er verwirrt.

»Tut mir leid«, flüsterte sie. »Es ist fast kitschig, was hier vor uns liegt, wie eine billige Postkarte. Aber hier mit dir zu stehen, bedeutet mir sehr viel.« Sie legte eine Hand an sein Gesicht und hob den Kopf. »Ich liebe dich.«

Peck zog sie an sich und vergrub seinen Kopf in ihrem Haar.

»Komm«, sagte sie leise, »gehen wir zurück.«

»Schade, dass wir beruflich in Paris sind«, sagte Peck.

»Ich nicht!« Sophias Protest kam schlagartig. »Ich muss meinen Koffer für den Rückflug füllen. Also werde ich morgen intensiv einkaufen.« Sie lächelte ihm zu, drückte seine Hand, und dann gingen sie in einem weiten Bogen zurück zur Rue Lepic, an deren Ende das Restaurant lag.

Harry Munk wartete bereits vor dem Lokal auf sie. Es musste mindestens zwei Jahre her sein, seit sie sich zuletzt gesehen hatten.

Harry stand neben einer an die Hausmauer gelehnten flachen Holzkiste, in der sich eisgekühlt die Austern stapelten. Stetig tropfte Wasser aus der Kiste und rann die Rue Lepic hinunter. Peck sah einen älteren Mann, der mit einem messerartigen Gerät sachkundig eine Auster nach der anderen öffnete und sie auf einem Teller ins Lokal trug.

»Ihr habt Glück«, sagte Harry und begrüßte Sophia mit einem Kuss auf die Wange. »September beginnt die Austern-Hauptsaison.«

Er ist alt geworden, dachte Peck, als sie sich kräftig die Hand schüttelten. Harry hatte schütteres Haar und war kräftig gebaut. Peck erinnerte sich, dass Harry in seiner Jugendzeit geboxt hatte. Immer noch ein muskulöser Körper, nur etwas zu viel Fett angesetzt.

»Meine Frau lässt sich entschuldigen, sie wird möglicherweise etwas später kommen. Ich werde nämlich Doppel-Opa. Unsere Älteste steht kurz vor der Entbindung, und ihr Mann ist auf Dienstreise in Moskau. Also ist meine Frau Vera auf Beobachtungsposten.«

»Wann soll es so weit sein?«, fragte Sophia.

Harry hob die Schultern. »Soweit ich weiß, ist der Termin bereits einige Tage überschritten. Meine Tochter wohnt in der Rue Fauvet.

Nicht weit von hier. Ah, da kommt sie ja!«

Eiligen Schrittes näherte sich eine pummelige Frau, die lachend beide Arme in die Luft warf. »Tut mir leid!«

»Ist es so weit?«, fragte Sophia, nachdem sich alle begrüßt hatten.

»Der Enkel kommt und kommt nicht!«

»Bleiben wir hier draußen, oder gehen wir rein?«, fragte Harry.

Peck sah auf die Austern. »Ich gehe keinen Meter weg hier.«

»Komm«, sagte Harry, »da drinnen gibt's die sogar zum Essen.«

Nach dem Aperitif musste Peck ausführlich erzählen, was ihn nach Paris geführt hatte.

»Monsieur le Détective«, sagte Harry schmunzelnd. In dem Gespräch stellte sich heraus, dass Vera Munk eine geborene Kowalski war und einer alten Berliner Familie entstammte.

»Zuerst hat er mich von Berlin nach München und dann weiter nach Paris entführt.«

Harrys Frau ist keine Schönheit, dachte Peck. Er sah auf ihr breites, flächiges Gesicht mit einer runden Nase und Grübchen in den Wangen. Sie hatte dunkle Ringe unter den Augen. Zu viel auf die schwangere Tochter aufgepasst und zu wenig geschlafen.

»Eine Deutsche und ein Österreicher leben zusammen in Frankreich. Geht so was überhaupt?«, fragte Sophia.

»Das geht«, sagte Vera Munk, »wenn man genügend Toleranz aufbringt. Die Vorurteile der Franzosen Deutschen gegenüber sind allgegenwärtig, und sie lassen uns diese bei vielen Gelegenheiten spüren.« Sie legte ihr Mobiltelefon neben sich auf die Bank. »Sorry wegen des Handys«, sagte sie, »aber meine Tochter ist alleine und ruft mich beim ersten Anzeichen von Wehen an. Und dann muss ich sofort los.«

»Wer ist dieser Marais, den du morgen triffst?«, fragte Munk.

»Er ist einer der sogenannten Mozart-Experten, die sich in Krems getroffen haben, um die Handschrift zu prüfen.«

»Wo arbeitet der Mann?«

Peck zog eine Visitenkarte aus einer Innentasche.

Professeur Jean-Jacques Marais, MBA.
Vizedirektor des Instituts für
Musikwissenschaften der Universität

Paris-Sorbonne,
Faculté Musique et Musicologie.

»Wo triffst du ihn?«

»Marais erzählte mir was von einer Woche Urlaub, die bei ihm morgen zu Ende geht. Also schlug er vor, das Gespräch nicht in der Uni, sondern bei ihm zu Hause zu führen.« Peck holte noch einen Zettel aus einer seiner Jackentaschen. »Rue Léon Delangrange Nummer 128.«

»Wo ist das?«

»Métrostation *Porte de Versailles*. Das ist in der Nähe des Ausstellungsgeländes am Autobahnring. Fast Endstation. Keine tolle Wohngegend. *JWD* würde meine Frau als ehemalige Berlinerin sagen.«

Peck hob die Augenbrauen, sah Sophia fragend an, die begonnen hatte, ihn anzugrinsen.

»In welchem Bezirk wohnt ihr eigentlich?«, fragte Peck.

»13. Arrondissement. Rue Broda Nummer 13. *Broda* wie ein früherer österreichischer Minister.«

In diesem Moment meldete sich Vera Munks Handy.

»Die Wehen«, rief sie, wurde blass und sprang auf. »Schon in ganz kurzen Abständen.« Ohne sich zu verabschieden, lief sie mit wehenden Haaren und immer noch mit dem Handy am Ohr aus dem Lokal. Auch Harry war von seinem Platz aufgesprungen und machte aufgeregte Anstalten, seiner Frau nachzulaufen. Sophia erwischte ihn gerade noch am Ärmel. »Bleiben Sie bei uns. Sie können nichts tun als warten.« Harry sah sie einige Sekunden ungläubig an, dann setzte er sich wieder langsam nieder.

»Glauben Sie mir, Sie würden jetzt nur stören«, sagte Sophia mit einem Seitenblick auf Peck. »Ich weiß das. Männer sind keine Helden, erst recht nicht bei Geburten.«

Munk wischte sich den Schweiß von der Stirn, winkte dem Kellner und bestellte einen Calvados. »Oder besser zwei«, sagte er und sah auf Peck. »Oder besser drei«, sagte Sophia.

Eine Minute später war etwas Ruhe eingekehrt.

»Ich empfehle dir dringend einen weißen *Mersault* zu den Austern«, sagte Munk.

Nachdem sie ihr Essen bestellt hatten, begann Munk, unruhig auf seinem Sessel herumzurutschen.

»Was ist los? Hast du Opa-Sorgen?«

»Ich muss etwas beichten.« Harry Munk beugte seinen Oberkörper etwas vor und sah auf die Uhr. »In ungefähr eineinhalb Stunden bekommen wir Besuch hier im Lokal. Es ist etwas Eigenartiges passiert«, sagte Munk. »Ich bin jetzt ein Jahr in Pension, und gestern hat mich Jules Sallimard, mein ehemaliger Verlagschef angerufen. Aus heiterem Himmel. Seit ich aus der Firma weg bin, habe ich nicht mehr mit ihm gesprochen. Er war über den Raub der Mozart-Handschrift genauestens informiert, was mich nicht wunderte, da dieser Raub auch in Paris Aufsehen erregt hat. Aber jetzt kommt's. Bei Sallimard hat sich vor zwei Tagen telefonisch ein Journalist namens Maurice Loutil gemeldet, der deinen Namen kannte und auch darüber informiert war, dass du dich in Paris mit Marais treffen würdest.«

»Maurice Loutil.« Peck wiederholte leise den Namen. Er kam ihm bekannt vor. Woher? Irgendjemand hatte diesen Namen erwähnt. Nicht lange her.

»Ein Journalist«, sagte Munk. »Und angeblich ein stadtbekannter noch dazu. Sallimard ist schließlich Herausgeber einer halb seriösen Tageszeitung und kennt die Gilde der wichtigsten Journalisten in Paris.«

»Woher weiß dieser Journalist, dass ich nach Paris komme?«

Peck sagte es mehr zu sich selbst. Wer war überhaupt über seinen Ausflug nach Paris informiert? Im Geiste ging Peck die Namen durch. Morris Cooper, Bartlett, wahrscheinlich hat Doktor Moniuszko die Information an Alica weitergegeben. Jutta Meischner weiß Bescheid und schließlich noch Stamford in London. Hatte Funke etwas ausgeplaudert? Oder der dicke Wamper? Harry Munk war informiert, dachte er, plus Gattin Vera. Und plötzlich erinnerte er sich an sein Gespräch mit Morris Cooper in London. Er hatte von einem Journalisten namens Maurice Loutil gesprochen. *Und dieser Loutil hat wahrscheinlich meinem Kollegen Jean-Jacques Marais erzählt, wann und sogar wo Sie sich mit ihm in Paris treffen. Ganz einfach. Die Musikwelt ist klein.*

Peck ertappte Harry Munk dabei, wie dieser wieder auf sein Handy schaute. Wartete er auf eine Nachricht von seiner Frau über den neuen Enkel?

»Sallimard hat dringend empfohlen, dass du Loutil für ein kurzes Gespräch zur Verfügung stehst.«

»Wozu soll das gut sein? Hat das dein Exchef auch dazu gesagt?« Peck hatte es wohl etwas zu laut gesagt, und die Leute vom Nebentisch sahen zu ihnen herüber.

»Bist du sauer?«, fragte Harry. »Ich habe mit mir gerungen und mache mir jetzt Vorwürfe, dass ich Sallimard gegenüber zugesagt habe.«

»Aber wozu soll das gut sein? Tut er uns einen Gefallen oder wir ihm?«

»Laut Sallimard ist Maurice Loutil ein absoluter Insider bei Kunstdiebstählen. Er soll gute Beziehungen zur Polizei haben.«

»Gute Beziehungen zur Polizei habe ich selber«, sagte Peck.

»Als Loutil mich gestern anrief …«

Peck sah Harry erstaunt an. »Er hat dich angerufen?«

»Ja. Gestern. Er hätte das prinzipielle Okay von meinem Chef übermittelt bekommen, bedankte sich dafür und wollte wissen, wann er hierherkommen könne.«

»Und?«

»Ich habe ihm gesagt, erst nach dem Essen. Und nur eine halbe Stunde. Auf eine Tasse Kaffee.«

Peck schüttelte den Kopf. In diesem Moment kamen die Austern, also konnte Peck sich an dem weiteren Gespräch nicht mehr beteiligen. Er bestellte noch eine Flasche *Mersault*, und sie genossen das Essen und redeten von alten Zeiten. Nur Harry wirkte nervös, sah jeden Augenblick auf die Uhr, dann auf sein Handy.

Peck hätte hinterher nicht sagen können, warum ihm Maurice Loutil von Anfang an unsympathisch war, als dieser kurz vor elf das Restaurant betrat, sich umsah und dann zielstrebig ihren Tisch ansteuerte. Er war ein feister und behäbiger Fünfziger mit sonnengebräuntem, schlecht rasiertem Gesicht. Sein öliges dunkles Haar wuchs ihm bis weit in die Stirn und war vom tiefen Haaransatz an so fest zurückgekämmt worden, dass man noch die Spuren der einzelnen Zähne des Kammes erkennen konnte. Der Mann hatte struppige, fast zusammengewachsene Augenbrauen, was ihm mit dem fliehenden Kinn das Aussehen eines frühzeitig gealterten Schimpansen gab. Selbst überdurchschnittlich tolerante Franzosen hätten seine Kleidung für ein Restaurant wie dieses als nicht passend bezeichnet. Seine graubraune Cordhose war verbeult mit glänzenden Stellen an den Knien. Er trug ein hellblaues, kurzärmeliges T-Shirt mit dunklen, schweißnassen Flecken unter den Armen.

Der Kellner sah stirnrunzelnd dem Mann entgegen und verfolgte ihn mit seinem Blick bis zu dem Tisch, an dem Munk mit seinen Deutsch sprechenden Gästen saß.

Mit den Worten »Ich bin Maurice Loutil, guten Abend!« nahm sich der Mann, ohne zu fragen, einen der freien Stühle vom Nebentisch und setzte sich mit einem angedeuteten Kopfnicken neben Sophia.

Es war plötzlich still geworden am Tisch.

»Erzählen Sie uns, welche Informationen Sie für unseren Gast aus Salzburg haben«, sagte Munk.

Der Gesichtsausdruck des herbeigeeilten Kellners zeigte deutlich, dass er den neu hinzugekommenen Gast am liebsten hinauswerfen würde. Maurice Loutil lächelte selbstbewusst Sophia zu und bestellte einen Cognac. Peck roch Loutils Schweiß und sah, dass Sophia etwas von ihrem neuen Sitznachbarn wegrückte.

»Sallimard ist der Grund, dass ich hier bin.« Loutil hatte eine laute, schnarrende Stimme. »Ist ja ein interessanter Fall, das mit dem Mozart, sagte Sallimard zu mir, also triff dich mal mit dem Salzburger Gesandten. Schön, dass Sie alle Zeit für mich haben.«

Loutil nahm einen großen Schluck aus seinem Cognacglas.

»Von der versprochenen halben Stunde sind schon fünf Minuten vergangen«, sagte Sophia.

Loutil lachte. »Also, ich möchte Ihnen eine Geschichte erzählen.« Loutil grinste Sophia an und leerte langsam sein Glas.

»Können wir den Gang der Geschichte etwas beschleunigen?« Peck begann, sich zu ärgern.

»In Nantes, einer reizenden bretonischen Hafenstadt in Westfrankreich, gibt es eine berühmte Mediathek. Und es war vor ungefähr einem halben Jahr, als irgendwelche selbst ernannten Wissenschaftler, ausgerechnet aus Österreich, in Nantes vor einem Jahr bislang unbekannte Skizzen Mozarts gefunden haben. Ein Zufall natürlich, trotzdem aber eine ungeheure Sensation. Leider haben die sogenannten Historiker aus Ihrem Land nicht das getan, was nach dem Fund ihre Pflicht gewesen wäre. Sie haben die Leitung der Kunstsammlung und die Behörden nicht – oder sagen wir – nicht umfassend informiert.«

Harry nickte unwirsch, um anzuzeigen, dass Loutil schneller zum Punkt kommen solle.

»Jedenfalls hat die Leitung des Museums erst von dem überwältigenden Fund erfahren, als Ihre Kollegen bereits abgereist waren.«

Ob Jutta diese Geschichte bestätigen würde? Peck beschloss, mit Lulla oder Ott vom *Amadeum* darüber zu sprechen.

»Warum erzählen Sie uns das?«, fragte Harry.

»Weil ich morgen einen Termin mit der Kriminalpolizei und Sie einen mit Jean-Jacques Marais haben.«

»Und?«

»Wir haben zwar diese Mozart-Skizzen in der Zwischenzeit in Frankfurt sichergestellt, es gibt aber in Paris eine Reihe von Fachleuten, die über Beweise verfügen, dass vor einem halben Jahr in Nantes nicht nur diese wenigen Blätter aus Mozarts Hand entdeckt wurden, sondern die Handschrift des gesamten Mozart'schen *Requiems*. Und es soll sogar ein Mozart-Kenner aus Salzburg mit in Nantes gewesen sein.«

*

»Absurd!« Harry rief es laut über den Tisch, und wieder gehörte ihnen die Aufmerksamkeit des gesamten Raumes.

»Überhaupt nicht absurd. Bei den von Ihren Leuten gefundenen Skizzen handelt es sich zweifelsfrei um Teile einer Messe, die Mozart offenbar schon 1789 geschrieben hat.«

»Aber kein *Requiem*!«

»Eindeutig Skizzen für ein Kyrie und ein Credo. Und ich kann beweisen, dass sich in dem gleichen Container auch das Manuskript des

Requiems befunden haben muss. Nur dass unsere verehrten deutschsprachigen Freunde diesen Fund verheimlicht und die Handschrift gestohlen haben.«

»Absurd«, wiederholte Peck.

Loutil sah Peck lächelnd an. »Sagen Sie das als pensionierter Manager oder als Mozart-Kenner, der Sie nicht sind.«

Peck dachte an den Abend mit Alica, als sie ihm den langen Weg der Handschrift von Salzburg bis Polen beschrieben hatte. Es hatte alles sehr überzeugend geklungen. War Alicas Variante der Geschichte falsch?

»Warum sind Sie nach Paris gekommen?«, fragte Loutil.

Sein Gesicht war rot angelaufen.

»Das ist nicht die Frage«, sagte Peck leise. »Die Frage ist, von wem Sie die Information haben, dass ich nach Paris komme.«

»Das pfeifen die Spatzen von den Pariser Dächern.«

»Und woher wissen die Spatzen, wann und in welchem Gebäude ich morgen Marais treffe?«

Loutil stutzte einen Moment.

»Wie gut kennen Sie Mr. Leonard Bartlett in London?«, fragte Peck.

Loutils Gesichtsröte wurde zunehmend intensiver. Er sah jetzt aus, als ob er seine enorme Energie kaum im Zaum halten konnte. Wie von seinem Ärger aufgepumpt, rutschte er ungeduldig auf seinem Sessel herum, begleitet von kreisenden Bewegungen seines korpulenten Oberkörpers.

»Ach so«, stöhnte er. »Daher weht der Wind, aus Britanniens fernen Gestaden. Ich rede als Journalist mit vielen Leuten, und mir sind ehrliche und zuverlässige Engländer lieber als Deutsch sprechende Schnüffler.«

»In wessen Auftrag arbeiten Sie?«, fragte Munk.

»Ich bin Journalist. Ich gebe mir meine Aufträge selbst.«

Er beugte seinen massigen Schädel nach vorne und begann, Pecks Gesicht zu fixieren. »Wir verdächtigen nicht nur Ihre sogenannten Mozart-Fachleute des Diebstahls, es gibt hier in Paris eine Gruppe ernst zu nehmender Menschen, die Sie, Monsieur Peck, beschuldigen, persönlich in einen der Morde verwickelt zu sein, die in Österreich verübt worden sind.«

Munk winkte dem Kellner. »Dieser Herr möchte zahlen und auf der Stelle das Lokal verlassen.«

Loutil war aufgestanden. Er deutete mit seinem wurstförmigen Zeigefinger zuerst auf Sophia, dann auf Peck. »Es gibt keine Zeugen dafür, was wirklich geschehen ist, als Sie angeblich Marcel Bagnons Leiche gefunden haben. Er war Franzose, vergessen Sie das nicht. Und wir glauben, dass Sie die Finger mit im Spiel haben.«

»Hauen Sie ab«, sagte Munk laut und erhob sich ebenfalls. Der Kellner sah zu ihnen herüber und machte ein ärgerliches Gesicht. Das gilt nicht diesem unverschämten Franzosen, dachte Peck, der gibt uns die Schuld an diesem Zwischenfall, und nur weil wir Deutsch sprechende Ausländer sind.

»Geben Sie gut acht hier in unserer Stadt«, sagte Loutil leise zu Peck. »Sie haben Feinde hier. Ganz Paris wird sich gegen Sie wenden!« Loutil legte einen Zehn-Euro-Schein auf den Tisch und wogte aus dem Raum.

»War das wirklich notwendig?« Peck lehnte sich zurück und schloss die Augen. Plötzlich überfiel ihn eine tödliche Müdigkeit. Er spürte, wie Sophia ihre Hand auf seine legte.

»Ich werde morgen Sallimard anrufen und mich über Loutil erkundigen«, sagte Harry. »Das hat noch ein Nachspiel!«

Peck bestellte einen doppelten Calvados und ohne dass er wollte, machten sich seine Gedanken selbständig und wanderten von einer Person zur anderen, von Christine Bagnon, ihrem Sohn Jochen zu Uwe Dayer, Benjamin Nunzer, Alica und den Mozart-Fachleuten am *Amadeum*. Und warum fiel ihm dann noch Juttas Mann ein? Daniel Meischner, Kunsthändler in Frankfurt am Main. Hier endete die Kette, und seine Überlegungen zerstreuten sich ins Nichts. Er hatte den Eindruck, immer noch den Schweiß des dicken Loutil zu riechen.

Harry hat ein schlechtes Gewissen, dachte Peck und akzeptierte schließlich nach kurzem Sträuben, dass dieser die Rechnung bezahlte.

Als sie sich vor dem Lokal verabschiedeten, fragte Harry ihn nochmals nach der Straße, in der er morgen Marais treffen würde.

»Rue Léon Delangrange an der *Porte de Versailles*.«

»Wie ich schon sagte: Keine sehr gute Wohngegend. Und etwas einsam. Pass auf dich auf, wenn du dahin fährst.«

Geben Sie gut acht hier in unserer Stadt.

Montag, 26. September

»Heute kaufe ich mir Monsieur Marais«, sagte Peck leise zu Sophia, so als könnte jemand unerlaubt mithören.

Sie standen vor dem kleinen Eingangsportal zum *Hôtel Regyns* und sahen auf die Place des Abbesses, der bereits dabei war, sich auf seine Aufgaben als Dorfplatz in diesem südwestlichen Teil des Montmartre vorzubereiten.

»Du wolltest Marais nochmals anrufen«, sagte sie.

»Ich habe es vorhin schon zum dritten Mal versucht. Da ist nur die Mailbox.«

»Vielleicht hat er den Termin verschwitzt.«

»Dann bringe ich ihn um.«

Sie lächelte schwach. »Wenn das Maurice Loutil hört.«

»Treffen wir uns um zwölf zum Mittagessen? Vielleicht in der *Brasserie Lipp*?«

Sophia schüttelte den Kopf. »Geht nicht. Wenn ich meine heutigen strategischen Ziele umgesetzt habe, bedeutet dieses drei vollgefüllte Einkaufstaschen aus der Region Champs Elysées und mindestens drei Pakete aus der Rue de Rivoli. Und die möchte ich im Hotel deponieren, bevor wir uns treffen. Dann bin ich auch frei für neue Einkäufe. Hinterher kannst du mich zum Essen einladen, da ich dann sowieso kein Geld mehr habe. Außer du borgst mir deine Kreditkarte.«

Sie fuhren mit dem Lift hinunter zur Métrostation, in der nach einigen Minuten ein plötzlicher Druckluftschwall den einfahrenden Zug ankündigte. Peck sah das halbrunde Profil des Tunnels, das nur wenig größer als die Waggons war. Sein technisches Interesse war erwacht. Ob man statt mit Elektromotoren die Métro auch mit Druckluft betreiben könnte? So wie eine Rohrpost?

»Ich steige an der Station *Concorde* aus, dann liegen mir die beiden Jagdreviere Rue de Rivoli und Champs Elysées zu Füßen.«

»Gehen wir heute Abend ins *Lido*?«

Sie hob die Augenbrauen. »Warum gerade dorthin?«

»Dort findet man die bestausgezogensten Frauen der Welt.«

»Soll ich dich aus der fahrenden Métro stoßen?«

»Du musst hier raus«, sagte Peck und schob Sophia Richtung Ausgang.

*

Peck wusste, dass das 15. Arrondissement der flächenmäßig größte Bezirk von Paris war, ohne besondere Sehenswürdigkeiten, wenn man von den riesigen Betonklötzen absah, die zum Ausstellungsgelände direkt am Autobahnring gehörten. Von der Ferne konnte Peck gerade noch die Spitze des Eiffelturms sehen und den oberen Teil des *Tour Montparnasse*. Er marschierte die Straße entlang, die genauso nichtssagend war wie alles hier. Keine Passanten auf dem Gehsteig, keine Kinder in den Gärten und auf der Straße. Die schmale Rue Léon Delangrange, in der Marais wohnte, machte einen verschlossenen Eindruck, so als ob alles Leben hinter Mauern, Türen und wachsamen *Concierges* verborgen blieb. An der Ecke war die Werkstatt eines Renault-Händlers. Einige Dutzende Gebrauchtwagen standen dicht gedrängt auf einem asphaltierten Platz, und auf einem schräg nach oben gebauten Podest thronte das *Angebots des Monats*.

In diesem Moment klingelte sein Mobiltelefon. Harry.

»Ich stehe vor einem Rätsel. Ich habe versucht, meinen Exchef anzurufen. Sallimard ist seit einer Woche mit seiner Frau irgendwo im brasilianischen Amazonasgebiet auf Abenteuerurlaub. Ich habe mit seinem Sohn telefoniert, der auch im Verlag arbeitet und es für ausgeschlossen hält, dass es sein Vater war, der mich angerufen hat. Und er schwört, dass es in ganz Frankreich keinen Journalisten mit dem Namen Maurice Loutil gibt.«

*

Peck folgte der Straße, die den Eindruck machte, nach hinten immer schmäler zu werden. Keine Geschäftslokale, kein Leben, nur winzige Einfamilienhäuser in winzigen Gärten. Die Häuser machten alle einen sauberen, hygienischen, aber menschenleeren Eindruck. Peck erinnerte sich an Harrys Worte. *Keine gute Wohngegend, pass auf dich auf!* Aber was sollte hier schon passieren, bei Tageslicht und mitten im 15. Arrondissement? Er dachte an den angeblichen Journalisten gestern Abend im Restaurant. Wer war Loutil wirklich? Und was wollte er? *Es gibt hier in Paris eine Gruppe ernst zu nehmender Menschen, die Sie, Monsieur Peck, beschuldigen, in einen der Morde verwickelt zu sein ...* Was war an Loutils Geschichte dran, die er über das Verschwinden des *Requiems* erzählte? Je mehr Spuren ich verfolge und je weiter ich voranzukommen glaube, desto tiefer versinke ich im Meer der Unwissenheit.

Peck fühlte sich nicht wohl in seiner Haut. *Geben Sie gut acht in dieser Stadt. Ganz Paris wird sich gegen Sie wenden!* Nicht beeindrucken lassen, sagte er sich und marschierte weiter den schmalen Gehsteig entlang. Würde ihn das Gespräch mit Marais endlich auf eine konkrete Spur zu der Mozart-Handschrift führen? Warum war Marais über Nacht aus dem Hotel in Krems verschwunden, ohne irgendjemandem Bescheid zu geben? Und worum ging es in dem lautstarken Streit mit Silke Bräuner? Marais würde es ihm sagen.

Das Haus, das er suchte, war das letzte Reihenhaus auf der rechten Straßenseite, ein niedriger, gelb gestrichener Bau mit kleinen Fenstern und oben zwei riesigen Dachgauben, die weit aus dem roten Ziegeldach nach vorne ragten, dass es aussah, als ob Gefahr bestünde, dass das ganze Haus auf die Straße kippen könnte. Peck erinnerte sich an Gerlinde, seine Exfrau, die sich vehement dagegen gewehrt hatte, in ein Reihenhaus einzuziehen. »Ich will auf meinem eigenen Grund und Boden rund um mein eigenes Haus gehen können«, hatte sie immer gesagt. Peck bezweifelte, ob sie es je getan hatte.

Auf der gegenüberliegenden Straßenseite fiel ihm ein hellblaues Haus auf, in dessen Vorgarten eine ältere Frau stand, Hände und Kinn auf einen Laubrechen gestützt, und Peck feindselig beobachtete. Sie mochte wohl nicht, wenn hier Fremde auftauchten. Er nickte ihr zu, was zur Folge hatte, dass sie aus ihrer Ruhestellung heraus begann, hektisch das herumliegende Laub zusammenzurechen, während sie aus den Augenwinkeln immer wieder zu Peck herübersah. Er ging an dem blauen Haus vorbei, wechselte die Straßenseite und betrat das Grundstück auf einem schmalen steingefliesten Weg, der direkt zur

Haustüre führte. Er läutete zweimal, doch niemand antwortete. Dann klopfte er laut an die Haustüre. Keine Reaktion. Als er sich anschickte, um das Haus herumzugehen, sah er, dass die alte Frau gegenüber am Zaun stand und ihn beobachtete. Peck umrundete Marais' Haus und stand vor einer Holzveranda und einer breiten, zweiflügeligen Glastüre. Er drückte seine Nase an das Glas und konnte verschwommenen eine Bücherwand, ein braunes Sofa und gegenüber einen riesigen Fernseher erkennen. Mit beiden Händen rüttelte er an der Türe, blieb dann auf der Veranda stehen und besah sich den kleinen Garten. Einige vertrocknete Sträucher, daneben ein Teich ohne Wasser und ein Obstbaum ohne Obst. Nach einigen Metern entdeckte er eine moosbewachsene Steintreppe, die an der Hausmauer entlang hinunter zu einer eisernen Türe führte. Als er die Klinke drückte, öffnete die Türe sich quietschend, und er fand sich in einem fensterlosen Kellerraum mit grün lackiertem Beton-Estrich. In der Ecke stand eine Waschmaschine, und daneben brummte ein schmaler Gefrierschrank, dessen rote Warnlampe bedrohlich blinkte. Ein eigenartiger, unangenehmer Geruch hing in der Luft. Peck öffnete die Türe und stand in einem kleinen Vorraum, von dem aus eine geflieste Treppe nach oben ging.

»Monsieur Marais«, rief er laut und hörte das Echo in dem schmalen Stiegenhaus. Je weiter er nach oben kam, desto unangenehmer und intensiver wurde der Gestank. Die Anspannung verlieh Peck ein geschärftes Gefühl für eine mögliche Gefahr, während er langsam die Stufen hinaufstieg.

Oben tickte irgendwo eine Uhr. *Geben Sie gut acht hier in dieser Stadt. Ganz Paris wird sich gegen Sie wenden …*

Er befand sich in einem schmalen, dunklen Vorhaus, von dem drei Türen weggingen. Nochmals rief er nach Marais. Der Gestank war jetzt beinahe unerträglich. Schritt für Schritt schlich er über den knarrenden Parkettboden, dann öffnete er mit dem Ellbogen vorsichtig die Türe, hinter der er das Wohnzimmer vermutete, das er bereits von der Veranda aus gesehen hatte. Er hatte sich geirrt. Es war nicht das Wohnzimmer, sondern ein kleinerer Raum, den Marais wohl als Arbeitszimmer nutzte. Er trat in den dunklen Raum, in dem die Vorhänge zugezogen waren. Der Gestank traf ihn wie ein

Keulenschlag. Sein Magen rebellierte, und seine Augen begannen zu tränen. Übelkeit stieg in ihm auf. Er drückte sein Taschentuch gegen die Nase, ging zum Fenster und öffnete etwas die Vorhänge. Er hörte das laute Ticken der Uhr. Trotzdem es im Raum eigenartig kühl war, brach ihm der Schweiß aus, und wie auf einer lauten Trommel begann es, in seinen Schläfen zu klopfen. Er suchte den Lichtschalter. Und dann fiel sein Blick auf die an der Wand stehende rotschwarze Couch, auf der eine zusammengesunkene Gestalt lag, die Arme unnatürlich zur Seite gestreckt. Wie ein Gekreuzigter auf dem Sofa. Peck drückte das Taschentuch so fest gegen seine Nase, dass sie schmerzte. Eine menschliche Gestalt. Das Hemd war vorne geöffnet, und Peck sah den aufgeblähten Bauch und die grünliche Haut, wie mit Moos bewachsen. Die Augen waren eingesunken, und aus den fast leeren Augenhöhlen kletterten irgendwelche kleinen Tiere. Die Maden hatten bereits Besitz von der Leiche ergriffen. Fliegen summten um das Gesicht und setzten sich auf die Haut, die verfault aussah, übersät mit flüssigkeitsgefüllten Blasen. Peck ging einen Schritt näher. Er erkannte die Gestalt. Kein Zweifel, es war Jean-Jacques Marais.

*

Plötzlich fühlte Peck einen kalten Lufthauch, der ihn von oben traf. Eine Klimaanlage. Der Regler neben der Zimmertüre stand ganz links auf *FROID*. Peck zog den Vorhang etwas zur Seite und sah in den kleinen Garten, der nicht viel größer als ein mittleres Wohnzimmer war. Die üppigen Sträucher und Bäume im Hintergrund gehörten wohl schon zum Nachbargrundstück, auf dem ein mehrstöckiger Wohnblock die Sicht beeinträchtigte. Trotz des Gestanks beschloss Peck, das Fenster nicht zu öffnen. Was sollte er tun? Die Polizei rufen? Nein. Er würde sich in allen Räumen gut umsehen und sich dann wieder stillschweigend verabschieden. Wie lange würde er diesen bestialischen Gestank aushalten? Er weigerte sich, seine Übelkeit wahrzunehmen, obwohl ihn der Brechreiz würgte. Er stolperte ins Badezimmer und fand in einer der Schubladen ein frisches Handtuch, das er anfeuchtete und sich vor Mund und Nase band.

Oberflächlich betrachtet, herrschte Ordnung im Raum, nur einige Schubladen wirkten durchwühlt. Aber es schien alles an seinem Platz zu sein. Doch dann bemerkte er einige Papiere, die hinter ein Sideboard gerutscht waren. Unterlagen über irgendeine Vorlesung, dachte er, oder das Manuskript eines wissenschaftlichen Aufsatzes. Uninteressantes Zeug, stellte er fest, aber er war sicher, dass hier jemand alles durchsucht hatte. Irgendjemand hat in dem Haus viel Zeit zugebracht und jeden Winkel abgesucht.

Langsam ging Peck durch alle Räume, sah akribisch in jeden Schrank, jedes Regal und jede Schublade, selbst in die Kochtöpfe in der kleinen Küche. Im Obergeschoss fand er einen leeren Raum und ein ebenfalls fast leeres Schlafzimmer, in dem ein zerwühltes Bett stand, daneben ein schmaler Schrank und ein weißes Nachttischchen, auf dem ein Buch lag. Georges Simenon. *Les rescapés du Télemaque*. In der Schublade des Nachttisches fand er einen kleinen Karteikasten mit Visitenkarten. Und ganz vorne stieß er auf eine künstlerisch gestaltete Visitenkarte.

Daniel Meischner. Antiquitäten,
Alte Handschriften und Notenmanuskripte.
Frankfurt, Lyoner Straße 135

Peck pfiff überrascht durch die Zähne und steckte die Visitenkarte in seine Brusttasche.

*

Er ging zurück ins Erdgeschoss und setzte sich im Wohnzimmer auf einen der Polstersessel. Er war nass geschwitzt und müde. In seinen Eingeweiden rumorte es, und wieder war er kurz davor, sich zu übergeben.

Keine Spur der Mozart-Handschrift. Wenn Marais sie aus Krems nach Paris mitgebracht hatte, dann befand sie sich nicht mehr im Haus. Oder Marais' Mörder hatte mehr Glück gehabt und das Manuskript gefunden. Oder die Handschrift war nie hier gewesen.

Peck ging noch einmal durch jedes Zimmer und ließ den Blick gründlich durch die Räume schweifen. Dann war er sicher, nichts übersehen zu haben.

Zuletzt zwang er sich, nochmals den Toten genauer anzusehen. Beginnende Verwesung. So etwas Grauenerregendes hatte Peck sein ganzes Leben noch nicht zu Gesicht bekommen. Und auch noch nicht gerochen. In welchem Zustand wäre der Tote erst, wenn nicht die Klimaanlage auf voller Kraft laufen würde? Als er das Zimmer verließ, glaubte er, ein leises Flüstern zu hören. Er erstarrte und sah zurück. Doch da war niemand. Nur die Maden.

Peck stopfte das Handtuch, das er vor Mund und Nase getragen hatte, in seine Tasche. Er würde es irgendwo auf dem Rückweg zum Hotel entsorgen. Dann verließ er das Haus auf dem gleichen Weg, den er gekommen war. Das helle Licht blendete ihn, als er über die Kellertreppe in den Vorgarten trat. Die neugierige Alte hatte vor ihrem blauen Haus auf ihn gewartet. So war zumindest Pecks Eindruck, als er den Gehsteig entlangging. Und dann sah er aus den Augenwinkeln, wie die Frau den Rechen in weitem Bogen wegwarf und ins Haus rannte.

*

Peck beschloss, zu Fuß zurück ins Hotel zu gehen. Er musste nachdenken. Außerdem hatte er das Gefühl, dass er nach Verwesung roch und der Leichengestank in seinen Kleidern steckte.

Sollte er nicht doch die Polizei verständigen? Nein. Das würde nur unangenehme und zeitraubende Verhöre nach sich ziehen. *Es gibt Leute hier, die beschuldigen Sie, in die Morde in Österreich verwickelt zu sein.* Langsam und in Gedanken versunken ging er die Straße entlang. Die Leiche liegt schon mindestens eine Woche dort. Aufgeblähter Bauch, eingesunkene Augen. Wann hatte er mit Marais telefoniert? Am Sonntag vergangener Woche? Er musste dies in seinen Aufzeichnungen nachprüfen. Aber er war sicher, dass es länger als eine Woche her war. Also wurde Marais ermordet, kurz nachdem Peck mit ihm telefoniert hatte. Peck rechnete zurück. Marais musste einige Tage vor Uwe Dayer ermordet worden sein. Ein und derselbe Täter? Wenn ja, war der Mörder viel unterwegs gewesen. Genau in diesem Moment musste er an Jutta Meischner und ihren Mann denken.

Daniel Meischner hat in seinen Katalogen bereits mehrmals gestohlene Stücke zum Verkauf angeboten. Wir trauen ihm alles zu. Er ist mehrfach vorbestraft.

Irgendjemand hatte das Haus durchsucht, systematisch und gründlich. Und irgendjemand war in London in die Wohnung Morris Coopers eingebrochen. War dieser *Jemand* jetzt im Besitz des Mozart-Manuskripts? Ein Ehepaar auf Reisen. Wann ist Jutta zuletzt in Salzburg gesehen worden? Er würde das überprüfen. Warum musste Peck genau in diesem Moment an das Motorrad denken?

Peck sah sich auf der Straße um. Er hatte keine Ahnung, wo er war. In diesem Moment klingelte sein Handy. »Hier ist Doktor Stanislaw Moniuszko aus Krakau«, sagte eine knarrende Stimme. Sein Auftraggeber von der Bibliothek. Und Alicas Chef.

»Wo sind Sie gerade? In Paris? Ich hoffe, Sie amüsieren sich dort nicht auf unsere Spesen und Kosten.«

»Ich erfülle treulich meinen Auftrag.«

»Aber bisher ohne irgendwelche Ergebnisse! Herr Peck, die *Maxa-Versicherung* und wir haben Ihnen den Auftrag erteilt, die Mozart-Handschrift zu finden. Wir bezahlen Sie nicht für Lustreisen nach London und Paris.«

Einige Sekunden Stille, dann hörte Peck Alicas Stimme im Hintergrund, konnte aber nicht verstehen, was sie sagte.

»Genau«, sagte Moniuszko und bestätigte wohl damit Alicas Einwurf. »Möglicherweise haben wir den Auftrag dem falschen Ermittler gegeben. Herr Peck, Leonard Bartlett und ich erwarten bis Ende dieser Woche Ihren schriftlichen Bericht über die von Ihnen eingeleiteten Aktivitäten und die erzielten Fortschritte.«

Peck stand mitten auf dem Gehsteig, sodass alle Fußgänger einen Bogen um ihn machen mussten und ihn mürrisch ansahen.

Alle sind gegen mich, dachte er, steckte das Handy ein und marschierte ärgerlich die Straße weiter. Zu seiner Überraschung fand er sich zehn Minuten später an der Seine und an der Métrostation *Javel* wieder. Er suchte auf dem Übersichtsplan, welche U-Bahn-Linie er zurück zur Place des Abbesses nehmen musste, als sein Blick auf einen Zeitungsständer fiel, in dem er eine österreichische Tageszeitung entdeckte. Er kaufte sie und ging dann zum Bahnsteig. In *Sèvre Babylone* stieg er um, bekam endlich einen Sitzplatz und entfaltete die Zeitung. *Kam der Mörder mit dem Motorrad?* Auf Seite fünf fand er eine kurze Notiz. *Neuigkeiten zum Pongauer Mordfall.* Er stutzte. Welcher Idiot von Polizist gab solche Informationen an die Presse weiter? Er beschloss, Funke anzurufen.

*

Eine halbe Stunde später stieg Peck aus dem Lift, der ihn aus der Tiefe der Métrostation an der Place des Abbesses ans Tageslicht führte. Mit langsamen, müden Schritten ging er in Richtung Hotel – und stand vor Sophia, die auf einer der Bänke in der Sonne saß. Plötzlich verschwand ihr Lächeln. »Was ist passiert? Du machst einen müden und niedergeschlagenen Eindruck.«

»Ich habe eine halb verweste Leiche gefunden. Und ich bin der Erfüllung meines eigentlichen Auftrages kein Stück nähergekommen.« Er ließ sich neben sie auf die Bank fallen. »Gehen wir hinein. Ich muss duschen.«

Und dann ging alles ganz schnell. Sie hatten sich kaum einige Schritte dem Hoteleingang genähert, als plötzlich vier Personen auf sie zustürzten. Ein Uniformierter rief »*Police Judicaire!*«, drehte Pecks Arme gewaltsam nach hinten und legte ihm Handschellen an. Sophia schrie vor Schmerzen. Eine riesige weibliche Gestalt in Uniform hatte sie am Arm gepackt und zerrte Sophia zu einem der Polizeiwagen, die mit Blaulicht aus der Rue des Abbesses angeschossen kamen.

»Lass dir nichts gefallen!«, rief er Sophia nach. »Du hast nichts getan, und du weißt nichts.«

Peck hatte das Gefühl, dass alles wie in einem Kriminalfilm und nach einem gut geplanten Drehbuch ablief, das allen bekannt war, nur ihm nicht. Rundherum blieben die Menschen erstarrt stehen oder fanden sich in kleinen, miteinander laut diskutierenden Gruppen zusammen. Einer der Polizisten drückte Pecks Kopf gewaltsam nach unten und schob ihn durch die geöffnete Türe in das Innere eines der Polizeiautos. Ein schwarzer Citroën, dachte Peck, wie in einem alten schwarzweißen Gangsterfilm.

Wie auf ein geheimes Signal hin heulten alle Autos gleichzeitig auf und fuhren mit ohrenbetäubender Sirene und Blaulicht die Straße hinunter. Peck drehte sich um und konnte das blasse, erschrockene Gesicht Sophias in dem Wagen erkennen, der wenige Meter hinter ihnen herjagte.

Nach fünf Minuten bog der Wagen nach links in einen der breiten Boulevards ab. Peck versuchte zu erkennen, wo sie waren, aber der Wagen war zu schnell unterwegs, um den Namen auf einem der Straßenschilder zu entziffern. Dann sah er kurz nacheinander zwei Bahnhöfe auf der linken Seite. *Gare du Nord* und *Gare de l'Est*, dachte er, also fuhren sie in südlicher Richtung. Er erkannte die Spitze der *Sainte-Chapelle*, und dann wusste Peck, wo sie waren. *Palais de Justice*. Am Quai des Orfèvres Nummer 36.

Es roch nach Benzin und Gummi, als Peck aus dem Wagen gestoßen wurde. Zwei uniformierte Beamte warteten bereits auf ihn. Er spürte ihre harten Griffe an beiden Oberarmen, als sie ihn in raschen Schritten vom Parkplatz zu einem der Nebeneingänge führten. Peck stolperte, er drehte mühsam den Kopf nach hinten, um sich nach Sophia umzusehen, aber ihr Wagen musste ein anderes Ziel angesteuert haben. Mein Gott, dachte er, was werden sie jetzt mit ihr machen?

Man hatte ihn in einen fensterlosen Raum geschoben und auf einen harten Stuhl gedrückt, der vor einem großen Holztisch stand. Klassische Verhörsituation. Links und rechts hinter ihm an der Wand standen die beiden Beamten. Peck spürte ihre Blicke in seinem Rücken.

Langsam normalisierte sich sein Herzschlag. Nur Ruhe, Paul, sagte er sich. Keine Panik!

Ein älterer Mann kam ins Zimmer und mit ihm der Geruch von chinesischem Essen. Der Herr kommt gerade vom Mittagessen. Breitbeinig stellte er sich vor ihn, ein kleiner, rundlicher Mann im dunkelgrauen Anzug, der ihn unfreundlich ansah.

»Eine Tasse Tee?«

Peck schüttelte den Kopf. »Wer sind Sie?«

»Mein Name ist Louis Gallé, *Commissaire de la Police Judiciaire*.« Peck sah in ein zerknittertes Gesicht mit einer ungesunden gelblichen Farbe. Der Mann näherte sich langsam, bis er nur noch einen Meter vor dem Stuhl zum Stehen kam, auf dem Peck saß, der den Blick geradeaus gerichtet hatte, genau auf einen Soßenfleck in der Mitte von Gallés Krawatte.

Dann ließ der Polizist einen langen, wie auswendig gelernten Redeschwall auf ihn herunter, den Peck nicht verstand. Gallé ging um den Tisch herum und nahm genau gegenüber Platz.

Er grinste und deutete mit dem Kopf auf die beiden Uniformierten, die regungslos an der Wand standen.

»Meine Kollegen hier sind Zeugen, dass ich Sie soeben vorläufig festgenommen und ordnungsgemäß über Ihre Rechte aufgeklärt habe.«

Peck wusste, dass diese Belehrung schriftlich erfolgen musste und in deutscher Sprache. Sollte er protestieren?

»Stehen Sie bitte auf, ziehen Sie Ihr Jackett aus und leeren Sie alle Taschen.«

»Wieso das?«

»Ich stelle hier die Fragen.«

Plötzlich flog mit einem Knall die Türe auf, und ein Schwarzhaariger stürzte ins Zimmer. Peck schluckte, denn er erkannte den Mann sofort wieder. Detlev Sottice, der Europol-Mann, dem er in Krems das Tonband zu Spaghetti verarbeitet und ins Klo geworfen hatte.

*

Gallé gab den beiden Uniformierten, die hinter Peck standen, einen Wink. Einer nahm Peck die Handschellen ab und legte sie auf den Tisch. Dann verließen die beiden eilig den Raum. Jetzt war er mit Sottice und Gallé alleine.

Peck sah das grinsende Habichtgesicht, als Sottice ihm gegenüber Platz nahm. Wie hatte Sottice damals im Hotel gesagt? *Früher, im Wilden Westen, hätte ich Sie auf der Stelle erschossen. Wir sehen uns wieder, und dann Gnade Ihnen Gott!*

»Ich war sicher, dass ich Sie nochmals zu Gesicht bekomme!«

Sottice sah zu Gallé. »Legen Sie los.«

Wie zum Sprung bereit und mit leicht vorgebeugten Oberkörpern saßen ihm die beiden Franzosen am Tisch gegenüber.

»Was haben Sie in der Rue Léon Delangrange gesucht?«

»Dieser Monsieur«, Peck deutete auf Sottice, »kennt meinen Auftrag genau.«

»Nämlich?«

»Die verschwundene Mozart-Handschrift.«

»Und die vermuteten Sie in der Rue Léon Delangrange?«

Peck überlegte fieberhaft, woher die Polizei die Information hatte, wann er bei Marais auftauchen würde. Der obskure Journalist? Dann erinnerte er sich an die Frau aus dem blauen Haus, die ihn beobachtet hatte.

»Wohnt Ihre Informantin in dem La Maison Bleu?« Peck beobachtete, dass er sich sogar ein Lächeln abgerungen hatte.

Sottice rutschte unruhig auf seinem Stuhl herum. Plötzlich erhob er sich und brüllte: »Was wollten Sie in der Rue Léon Delangrange?«

»Wohnt dort nicht Monsieur Marais?«

»Und? Haben Sie ihn getroffen?«

»Er war tot.«

Gallé sah Peck feinselig an. »Schon vorher oder erst, nachdem das Gespräch mit ihm beendet war?«

»Warum stellen Sie sich dümmer, als die französische Polizei erlaubt? Sie wissen genau, dass die Leiche seit mindestens einer Woche dort liegt.«

»Er war also schon tot, als Sie kamen. Und warum sind Sie dann über eineinhalb Stunden in dem Haus geblieben?«

Die Alte, dachte Peck, eindeutig die Frau im Garten gegenüber.

»Ich weiß, wie eine Leiche riecht, die seit über einer Woche in einem gekühlten und trockenen Raum liegt.«

»Sind Sie Forensiker oder studierter Mediziner?«

Peck beantwortete die Frage nicht.

»Überall, wo Sie auftauchen, liegt ein Toter. Und immer Mord. Und zwei davon sind Franzosen. Mögen Sie unsere Landsleute nicht?«

»Ich schätze Monet und Renoir sehr.«

Sottice sprang wieder erregt auf, dass der Stuhl hinter ihm gegen die Wand flog.

»Wo ist meine Frau?«

»Das ist nicht Ihre Frau. Maximal Ihre Freundin, wahrscheinlich nur Ihre Gespielin.«

Peck zählte leise bis zehn. Nicht provozieren lassen. »Ich möchte mit ihr reden«, sagte er.

»Später. Zuerst machen wir Sie fertig.«

Peck lehnte sich zurück. Er war über sich erstaunt, wie ruhig er war. Kein Anlass, sich aufzuregen. »Wo ist hier eine Toilette?« Er erhob sich von seinem Platz und stellte sich neben ein Sideboard, das neben der Türe an der Wand stand. Und auf dem Sideboard sah er ein Blatt Papier, das wie ein Formular aussah.

Gallé rief nach einem Beamten. Es dauerte einige Zeit, bis ein junger Uniformierter den Raum betrat. In der Zwischenzeit hatte Peck das Formular auf dem Sideboard entziffert. *An Monsieur Detlev Sottice, Europol-Liaison-Officer, Den Haag. ›Red Notice‹*. Unter dem Namen stand *Adresse privée, 104, Rue Marcel Duchamp, 13. Arr.* Bürositz in Holland ... und die Familie in Paris. Aber wahrscheinlich hatte dieser Kotzbrocken gar keine Familie. Und privat wohnte er in der Straße, die nach Marcel Duchamp, dem Dadaisten, benannt ist. Peck dachte an das Pissoirbecken als Kunstwerk. Ob Sottice was von Kunst verstand?

Als er wieder den Raum betrat, unterbrachen Gallé und Sottice schlagartig ihr Gespräch. Erst jetzt merkte Peck, wie heiß es im Zimmer war. »Ich möchte meinen Rechtsanwalt verständigen.«

Gallé lächelte. »Das steht Ihnen zu. Sie haben Glück, dass wir in Frankreich sehr fortschrittlich sind.«

»Und ich verlange die sofortige Freilassung.«

»Es gibt aus Österreich keinen Auslieferungsantrag. Sie stehen unter Mordverdacht. Und Sie sind ein Serientäter. Hören Sie gut zu«, Gallé nahm ein Blatt Papier zur Hand und las die Namen vor. »Bagnon, Uwe Dayer und Schörghuber. Und mindestens zwei davon gehen auf Ihr Konto.«

»Sie haben Birgit Helm vergessen. Auch die wurde ermordet.«

»Wir werden Sie hier kleinkriegen.« Sottice sagte es mit ganz leiser Stimme. »Ich mache Sie fertig, dass Sie hinterher beschließen, nie mehr in Ihrem Leben Detektiv zu spielen.«

»Reden Sie endlich«, sagte Gallé. »Erklären Sie uns, warum Sie nach Paris gekommen sind!«

Peck beugte sich, sah Gallé ins Gesicht und deutete dann mit dem Kinn auf Sottice. »Ich kann Ihnen gerne mehr erzählen, aber erst halten Sie mir Ihren Pinscher vom Leib. Und sagen Sie mir, wo Sophia ist. Und was Sie mit ihr machen.«

Ein Uniformierter betrat den Raum. Mindestens ein Meter neunzig und einhundertfünfzig Kilo, schätzte Peck. Der fette Polizist hatte sich wortlos neben Peck seitlich an die Wand gestellt. Dunkelgraue Uniform mit hundert Taschen, Anhängern und Ösen. An einem breiten Ledergürtel pendelte eine beeindruckende Waffe wie bei einem Sheriff in einem amerikanischen Gangsterfilm, den Peck mal gesehen hatte. Detlev Sottice deutete auf den Uniformierten, der daraufhin die Handschellen vom Tisch nahm und sich Peck näherte.

»Wir lassen Sie im Kerker vermodern.« Sottice flüsterte es beinahe. »Was halten Sie davon?«

*

Als Peck in den dämmrigen Flur trat, stand er vor Sophia, die ihn mit einem kleinen Aufschrei ansah. Neben ihr lehnte eine Polizistin an der Wand, so als ob sie das Ganze nichts anginge. Einen Moment herrschte Stille. Sophia machte einen Schritt auf ihn zu, wurde aber von der Uniformierten barsch zurückgezogen. Sie sah ihn mit müden Augen an, weiß im Gesicht, und die Angst, die von ihrem Blick ausging, war fast körperlich zu spüren.

»Es gehr mir gut«, sagte sie. »Ich fliege noch heute nach Salzburg.«

»Informiere die Botschaft und einen Anwalt.«

Sie nickte. Peck wurde von dem fetten Polizisten gewaltsam weggezogen, dann führten sie ihn in Richtung Ausgang. Er drehte sich zu ihr um, und ihre Blicke trafen sich noch einmal. Sie hatte Tränen in den Augen.

»Wohin?«, fragte Peck den fetten Polizisten.

»Wir fahren in das 14. Arrondissement, dort haben wir ein gemütliches Haus für Dauergäste. *La Maison d'arrêt de la Santé*.«

Peck fühlte plötzlich einen kalten Schauer, als er den Namen *Santé* hörte.

Der Fette quetschte sich stöhnend neben ihn auf die hintere Sitzbank des Polizeiwagens und wischte sich den Schweiß von der Stirn. Peck hörte das Klack der Zentralverriegelung. Er kam sich verloren vor. Ich muss nachdenken. Aber er war nicht in der Lage, einen klaren Gedanken zu fassen, er fühlte sich zu sehr bedrängt. *Sie haben Feinde hier! La Santé!* Seine Gedanken kreisten um die bedrohlichen Informationen, die er über diese Haftanstalt hatte.

Er erinnerte sich an einen Film, den ein Ärzteteam über die *Santé* gedreht hatte. Zehn Quadratmeter große Zellen mit je vier Betten, unhygienisch und überfüllt, ein winziges Fenster und ein offenes Loch als Klo. Er erinnerte sich, dass der Film zeigte, wie Häftlinge zum Wahnsinn und in den Selbstmord getrieben wurden. Peck rief sich zur Ordnung. Du bist hier in einem Kernland Europas, der Heimat der *Académie Française*, der *Haute Cuisine* und *La Nouvelle Vague*.

Sie starteten einen langen Marsch durch unendliche Gänge, nur unterbrochen vom lauten Klirren des Schlüsselbundes an einem beeindruckenden Eisenring, den ein älterer Beamte wie eine Aktentasche beim Gehen vor und zurück schwenkte. Der Mann hatte sie schon am Eingang erwartet und wieselte jetzt mit raschen kleinen Schritten vor ihnen her. Alle hundert Meter trafen sie auf ein imposantes Eisentor, das der Ältere mit klirrendem Schlüssel auf- und hinter ihnen wieder zuschloss. Peck wurde von einem Schwindel erfasst, taumelte kurz zur Seite. Da er immer noch die Handschellen trug, drückte er seine Schulter gegen die Wand, um das Gleichgewicht wiederzufinden. Unterzucker? Er hatte seit dem kargen Hotelfrühstück nichts mehr gegessen. Ihre Schritte auf dem Steinboden hallten in dem Gang mehrfach wider. Fünf Minuten Fußmarsch und einige Eisentore weiter blieb der ältere Mann stehen, öffnete eine Zelle auf der rechten Seite und schob Peck hinein. *Lasst alle Hoffnung fahren …*

»Das ist unsere Abteilung U-Haft«, sagte der Beamte, »nur für prominente Kapitalverbrecher, von mehrfachem Mord an aufwärts.« Er lächelte. Wie oft er diesen Spruch wohl schon zum Besten gegeben hatte?

»Sie haben Glück, dass wir Sie zu unserem Ehrengast erklären. Denn sonst wären Sie drüben bei den anderen.«

Peck betrat die Zelle und sah, wie sich der Fette eine Unterschrift auf ein Formular geben ließ und dann wortlos verschwand.

Peck deutete auf seine Handschellen und streckte dem Mann seine Hände entgegen. Der andere schüttelte den Kopf und trat dann zur Seite. Hinter ihm stand Detlev Sottice, lässig gegen den Türstock gelehnt. Er gab dem älteren Beamten einen Wink, der daraufhin verschwand. Sottice schloss die schwere Holztüre, ging langsam auf Peck zu und sah sich interessiert um, so als ob er noch nie eine Gefängniszelle von innen gesehen hätte. Peck war unendlich müde und erschöpft. Sottice sprach mit ihm, doch er hörte die Stimme nur wie durch einen riesigen Wattebausch. Er setzte sich auf das Holzbrett an der Wand und sah kurz zu Sottice hoch, der jetzt vor ihm stand. Peck erinnerte sich an sein letztes Gespräch mit Sottice im *Grandhotel Krems*.

»Es tut mir leid wegen des Tonbandes«, hörte Peck sich leise sagen. »Ich kaufe Ihnen ein neues, vielleicht sogar ein besseres. Für längere Verhöre.«

»Du Drecksack! Du dämlicher Drecksack!« Während er redete, produzierte Sottice kleine Schaumperlen im Mundwinkel. Peck roch den Schweiß des Mannes, der jetzt direkt vor ihm stand. Er sah nicht zu Sottice hoch und da er kurz die Augen geschlossen hatte, traf ihn der Schlag völlig unvorbereitet. Sottice schlug ihm mit der Faust gegen die Schläfe. Peck taumelte zur Seite und fiel fast von der Holzpritsche. Er fühlte, wie ihn Sottice brutal an den Haaren packte und seinen Kopf gegen die Mauer schlug. Und dann noch einmal. Und noch einmal. Peck war benommen, aber er spürte die Wut, die in ihm hochstieg. Er hörte das klirrende Geräusch seiner Handschellen hinter sich, versuchte, aufzustehen, als ihn ein weiterer Schlag mitten ins Gesicht traf. Sein Kopf flog nach hinten und krachte gegen die Wand. Das Blut lief hinten in den Kragen und den Rücken hinunter, und dann schlug Sottice nochmals zu. Peck spürte noch, dass seine Lippen aufgesprungen waren und der Schmerz durch seinen ganzen Körper zuckte, dann hüllte ihn die Dunkelheit ein.

Als Peck zu sich kam, lag er flach auf dem kalten Steinboden. Mit einem Auge sah er verschwommen einen kleinen weißen Gegenstand, der einige Zentimeter von seinem Gesicht entfernt auf dem Boden lag. Nach einigen schmerzhaften Versuchen gelang es ihm, zu erkennen, was es war. Da lag ein Zahn.

Der ganze Raum schien hin- und herzuschwanken, aber er konnte erkennen, dass er alleine in der Zelle war. Als er versuchte, beide Augen zu öffnen, erschienen in seinem Gesichtsfeld breite schwarze Streifen wie ein Breitwandfilm auf einem zu kleinen Fernsehbildschirm. In seinen Ohren rauschte es. Mit der Zunge befühlte er seine zerschundenen Lippen, dann entdeckte er die Zahnlücke. Mühsam kroch er hoch und setzte sich auf die Holzpritsche. Dann hörte er schnelle Schritte auf dem Gang draußen, die rasch näher kamen. Ein Schlüssel drehte sich, und die Türe öffnete sich langsam. Der ältere Beamte von vorhin stand vor ihm und sah ihn stirnrunzelnd an. Peck hörte sich stöhnen, und wieder begann der Raum zu schwanken. Der Gefängniswärter kam mit dem Schlüsselbund näher und nahm ihm die Handschellen ab. Peck massierte seine Handgelenke und Finger, um den Blutkreislauf wieder in Gang zu bringen. Er ließ sich langsam zur Seite kippen, bis er mit dem Rücken auf der Holzpritsche zu liegen kam. Das ist alles nicht wirklich passiert, dachte er. Das war nur ein Film. Oder ein Traum.

»Was ist geschehen?«, fragte der Wärter. »Monsieur Sottice sagte mir, dass Sie ausgerutscht und gestürzt sind. Das sieht ja übel aus. Ich habe hier warmes Wasser und ein Handtuch.« Er stellte ruppig einen Blechkübel vor Peck auf den Boden, sodass das Wasser überschwappte.

»Ich bin für Ihr Wohl und für Ihre Sicherheit da.« Der Wärter grinste ihn an und legte ein dünnes weißes Handtuch neben Peck auf die Pritsche.

»Ich gehe jetzt. Rufen Sie mich, wenn Sie mich brauchen. Stets zu Diensten. Und noch etwas. Kümmern Sie sich nicht darum, wenn Sie in der Nacht Schreie hören. Das ist wahrscheinlich nur einer der jungen Männer von drüben, der von einem der älteren Zellengenossen entjungfert wird. Aber keine Angst! Sie sind hier im Sondertrakt sicher. Außerdem bevorzugen diese Schweine Jüngere.«

Peck hörte noch, wie sich der Schlüssel im Schloss zweimal drehte, dann verlor er das Bewusstsein.

*

War er ohnmächtig gewesen, oder hatte er geschlafen?

Erschöpft versuchte er, sich auf der Holzpritsche aufzurichten. An der Decke brannte eine schwache Lampe, die den kleinen Raum in ein fahles Licht tauchte. Ein kleines, steinernes Grab. Irgendwo zwischen Kafka und Orwell.

Erschöpft lehnte er den Kopf an die Mauer hinter sich und horchte in die Dunkelheit. Eine Vielzahl von Geräuschen drang an sein Ohr, man hörte es wispern und ächzen, das ganze Gebäude war wie ein geheimnisvoller, riesiger Organismus. Die Wolldecke, auf der er gelegen hatte, stank nach Urin. Neun Quadratmeter, schätzte er, Besenkammergröße. Es war heiß, und die Zunge klebte an seinem trockenen Gaumen. Das kleine Fenster über ihm war etwas geöffnet, doch es war kein Lufthauch spürbar. Nur das ewige Murmeln und Klopfen und manchmal ein langgezogener Schrei. Ein Neuankömmling? Er schloss die Augen. *Mit jedem Ticken schieben sie die Wände enger um mich*, schildert Büchner *Dantons Tod* in einer Zelle der *Santé*, *bis sie so eng sind wie ein Sarg …*

Die machen mich nicht fertig! Ich werde mich von diesen Arschlöchern nicht fertigmachen lassen. Sophia wird einen Rechtsanwalt verständigen.

Peck wusste, dass in Frankreich jeder bis zu sechs Tagen im Gefängnis festgehalten werden konnte, sofern der Verdacht auf schwere Straftaten bestand. Wie sollte es jetzt weitergehen? Peck hatte es immer gehasst, fremdbestimmt zu sein und abzuwarten, was andere mit ihm vorhatten. Er müsste darüber nachdenken. Und zwar schnell! Stöhnend tastete er seinen Kopf ab. Mindestens eine Platzwunde. *Schwere Hautabschürfungen* würde das in einem Polizeibericht heißen. Seine Nase schmerzte, wenn er sie berührte, überall eingetrocknetes, verkrustetes Blut. Aber das Schlimmste waren wohl seine Lippen, die aufgesprungen waren, und rechts oben fehlte der Zahn. Scheiß Detlev!

Wie spät war es? Vor dem Fenster dunkle Nacht. Und in der Zelle fahles Dauerlicht. Plötzlich hörte er ein Geräusch. Er sah zu dem stinkenden Loch in der Ecke und bemerkte gerade noch einen kleinen behaarten Kopf, der in der schwarzen Vertiefung verschwand. Wütend schleuderte er die zusammengeknüllte Decke in die Ecke. Nein! Er würde sich nicht unterkriegen lassen. Mit schmerzhaften Anstrengungen stützte er sich zuerst an der Holzpritsche, dann an der Wand ab und versuchte, sich langsam aufzurichten, bis er schließlich wackelig auf den Beinen stand, die ihn kaum trugen. Jetzt zitterte er am ganzen Körper und war nicht in der Lage, das unkoordinierte Gewackel zu beenden. Schnell gab er den Versuch auf, einige Schritte zu gehen und ließ sich wieder auf seine harte Liege fallen.

Sie haben Feinde hier. Ganz Paris wird sich gegen Sie wenden. Warum? Warum hielt man ihn für den Mörder, wenn Marais bereits über eine Woche tot war? Gut, er hätte theoretisch schon vor einer Woche nach Paris fahren können, um Marais zu töten. Wo war er vor einer Woche? Er rechnete die Tage zurück. Sonntag, der 18. September. Da hatte er mit allen möglichen Leuten im *Grandhotel* geredet, mit Alica zu Abend gegessen und war spätnachts auf die Leiche Hannes Schörghubers gestoßen. Und am Montag darauf war er gegen Mittag nach Salzburg zurückgefahren. Alleine. Kein Zeuge. Kein Alibi. Lachhaft!

Die Glühlampe an der Decke schmerzte ihn, also schloss er die Augen. Jetzt sollte ein Zeitungsartikel erscheinen, dachte er, und diesen Skandal an die Öffentlichkeit tragen. »*J'accuse – ich klage an!*«, das wäre der rechte Titel. So einen Zeitungsartikel hat es schon mal gegeben, dachte er, der einen unschuldig Verurteilten aus dem Gefängnis befreit hat. Peck seufzte. Das war vor über hundert Jahren gewesen. Sollte er den Wächter um eine schmerzstillende Tablette bitten? Nein. Er würde um nichts bitten. Von irgendwoher hörte er eine Kirchenglocke. Er musste sich damit abfinden, dass die Zeit unendlich langsam verging. Und er würde geduldig hier im Liegen warten, bis wieder eine Minute vergangen war. Nein! Er musste weg hier, um alles noch mal logisch durchzudenken. Aber wie hier rauskommen? Im Moment konnte er nichts tun, als die Minuten zu zählen. Am nächsten Tag vielleicht. Hierbleiben und zu versuchen, die Polizei von seiner Unschuld zu überzeugen, ist keine Alternative. Was immer er auch täte, hier würde ihm niemand Glauben schenken. Er musste raus. Es gab aus seiner Sicht nur die Möglichkeit, den Mörder zu finden, um ihn der Polizei zu präsentieren. Der Mörder würde ihn auch zur Mozart-Handschrift führen. Und wenn man zu dieser Überzeugung gelangt ist, war es Zeit für eine neue Strategie. Er musste raus hier! Er hatte ein neues Ziel.

Dienstag, 27. September

Kann man Geräusche fühlen? Können Geräusche Schmerzen hervorrufen? Wie war das physikalisch möglich? Er dachte an die *neue Strategie*, die er sich in der Nacht ausgedacht hatte. Aber vieles war unklar für ihn. Was war wirklich geschehen, und wie passte alles zusammen? Vorsichtig legte er seine Hände auf das schmerzende Gesicht. Die Gedanken jagten ungesteuert und wirr durch seinen Kopf. Marais tötet Bagnon im *Grandhotel*, nimmt ihm den Tresorschlüssel ab, und kaum ist die Polizei im Hotel, flüchtet er mit der Handschrift nach Paris. Einen Tag später erreicht Peck ihn am Telefon. Sonntag, der 18., hatte Peck errechnet, wahrscheinlich war das der letzte Tag im Leben des Jean-Jacques Marais. Also war Marais vor Birgit Helm getötet worden, der Alte in Kleinbergheim hatte ihre aufgeknüpfte Leiche erst zwei oder drei Tage danach gefunden. Der gleiche Täter, der auch Dayer auf dem Gewissen hatte? Aber warum hat Uwe Dayer Hannes Schörghuber umgebracht? Auf welches Geheimnis war er gestoßen? Dann verschwammen Pecks Gedanken wieder in den schmerzhaften dunklen Wolken, die sich in seinem Kopf breitmachten. Langsam rollte er sich von der Liege, kniete am Boden und stemmte sich dann stöhnend hoch. Seine Füße waren taub. Unsicher tappte er einige Schritte von Wand zu Wand wie ein kleines Kind, das laufen lernt. Gott sei Dank sah ihn Sophia jetzt nicht. Flucht, hatte er beschlossen. Aber wie?

Er versuchte einige Kniebeugen, worauf ein Teil seines Bewegungsapparates gefährlich knackte, doch langsam ging es besser. Noch nie in seinem Leben hatte er etwas für Gymnastik übrig gehabt, jetzt stand er schon seit fünf Minuten schräg an die Wand gelehnt und wedelte mit dem Fuß.

Jetzt noch ein Schnitzel, dachte er, und dann zwei Große Braune. Er fuhr sich mit den Fingern durch sein Haar.

Sie hatten ihm alles weggenommen. Kein Geld, kein Handy, kein Kamm. Graues Tageslicht fiel in die Zelle. Dreckig und stinkend, dachte Peck, als er plötzlich jemanden an der Türe hörte. Es war einer der jüngeren Beamten in Uniform, den er bereits gestern gesehen hatte.

»Bonjour, Monsieur«, sagte er lächelnd und winkte Peck, ihm zu folgen. Wieder wurden fünfmal eiserne Gittertüren auf- und zugesperrt, bis der junge Mann ihn schließlich auf dem Innenhof ins Auto verfrachtete. Jetzt oder nie, dachte Peck. Man hatte ihm die Handschellen nicht angelegt, und er war mit dem jungen Uniformierten alleine, der vorne auf den Fahrersitz geklettert war. Peck rutschte ein Stück näher an die Türe heran. Fahr endlich los, dachte er, als plötzlich die andere Autotüre geöffnet wurde und der fette Polizist von gestern sich ächzend ins Auto zwängte. Er grinste Peck an. »Sie haben sich im Gesicht etwas verändert.« Peck warf einen Blick auf die klobige Armbanduhr des Dicken. Sieben Uhr fünf. Der frühe Vogel fängt den Wurm. Peck wusste nicht genau, in welchem Arrondissement die *Santé* lag. Der Junge fuhr rasant und ohne Blaulicht auf einem der breiten Boulevards, auf dem noch wenig Verkehr war. Sie hatten die Sonne genau von rechts, also fuhren sie nach Norden. Auf der linken Seite erkannte er den *Jardin du Luxembourg*, und Peck wusste jetzt, wo sie waren. *Saint Michel*. Trotz der frühen Stunde saßen die Leute in der Morgensonne an den kleinen runden Tischen vor den Cafés. Peck hatte kein Frühstück bekommen, und sein Magen knurrte. Er konnte den Kaffee förmlich riechen und sah im Geiste eine große Portion Schinken und Käse vor sich. Zehn Minuten später parkten sie auf der *Ile de la Cité* im Innenhof des Justizpalastes. Wie einen, der nicht in der Lage war, selbst zu gehen, packten sie ihn wieder links und rechts am Oberarm und dirigierten ihn zu einer der Türen. Dort verabschiedete der Fette sich von seinem Kollegen mit einem lässigen »Salut«, und gemeinsam mit dem jungen Blonden betrat er den menschenleeren Flur, der sich über die gesamte Gebäudelänge hinzog, rechts hunderte weiß lackierte Türen und links hohe Fenster, deren untere Hälften weiß angestrichen waren. Wollte man den Angestellten den Blick auf die Seine nicht gönnen oder vermeiden, dass jemand von außen die Geheimnisse dieses hässlichen Flures beobachtete? Etwa auf gleicher Höhe gingen sie rasch den Gang entlang, der am Ende des Gebäudes nach rechts abbog. Hier boten die Fenster den Ausblick auf den bis auf wenige Fahrzeuge leeren Innenhof. Der Flur war immer noch menschenleer. Es war sicher noch vor acht Uhr, und Peck überlegte fieberhaft, wie er es anstellen sollte, um seinem Aufpasser zu entkommen. Konzentriert sah er aus den Augenwinkeln auf den jungen Uniformierten, der, in Gedanken versunken, neben ihm herging. Ihre Schritte und das Echo klapperten den Gang entlang. Peck spürte noch Schmerzen am Kopf, aber er konnte sich wieder ohne Einschränkungen bewegen und hielt das schnelle Tempo des Jungen mit. Zehn Meter vor ihnen teilte ein gelber Kunststoffzaun den Flur in zwei Hälften, davor ein Holzsessel, auf dem ein Schild stand: *Achtung frisch gebohnert. Rutschgefahr!* Das ist die Chance, dachte Peck, und die Anspannung beschleunigte seinen Puls. Sie mussten ab jetzt hintereinander marschieren, um der Umzäunung auszuweichen. Peck ließ sich etwas zurückfallen, sodass der Uniformierte vor ihm zu gehen kam. Dann riss er ruckartig den Holzsessel an sich und schlug ihn mit aller Wucht gegen den Kopf des Mannes vor sich, der lautlos und wie in Zeitlupe zusammenklappte. Er fing ihn auf und schleifte den Bewusstlosen drei Meter weiter zu einer Nische, an der Schilder die Eingänge zu den Toiletten anzeigten. Wenige Sekunden später saß der Polizist zusammengesunken auf dem Toilettendeckel in einer der versperrbaren Kabinen. Peck hatte so fest zugeschlagen, dass der Junge fest schlief. Und er würde es hoffentlich noch einige Minuten länger tun. In diesem Moment hörte Peck, dass jemand die Toilette betreten hatte. Zwei Frauen, die sich laut und lachend irgendetwas erzählten. Also hatte er die Damentoilette erwischt. Er hielt den Atem an, nur der Bewusstlose gab jetzt etwas brummende Geräusche von sich. Dann musste er akustischer Zeuge werden, wie die beiden Damen in zwei der gegenüberliegenden Kabinen ihr Geschäft verrichteten und dabei munter weiterplauderten. Eine Minute später war es wieder ruhig. Peck öffnete langsam die Türe und sah hinaus. Er war alleine.

Nach drei mühsamen Versuchen kniete er auf der Fensterbank und sah auf den großen Platz hinaus, der zum Gelände des Justizgebäudes gehörte. Er schätzte, dass der Fenstersims sich in etwa eineinhalb Metern Höhe befand. Er musste es riskieren. Entschlossen öffnete er das Fenster und sprang hinunter. Ein bestialischer Schmerz durchzuckte sein linkes Fußgelenk. Direkt an der Hausmauer stand ein Lieferwagen, der ihm etwas Sichtschutz bot. Er versuchte, den Fuß zu belasten, und wieder durchzuckte ihn eine Schmerzwelle. Wo war er genau? Er trat vorsichtig aus dem Versteck hinter dem Lieferwagen und sah die niedrige Mauer, die sich rund um das Gebäude zog, und las das Schild *Rue de Harley*. Eine Straße mit wenig Verkehr, die direkt an dem großen öffentlichen Parkplatz vorbeiführte, der auf der anderen Seite in den *Place Dauphine* überging. Er war fast an der Spitze der Insel mitten in der Seine. Von einer Insel zu fliehen, dachte er, ist eine echte Herausforderung. Alles geht. Man muss nur wollen. Weiter hinten sah er den *Pont Neuf*, die einzige Möglichkeit, von der Insel wegzukommen, wenn er nicht um das ganze Gebäude zur anderen Seite des Flusses marschieren wollte. Und nach Marschieren stand ihm nicht der Sinn.

Plötzlich startete der Lieferwagen, in dessen Schatten er sich an die Hausmauer drückte, und fuhr los. Peck stand ohne Sichtschutz mitten im Sonnenschein an der Hausmauer. Gleichzeitig ertönte der auf- und abschwellende Lärm zahlreicher Alarmsirenen. Er sah nach oben und entdeckte alle fünfzig Meter Lautsprecher am Gebäude. Sie hatten seine Flucht bemerkt. Kein großer Vorsprung!

Der kürzeste Weg ist jetzt der beste. Also einfach nach vorne in Richtung der Mauer, dachte er, und lief auf den großen leeren Platz. Es gab keine andere Möglichkeit, als für alle sichtbar über den Platz zu laufen. Und wohin dann? Links neben der Seine sah er eine unüberwindbar hohe Kaimauer. Also doch der Parkplatz und der *Pont Neuf*. So schnell er konnte, lief Peck zu der niedrigen Mauer, die er erstaunlicherweise rasch bezwingen konnte, überquerte die Straße und verschwand auf dem angrenzenden Parkplatz zwischen den parkenden Autos. Solange er gebückt blieb, boten sie ihm einen guten Sichtschutz. Aber ein Blick zurück zu dem Gebäude zerstörte seine Hoffnung. In den oberen Stockwerken standen die Menschen an den Fenstern, zeigten auf ihn und schrien laut, während er gebückt zwischen den Autos herumlief. Die Alarmsirenen wurden lauter, er sah das Blaulicht einiger Polizeiwagen, die mit dröhnenden Motoren immer näher kamen. Plötzlich stieß er gegen einen kastenförmigen

Kleinwagen, der dabei war, rückwärts auszuparken. Peck beugte sich nach unten und sah einen etwa fünfzigjährigen Mann am Steuer. Er riss die Wagentüre auf, worauf der Mann ihn ärgerlich ansah. Mein potenzielles Strafregister wird immer länger, dachte Peck und zog den Mann aus dem Auto. »Excusez-moi, Monsieur! Ich brauche Ihr Auto. Nur wenige Stunden.«

Noch ehe der Mann reagieren konnte, zwängte Peck sich in den Wagen und schlug die Tür zu. Der Motor lief noch, und er versuchte wegzufahren. Eine Regenschirmschaltung, stöhnte er, ein uralter Renault! Hilflos stocherte er mit dem Hebel vor und zurück, das Getriebe krachte wie eine Kiesmühle, und dann fuhr der Wagen endlich nach vorne. Der Wagenbesitzer war verschwunden. Wahrscheinlich lief er zur Polizei.

Sollte er nach links oder rechts fahren? Er trat den Gashebel durch und entschied sich für links. Es war keine gute Entscheidung. Der Quai des Orfèvres war eine Einbahnstraße, und Peck konnte den Schrecken der Fahrer erkennen, die ihm entgegenkamen und sich mit ihren Autos wild gestikulierend an die Kaimauer drückten. Peck schaltete kurz die Warnblinkanlage ein und fuhr in Schlangenlinien um die Autos herum. Es gelang ihm, unfallfrei bis zum *Pont Neuf* vorzudringen, wo er trotz roter Ampel einbog und über die Seine fuhr. Im Rückspiegel konnte er gerade noch die Blaulichter der Polizeiwagen erkennen, die anders als er vorschriftsmäßig der Einbahnregelung folgten und deshalb zuerst das weitläufige Justizpalais umrunden mussten, ehe sie ihm folgen konnten. Mindestens eine Minute Vorsprung, dachte er.

Ohne zu wissen, wohin, fuhr er geradeaus, bis er an der übernächsten Kreuzung vor einer roten Ampel stand. Als die Verkehrsampel auf Grün sprang, tauchte der erste Polizeiwagen knapp hinter ihm auf. Peck beschleunigte den Wagen, musste aber gleich wieder abbremsen, weil plötzlich eine Gruppe junger Leute auf die Fahrbahn trat und, seinen Wagen umkreisend, die Straße überquerte. Sie schlugen mit der Faust gegen das Auto und zeigten ihm den Stinkefinger. Jeder Tritt auf die Kupplung jagte einen stechenden Schmerz durch seinen linken Fuß. Er trat das Gaspedal hinunter, das Getriebe krachte, und der Renault kam ins Zittern, machte dann aber einen Satz nach vorne.

Der Wagen schien trotz seines Alters gut motorisiert zu sein. Peck nahm quietschend eine enge Kurve und bog in eine kleinere Seitenstraße ein. Ein Schreck durchfuhr ihn, als er auf die Benzinuhr sah, neben der ein rotes Warnlicht auffällig blinkte. Eines der Polizeiautos war knapp hinter ihm eingebogen, schleuderte jedoch in der Kurve und krachte mit dem Heck gegen einen der parkenden Wagen, blieb ihm jedoch dicht auf den Fersen. Peck konnte im Rückspiegel das verbissene Gesicht des Polizisten sehen. Wahrscheinlich macht dem die Verfolgungsjagd noch Spaß. Mit hoher Geschwindigkeit jagte Peck die schmale Straße entlang und schaffte es gerade noch, bei Grün in einem weiten Bogen nach links abzubiegen.

Die Polizei fuhr bei Rot durch und holte langsam auf. Peck klammerte beide Hände um das stark vibrierende Lenkrad und raste auf die zweihundert Meter vor ihm liegende Kreuzung zu. Die Ampel war außer Betrieb und blinkte Gelb. Wer hatte hier Vorrang? Er blieb mit dem Fuß auf dem Gaspedal und sah mit Schrecken, dass von rechts aus der Nebenstraße ein zweiter Polizeiwagen einbog, der sich einen Meter hinter ihm in den Verkehr einreihte.

Peck geriet in Panik. War er in einen Wildwestfilm geraten? Er schaltete einen Gang zurück und trat das Gas bis zum Anschlag durch. Die Straße wurde jetzt enger, die links und rechts parkenden Autos ließen genau eine schmale Spur frei, durch die er krachend und über große Schlaglöcher holpernd dahinjagte. An der nächsten Kreuzung bog er rechts ab. Einer der großen Boulevards. Peck hatte jetzt plötzlich die Sonne genau im Gesicht. Er griff nach oben und sah, dass die Sonnenblende fehlte. Gelbe und schwarze Punkte tanzten in seinen Augen, sodass er kaum noch die Fahrbahn vor sich erkennen konnte. *Ganz Paris wird sich gegen Sie wenden!* Er holte tief Luft, überholte einen Wagen der städtischen Müllabfuhr, drehte sich kurz um und sah, dass die Polizei vielleicht hundert Meter hinter ihm war. Als er den Blick wieder nach vorne wandte, kam von rechts ein vollbesetzter Reisebus angerast, der ihm genau vors Auto fuhr. Peck sprang auf die Bremse, der Renault schleuderte quietschend und kam wenige Zentimeter vor dem Bus zum Stehen. Erschrocken und mit angstvoll aufgerissenen Augen sahen vierzig Japaner aus dem Reisebus auf ihn herunter.

Hinter sich hörte er ein Krachen.

Der Polizeiwagen hatte es nicht mehr geschafft. Dann ein starker Schlag von hinten, der Pecks Kopf zurückschleuderte. Sein Atem ging stoßweise. Er holte tief Luft und fuhr mit ohrenbetäubendem Knattern in einem weiten Bogen um den Bus herum, obwohl die Ampel schon auf Rot stand. Ein Hupkonzert begleitete ihn von allen Seiten, der Motor röhrte unaufhörlich, aber der Wagen fuhr wenigstens, und er hatte wieder freie Fahrt. Trotz Blaulicht und Sirene war die Polizei nicht durchgekommen. Peck atmete befreit auf und bemerkte dann, dass das Blinklicht der Benzinanzeige zwischenzeitlich in ein rotes Dauerlicht übergegangen war.

Er bog zuerst links, dann rechts ab und polterte eine ruhige Seitengasse entlang, als er rechts ein Parkhaus entdeckte.

Er bremste scharf und kam gerade noch vor dem Schranken zum Stehen. Das Ticket zwischen den Lippen, ratterte er die enge Rampe bis in die zweite Etage, wo er einen freien Platz fand. Und nun? Kein Geld, kein Handy und keine Kreditkarte.

Aber Durst und Hunger. Schwer atmend blieb er einige Sekunden hinter dem Steuer sitzen, als plötzlich ein Wagen mit heulender Geschwindigkeit die Rampe hochkam. Peck rutschte nach unten und ließ das Auto an sich vorbeifahren. Er sah gerade noch die blonden Haare einer Frau in dem Wagen, bevor es um die Ecke verschwand. Keine Polizei. Peck ließ den Schlüssel stecken und fand sich einige Augenblicke später in einer typischen Einkaufsstraße wieder. Sein Blick glitt über die Dächer mit den hunderten kleinen Rauchfängen und die schmutzigen Fassaden der alten Bürgerhäuser, in denen sich oben Wohnungen und unten Geschäfte aneinanderreihten.

Pharmacie las er, *Boucherie*, *Coiffeur* und *Charcuterie*. Die Menschen, die ihm entgegenkamen, sahen ihn mit erschrockenen oder interessierten Blicken an.

Bei einem *Opticien* war ein Spiegel in der Auslage, und jetzt verstand er die Blicke. Wirres Haar, eingetrocknetes Blut auf der Stirn und am Kinn. Am betrüblichsten aber war der Anblick der Zahnlücke rechts oben und der aufgesprungenen, geschwollenen und dick mit Blut verkrusteten Lippen. Erschrocken wandte er seinem Spiegelbild den

Rücken zu. Wo war er überhaupt? An der nächsten Hausecke las er *Avenue Emile Zola*. Im 15. Arrondissement. Hier war jetzt der Verkehr stärker. Peck ging, den Kopf gesenkt, langsam den Gehsteig entlang und betrat dann einen kleinen Park mit einem Kinderspielplatz und einigen Bänken. Mitten in dem Park saß eine Gruppe älterer Frauen, die sich lachend miteinander unterhielten und dabei einige Kinder beobachteten, die sich laut schreiend auf einer Schaukel und einem kleinen Karussell vergnügten. Omas mit ihren Enkeln, dachte Peck. Peck ging zu einem kleinen Springbrunnen neben dem Spielplatz und wischte sich das Blut aus dem Gesicht, soweit das ohne Spiegel möglich war. Dann setzte er sich auf eine der Bänke in die Sonne und streckte die Beine von sich. Er musste Harry treffen, nur er konnte ihm jetzt helfen. Aber wie sollte er mit ihm Verbindung aufnehmen? Selbst wenn er Geld zum Telefonieren hätte, die Polizei wusste wahrscheinlich von Harry und würde seinen Anschluss und sein Handy überwachen. Er brauchte Geld. Dringend. Die Sonne verschwand hinter grauen Wolken, und Peck wurde kalt. Schräg gegenüber sah er einen Supermarkt, den er nach kurzem Nachdenken betrat. Fast nur Frauen beim Einkauf fürs Mittagessen, dachte er, nahm einen Einkaufskorb vom Stapel und ging langsam die Lebensmittelregale entlang. Vorsichtig schlenderte er wie ein gelangweilter Junggeselle auf der Suche nach den Zutaten für sein Abendessen durch die engen Gänge zwischen den Verkaufsregalen. Ob die Polizei auch die Supermärkte kontrollierte? In der Getränkeabteilung hing ein leintuchgroßes Plakat *Sonderangebot*, und daneben stand ein bereits halb leeres Regal, das bis zur Decke reichte. *Château Ramage la Batisse, Cru Bourgeois AOC, Haut Médoc, Bordeaux, 2001*, las er, und legte eine Flasche in seinen Tragekorb. Er wusste, dass dieser Jahrgang im *Gault Millau* sechs von sieben Punkten hatte.

Als er sich langsam der Kasse näherte, drang plötzlich lautes Rufen an sein Ohr, aufgeregte und kreischende Frauenstimmen. In einer der langen Warteschlangen vor den Kassen waren zwei Frauen in Streit geraten. Peck glaubte zu verstehen, dass die eine sich vorgedrängt hatte, worauf die zweite unter Einsatz ihres ganzen Körpergewichts versuchte, das Überholmanöver der Rivalin rückgängig zu machen.

Sie schob ihren Einkaufswagen zur Seite, und Peck sah einen körperbetonten Angriff, der einem Sumo-Ringer zur Ehre gereicht hätte. Interessiert sah Peck zwischenzeitlich auf die geöffnete Handtasche, die in dem Einkaufswagen ganz oben lag.

Claire Gloom las er fünf Minuten später auf der Visitenkarte, die in einem Seitenfach der Brieftasche steckte. Nicht ganz rechtmäßig war er nun im Besitz von einhundertfünfzig Euro und einem abgewetzten Mobiltelefon. Peck schob sein schlechtes Gewissen zur Seite. Er hatte die Adresse und würde der Dame alles so schnell wie möglich zurückgeben. Er stand in einer stillen Seitenstraße und starrte gedankenverloren auf das Handy. Sollte er Sophia in der Buchhandlung anrufen? Nein. Möglicherweise wurde ihr Anschluss überwacht. Was sollte er nun tun? Er wich einer Gruppe dunkelhäutiger, verschleierter Frauen aus, die ihn aus funkelnden schwarzen Augen ansahen und lautlos an ihm vorbeizogen. Ich muss nach Österreich, dachte er. Die Lösung liegt in Österreich. Nach einigen Metern auf dem schmalen Gehsteig überfiel ihn plötzlich ein Schwindelanfall. Er taumelte einige unkontrollierte Schritte zur Seite, sodass eine Fußgängerin erschrocken ausweichen musste. Er presste beide Hände auf sein Gesicht und sah dann wieder frisches Blut an den Fingern.

Er bog in die nächste Seitenstraße ein und betrat ein Internet-Café. Wenige Sekunden später hatte er die Telefonnummer des kleinen Salzburger Antiquitätenladens auf dem Bildschirm, der sich am Waagplatz direkt neben Sophias Buchhandlung befand. Er meldete sich nicht mit Namen, sagte dem Mann kurz angebunden, es sei sehr dringend und bat, Sophia von nebenan ans Telefon zu holen.

Sophia schrie laut auf, als sie seine Stimme hörte. »Wo bist du?«

»Später. Bitte schreib dir meine Nummer auf, und dann kauf dir sofort ein Prepaid-Handy und ruf mich zurück.«

Peck wechselte auf die andere Straßenseite, betrat ein Buchgeschäft und kaufte einen Stadtplan. Der Himmel war grau, und ein kühler Wind pfiff durch die schmale Straße. Peck fröstelte. *Rue Balard* las er auf einem der Straßenschilder, und der Plan informierte ihn, dass er sich in der Nähe der Seine befand. Wie sollte er mit Harry Kontakt aufnehmen? Und wo würde er heute übernachten? Plötzlich läutete sein Handy. Er erstarrte. Das konnte noch nicht Sophia sein. Auf dem Display des Mobiltelefons erkannte er eine Pariser Nummer. Sollte er abheben? Er ließ es läuten, hörte wenig später einen Piepston und ein Symbol zeigte ihm an, dass er eine Mitteilung erhalten hatte. Er drückte hektisch auf einige Tasten, bis er bis zu der Nachricht vorgedrungen war. Irgendein Pierre wollte wissen, wo denn Claire so lange bliebe und warum sie sich nicht meldete. Peck löschte die Nachricht. Er mochte keine SMS von Männern. Um sich etwas Wärme zu verschaffen, ging er schnellen Schrittes die Straße weiter. Immer den Kopf gesenkt halten. Es stank nach den Abgasen der Autos, die hektisch und wegen jeder Kleinigkeit hupend in beiden Richtungen durch die schmale Straße brausten. Später würde er sich irgendwo in ein Bistro setzen. Er musste etwas essen und nachdenken.

An der nächsten Ampel war rot. Er ging langsamer und blieb an der Kreuzung stehen. Und dann wusste er, wie er mit Harry Kontakt aufnehmen würde.

*

Plötzlich überholte ihn, von hinten kommend, ein Polizeiwagen, der langsam an ihm vorbeifuhr. Er bemerkte das Auto und den Polizisten auf dem Beifahrersitz zu spät. Ihre Blicke trafen sich. Der Uniformierte sah kurz auf ein Blatt Papier, das er in der Hand hielt, und Peck bemerkte, dass er aufgeregt zum Fahrer hinüberrief. In diesem Moment dröhnte bereits die Sirene durch die enge Straßenschlucht. Peck lief einige Schritte weiter, wechselte dann die Fahrbahnseite und bog fünfzig Meter weiter in eine kleine Seitengasse ein. Aufgelockerte Bebauung, dachte er, niedrigere Häuser und etwas Grün dazwischen. Hinter dem niedrigen Holzzaun auf der rechten Seite sah man hohe Bäume und dichtes Gebüsch. Ein Park, den er durch ein Drehkreuz betrat, und sofort den breiten Kiesweg verließ, um hinter einem niedrigen Gebäude Deckung zu suchen. Von dort lief er am Rand einer Rasenfläche bis zu einer weiß gestrichenen Mauer, die den Park begrenzte. Auf der anderen Seite sah er einen verwilderten Garten und dahinter ein einstöckiges Haus, dessen Fensterläden geschlossen waren. Sein Fuß schmerzte. Er sah sich schnaufend um und musste sich zwingen weiterzulaufen, durch Gestrüpp und in Schlangenlinien um die dort dichter stehenden Bäume herum. Sein Atem ging stoßweise, als er stehen blieb und versuchte, auf die Mauer zu klettern. Er schaffte es beim dritten Anlauf und gerade, als er einen Moment wie auf einem Pferd oben auf der Mauer saß, sah er die beiden Polizisten näher kommen. Hatten Sie ihn bemerkt? Er sprang auf der anderen Seite hinunter und abermals zuckte der Schmerz durch seinen Körper. Wieder der gleiche Fuß. Man kann jeden Fehler zweimal machen. Eilig humpelte er bis zu einem dichten Gebüsch und wartete. Er hörte die beiden Verfolger auf der anderen Seite der Mauer. »Pas loin!« Nicht weit, verstand er und versuchte, möglichst lautlos zu atmen. Dann war es ihm, als ob die beiden sich entfernten. Er blieb noch fünf Minuten zusammengekauert in seinem feuchten Versteck, dann erhob er sich, um wieder ans Tageslicht zu kriechen, als ihn etwas an der Hose festhielt. Er schlug mit der Faust dagegen und sah, dass er mit einem Hosenbein in dem Dickicht festsaß. Seine Knöchel waren zerschunden, und das Blut lief ihm über den Handrücken. Er fluchte und steckte die schmerzende Hand in seine Achsel. Als er sich aus dem Gestrüpp befreite, riss er sich die Hose am Knie auf. Von irgendwo auf der anderen Seite der Mauer hörte er eine Frau, die mit lauter Stimme offenbar mit ihrem Hund sprach. Gebückt schlich er durch das nasse Gras die Mauer entlang, bis er zu einer schmalen Einfahrt kam, wo er sich vorsichtig erhob, bis er über die Mauer sehen konnte. Keine Verfolger. Er ging zurück zur Straße und betrat die nächste *Bar à Vin*.

Dort drückte er sich an der Mauer entlang und suchte zuerst die Toiletten. Ein Stehklo. Als Peck die Spülung zog, sprang er erschrocken vor der herabstürzenden Wasserflut zurück. Er starrte sich im Spiegel an. War er das? Mit lauwarmem Wasser entfernte er das eingetrocknete Blut an der Stirn und an den Lippen, die dunkelrot und geschwollen waren. Seine Hand begann blau anzulaufen und sofort wieder zu bluten, als er sie unter das Wasser hielt. Er näherte sein Gesicht dem Spiegel, zog die Oberlippe hoch und starrte auf die Zahnlücke. Gut, dass Sophia ihn nicht so sah. Nicht lachen, dachte er, wenn er nicht lachte, sah man die Zahnlücke nicht. Aber er hatte ohnehin nichts zu lachen. Lange betrachtete er sein Gesicht im Spiegel. Lange weiße Haare, weißgrauer Bart und ein blutiges, zerschundenes Gesicht. Er musste sein Äußeres möglichst rasch verändern, beschloss er, ging zurück ins Lokal, das er mit eiligen Schritten durchquerte. Aus den Augenwinkeln sah er, wie ihn der ältere Angestellte hinter der Theke mit argwöhnischen Blicken verfolgte. Schräg gegenüber entdeckte er das Schild *Coiffeur*. Konnte er sich erlauben, da reinzugehen? Wenn der Friseur von Pecks Flucht im Radio gehört hatte … Er beschloss, die Leute da drin genau zu beobachten, um sofort zu fliehen, wenn einer ihn eigenartig ansah oder Anstalten machte zu telefonieren. Nur ein alter Mann saß mit einer Zeitung in der Ecke des kleinen Friseurgeschäfts, hob den Kopf, als Peck mit lautem Türgeklingel eintrat, und wies mit einer schwungvollen Armbewegung auf einen der Stühle. Er stellte sich hinter ihn und betrachtete mit zusammengekniffenen Augen Pecks Spiegelbild. Dann beugte er sich etwas vor und ließ einen langen Pfiff ertönen. »Un accident?« Peck gab sich keinen Illusionen hin, wie sein Zustand auf den Friseur wirken musste. Da saß ein Mann in der zweiten Hälfte des Lebens, zerkratzt, aufgeschürft und blutigen Lippen. Wie würde der Friseur jetzt reagieren? Der alte Mann hatte tiefschwarzes, jugendlich dauergewelltes Haar, sehr im Widerspruch zu seinem zerfurchten Gesicht mit schlaffer Haut, die aussah, als ob sie im Alter für seinen Kopf zu weit geworden war. Hinter einer kleinen, runden Brille blitzten braune Knopfaugen, die ihn aber nicht unfreundlich ansahen. Besser gar nichts reden, dachte Peck, als sich der Gefahr auszusetzen, dass sein Dialekt dem Friseur eventuell in Erinnerung blieb. An der Wand vor ihm hingen einige Schwarz-Weiß-Portraits geschniegelter junger Männer, jeder mit einer anderen Frisur. Peck zeigte zuerst auf seine Haare, dann auf das zweite Foto von oben, das einen blonden Schönling mit sanften Zügen und millimeterkurzem Haarschnitt zeigte. Und zur Bekräftigung hielt er dem Friseur, der Pecks pantomimische Gesten schmunzelnd verfolgte, noch die Hand hin, den Daumen nur einen Spalt vom Zeigefinger entfernt. Ganz kurz. Der Friseur war ein erfahrener Mann, der lächelnd und mit einem mutmachenden »*Bon alors!*« nach einem laut vibrierenden Gerät griff, um Peck innerhalb weniger Sekunden die Haare vom Kopf zu scheren. Wie bei einem Schaf. Peck war immer noch misstrauisch. Solange der Alte an Pecks Kopf arbeitete, konnte nichts passieren, plötzlich aber schüttelte der Friseur die Haarschneidemaschine, murmelte ein »*Cassé!*« und verschwand hinter einem Vorhang. Peck war plötzlich hellwach und setzte sich aufrecht hin. Alarmierte der Mann jetzt die Polizei? Er hörte, wie der Alte im Nebenraum herumkramte, dann kam er mit einer neuen Maschine zurück, die er ihm wie eine Trophäe entgegenhielt.

Zehn Minuten später trat Peck ganz langsam aus dem Friseurgeschäft, sah sich nach allen Seiten um, ging wieder mit gesenktem Kopf die Straße zurück und kaufte in einer *Droguerie* eine billige Sonnenbrille. Kurze Haare, dunkle Brille, anderer Mensch. Als er, diesmal deutlich selbstsicherer, wieder die *Bar á Vin* betrat, schenkte ihm der Kellner einen kurzen Blick, erkannte ihn aber offensichtlich nicht wieder. Quer durch das Lokal zog sich ein messingbeschlagener Tresen, an dem zwei Männer in blauen Arbeitsanzügen vor einem Bier standen und mit etwas Abstand daneben eine stark geschminkte ältere Prostituierte, die selbstbewusst und mit übereinandergeschlagenen dicken Beinen auf einem Barhocker thronte und die Welt beobachtete. Peck setzte sich an einen der kleinen, runden Tische an der Wand und bestellte *Charcuterie du Pays*, etwas *Fromage* und einen *Ballon Rouge*. Neben ihm saß eine junge Frau mit einem Kleinkind auf dem Schoß, das unzufrieden blinzelte. Und wahrscheinlich gehörte zu der kleinen Familie noch der Hund, der zusammengekrümmt unter dem Tisch lag. Die Prostituierte suchte mit penetrantem Lächeln immer wieder Blickkontakt zu Peck, der sich jedes Mal unbeteiligt wegdrehte. Er stopfte das Essen hungrig in sich hinein und kippte den sauren Wein mit einem einzigen großen Schluck hinunter. In diesem Moment hatte sich offenbar die Unzufriedenheit des Kindes auf dem Schoß der Mutter so weit vergrößert, dass es markerschütternd zu schreien begann. Sogar der Hund hob seinen Kopf und richtete seinen Blick fragend nach oben. Die Mutter lächelte Peck an, zuckte leicht mit den Schultern und nahm dann das Kind unter den Arm, bevor sie Richtung Toilette verschwand. Braunhaarige Pariser Promenadenmischung, dachte Peck, als der Hund kurz zu ihm hochsah und dann unaufgeregt den Kopf wieder auf seine Pfoten legte. An der Türe ertönte die Klingel, und zwei Polizisten betraten das Lokal. Peck sah, wie sie, den Kopf hin- und herschwenkend, langsam von Tisch zu Tisch gingen. Was sollte er tun? Er erhob sich, legte zwanzig Euro auf den Tisch, löste die Hundeleine vom Tischbein und streichelte den Hund, der ihm anstandslos Richtung Ausgang folgte. Als Peck sich an den beiden Polizisten vorbeizwängte, beugte er sich eifrig zu dem Hund hinunter und murmelte ihm beruhigende Worte zu, worauf dieser freundlich mit dem Schwanz wedelte. Die beiden Uniformierten sahen Peck nicht mal an.

Er trat auf die Straße, wandte sich nach links, und der Hund folgte ihm auf dem Fuß. Gut erzogen, dachte Peck. Er wechselte die Straßenseite und stellte sich vor die Auslage eines kleinen Lebensmittelgeschäfts. Nichts. Keine Verfolger. Der Hund sah mit seinen braunen Augen treuherzig zu Peck hoch, bereit, ihn das gesamte zukünftige Leben zu begleiten. Vor dem Geschäft war ein kleiner Eisenring in die Mauer eingelassen, an der er die Hundeleine verknotete und dann das Geschäft betrat. Er kaufte eine mittelgroße Wurst, über die sich der Hund gierig hermachte. Hier, schräg gegenüber der *Bar á Vin* würde ihn sein Frauchen gleich entdecken.

Jetzt schnell weg hier, bevor die Polizisten wieder aus dem Lokal kamen. Peck bog in die nächste Seitenstraße ein, wo er das Tempo wieder reduzierte. Er beschloss, wie ein Tourist auszusehen, ohne Hektik, unterwegs zum Eiffelturm oder einem der großen Museen. Er erschrak, als plötzlich sein Handy klingelte. Sophia! »Mein Gott, wie geht's dir? Wo bist du?«

Er erzählte kurz seine Erlebnisse in der *Santé* und seine Flucht.

»Ich war bei einem Rechtsanwalt, der mit der Polizei gesprochen hat. Du bist seit gestern ein international aktenfüllender Fall.«

»Die jagen mich. In ganz Paris.«

»Soll ich Harry verständigen?«

»Nein. Ich setze mich mit ihm in Verbindung.«

»Aber wie?«

»Ich habe da eine Idee. So was Ähnliches wie eine Brieftaube.«

»Und dann? Du kannst doch nicht in den Untergrund gehen und eine Karriere als Clochard starten.«

»Marais ist seit über einer Woche tot. Das weiß dieser Detlev ganz genau.«

»Warum also das Ganze?«

»Rache«, sagte Peck, »Affekt. Oder Aggression, was weiß ich.«

»Oder die Polizei glaubt, dass du vor einer Woche schon mal in Paris warst, um Marais zu töten.«

Erraten, dachte er.

»Übrigens, Funke hat mich heute in der Buchhandlung besucht.«

»Wie viele Bücher hat er gekauft?«

»Ich habe ihm die Wahrheit gesagt, oder zumindest, was ich dafür halte. Funke glaubt dir, und er ist auf deiner Seite. Was wirst du jetzt machen?«

»Zuerst treffe ich Harry, dann fahre ich nach Kleinbergdorf.«

»Willst du dich dort verstecken?«

»In dem Dorf liegt die Lösung. Das fühle ich.«

»Jutta Meischner ist nach wie vor spurlos verschwunden. Ich habe versucht, sie im *Amadeum* zu erreichen. Doch es war nur ihr Chef am Telefon.«

»Doktor Ralph Ott, der gut Aussehende?«

»Ott war sehr charmant. Und er hat sich nach dir und deinen Fortschritten erkundigt. Er meint, Jutta ist in Amerika.«

Sie beendeten das Gespräch, und Peck marschierte, in Gedanken versunken, weiter. Welche Beziehung bestand zwischen einem französischen Musikprofessor und Daniel Meischner, dessen Visitenkarte er bei Marais gefunden hatte? Und warum war Marais über Nacht aus dem Hotel in Krems verschwunden, unmittelbar nach dem Raub der Notenhandschrift und ohne sich von seinen Kollegen zu verabschieden? Irgendwem muss dies eigenartig vorgekommen sein. Und irgendwer ist Marais nach Paris gefolgt, am selben Tag noch. Oder am nächsten. Warum wurde Marais umgebracht? Befindet die Handschrift sich noch in Paris? Oder in Frankfurt? Peck beschloss, Daniel Meischner in Deutschland zu besuchen.

15. Arrondissement, an der Grenze zum 6., entnahm er dem Stadt-

plan, als er am *Tour Montparnasse* vorbeiging. Plötzlich hatte er das Gefühl, dass ihn jemand beobachtete. Und dann sah er den Mann, der auf der anderen Straßenseite stehen geblieben war und ihn anstarrte. Es war Detlev Sottice.

*

Hatte Detlev ihn erkannt? Peck hatte seinen Blick abgewandt, sah aber aus den Augenwinkeln, dass Sottice nicht allein war. Aus einer *Bar Tabac* war ein Uniformierter getreten, der jetzt neben Sottice stand und ebenfalls zu ihm herübersah. Peck konnte sehen, wie die beiden zum Fahrbahnrand gingen, jetzt den Kopf nach links und rechts drehten wie auf der Suche nach einer Lücke in dem dichten Strom der Autos, die in beiden Richtungen unterwegs waren. So schnell, wie es sein lädierter Fuß zuließ, lief Peck am Gehsteig zurück, rempelte Leute an, die ihm irgendwelche Schimpfworte nachriefen, bis nach hundert Metern der Schmerz so stark wurde, dass er schnaufend stehen bleiben musste. Und dann sah er den Bus, der gerade langsam aus der Haltestelle fuhr. Er trommelte wild gegen die Scheibe und drückte auf den Knopf neben der Tür. Und der Wagen hielt noch einmal kurz an, Peck ergriff die Haltestange und zog sich die zwei Stufen hinauf, worauf der Bus sich hupend und schnell beschleunigend in den Verkehr einordnete. Peck stand an der großen Heckscheibe und sah, wie seine beiden Verfolger ihre Schritte verlangsamten, als sie erkannten, dass sie den Bus nicht mehr erreichen würden. Er konnte aber gerade noch sehen, wie sie zu einem auf der anderen Straßenseite stehenden Taxi rannten, wo sich der Fahrer gerade bemühte, einen dicken Fahrgast aus dem Wagen zu ziehen. Peck setzte sich und bemerkte, wie eine alte, in glänzendes Schwarz gekleidete Frau eilig von ihm wegrutschte und ihn böse von der Seite anstarrte. Er lächelte freundlich zurück. Fünf Minuten später las Peck *Cimetière du Montparnasse* in roten Leuchtbuchstaben über dem Busfahrer. Er sah auf seinem Stadtplan, dass er wieder gefährlich nahe an das *Santé*-Gefängnis herangekommen war, und drückte eilig den Halteknopf. Wahrscheinlich würde man ihn hier am wenigsten vermuten. Mit ihm waren einige

Menschen ausgestiegen, darunter auch die schwarze Alte, die einen Strauß Chrysanthemen trug. Peck war noch halb von dem wieder anfahrenden Bus verdeckt, als er das Taxi sah, das herangejagt kam und jetzt knapp hinter dem Bus herfuhr. Sein Puls beschleunigte sich. An der nächsten Station würden sie bemerken, dass er nicht im Bus saß und sofort den Schluss ziehen, dass er bereits hier ausgestiegen war. In spätestens fünf Minuten würde er sie wieder auf den Fersen haben.

Neben dem großen schmiedeeisernen Tor hing ein Übersichtsplan des Friedhofs. Er las die Namen Baudelaire und Guy de Maupassant, deren Gräber sich hier befanden, er sah aber auch, dass mitten durch den Friedhof eine Straße führte, die Rue Emile Richard, in der ein Taxistandplatz eingezeichnet war. Nach zwei Minuten ließ er sich erleichtert in die Polster des Taxis fallen. Benannt nach einem früheren österreichischen Minister, überlegte er, und dann fiel ihm Harry Munks Adresse wieder ein. »Rue Broda. Numéro treize«, sagte er zu dem Fahrer. »Ich habe es eilig!« Dieser drehte sich kurz zu ihm um und sagte: »So sehen Sie auch aus!«

Peck suchte die Rue Broda auf dem Plan und fand sie im 13. Arrondissement, direkt an der Grenze zum 5.. Langsam geht mein Geld zu Ende, dachte er, und ließ sich vom Taxifahrer eine Quittung über die fünfzehn Euro geben. Kommt alles auf die Spesenrechnung. Ein kalter Wind pfiff durch die schmale, schattige Straße, und Peck wünschte, er hätte seinen warmen Mantel dabei. Nach wenigen Metern entdeckte er ein Schreibwarengeschäft. Er stieg die zwei Stufen hoch und stieß die Ladentür auf, die ein endloses Gebimmel auslöste. Ein junges Mädchen sah ihn skeptisch an, als er etwas Papier und einen Briefumschlag verlangte.

Die Rue Broda war links und rechts von mehrstöckigen Wohnhäusern gesäumt, die grau und schmutzig aussahen. Von seinem jetzigen Standort aus konnte er gut in die Straße einsehen. Er zählte die Hausnummern der benachbarten Gebäude ab und warf einen scharfen Blick in jedes der in unmittelbarer Nähe geparkten Autos. Er sah sie in einem Peugeot sitzen, der schräg gegenüber der Nummer 13 stand. Zwei Männer in Zivilkleidung, und Peck war sicher, dass sie Harrys Haus überwachten.

*

Sofort drehte er um und ging die Straße bis zum Ende des Wohnblocks zurück. *Café Espoir* stand über dem Eingang, und Peck betrat einen schmalen, fensterlosen Raum mit rohen Ziegelmauern. Er spürte jetzt die Erschöpfung und schlurfte müde über den unebenen Bretterboden zu der Theke im Hintergrund des Raumes. Zwei ältere dunkelhäutige Frauen und ein junger Mann saßen alleine an den kleinen Tischen, die wie im Speisewagen eines Zuges hintereinander angeordnet waren. Die Luft war stickig, es roch nach kaltem Zigarettenrauch und verbrannten Zwiebeln. Die drei Leute hoben kurz den Kopf, als er an ihnen vorbeiging.

»Einen Cognac?«, fragte der Mann hinter der Theke, und Peck wollte schon Ja sagen, bestellte dann aber einen Kaffee, der, wie sich herausstellte, nach Abwaschwasser schmeckte. Aber wenigstens warm. Paul, du bist immer leichter zufriedenzustellen. Dann orderte er doch einen Cognac und setzte sich an einen der Tische an der Wand.

Madame Vera Munk schrieb er auf den Briefumschlag, *13, Rue Broda*. Er sah auf die Uhr an der Wand. Fast fünf. Hoffentlich waren die Munks zu Hause.

Harry, rufe mich unter 070063042816 an.
Aber geh zu einer Telefonzelle. Nicht von deinem Festnetz
und auch nicht vom Handy!
Gruß, Paul.

Vor dem Café stand jetzt eine alte Frau in zerschlissenen Kleidern, die sich ihm in den Weg stellte und fordernd die Hand aufhielt. Peck gab ihr fünfzig Cent, sah dann aufmerksam die Straße entlang, konnte aber nichts Verdächtiges entdecken. Der Wind wehte ihm stoßweise entgegen, und kurz bevor er nach rechts in eine schmale Querstraße einbog, blickte er nochmals zurück. Die alte Frau stand immer noch an der gleichen Stelle und starrte ihm nach. Irgendwo hier war ihm vorhin ein Spielplatz aufgefallen. Nach einigen Gehminuten kam er zu dem kleinen asphaltierten Platz, auf dem hinter einem meterhohen Maschendrahtzaun einige Buben lärmend und lachend Fußball spielten. Peck sah ihnen eine Minute lang zu und entschied sich dann für den schlechtesten Fußballer in der Runde, einen vielleicht dreizehnjährigen, etwas pummeligen Buben mit Brille. Er legte sich die Worte genau zurecht, dann ging er langsam auf die Fußballer zu, die schließlich ihr Spiel unterbrachen und ihm skeptisch entgegenblickten.

»Ich habe einen Auftrag zu vergeben. Dauert genau fünf Minuten und bringt zehn Euro Gewinn.« Er deutete auf den schlechten Fußballer. »Komm«, sagte er, »ich erkläre dir, worum es geht.«

Sie gingen zwei Schritte zur Seite, und der Bub sah ihn jetzt noch skeptischer an. Peck hielt ihm den Briefumschlag hin, sodass der Bub die Adresse lesen konnte. »Kennst du die Rue Broda? Das Schreiben muss da hingebracht werden.«

Der Bub sah ihn fragend an. »Warum gehen Sie nicht selbst zu der Dame, Monsieur?«

»Geht nicht! Unter uns Männern: Die Frau ist verheiratet!«

Der Bub begann zu grinsen. »Meine Mutter würde sagen: Sie sind ein Filou, Monsieur!«

»Du hast eine kluge Mutter.«

Der Bub grinste wieder. »Das ist ein wichtiger Auftrag, aber auch ein gefährlicher. Das kostet fünfzehn Euro.«

Peck holte die letzten fünf Euro aus der Brieftasche. Dann folgte er langsam dem Buben, der vorne bereits in die Rue Broda eingebogen war. Peck sah, dass der Junge, von den beiden Zigaretten rauchenden Polizisten im Auto unbeachtet, die Nummer 13 betrat und nach einigen Augenblicken wieder aus dem Haus lief. Peck erwartete ihn. »Alles okay?«

»Qui Monsieur! J'ai le bonjour à vous donner de la part de Madame.«

Peck sah kurz auf den Stadtplan, bog rechts ab und kreuzte den großen Boulevard, der die Grenze zum 5. Arrondissement bildete. Dann wanderte er müde die Rue Mouffetard bis zur Place de la Contrescarpe, ging nach dem Lycée Henri-Quatre quer über den windigen Place du Panthéon, als das Mobiltelefon sich meldete.

»Sorry, Paul, es ging nicht schneller. Es gibt in Paris kaum noch Telefonzellen, ich musste zehn Minuten suchen, bis ich fündig wurde. Wo bist du? Wie geht es dir?«

Peck flüchtete in den windgeschützten Eingang eines Wohnhauses. »Harry, ich brauche deine Unterstützung. Können wir uns treffen?«

»Sicher. Warum kommst du nicht zu mir?«

»Das erkläre ich dir später. Kennst du *Shakespeare and Company*?«

»Die Buchhandlung?"

»Ich warte dort auf dich."

»Ich bin schon unterwegs.«

»Halt! Harry, ich brauche Geld!«

»Okay. Du bist kreditwürdig.«

Peck stapfte, gegen den Wind gebeugt, über den Platz, vorbei an der alten Kirche *Saint-Etienne-du-Mont* und tauchte dann in das enge Gassengewimmel des *Quartier Latin*, durch das sich bereits Heerscharen von Touristen schoben, auf der Suche nach einem preiswerten Restaurant. Bei jedem Schritt jagte der Fuß einen Schmerz durch Pecks Körper und als er die Tür des geschichtsträchtigen Buchantiquariats öffnete, sah er, dass seine Hand blau angelaufen war.

Es riecht nach Büchern und nach Staub, dachte Peck, als er in das Zwielicht der Buchhandlung eintauchte. Vorne an der Türe saß ein alter Mann, der auf einem Podest hinter einem Holzverschlag thronte und gierig irgendein Eintopfgericht aus einem verbeulten Aluminiumgeschirr löffelte. Er sah Peck kurz über seine Brille an und widmete sich dann wieder seinem Essen. In der Ecke am Fenster hing ein lebensgroßes Foto von James Joyce. Langsam schlenderte Peck durch die drei hintereinanderliegenden Räume mit den dunkelbraunen Regalen, die vom Boden bis zu den schiefen, wuchtigen Holzbalken an der Decke reichten. Dazwischen lagerten hohe Bücherberge, teils am Fußboden, teils auf zu vielen Tischen, die chaotisch im Raum verteilt waren. An der rückwärtigen Wand war ein Türstock in bester Baumeistertradition mit einer Büchermauer geschlossen worden. Hier geht man nicht her, um ein Buch zu kaufen, dachte Peck, sondern um in einen Bücherkosmos aus längst vergangenen Zeiten einzutauchen. Eine schiefe Holzstiege, die im letzten Raum nach oben ins dunkle

Nichts führte, war auf den unteren Treppenstufen mit hohen, zur Seite gekippten Büchertürmen vollgeräumt, auf denen eine getigerte Katze schlief. Peck nahm irgendein Buch zur Hand und ließ sich auf einen der beiden dunkelroten Plüschsessel neben dem Stiegenaufgang fallen. Unkonzentriert blätterte er in dem Buch und beobachtete dabei aufmerksam die wenigen Besucher, die wie in Zeitlupe zwischen den Bücherregalen herumwanderten. Er war sicher, dass ihm niemand gefolgt war.

Nach zehn Minuten betrat Harry den Raum, sah sich suchend um und steuerte dann auf Peck zu.

»Mit den kurzen Haaren und deinen Hautabschürfungen siehst du aus wie ein libanesischer Serienkiller.«

Außer einer jungen Frau, die hektisch in einem bebilderten Taschenbuch blätterte, waren sie jetzt in dem rückwärtigen Teil der Buchhandlung alleine. »Bleiben wir hier«, sagte Peck.

»Wie geht es dir?« Harry sah ihn neugierig an.

»Beschissen. Ich bin da auf der Flucht, wo andere Urlaub machen.« Harry angelte sich einen wackeligen Holzstuhl und nahm neben Peck Platz.

»Die haben mich geschlagen«, sagte Peck.

»Nicht zu übersehen. Diese gemeine Bande.«

»Keine Bande. Nur einer. Ein richtiges Arschloch, mit dem ich schon in Krems Streit hatte.«

»Erzähle mir, was genau passiert ist.«

Peck berichtete Harry in Kurzversion vom Fund der Leiche, der Nacht in der Santé und der Flucht durch ganz Paris.

»Wie lange lag der Tote dort schon?«

»Mehr als eine Woche.«

»Und warum hat keiner die Leiche vor dir gefunden? Gibt es keine Kinder, keine Ehefrau oder Arbeitskollegen?«

»Marais sagte mir, dass er eine Woche Urlaub hätte. Also ging er niemand ab. Außerdem sieht es in seinem Haus nicht so aus, als ob er eine Frau hätte.«

»Wie machen wir jetzt weiter?«

»Vor deinem Haus sitzen zwei Polizisten in einem Auto. Ist dir das nicht aufgefallen?« Erschrocken schüttelte Harry den Kopf. »Ich habe den Hinterausgang benutzt und niemanden gesehen.«

»Ich brauche eine Dusche, ein Bett, Geld und ein Auto.«

»Du kannst alle vier Dinge von mir haben.«

Peck nickte langsam und ließ dann den Kopf hängen. Ihm taten sämtliche Knochen weh, und er hatte Mühe, nicht einzuschlafen.

»Zwischenzeitlich hat sich die gesamte Weltpresse auf den Fall gestürzt.«

»Auf Mozarts *Requiem* oder meine Flucht?«

»Man bringt beides in Zusammenhang. Du bist derzeit mindestens so berüchtigt wie Mozart berühmt. Man kennt dich von Südamerika bis Grönland.«

»Ich bin todmüde.« Peck lehnte sich zurück.

»Meine jüngere Tochter hat hier in Paris eine kleine Wohnung, die zurzeit leer steht, da sie mit ihrem Verlobten in Amerika lebt. Sie studiert dort irgendwo. Hoffe ich wenigstens.«

Harry zog den Briefumschlag aus der Tasche, auf dem Peck seine Handschrift wiedererkannte. »Ich schreibe dir die Adresse der Wohnung auf. Übrigens, der Junge, der mir diesen Umschlag mit deiner Botschaft in die Wohnung brachte, ist ein Prachtstück von Geschäftsmann. Du hättest ihm versprochen, sagte er, dass er von mir fünfzehn Euro für seine Botendienste erhält.«

Peck musste lächeln und deutete auf die Adresse. Rue Albert Nummer 118. »Wo ist das?«

»Das Appartement liegt im 13. Arrondissement, nicht weit von Mitterands gigomanischer Stadtbibliothek entfernt. Die Wohnung ist dunkel, klein und hat eine Aussicht wie in den Abluftkanal einer Klimaanlage. Aber dort bist du sicher vor den Bullen.«

»Apropos Tochter. Was ist mit deiner Ältesten? Bist du Doppel-Opa?«

Harry grinste. »Jakob heißt der Enkel, schwarze Haare, fünf Kilogramm schwer, fünfundfünfzig Zentimeter lang.« Dann verlief sich das Lächeln wieder. »Nochmals zu diesem ominösen Journalisten, der uns im Restaurant geärgert hat. Ich sagte dir schon, dass mein früherer Chef mich nicht angerufen haben kann. Und einen Journalisten namens Maurice Loutil gibt es in ganz Frankreich nicht.« Harry wirkte plötzlich sehr zerknirscht. »Es tut mir leid, ich hätte das im Vorfeld besser klären müssen.«

»Rue Albert«, sagte Peck und entfaltete den Stadtplan.

»Wir fahren zusammen hin.«

Peck schüttelte den Kopf. »Nein. Ich bin zwar fast am Ende mit meiner Kraft, werde aber trotzdem zu Fuß gehen. Und zwar alleine. Die Polizei überwacht sicher alle Métrostationen. Und pass auf, dass dir niemand auf dem Nachhauseweg folgt.«

»Und wie geht es morgen weiter?«, fragte Harry.

»Morgen habe ich weniger Schmerzen im Fuß, also schaffe ich die Flucht aus Paris, ohne dass meine Knochen schlappmachen und man mich erwischt.«

»Das Auto steht genau vor dem Haus«, sagte Harry und legte den Wagenschlüssel auf den Tisch. »Es gehört meiner Tochter. Ein Citroën, klein, wenig auffällig und untermotorisiert.«

Peck nickte. »Danke. Ich muss nach Salzburg. Dort spielt jetzt die Musik. Ich weiß das. Und mit dem Zug oder Flugzeug komme ich aus Frankreich nicht raus, ohne der Polizei in die Hände zu laufen.«

»Dann überwachen die auch alle Autobahnausfahrten, die nach Osten führen.«

»Darum werde ich auch Paris in westlicher Richtung verlassen.« Er zeigte mit dem Finger auf den Stadtplan. »Hier. *Port d'Auteuil*. Da fahre ich raus, verlasse nach zwanzig Kilometer die Autobahn und komme im Süden auf Nebenstraßen zurück, am Flughafen *Orly* vorbei und hier wieder auf die Autobahn in Richtung deutsche Grenze.«

»Das kostet dich drei Stunden.«

»Das muss ich in Kauf nehmen. Das Problem ist, wie komme ich unbemerkt über die Grenze? Die pfeifen auf *Schengen* …«

»Ich glaube, ich weiß eine Lösung. Meine Tochter muss da irgendwo einen Autoatlas haben.«

Er kam mit einem Michelin-Atlas zurück. »Du fährst bis Metz auf der Autobahn, dann runter auf die Landesstraße, und hier bei Wintersdorf führt eine alte Brücke über den Rhein. Mitten auf der Brücke ist die Grenze, die wenig kontrolliert wird. Ich bin da schon gefahren.

Und bei Baden-Baden wieder auf die Autobahn, bis du in Karlsruhe die A8 nach München erreichst.«

Peck nickte. Ihm fielen die Augen zu.

»Ich habe von zu Hause Lebensmittel, Tabletten und eine Heilsalbe für dein Hirn mitgebracht.«

Peck griff in seine Hosentasche und legte die Geldbörse und das Handy auf den Tisch. »Das gehört einer gewissen Claire Gloom. Bitte gib zweihundert Euro in die Geldtasche und schick das der Dame. Mit anonymem Dank von mir. Und noch etwas.« Peck schob Harry einen kleinen Zettel hin. »Ruf morgen die Polizei an und melde, dass ein einsamer Renault mit diesem Kennzeichen in der ersten Etage des Parkhauses in der Avenue Emile Zola auf seinen Besitzer wartet. Und bitte maile mir deine Kontonummer. Ich habe Schulden bei dir.«

Ohne sich zu waschen, kroch er zehn Minuten später ins Bett und war sofort eingeschlafen.

Es war eine unruhige Nacht, überwuchert von angsteinflößenden Gedanken und bedroht von gehässigen Menschen. Er driftete durch verbrannte, zerstörte Landschaften, durchschwamm, zu Tode erschöpft, ölige, pestialisch stinkende Gewässer, verzweifelt und schmerzerfüllt auf der Suche nach einem rettenden Fluchtweg aus einer ihm unbekannten bedrohlichen Stadt. *Ganz Paris wird sich gegen Sie wenden.*

Mittwoch, 28. September

04 Uhr und 30 Minuten las er auf der Weckeruhr, als diese ihn mit lautem Scheppern aus dem Schlaf riss. Draußen war es dunkel, und er spürte die Kälte im Zimmer, als er sich langsam und laut stöhnend im Bett aufsetzte. Sein Rücken schmerzte, als er sich langsam aus dem Bett stemmte, und dann spürte er plötzlich wieder ein unerträgliches und beherrschendes Verlangen nach Alkohol. Er war verwirrt, weil er in seinem Leben noch nie von Alkohol abhängig gewesen war. Jeder Muskel seines Körpers tat ihm weh, als er endlich stand und schwankend in Richtung Badezimmer stakste. Hatte er an Gewicht verloren? Er sehnte sich nach Ruhe, einem regelmäßigen Essen. Und einer Flasche Rotwein. Es war kalt im Zimmer, und er zitterte, bis er endlich unter der heißen Dusche stand. Wieder erschrak er, als er sein zerschundenes Gesicht im Spiegel sah, die stets präsente Zahnlücke und die Stoppelfrisur, die so kurz war, dass die Kopfhaut durchschimmerte. Genauso hatte der paranoide Bösewicht in einem der *James-Bond*-Filme ausgesehen. Die ehemals blauen Flecken in seinem Gesicht erblühten in allen Regenbogenfarben, die Schürfwunden begannen, langsam zu verheilen, und juckten höllisch. Er bestrich die wund geschlagenen Stellen mit der Heilsalbe, die Munk mitgebracht hatte, dann ging er in die Küche und nahm erfreut zur Kenntnis, dass Harry den Kühlschrank umsichtig für sein Frühstück gefüllt hatte. Er bereitete sich für die lange Fahrt noch einige Schinkenbrote zu, sodass er nicht an einem Rasthaus halten musste, was er für zu gefährlich hielt, zumindest, solange er sich noch in Frankreich herumtrieb. Es war sehr wahrscheinlich, dass die Polizei alle Autobahnraststätten in Richtung Deutschland überwachte.

Er schaltete das Radio ein und begann, systematisch alle Küchenschränke zu durchsuchen, bis er auf eine Metalldose mit einem graubraunen Pulver stieß, das entfernt nach Kaffee roch. Er trank mit geschlossenen Augen einige Schlucke und freute sich, dass das Getränk heiß war.

Er hätte hinterher nicht sagen können, warum ihm gerade in diesem

Moment der Name Erich Rönz in den Sinn kam.

Vielleicht, weil Rönz von Anfang an über Birgit Helms Beziehung zu Uwe Dayer informiert war und viele der Zusammenhänge kannte, die sich später als wichtig herausgestellt hatten. Und Rönz hatte Dayer von Kleinbergdorf bis Gneixendorf verfolgt und beobachtet, wie dieser in der Nacht den geheimnisvollen Besucher empfangen hatte. Vielleicht ist es Rönz sogar gelungen, die beiden zu belauschen und mit anzuhören, worum es bei diesem Treffen ging. Ob Rönz vorbestraft war? Vielleicht hatte Funke in der Zwischenzeit mehr über Rönz herausgefunden.

*

Mit gespitzten Ohren lauschte Peck dem schnell redenden Radiosprecher, der in den Frühnachrichten über einen Mord in Paris berichtete und einen österreichischen Staatsbürger, der unter Anwendung von brachialer Gewalt aus dem Justizpalais geflüchtet war. Zweimal wurde im gleichen Zusammenhang auch der Name *Mozart* erwähnt. Peck sah auf den Telefonapparat, der neben dem Radio stand. Konnte er es wagen, von hier aus Sophia anzurufen?

»Wie geht es dir? Wo bist du? Es ist noch nicht mal fünf Uhr!«

»Was du tun willst, das tue bald. Noch bin ich in einer kleinen, kalten Wohnung in Paris.«

»Und wann startest du die große Reise?«

»Vor dem Haus steht ein vollgetankter Citroën. Hoffe ich wenigstens. Und dann kannst du mich nicht mehr erreichen.«

»Was ist mit deinem geklauten Handy? Warum nimmst du es nicht mit? Seit du auf der Flucht bist, laufe ich übrigens ständig mit zwei Handys herum.«

»Über das Handy könnte man meine ganze heutige Reise quer durch Frankreich verfolgen. Ich kaufe morgen in Bischofshofen ein neues Mobiltelefon und melde mich dann bei dir.«

»Können wir uns nicht in Kleinbergdorf treffen?«

»Nein. Du wirst möglicherweise genauso überwacht wie dein Telefon.«

»Aber Funke ist auf deiner Seite.«

»Das Problem heißt nicht Funke. Hier regiert jetzt die Europol, und die sitzen am längeren Polizeihebel als die Gesetzeshüter aus Salzburg.«

»So ähnlich hat Funke sich auch ausgedrückt. Er sagte, dass ein europäischer Haftbefehl gegen dich erlassen werden soll. Vorsorglich, meint er, das soll sich heute oder morgen bei der Staatsanwaltschaft entscheiden.«

»Noch eine Bitte: Ruf beim Gasthaus *Raffner* an und reserviere ein Zimmer für mich. Sag, ich komme heute erst spät an. Nenne aber meinen Namen nicht. Sag, es ist für Herrn Paul.«

»Ich liebe dich, Herr Paul. Du bist, nebenbei bemerkt, in allen Nachrichten gut präsent. *Mord in Paris* steht heute auf allen ersten Seiten, und im Fernsehen ist für abends ein Bericht über das verschwundene *Requiem* angekündigt. Übrigens hat Funke sich gestern nochmals gemeldet und mir erzählt, dass Silke Bräuner, die deutsche Mozart-Expertin aus Heidelberg, ebenfalls verschwunden ist. Oder untergetaucht.«

»Und deine Freundin Jutta?«

»Nach wie vor vom Erdboden verschluckt. Und keiner weiß, wo sie sich aufhält.«

»Ich habe den Verdacht, dass die Mozart-Experten gut besucht sind. Zuerst London und jetzt hier.«

»Und Silke Bräuner wie auch Jutta sind verschwunden. Dreihundert Millionen Versicherungswert zeigen ihre Wirkung.«

»Genau. Ich habe noch einen Punkt: Rufe Funke an und frag ihn, ob er irgendwas Neues über Erich Rönz herausgefunden hat. Ich möchte wissen, ob er vorbestraft ist. Verrate aber Funke nicht, dass ich nach Kleinbergdorf unterwegs bin.«

»Fahr vorsichtig!«

Nach dem Gespräch erinnerte er sich an die Visitenkarte Daniel Meischners, die er in Marais' Haus eingesteckt hatte. Auf der Karte war eine Frankfurter Festnetznummer angegeben.

Zuerst kam das Besetztzeichen und nach dem zweiten Wählen die Durchsage: »Unter der von Ihnen gewählten Nummer ist uns kein

Teilnehmer gemeldet.« Dann eben nicht. Er warf das Handy auf das Bett.

Zeit zum Aufbruch, dachte Peck und beugte sich über den Stadtplan. Wie kam er von der Rue Albert zur Port d'Auteuil?

Zwanzig Minuten später verließ er die Wohnung. Er benutzte statt des Aufzugs die Stiege und öffnete langsam die schwere, eisenbeschlagene Haustüre. Gott sei Dank keine Concierge, dachte er und sah lange nach beiden Seiten, bis er sicher war, dass niemand ihn beobachtete. Dann verschwand er in dem kleinen zitronengelben Citroën. Vollgetankt, überlegte er, fünfzig Liter Diesel, sechs Liter auf hundert Kilometer. Also brauchte er in Frankreich nicht mehr zu tanken.

Er schloss leise die Autotüre und startete den Wagen. Die Straße lag dunkel vor ihm, kaum erhellt durch einige wenige gelbe Straßenlampen. Paris schlief noch. Nur hie und da ein Auto und auch die Gehsteige waren leer bis auf einige Frühaufsteher, die mit eiligen Schritten, den Kopf tief in ihrem hochgestellten Mantelkragen vergraben, zur nächsten Métrostation marschierten.

Er fuhr in einem möglichst unauffälligen Tempo und beobachtete genau, ob irgendwo ein verdächtiges Auto oder ein Polizeiwagen stand. Plötzlich fiel ihm links an der Hausmauer ein blaues Straßenschild ins Auge. Rue Marcel Duchamp. Duchamp, Dadaist und Schriftsteller … wo war ihm dies in letzter Zeit untergekommen? Und dann erinnerte er sich. Rue Marcel Duchamp, die Wohnadresse von Detlev Sottice, die er auf einer Notiz im Quai des Orfèvres gelesen hatte. Welche Hausnummer? Nummer 100! Gedächtnis noch intakt.

Peck stieg auf die Bremse und bog in die Rue Marcel Duchamp ein, eine schmale Einbahnstraße mit ungepflegten Grundstücken, einigen alten mehrstöckigen Wohnblocks und dazwischen eilig hingebauten niedrigen Häusern mit Handwerksbetrieben, Fitness-Studios und unattraktiv aussehenden Geschäftslokalen. Nach einigen hundert Metern sah er die Nummer 100 auf der rechten Seite, ein hässliches Einfamilienhaus mit einem fleckigen grauen Schieferdach. Entweder Detlev oder seine Frau waren Gartenliebhaber. Soweit Peck es in dem kargen Licht der Straßenlampe erkennen konnte, machte der Vorgarten einen gepflegten und sauberen Eindruck und passte nicht zu dem heruntergekommenen Haus mit dem schmutzig grauen Putz, der in großen Stücken abgeblättert war. Schräg gegenüber sah Peck einen Bagger im Garten stehen, und trotz der frühen Stunde turnten bereits einige Arbeiter in blauen Arbeitsanzügen im Licht einiger greller Scheinwerfer auf der Baustelle herum. Ein schmutziger LKW parkte vor Sottices Haus, mit laufendem Motor und einer riesigen Betonmischtrommel oben drauf, die sich langsam drehte. Peck stellte seinen Wagen fünfzig Meter weiter in der Dunkelheit ab. Gegenüber brannte Licht in einer *Bar Tabac*, und zwei Männer standen an der Theke, die etwas aus weißen Bechern tranken und graue Wolken in die Luft pafften. Peck ging langsam an Sottices Haus vorbei, wobei sein Blick auf die zerbrochene Scheibe bei einem der beiden Kellerfenster fiel, die sich knapp über dem Boden befanden. Und dann hatte Peck eine Idee. *MAN* stand vorne an der Motorhaube des Betonmischers, und Peck erinnerte sich, dass er vor vielen Jahren als Ferialpraktikant auf einer Baustelle gearbeitet hatte und so ein imponierendes Fahrzeug bedienen durfte. Er löste den dicken Kunststoffschlauch, der seitlich am Wagen befestigt war, zog ihn mit aller Kraft über den Gehsteig, den niedrigen Gartenzaun und steckte schließlich das Schlauchende in das Kellerfenster. Dann suchte er den richtigen Hebel. *OFF – ON*. Das war's. Wenige Sekunden später sah er den Flüssigzement aus dem Schlauch in den Keller fließen, zuerst träge, dann immer schneller werdend. Wie aus einer riesigen Zahnpastatube ergoss sich mit leise schmatzendem Glucksen eine hellgraue Wurst in den Keller. Peck lächelte, als er den Citroën wieder startete und wenige Minuten später an der *Port d'Auteuil* den Boulevard Péripherique und die Stadt Paris in westlicher Richtung verließ.

Peck suchte einen Musiksender, entspannte sich und drehte die Lautstärke auf. Er lächelte grimmig. Möglicherweise war der neue, meterdicke Estrich im Keller bereits trocken und bereit zum Fliesen, wenn Sottice am Abend nach Hause kam. Nur der Stauraum im Untergeschoss dürfte deutlich kleiner geworden sein. Peck wäre gerne dabei gewesen.

Nach einer halben Stunde verließ er die Schnellstraße und fuhr, immer den Autobahnschildern folgend, durch die südlich der Stadt liegenden Vororte wieder in östliche Richtung, vorbei am Flughafen *Orly* und nach einer weiteren Stunde wieder auf die Autobahn in Richtung Metz. In einer der Seitentaschen entdeckte er eine CD mit Chansons und schob sie in das Radio, dann lehnte er sich zurück und machte es sich für eine lange Fahrt bequem, soweit dies bei dem kleinen Wagen möglich war. Bei Épernay brach der Tag an, der Himmel vor ihm wechselte wie in Zeitlupe seine Farbe von Schwarz zu einem immer heller werdenden Grau, und schließlich zeigte sich gelbrotes Sonnenlicht, das vom Horizont aufstieg. Er konnte die Marne sehen, die dunkel und träge neben der Autobahn dahinfloss. Mitten im Zentrum der Champagnerherstellung, dachte er und bekam spontan Durst. Er hatte sich vorgenommen, in Frankreich nirgendwo stehen zu bleiben, doch musste er wenig später dringend auf die Toilette, weshalb er bei der nächsten Raststation von der Autobahn abfuhr. Vorsichtig und nach allen Seiten schauend, rollte er langsam zum Parkplatz, doch er sah nichts Verdächtiges. Doch als er aus der Toilette kam, stand eine junge Frau direkt vor ihm und sah ihn durchdringend an. Ihm stockte der Atem. Hatte es die Frau auf ihn abgesehen? Eine Polizistin? Jeans, kurze schwarze Lederjacke, hellbraune, windzerzauste Haare, beobachtete er aus den Augenwinkeln, als er eiligen Schrittes an ihr vorbei zu seinem Wagen ging.

»Halt! Stehen bleiben!«, rief hinter ihm eine weibliche Stimme in durchdringendem Tonfall. Er erstarrte, blieb vor dem Auto stehen und drehte sich langsam um. Die junge Frau hatte jetzt ein entschuldigendes Lächeln aufgesetzt. »Können Sie mich mitnehmen? Ich muss nach Karlsruhe.«

Eine Autostopperin! Peck wollte sie schon abwimmeln, doch dann nickte er ihr zu. Sollte tatsächlich eine Fahndung nach ihm im Gange sein, wäre ein Auto mit einer Beifahrerin deutlich weniger verdächtig. Würde man die junge Frau eventuell für seine Tochter halten?

Der Rücksitz ächzte, als die Frau ihren schweren Rucksack nach hinten wuchtete, dann stieg sie zu ihm ins Auto.

»Ich hoffe, Ihr zitronengelbes Wägelchen ist schnell unterwegs. Ich muss um die Mittagszeit in Karlsruhe sein.«

Peck wendete, und es war zehn Uhr vorbei, als er wieder auf die A4 fuhr. In spätestens zwei Stunden müsste er Metz erreichen. Ein Blick auf die Benzinuhr zeigte ihm, dass der Wagen durstiger war, als er gedacht hatte. Er ging etwas vom Gas und schaltete das Radio ein.

»Ich bin Ihnen sehr dankbar, dass Sie mich mitnehmen«, sagte seine Beifahrerin. »Ich heiße Carla, und ich muss nach Karlsruhe zu einer Hochzeit.«

»Zu Ihrer Hochzeit?«

»Sie versuchen, witzig zu sein. Nein, meine Mutter heiratet. Können Sie nicht schneller fahren?«

Peck schüttelte den Kopf. Hier ist Geschwindigkeitsbeschränkung, das nehme ich ernst.«

»Nehmen Sie Vorschriften immer ernst? Das wäre ja tödlich langweilig.«

Peck sagte nichts. Er hatte keine Lust, sich zu unterhalten.

»Mögen Sie nicht reden?«

»Nein.«

Die Sonne verschwand, und die Landschaft verschwand hinter grauen Nebelfetzen, die jetzt über der Autobahn lagen.

Im Radio kamen die Nachrichten, und wieder konnte er mit seinen begrenzten Französischkenntnissen nicht alles verstehen, was über den Mord in Paris und die Flucht des mutmaßlichen Täters berichtet wurde. Ob Carla französisch verstand? Sie tat es.

»Die Beschreibung des flüchtigen Täters passt gut auf Sie.«

»Ich habe von den Nachrichten kein Wort verstanden.«

»Aber Ihr Auto hat ein Pariser Kennzeichen. Haben Sie den Wagen geklaut?«

»Der Citroën gehört mir. Seit vielen Jahren.«

»Warum haben Sie mich mitgenommen?«

»Weil Sie mich darum gebeten haben.«

Peck fuhr jetzt konstant mit einhundertdreißig Stundenkilometern. Metz 50 km las er auf einem der blauen Schilder.

»Ich habe Angst mit Ihnen im Auto«, sagte sie.

»Wo soll ich Sie rauslassen?«

»Da!« Sie zeigte nach rechts auf eine Ausfahrt zu einem Parkplatz.

»Wie Madame wünschen.« Er blinkte, trat auf die Bremse und fuhr langsam auf den Parkplatz, auf dem sonst kein weiterer Wagen stand.

»Sie werden hier lange warten müssen, bis Sie jemanden für die Weiterfahrt finden. Ihre Mutter wird wohl alleine heiraten müssen.«

»Besser als mit Ihnen allein in diesem Auto. Mit Ihnen stimmt was nicht! Das spüre ich.« Sie knallte die Wagentüre zu und stolzierte davon. Peck zuckte mit den Schultern und fuhr auf der A4 weiter Richtung Osten. Mist! Mit der weiblichen Begleitung hätte er sich beim kommenden Grenzübergang wesentlich wohler gefühlt. Im Rückspiegel warf er nochmals einen Blick auf die Autostopperin. Sie hatte ihr Handy am Ohr.

Einige Minuten später spürte er, wie die Müdigkeit schlagartig über ihn hereinbrach. Er fühlte sich zerschlagen und konnte kaum noch die Augen offen halten. Peck kurbelte das Fenster nach unten, bis er vor Kälte mit den Zähnen klapperte, fand dann noch eines der Schinkenbrote und fühlte sich danach etwas frischer.

Es war fast zwölf, als er vor Metz die Autobahn verließ. Er nahm eine schmale Landstraße, die ihn durch hügelige, waldreiche Gegenden führte. Der nördliche Teil der Vogesen, hatte er auf der Straßenkarte gelesen, hohe Tannen, Buntsandstein, Edelkastanien und viel Wein. Eine sympathische Landschaft.

Nach einer halben Stunde stand ein großes Holzschild vor ihm. *Passage de la Frontière – DOUANE*. Die Straße kreuzte zuerst einen breiten Kanal und führte dann auf eine schmale, baumgesäumte Allee direkt auf die Wintersberger Brücke zu.

Mitten auf der Brücke ist die Grenze, die wenig kontrolliert wird, hatte Harry gesagt. Peck hatte sich viel Verkehr gewünscht hier an der Grenze, einen riesigen Konvoi lärmender und hupender Autos, die sich auf die Brücke zuschoben. Doch sein gelber Citroën war das einzige Fahrzeug weit und breit, das auf die altertümliche Brücke aus massiven Eisenträgern zufuhr. Jetzt konnte Peck mehrere Uniformierte erkennen, die wie ein Empfangskomitee in einer Gruppe zusammenstanden, die Köpfe ihm zugewandt. Dann hob einer der Polizisten seine Hand.

*

Peck nahm den Fuß vom Gas und kniff die Augen zusammen. Waren das Polizisten oder Zollbeamte? Warteten die bereits auf ihn? Als er näher rollte, sah er, dass die Beamten lachten. Einer der französischen Gendarmen klopfte einem Deutschen auf die Schulter und winkte dann Peck freundlich lachend zu, der stur geradeaus blickte und nach und nach schneller werdend polternd über die Brücke fuhr.

Ein Schild wies auf *Wintersdorf* hin, Peck blieb jedoch auf der Hauptstraße Richtung Norden, die ihn eine Stunde später bis zu den Ausläufern von Karlsruhe und dann auf die A8 Richtung München und Salzburg führte. Einige Kilometer weiter fuhr er auf eine Raststation, tankte, kaufte einen Fünf-Liter-Kanister aus gelbem Kunststoff, den er ebenfalls randvoll mit Benzin füllte und im Kofferraum des Citroën verstaute. Sicher ist sicher, dachte er. Im Cafeteria-Bereich kaufte er zwei Leberkässemmeln und eine Flasche Cola. Bevor er weiterfuhr, machte er, neben dem Wagen stehend, einige Kniebeugen, reckte sich und streckte die Arme in die Luft. Das Wetter war schlechter geworden, es roch feucht und nieselte leicht, als er von der Tankstelle zurück zur A8 rollte. Plötzlich sah er am rechten Rand der Autobahnzufahrt einen deutschen Polizeiwagen stehen, doch die beiden Beamten waren mit sich selbst beschäftigt und als Peck einige Sekunden später vorsichtig zurückblickte, sah er, dass der Streifenwagen an einer der Zapfsäulen gehalten hatte.

Kaum war Peck wieder auf der Autobahn, als ihn wieder die Müdigkeit überfiel. Er war jetzt fast zehn Stunden unterwegs.

*

Die Uhr im Auto zeigte kurz nach neun, als er beim Gasthaus *Raffner* in Kleinbergdorf ankam. Er fuhr um das verwinkelte Gebäude herum und stellte den Wagen so ab, dass man sein französisches Nummernschild beim Vorbeigehen und von der Straße aus nicht sehen konnte. Erschöpft blieb er noch einige Sekunden hinter dem Lenkrad sitzen, dann öffnete er die Türe und hob sich langsam und unter einem Anfall von Rückenschmerzen aus dem Wagen. Er erinnerte sich an frühere Urlaubsfahrten mit der Familie, wo sie nach einer stundenlangen Autofahrt durch halb Italien kaputt nach Hause zurückkehrten. Genauso fühlte er sich jetzt, nur dass es diesmal ein etwas stressiger und wenig erholsamer Urlaub gewesen war.

Die Luft roch frisch, und eine kühle Brise strich über seine Wangen. Aus der dunklen Ferne hörte man den Wald rauschen. Wie anders war es hier, verglichen mit der pulsierenden Hektik in Paris.

Mit steifen Schritten ging er zum Eingang und stand in der verrauchten Gaststube, in der einige Bauern hinter ihrem Bier saßen. An einem Tisch unterbrachen die Männer das Kartenspiel und wandten ihm ihre Köpfe zu.

»Für mich wurde telefonisch ein Zimmer bestellt.«

Der Wirt stand hinter der Theke und sah ihn mit zusammengekniffenen Augen an. »Sie waren doch vor einigen Tagen schon mal da.« Es klang wie ein Vorwurf.

»Welches Zimmer haben Sie für mich?«

»Sie haben sich äußerlich ziemlich verändert.« Raffner deutete auf Pecks Kopf. »Und auch innerlich«, sagte er und zeigte mit dem Zeigefinger auf seine Vorderzähne.

Mist! Peck hatte ganz vergessen, dass ihm vorne der Zahn fehlte.

»Haben Sie kein Gepäck?«

Peck deutete mit dem Kopf nach draußen. »Im Auto.«

»Ich habe nur noch das kleine Zimmer unterm Dach frei. Leider ohne Klo und ohne Wasser. Wenn Ihnen das nicht passt, sollten Sie woanders übernachten. Wir mögen sowieso Fremde hier nicht besonders.«

Wie früher in der Schule, dachte Peck. Wenn einer das Geld für die Schulmilchaktion unterschlagen hatte, konnte es nur der neue Schüler in der Klasse gewesen sein.

Raffner zeigte mit einer raschen Armbewegung zu einem der Ecktische. »Außer einem Touristen aus der Stadt da hinten weiß hier in der Gaststube jeder, wer Sie sind. Nur fragen wir uns, was Sie bei uns wollen.« An einem der Tische saß eine dicke Frau mit schweren Brüsten und breiten Hüften. Sie lachte laut und sah Peck herausfordernd an.

»Wenn Sie mich fragen«, Raffner beugte seinen Oberkörper leicht nach vorne, »steigen Sie besser wieder in Ihr Auto und fahren dahin zurück, wo Sie hergekommen sind. Hier verschwenden Sie nur Ihre Zeit. Und unsere.«

»Geben Sie mir den Zimmerschlüssel.« Peck beschloss, sich von der allgemeinen Unfreundlichkeit nicht beeindrucken zu lassen. Er hatte Hunger und Durst. Und danach ins Bett.

»Was gibt's zum Essen?«

»Kalter Schweinsbraten. Mehr habe ich heute nicht.«

»Okay. Und eine Halbe Bier.« Peck setzte sich an einen der krummen Holztische beim Fenster. Ein großer Fernseher stand auf einem Holzpodest, das viel zu hoch kurz unterhalb der Zimmerdecke an der Wand montiert war. Einige Leute verfolgten lustlos mit steil nach oben gerichtetem Blick das Programm. Der Wirt trocknete einige Gläser und starrte zu Peck herüber. Leises Gemurmel erfüllte den Raum. Auf dem Fernseher erschienen einige rasche Bilder vom Bahnhof in Bischofshofen, und eine ausdruckslose Fernsehstimme versprach, dass die Renovierung des Bahnhofs demnächst abgeschlossen sein würde. Während die Kamera eine unendlich lange Reihe von Schließfächern zeigte, erklärte eine stolze Stimme, dass man demnächst den Reisenden die doppelte Zahl an Aufbewahrungsfächern in allen Größen zur Verfügung stellen könne. Und zum Beweis sah man, wie eine ungepflegte, dümmlich grinsende Frau ihren schrankgroßen Koffer in eines der Schließfächer stemmte und dann den abgezogenen Schlüssel wie eine Trophäe in der flachen Hand vor die Kamera hielt. Wozu braucht Bischofshofen doppelt so viele Schließfächer, fragte Peck sich und widmete sich dann dem Schweinsbraten und dem Bier. Danach bestellte er noch eine Halbe, und er spürte die betäubende Müdigkeit, und die vielen leisen Gespräche im Raum verschmolzen zu einer einzigen monotonen Melodie, die ihn wie eine Wolke einhüllte.

Vor vielen Jahren hatte es eine Zeit gegeben, da hatte Peck sein Lebensziel in einer akademischen Laufbahn gesehen, als Professor an irgendeiner Universität und international angesehener Experte für *Sinologie* oder *Ägyptologie* und *Hieroglyphik*, einem genauso interessanten wie für das praktische Leben nutzlosen Fachgebiet. Doch diese Zeit war längst vorbei. Peck war nicht unglücklich mit seinem jetzigen Detektivberuf, auch wenn er ihn soeben in Paris von der eher negativen Seite kennen gelernt hatte. Er sah sich in der Gaststube um und hatte das Gefühl, dass das Leben hier einfacheren Spielregeln gehorchte als in der Stadt. Waren diese Menschen in Kleinbergdorf glücklicher, weit weg von der großstädtischen Hektik, versteckt in einem abgelegenen Ort, zurückgezogen in kleinen Häusern und verschlossen hinter dicken Holztüren? Sollte er noch ein Bier trinken? Er hob sein leeres Glas Richtung Raffner, der es mit steinernem Gesicht zur Kenntnis nahm. Wann hatte Peck je so viel Bier getrunken? Vielleicht sollte er hierbleiben, in der Einsamkeit der Pongauer Berge, zurückgezogen, nur mit seinen Büchern. Wie lange würde er hier mit seinen Ersparnissen durchkommen? Langsam stand er auf. Sein Fuß schmerzte, und steifbeinig stelzte er zur Türe, begleitet von den neugierigen Blicken Raffners.

In seinem Zimmer setzte er sich auf die Bettkante, die zwei Handbreit nach unten sackte, während sich die andere Seite der Matratze um zwanzig Zentimeter hob. Der Raum war kaum größer als das Bett. Es roch nach Küchendünsten und kaltem Zigarettenrauch. *Ich habe nur noch das kleine Zimmer unterm Dach frei. Wenn Ihnen das nicht passt, sollten Sie woanders übernachten.* Langsam zog er sich aus und legte seine Kleider über den hölzernen Sessel. Er würde sich morgen Unterwäsche und ein Hemd kaufen müssen. Dann zog er den rot karierten Vorhang zur Seite und hörte, dass der Regen gegen die Scheibe trommelte. Er war zu müde, um noch über seinen Fall nachzudenken. Das Bettzeug fühlte sich kalt wie Eis an und roch leicht nach Pferdestall. Seufzend zog er die Füße an und rollte sich unter der zu kurzen Tuchent wie ein Embryo zusammen. Im Halbschlaf hörte er ein Motorrad vorbeifahren, aber vielleicht war es auch nur ein Traum.

*

Plötzlich schreckte er hoch, aber es war kein Geräusch gewesen, das ihn geweckt hatte, sondern ein Bild und eine Szene, die er zuvor im Fernsehen gesehen hatte. Er sah die ungepflegte Frau vor dem Schließfach grinsen und ihre Hand in Großaufnahme, wie sie den Schlüssel abgezogen hatte, einen ungewöhnlich aussehenden Schlüssel, mit eigenwillig gezacktem Bart und einem metallenen runden Anhänger, auf dem eine Zahl eingeprägt war. Ein Déjà-vu, schoss es ihm durch den Kopf. Wo hatte er so einen Schlüssel schon mal gesehen? Und dann erinnerte er sich, als er in Birgit Helms Haus herumgestöbert hatte, an ihren Schreibtisch und die niedrige Kunststoffschale mit den vielen Schlüsseln. Und einer der Schlüssel sah aus wie der im Fernsehen. Gezackter Bart und ein runder Anhänger, sogar an die eingeprägte Nummer konnte er sich erinnern: 87. Ein Schließfach, schoss es ihm durch den Kopf, und augenblicklich war er hellwach. Er kroch aus dem Bett und kleidete sich an. Dann steckte er die Streichhölzer ein, die auf dem Tisch lagen, und fand im Erdgeschoss eine schmale Holztüre, die ins Freie führte. Über der Wiese hinter dem Gasthaus schwebte eine feine Nebelschicht, die Luft war frisch und feucht, und er spürte einen kalten Lufthauch, der oben vom Wald zu kommen schien. Seine Schuhe knirschten auf dem schmalen Kiesweg, der zu Birgit Helms Haus führte. Er stellte sich auf die Zehenspitzen und sah durch das Fenster in eines der Zimmer. Überrascht bemerkte er ein schwaches rötliches Licht. Was war das? Er versuchte, sich den Grundriss des Erdgeschosses in Erinnerung zu rufen, aber es gelang ihm nicht. War da jemand im Haus? Paul, sagte er zu sich, mach dich nicht verrückt! Da ist niemand. Wie sollte er ins Haus gekommen sein? Er beschloss, ein Fenster einzudrücken, fand in der Dunkelheit einen Ziegelstein und schlich zur Rückseite des Hauses, wo er auf einen Hintereingang stieß, eine schmale Türe mit einem kleinen rautenförmigen Glasfenster. Es klirrte nur leise, als das Glas zersplitterte, und nach wenigen Sekunden öffnete sich die Tür mit einem leichten Quietschen. Es war dunkel, aber jetzt erinnerte er sich wieder an den schmalen Flur, der sich durch das gesamte Erdgeschoss zog. Mit der linken Schulter stieß er gegen ein Hindernis, das sich im Licht eines Streichholzes als die halb geöffnete Tür des Zählerkastens entpuppte. Peck erstarrte, als ein leise summendes Geräusch an sein Ohr drang, und er sah, dass sich genau in diesem Moment der Zähler zu drehen begann. War doch jemand im Haus? Im gleichen Moment hörte er in einem der danebenliegenden Räume ein leichtes Zittern, das dann in ein leises Brummen überging. Da hatte sich ein Kühlschrank eingeschaltet. Peck tastete sich an der Wand entlang, orientierte sich mittels eines Streichholzes und fand schließlich in Birgit Helms Schreibtisch die kleine Schale mit den vielen Schlüsseln. Kurze Zeit später hielt Peck im Licht eines weiteren Zündholzes den Schlüssel mit dem Anhänger und der Nummer 87 in der Hand.

Als er wieder in seinem Zimmer war, legte Peck den Schlüssel unter seinen Kopfpolster. Ein Blick zum Fenster zeigte ihm bereits die leichte Dämmerung des kommenden Tages.

Donnerstag, 29. September

Peck spürte, dass er aufgeregt war, als er den Bahnhof betrat. Dort standen hunderte ältere Menschen in der kleinen Halle, lachten laut, oder saßen geduldig wartend auf ihren Koffern. Als Peck sich mit grimmigem Gesicht durch die Menge zwängte, sagte eine Frau gut gelaunt zu ihm: »Wir sind der Pongauer Seniorenklub, und wir reisen nach Lourdes. In einer Viertelstunde sind wir weg. Dann gehört der Bahnhof wieder Ihnen.«

Mitten in dieser Menschenansammlung wollte Peck nicht zum Schließfach gehen. Er sah auf die Uhr. In zehn Minuten hatte er den Termin beim Zahnarzt. Also verließ er den Bahnhof wieder und machte sich auf die Suche nach *Doktor med. dent. Adrian Pfefferkühn, Termin nach Vereinbarung.*

Eine halbe Stunde später lag er in unwürdig horizontaler Lage und mit zwei Schläuchen im Mund in der Zahnarztpraxis.

»Und denken Sie in den nächsten Tagen immer daran, wenn Sie etwas Essbares in den Mund stecken: Das ist nur ein provisorischer Stiftzahn, labil und mit begrenzter Haltbarkeit. Also kein hartes Brot. Und nur flüssiges Schnitzel.«

Der Arzt lachte laut über seinen eigenen Witz, und die weiß gekleidete Zahnarzthelferin lachte mit. Peck fand es nicht lustig. Er hatte noch nie in seinem Leben beim Zahnarzt gelacht.

Auf dem Weg zum Bahnhof kaufte Peck ein gebrauchtes Handy, das der junge Mann mit einem abfälligen Lächeln auf die gläserne Theke legte. »So einen alten Knochen will sowieso sonst keiner mehr. Kein Chatten, kein Internet, keine Fotos. Nur zum Telefonieren. Da gibt's das Ladegerät gratis dazu.«

Nur Telefonieren, wiederholte Peck für sich. Was war der Unterschied zwischen Chatten und Telefonieren?

Die Schlechtwetterfront hatte sich verzogen, und es war herbstlich warm, als Peck mit seinem frisch renovierten Zahn den sonnigen Bahnhofsvorplatz überquerte. Vor der Tabak Trafik neben dem Haupteingang zum Bahnhof stand ein Drahtgestell, an dem einige Zeitungen befestigt waren. Plötzlich stockte ihm der Atem, als sein Blick an dem Titelfoto hängen blieb. Uwe Dayers Porträt und daneben in großen Lettern: *Mord in Krems*. Er las einmal quer über die fett gedruckten Zeilen neben Dayers Foto, fand aber mehr neue Fragen und abenteuerliche Mutmaßungen als neue Informationen. Er verzichtete darauf, die Zeitung zu kaufen.

»Rote Socken führen wir nicht.« In dem Gemischtwarenladen gab es ansonsten alles, vom Schubkarren bis zu Brüsseler Spitzen. Die Verkäuferin sah ihn lächelnd an. Lachte sie ihn aus, weil er noch immer unter dem Einfluss der zahnärztlichen Betäubungsspritze stand, die eine Seite des Mundes gefühllos nach unten hing und jedes S mehr wie ein SCH klang? Peck kaufte ein schwarzes Baumwollhemd, ein Paar schwarze Socken und gestreifte Slips, die wie eine Badehose aussahen. Nachdem er alles im Auto verstaut hatte, betrat er über einige Stufen die jetzt fast leere Bahnhofshalle mit großen bunten Werbeplakaten an den Wänden sowie einigen hinter Glas befindlichen, verwaisten Fahrkartenschaltern. Die Reisegruppe war schon auf dem Weg nach Lourdes. Er fand die Schließfächer hinter einem Kiosk, der Reiseproviant und Lesestoff verkaufte. Die Nummer 87 war ein eher schmales Fach. Plötzlich erfasste ihn eine starke Unruhe, und Peck atmete tief durch, bevor er mit zittriger Hand den Schlüssel ins Schloss steckte. Er blickte sich um. Niemand zu sehen. Er zog einen schmalen Koffer aus dem Schließfach und setzte sich auf die Holzbank, die an der gegenüberliegenden Wand stand. Fast wie einer der schwarzen Bürokoffer, die Manager mit sich herumschleppen, wenn sie um acht Uhr früh von München nach Frankfurt fliegen. Sein Herz raste vor Aufregung. Er hatte den Koffer auf seinen Knien, schaute nochmals vorsichtig nach links und rechts und ließ dann die Verschlüsse nach oben schnappen.

*

Großformatige, pergamentartige Blätter, leicht gewellt und an den Rändern bräunlich gefärbt. Auf der ersten, mit Notenlinien versehenen Seite, die als Deckblatt diente, konnte Peck das handschriftliche Wort *Requiem* entziffern, und darunter in kleinerer, blassblauer Schrift *Di me W.A.Mozart mppr. 1791*. Mein Gott, flüsterte er, *manu propria*, eigenhändig. Ehrfurchtsvoll strich er mit den Fingerspitzen über das Papier und hob dann vorsichtig die nächsten Blätter etwas an. Manchmal wirkten die Noten wie hastig zwischen die fünf Linien hingeworfen, dann wieder herrschte auf den Seiten Ordnung. Sauber, deutlich und ohne Korrekturen war Note für Note zu Papier gebracht. Peck fielen die Zwischenüberschriften am oberen Rand der Notenblätter auf: *Dies irea, Confutatis* und *Benedictus*. Er beugte sich über eines der Blätter, bis er mit seiner Nase fast das Papier berührte und die leicht verfärbten Wasserzeichen erkennen konnte, die Morris Cooper in London als typisch für das Notenpapier der Mozart-Zeit bezeichnet hatte. Er erkannte drei nebeneinanderliegende Halbmonde und weiter unten ein stilisiertes Wappen mit drei Sternen in der Mitte. Auf einem der Blätter entdeckte er die Überschrift *Lacrimosa*, und er erinnerte sich an Alicas Bericht über das in der Nationalbibliothek aufbewahrte Fragment des *Requiems*, das nach dem achten Takt des *Lacrimosa* abbricht. Aber hier folgte eine *Amen-Fuge*, die die Sequenz nach dem *Lacrimosa* fortsetzte. Peck war zu wenig Fachmann, um alles zu verstehen, was hier vor ihm lag, aber er spürte Hochachtung und Ehrfurcht vor dem Mozart'schen Genie – und dem Versicherungswert von dreihundert Millionen Euro.

Was sollte er nun mit dem Koffer tun? Wieder sah er nach beiden Seiten, aber außer einer jungen Mutter mit einem roten Kinderwagen war da niemand. Eine monotone Lautsprecherdurchsage kündigte einen Zug nach Bad Gastein mit der Weiterfahrt nach Venedig an. Als er an der Wand das Schild »*Schließfach mieten – sicher und diskret*« las, wusste er, wo er den Koffer aufbewahren würde. Es lebe die Sicherheit und Diskretion der Bundesbahn. Er stellte den Koffer in das Schließfach Nummer 36, zog den Schlüssel ab und steckte ihn in die Hosentasche. Dann betrat er die Trafik in der Bahnhofshalle, schrieb Sophias Adresse auf einen kleinen wattierten Briefumschlag, den er dem Trafikanten vor die Nase hielt. »Wie viel Porto macht das?«

Der Mann las zuerst die Adresse, sah dann taxierend auf Peck und legte sich das Kuvert auf die flache Hand, die er einige Male auf- und abbewegte. »Ein Euro«, sagte er dann. »Oder per Einschreiben? Dann müssen Sie zur Post gehen. Da raus und dann rechts.«

»Kein Einschreiben. Ist nicht so wertvoll.« Peck versuchte zu lächeln.

Er warf den Umschlag in den Briefkasten, kaufte dann zwei Leberkässemmeln und setzte sich auf eine der sonnenbeschienenen Bänke auf dem Bahnhofsvorplatz. Während er die erste Semmel verspeiste, achtete er strikt auf seine wackelige dentale Baustelle, dann holte er das neue Handy aus der Tasche und rief Sophia an.

»Das ist die neue Nummer des erfolgreichen Detektivs, der seit einer Viertelstunde im Besitz der Mozart-Handschrift ist.«

Er hörte Sophias Aufschrei. »Hast du getrunken?«

»Kein Alkohol. Mozarts *Requiem* befindet sich hier in Bischofshofen und in Sicherheit.«

»Wo hast du das Manuskript aufgetrieben, und wie kam es in den Pongau?«

»Ich habe noch nicht alle Informationen, aber wahrscheinlich lief es von Uwe Dayer zu Birgit Helm und nach Kleinbergdorf.«

Dann erzählte Peck, wie er sich in der Nacht an den Schlüssel erinnert hatte.

»Warum denkst du in der Nacht nicht an mich?«

»Sorry, dass ich mich auf dreihundert Millionen Versicherungswerte konzentriert habe«, sagte Peck mit leiser Stimme, weil in diesem Moment die junge Mutter mit dem roten Kinderwagen von vorhin vorbeiging.

»Wo ist das Millionen-Manuskript jetzt?«

»In einem stabilen Koffer.«

»Und der stabile Koffer?«

»In einem noch stabileren Schließfach in Bischofshofen Downtown.«

»Und der Schlüssel?«

»Ist in einem Briefumschlag mit der Post unterwegs zu dir.«

»Und wo soll ich den Schlüssel verstecken?«

»Ganz einfach. Trage den Schlüssel tief in deinem Busen.«

»Und dann?«

»Ich hole ihn mir dort ab. Morgen.«

Er hörte Sophia pfauchen. »Wer hat nun Birgit Helm ermordet?«, fragte sie.

»Der Große Unbekannte.«

»Wer könnte es sein? Uwe Dayer?«

»Dayer konnte Birgit Helm nicht töten. Die Polizei hat sein Alibi mehrfach geprüft.«

»Wer dann? Unser rothaariger Künstler? Oder der alte Professor in Kleinbergdorf?«

»Morgen weiß ich mehr. Nunzer ist darin verwickelt, das spüre ich.«

»Und Rönz?«

Peck überlegte eine Sekunde. »Rönz ist verdächtig. Und er hat beobachtet, wie sich Uwe Dayer mit jemandem getroffen hat, einige Tage bevor du im Hotel auf die Leiche gestoßen bist. Und er hat gesagt, dass er den Mann eventuell wiedererkennen würde.«

»Den Großen Unbekannten?«

»Genau.«

»Und wenn Rönz lügt?«

»Dann muss ich ihm das nur noch nachweisen. Denn dann ist er der Große Unbekannte. Hast du das Foto, auf dem die gesamte Professorenschaft des *Amadeum* abgebildet ist?«

»Ich habe es hier in meiner Tasche.«

»Wer ist auf dem Foto zu sehen?«

»Moment, hier: alle drauf, die wir kennen, die ganze musikalische Akademikerschaft Salzburgs. Sie stehen hoch aufgerichtet auf der Freitreppe des *Amadeum* und lächeln stolz in die Sonne.«

»Bitte maile das Foto Erich Rönz zu. Rufe ihn aber vorher an und frage ihn, ob er auf dem Bild irgendwen wiedererkennt. Aber gib ihm sonst keine weiteren Informationen. Ich traue Rönz nicht über den Weg. Und noch eine Bitte: Sende das Foto auch an meine Mailadresse.«

»Bei mir hat sich Christine Bagnon gemeldet, die trauernde Witwe. Sie hat öfters versucht, dich zu erreichen. Ich soll dir ausrichten, dass ihr Sohn Jochen wieder wohlbehalten aufgetaucht ist. Und er will dich sprechen.«

»Okay, gib ihr meine neue Telefonnummer.«

»Als du mich vorhin angerufen hast, hätte ich mich fast am falschen Handy gemeldet. Es wird Zeit, dass wir wieder zur Normalität zurückkehren.«

»Die Normalität steht schon vor der Haustüre.«

Nach einer kurzen Gesprächspause fuhr Sophia fort: »Du hast mir vor deinem Paris-Abenteuer erzählt, dass Birgit Helm eine achtstündige Autofahrt von Kleinbergdorf nach Krems und zurück unternommen hat. Wann war das genau?«

»Genau nach jener Nacht, als du bei Tagesanbruch auf die Leiche gestoßen bist.«

»Und genau zu diesem Moment ist mir heute früh etwas eingefallen«, sagte Sophia, »etwas Wichtiges, glaube ich wenigstens.«

»Damals, als du die Leiche fandest und der Mann vor dir flüchtete? Ich erinnere mich an deine Bemerkung. Woran hast du dich erinnert?«

»Heute am Morgen kam ein Kunde, kaufte zwei Bücher, und ich sah ihm nach, als er danach eilig das Geschäft verließ. Und da sah ich es.«

»Was?«

»Er hinkte. Zwar leicht, aber man konnte es deutlich erkennen.«

»Und der schwarze Schatten im Hotel hinkte ebenfalls?«

»Ganz sicher. Ich habe ihm nachgesehen, als er davonlief.«

»Der Große Unbekannte hinkt. Eine wertvolle Erkenntnis.«

»Und wer hat Birgit Helm ermordet?«, fragte Sophia.

»Der Große Unbekannte. Mein eigentlicher Auftrag betraf die Mozart-Handschrift. Doch dies ist nur der erste Teil der Lösung, und ich spüre, dass ich nahe dran bin. Ich habe heute Zeit, über die gesamten Fakten nachzudenken, und ich werde spätestens am Abend alle Verknüpfungen in meinem Kopf ordnen. Dann sehen wir weiter.«

»Und morgen?«

»Morgen weiß ich, wer der Große Unbekannte ist.«

*

Wie hatte Sophia gesagt? *Es wird Zeit, wieder zur Normalität zurückzukehren*. Peck fuhr auf dem holprigen Güterweg nach Kleinbergdorf, ging etwas vom Gas zurück, als seine Gedanken sich wieder um Erich Rönz versammelten. »Ich denke schon«, hatte dieser auf Pecks Frage geantwortet, ob er den Mann wiedererkennen würde, der zu Fuß aus der Dunkelheit gekommen und dann in Uwe Dayers Haus verschwunden war. Der Große Unbekannte aus der Dunkelheit.

Ob Sophia schon mit Funke sprechen konnte, um ihn über Erich Rönz zu befragen? Er hatte vergessen, sie zu fragen.

Die Sonne schien auf die grünbraunen Wiesen und abgeernteten Felder, die großteils bereits umgeackert waren. Peck erinnerte sich an einen der Kurse, die er im Rahmen seiner Detektivausbildung absolvieren musste. Der Dozent, ein alter, erfahrener Polizeibeamter, hatte darüber gesprochen, wie man am besten mit komplexen Sachverhalten umgehen sollte. Wie hatte damals der Vortragende gesagt? »Wenn Sie einen komplizierten Fall vor sich liegen haben, mit hunderten Details und tausenden Verästelungen, die Sie nicht in der Lage sind, im Ganzen zu überblicken, dann gibt es nur eine Lösung: Schneiden Sie die Wurst in Scheiben – zerlegen Sie den komplexen Sachverhalt in überschaubare Teile, die Sie jeweils für sich einer Lösung zuführen können.«

Peck war anderer Meinung. Er hatte die Erfahrung gemacht, dass Einzelteile für sich meist zu wenig ausdrucksstark sind und sich selten wie Puzzle-Teile zu einem aussagekräftigen Ganzen zusammenfügen lassen. Im Gegenteil. Peck bevorzugte es, sämtliche verfügbaren Aspekte gleichzeitig und gesamthaft zu betrachten. Nur dann erkennt man, wie diese miteinander verwoben sind, auch wenn es manchmal mühsamer war und mehr Zeit in Anspruch nahm.

Und wenn es nicht Rönz war, dachte Peck, wer dann? Nunzer? Jutta Meischner oder ihr Mann, der ein gutes Motiv hätte? Er erinnerte sich an die Visitenkarte, die er im Haus des toten Marais in Paris gefunden hatte. *Daniel Meischner. Antiquitäten, Alte Handschriften und Notenmanuskripte* … Langsam fuhr er die Dorfstraße entlang und parkte wieder hinter dem Gasthaus. Er war kaum ausgestiegen, als sein Mobiltelefon sich meldete.

»Hier ist Leopold Funke. Wie geht es Ihnen?«

»Wo haben Sie meine Nummer her?«

»Von einer charmanten Buchhändlerin aus Salzburg Downtown. Vertraulich, versteht sich. Also: Wie geht's?«

»Gut. Das Mozart-Manuskript befindet sich seit einer Stunde in meinem Besitz.«

Funke pfiff durch die Zähne. »Ich bin tief beeindruckt. Und ich gratuliere Ihnen. Leider muss ich Ihnen aber mitteilen, dass eine Menge Post aus Frankreich an Sie unterwegs ist. Sie müssen ja in Paris ordentlich zugelangt haben. Da steht eine lange Liste an Delikten in den Mails. Raub eines Autos, Gewaltanwendung gegen Gesetzeshüter und so weiter. Und man kann auch herauslesen, dass die französischen Kollegen Verdachtsmomente wegen der Ermordung von Marais gegen Sie hegen.«

»Das ist natürlich großer Quatsch! Marais war bereits eine Woche tot, als ich die Leiche entdeckte. Und ich würde mich an Ihrer Stelle auf Jutta Meischner und ihren Mann konzentrieren. Zuerst sind die beiden in London aufgetaucht, haben Morris Coopers Wohnung durchsucht und sind dann nach Paris weitergereist.«

»Genau wie Sie auch«, sagte Funke. »Frau Meischner ist nicht in Salzburg. In ihrem Postkasten stapeln sich kiloweise Briefe und Drucksachen.«

»Und an ihrer Arbeitsstelle?«

»Im *Amadeum*? Dort ist sie schon seit Tagen nicht mehr aufgetaucht.«

»Spielt für mich keine Rolle mehr. Ihr Bier, Herr Polizist. Ich habe meinen Auftrag erfüllt.«

»Trotzdem müssen Sie wie der Teufel in Paris gewütet und einige Beamte mächtig geärgert haben.«

»Möglicherweise war ich in Paris manchmal etwas gereizt. Aber immer aus gutem Grund.«

»Unser gemeinsamer Freund Detlev Sottice?«

»Detlev in Verbindung mit der Strafanstalt *Santé*. Diese Kombination war wie ein bösartiges Abenteuer. Ich hätte gute Argumente, gegen Sottice den Rechtsweg zu beschreiten.«

»Rechtswege ins Ausland sind wie ein Labyrinth, lang und unübersichtlich. Mir wurde übrigens noch etwas aus Paris berichtet, nämlich dass der Keller in Detlevs Haus seit Kurzem über eine ausgezeichnete Wärmedämmung verfügen soll.«

»Eine dicke Isolierschicht kann die Heizkosten erstaunlich senken.«

»Herr Peck, ich muss Sie noch wegen Erich Rönz loben.«

Pecks Atem stockte einen Moment.

»Sie hatten den richtigen Riecher. Rönz ist ein krummer Hund und nach unserer Datei mehrfach vorbestraft. Einbruchdiebstahl, Gewaltkriminalität und so weiter.«

»Und er hat kein Alibi.«

»Nicht nur das, Herr Peck. Da ist noch ein wichtiges Detail. Wir haben herausgefunden, dass Rönz in Paris war.«

»Wann?«

»Als Sie und ich noch im *Grandhotel* in Krems vor dem Frühstücksbuffet standen.«

»Also könnte Rönz …«

»Genau! Und deshalb werden wir uns auch mit Rönz noch ausführlich beschäftigen.«

In diesem Moment erinnerte Peck sich an die österreichische Zeitung, die er vor seiner Flucht an einer Métrostation in Paris gekauft hatte. *Neuigkeiten zum Pongauer Mordfall. Kam der Mörder mit dem Motorrad?*

»Ich möchte Sie noch gerne fragen, wer auf die Idee kam, die Presse über geheimnisvolle Motorradfahrer zu informieren. Von Salzburg bis Paris sind jetzt alle Mordverdächtigen zielsicher gewarnt, dass ihnen die Kripo dicht auf den Fersen ist.«

Er hörte Funke stöhnen. »Das hat bei uns eingeschlagen wie eine Bombe.«

»Wo befindet sich die undichte oder inkompetente Stelle? In Ihrer Abteilung?«

»Einer meiner Leute, ja. Ein junger, übereifriger Inspektor. Er ist nicht mehr bei der Kripo. Seit gestern macht er intensive Parkraum-Überwachung in Salzburg Ost. Wo halten Sie sich übrigens derzeit verborgen?«

»Ich verspreche, dass Sie es als Erster erfahren werden. Sobald der Täter gefasst ist.«

»Das kann ja nicht mehr lange dauern. Unsere Leute sind da sehr zuversichtlich.«

»Glauben Sie an den Großen Unbekannten?«

»Nein«, knurrte Funke. »So was gibt's nur in Kriminalromanen.«

»Dass Sie sich nur nicht täuschen«, antwortete Peck.

*

Zurück in Kleinbergdorf fragte er Raffner nach einem Internetzugang. »Haben Sie so was hier in Ihrem Gasthaus?«

»Natürlich. Reden Sie mit meinem Sohn. Der sitzt oben in seinem Zimmer und arbeitet schon zwei Jahre an seiner Diplomarbeit.«

Raffner Junior hatte das gleiche kantige Gesicht wie sein Vater – und die gleiche ruppige Art. »Wenn's denn sein muss«, sagte er seufzend. Natürlich würde er gestatten, dass Peck seine Mails ansehen dürfte, aber nur ungern, weil es jetzt schon lästig ist, dass er sich so lange mit Pecks Wunsch befassen muss und von seiner eigentlichen Arbeit abgelenkt würde.

»Und wenn Sie das Foto als Farbausdruck wollen, erhöht das automatisch den Zimmerpreis«, sagte Raffner Junior.

Ganz der Vater, dachte Peck und warf einen kurzen Blick auf das Bild, das ruckweise aus dem Drucker kam. Alle friedlich vereint. Jutta Meischner ganz vorne, neben ihr der emeritierte Nunzer, dahinter der etwas dämlich dastehende Aloys Lulla und daneben der nach Meinung Sophias *gut aussehende Womanizer* Ralph Ott. Peck fand ihn eher schmierig und ekelhaft.

Peck steckte das Foto ein, ging die steile Holzstiege hinunter in das Erdgeschoss, wo ihm Severin Stürmer mit seinem ungezähmten roten Haarschopf und einer mächtigen Alkoholfahne fast in die Arme stolperte.

»Das trifft sich gut«, sagte Peck. »Kommen Sie mit ans Licht, ich möchte Ihnen was zeigen.«

Stürmer brummte irgendetwas Unverständliches, folgte aber leicht schwankend Peck vor die Tür.

»Was wollen Sie?« Stürmer lehnte sich, Halt suchend, gegen den mächtigen hölzernen Türstock. Schnaps, dachte Peck, Himbeer oder Pflaume und einige Gläser zu viel.

»Haben Sie schon was herausgefunden zum Tod unserer armen Nachbarin Birgit?«

Peck hielt ihm das Foto hin. Stürmer nahm es in die Hand, kniff die Augen zusammen und bewegte dann das Bild langsam vor und zurück, so als hätte er Schwierigkeiten scharfzustellen.

»Erkennen Sie jemanden? Oder soll ich Sie später am Abend noch mal aufsuchen?«

»Um Gottes Willen, nein! Wen soll ich denn erkennen?«

Er schnaufte laut und betrachtete lange das Bild, das in seiner Hand zitterte.

»Sie erzählten mir bei unserem ersten Treffen, dass Sie damals spät nachts mit dem Taxi beim *Grandhotel* in Krems ankamen. Und dann haben Sie einen Mann beobachtet, der lief zuerst über die Wiese, sagten Sie, und dann verschwand er im Gebüsch. Und wenig später ist er mit einer Honda weggefahren.«

Stürmer hielt seinen Kopf schräg und hatte aufmerksam Pecks Erzählung verfolgt, so als ob er sich an nichts erinnern könnte. »Ich habe meine Brille nicht dabei.«

»Schauen Sie genau hin!«

»Da!«, rief Stürmer dann laut und hielt den Zeigefinger auf das Foto. »Den erkenne ich wieder.« Dabei schwankte er wie ein Schilfrohr im Wind. Peck ging einen Schritt auf die schwankende Person zu und kam so in den Genuss der vollen Alkoholausdünstung. Er sah, dass Stürmers Finger auf Benjamin Nunzer zeigte. »Das ist der Professor!«

»Ist das auch der von Krems?«

»Nein. Das ist der von da oben.« Stürmer deutete mit der Hand hinauf zum Waldrand, was sein Gleichgewicht wieder in Unordnung brachte.

»Allerdings«, sagte er dann leise und hielt jetzt das Foto mit weit ausgestrecktem Arm von sich. »Der da könnte es sein. Die gleiche lange Hakennase. Wie ein Geier.« Stürmer zeigte jetzt auf Ott.

»Sind Sie sicher?«

»Sicher? Sicher sein, wäre unfehlbar, nicht wahr. Und unfehlbar ist nur der Papst. Aber ich glaube, nicht mal der ist es.« Stürmer stieß sich vom Türstock ab, überquerte in einer leichten Serpentine die Wiese vor dem Haus und verschwand in Richtung des Kastanienbaumes.

Peck spürte, dass er noch nichts zu Mittag gegessen hatte. Lärm schlug ihm entgegen, als er die Gaststube betrat, die gut besetzt war. Zwei oder drei Touristengruppen saßen vor ihren Schweinsbraten, einige Männer standen bei Raffner an der Theke und tranken Bier. Peck ließ seinen Blick durch den Raum schweifen und ließ sich dann an einem der Holztische neben der Türe nieder. Er besann sich auf die mahnenden Worte des Zahnarztes und bestellte ein halb flüssiges Tellergericht und dazu eine Halbe *Stiegl Bier.* Wenn er noch länger hier zu tun hatte, würde er noch zum Biertrinker werden. Wie zur eigenen Bestätigung trank er das Glas in mehreren Zügen leer und bestellte ein zweites Bier, worauf ihn spontan eine bleierne Schläfrigkeit überfiel. *Verwunden mein Herz mit eintöniger Mattigkeit*. Von wem stammte dieser Vers? Irgendein französischer Dichter. Peck sah auf die Uhr. Alle vernünftigen Argumente sprechen jetzt für ein Mittagsschläfchen, dachte er und erhob sich etwas langsamer als sonst. An der Türe blickte er nochmals zurück in die Gaststube. Alles ist hier vertreten, laute junge Leute, wahrscheinlich aus München oder Salzburg, Bauern in derber Arbeitskleidung, müdes Gelächter an einem der Ecktische und einige andere Einheimische, die ihn mit dunklen Augen feindselig ansahen.

Er musste fast eine Stunde geschlafen haben, als ihn sein Mobiltelefon weckte. Eine jugendliche Stimme meldete sich und begann, ohne sich vorzustellen, langsam zu reden, und es klang wie der Anfang einer traurigen Geschichte.

»Ich habe Ihren Namen nicht verstanden.« Vielleicht bin ich aber noch nicht ganz wach, dachte Peck.

»Hier ist Jochen Bagnon. Haben Sie kurz Zeit?«

Peck versuchte, sich im Bett aufzurichten, was zur Folge hatte, dass die Sprungfedern in der Matratze laut knarrten. »Wie geht es Ihnen?«

»Schlecht.« Jochens Stimme war leise. »Ich vermisse meinen Vater. Das ist auch der Grund, warum ich mit Ihnen sprechen möchte.«

»Was wollen Sie mir erzählen?«

»Nichts wirklich Wichtiges, mehr eine Frage. Wer hat meinen Vater umgebracht? Darüber denke ich Tag und Nacht nach. Haben Sie eine Antwort?«

»Sie wissen, dass dies Aufgabe der Polizei ist.«

»Aber ich stelle die Frage an Sie! Wissen Sie übrigens, dass wir uns schon mal getroffen haben?«

»Ja. Vor über einer Woche bei Ihrer Mutter in Salzburg.«

»Nein. Wir sind uns am selben Tag bereits einige Stunden vorher begegnet, im Vorzimmer meines Professors am *Amadeum*. Ott heißt er. Ich redete gerade intensiv auf seinen Vorzimmerdrachen ein.«

Peck überlegte und rief sich die Situation ins Gedächtnis, als er in Otts Büro saß. Die Sekretärin hatte plötzlich ihr Gespräch unterbrochen ... *ein wichtiger Anruf in der Leitung, ein Freund. Und außerdem wartet hier schon der Diplomand. Er hat einen Termin bei Ihnen*.

»Sind Sie der Diplomand? Sie standen bei der Sekretärin, die ziemlich laut über Ihren Witz gelacht hat.«

»Meine Witze sind auch immer gut«, sagte Jochen. »Oder fast immer.«

»Und ich weiß jetzt, warum mir Ihre Stimme so bekannt vorgekommen war, als Sie später zu Ihrer Mutter ins Wohnzimmer stürmten. Sagen Sie doch bitte nochmals, warum Sie mich angerufen haben.«

»Ich möchte, dass Sie den Mörder meines Vaters finden.«

»Ihre Mutter erzählte mir, dass Sie ein sehr enges Verhältnis zu Ihrem Vater hatten.«

»Er war mein Freund. Und er hat mich gefördert. Ich mache bei Ott meine Diplomarbeit, das ist auch der Grund, warum man auch zu seiner Sekretärin einen guten Draht haben muss.«

»Und Ihr Draht zu Ott? Ist der auch gut?«

»Das mit meinem Vater hat auch ihn sehr betroffen gemacht. Hinkebein war ganz blass, als er mich in seinem Büro stehen sah.«

»Wie haben Sie ihn gerade genannt?«

»Hinkebein.«

»Aber der gut aussehende Ott hinkt doch nicht.«

»Glaubt man, wenn er sich normal bewegt, nicht. Sobald er jedoch schnell geht, und im Hörsaal rennt er oft wie ein Bulle durch die Gegend, dann sieht man es deutlich. Er hinkt.«

*

Versicherungswert dreihundert Millionen. Was wäre, wenn die Post den Schlüssel verliert? Und jemand würde ihn finden … Paul, mach dich nicht verrückt! Ein Schließfach bei der Österreichischen Bundesbahn ist so sicher wie ein Banktresor. Da fährt die Bahn drüber. Dennoch blieb seine Unruhe bestehen, und er hatte plötzlich das Gefühl, nicht im Zimmer bleiben zu können. Er musste nachdenken und hinaus ins Freie. Langsam und mit schmerzendem Rücken ging er die Stiege hinunter. Sein Fuß, den er sich in Paris verletzt hatte, tat ihm wieder weh, als er aus dem Haus trat und auf den grasbewachsenen Weg, der hinter dem Gasthaus zu den oberen Häusern und bis hinauf zum Wald führte. Auf der anderen Seite zog sich das Tal bis zum gegenüberliegenden Gebirgszug, der in einen bläulichen Nebeldunst eingehüllt war.

Vor zwei Jahren war sein Leben noch völlig anders gewesen. Jede Woche mindestens eine Dienstreise, meist verbunden mit stundenlangen Flügen, viel zu langweiligen und viel zu unwichtigen Besprechungen mit Kunden oder Mitarbeitern aus den eigenen Niederlassungen. Immer *in Action*, beherrscht von seinem Terminkalender und seiner allmächtigen Sekretärin. Und hier in Kleinbergdorf kannte ihn kaum jemand, abgesehen von den paar Leuten, mit denen er wegen *seines Falles* gesprochen hatte. Er warf einen Blick auf das Bergmassiv jenseits des Tales, und es schien ihm, dass alles weit weg war, was er in Paris erlebt hatte. Zeit zum Nachdenken. Alle Puzzle-Teile aus der Vogelperspektive beobachten. Er musste sich bewegen. Es war kalt, und er vermisste seinen Mantel. Fröstelnd schlug er den Kragen seines Sakkos hoch, wandte sich um und wanderte langsam zum Dorf hinunter, vorbei an der kleinen Gemeindekirche und dann wieder hoch, quer über die Wiese und hinauf, fast zum Wald. Etwas später sah man ihn wieder auf der schmalen Straße, die vom Zentrum des Dorfes hinunter nach Bischofshofen führte. Als er wieder beim *Raffner* vorbeikam, hörte er Lärm aus der Gaststube. Schemenhaft sah er durch die geblümten Vorhänge die jungen Leute aus der Stadt lachend und gestikulierend beim Bier sitzen. Weiter oben stand einsam Birgit Helms Haus. Er hob den Kopf, als plötzlich aus dem Nichts Roswitha Lechner neben ihm auftauchte und schnaufend eine zusammengerollte Zeitung wie einen Knüppel in der der Hand trug.

»Ich habe ihn sofort wiedererkannt!«

»Wen?«

Sie entrollte die Zeitung, und Pecks Blick fiel auf das Foto Uwe Dayers auf der Titelseite. Es war das Lokalblatt, das er schon heute früh in Bischofshofen gesehen hatte.

»Den! Der hat das ordinäre Weib – Gott hab' sie selig – so oft besucht! Da bin ich ganz sicher! Es bekommt Männern nicht, bei solchen Weibsbildern aus und ein zu gehen.«

Peck zog das Foto aus der Tasche und hielt es Roswitha hin. »Erkennen Sie jemanden?«

Sie betrachtete das Bild aufmerksam und fuhr mit dem Zeigefinger langsam von Person zu Person. »Das ist der Professor von da oben.« Sie deutete kurz in Richtung Wald.

»Und sonst?«

Sie schüttelte den Kopf. Peck nickte ihr dankend zu und ging dann weiter den flachen Hügel hinauf, als plötzlich zwei Gänse auf ihn zuwatschelten und ihn mit weit geöffneten Schnäbeln anpfauchten. Peck drehte ihnen den Rücken zu und ging weiter. Er mochte pfauchende Gänse nicht. Höchstens ohne Pfauchen und auf einem Teller gemeinsam mit Blaukraut und Rotwein.

Unruhe befiel ihn, und er hatte plötzlich das Gefühl, dass Bewegung in die Sache kam und dass die Bewegung schneller wurde. Erich Rönz ist vorbestraft, dachte er, Einbruchdiebstahl und Gewaltkriminalität, und er war von Anfang in alles eingeweiht. Rönz ist mein Mann, überlegte er. Und Doktor Ralph Ott hinkt. Peck stellte sich neben einem der niedrigen Gebäude in die Sonne, zog sein Mobiltelefon aus der Hosentasche und rief Sophia an.

»Ich habe zwar gerade einen Kunden im Geschäft, aber der sieht nicht so aus, als ob viel kaufen würde.«

»Jochen Bagnon behauptet, dass dein gut aussehender Pfau hinkt.«

»Ott ist kein Pfau.«

»Zumindest kein stolzierender. Wenn Jochen recht hat, dann ist Ott ein hinkender Pfau.«

»Bist du eifersüchtig? Nur, weil ich ihn für attraktiv halte? Hinkt er wirklich?«

»Mir ist noch was eingefallen. Als ich bei Ott im *Amadeum* war, präsentierte er mir ein überzeugendes Alibi für Freitag, den 16. September. An diesem Tag geschah der Mord im Kremser *Grandhotel*. Ott erzählte, er habe am Abend davor beim Essen einen Zahn eingebüßt und saß deshalb schon am Freitag um halb sieben früh in der Ordination seines Zahnarzt-Freundes zur Behandlung.«

»Und ich soll so tun, als ob ich das nicht glaube. Wie heißt der Arzt?«

»Das weiß ich nicht. Rufe bitte Otts Sekretärin an und versuche, unter einem harmlos klingenden Vorwand den Namen seines dentalen Freundes zu erfahren. Und noch etwas: Finde heraus, ob Ott tatsächlich dort war.«

»Wie viel Prozent deines Honorars stehen mir gesetzlich zu, wenn ich den Fall löse?«

»Ich lade dich zum Abendessen ein, wenn der Fall geklärt ist. Dafür bitte ich dich noch, die Telefonnummern von Bartlett in London und Doktor Moniuszko von der *Jagellonia*-Bibliothek in Krakau herauszusuchen. Gib mir bitte ein SMS.«

»Möchtest du auch die Nummer von Alicą?«

Sein Handy wies mit einem herrischen Piepston darauf hin, dass der Akku leer war. Er steckte das Mobiltelefon ein und ging Richtung Wald, konnte aber schon aus der Entfernung sehen, dass Nunzers Haus dunkel war und der Geländewagen nicht vor der Türe parkte. Er drehte um und ging langsam zurück Richtung *Raffner*. Irgendwo in seinen Papieren hatte er sich die Handynummer Nunzers notiert. Er musste ihn dringend sprechen.

Rasch fiel die Dunkelheit über die hügelige Landschaft. Er war müde und beschloss, heute bald ins Bett zu gehen. Vielleicht nur ein oder zwei Halbe Bier.

Nach langem Suchen fand er, zuerst vor seinem Bettgestell kniend und dann auf dem Bauch liegend, eine Steckdose unter dem Bett und schloss das Ladegerät seines Mobiltelefons an.

Kaum hatte er sich aufgerichtet, piepste das Handy, sodass er sich wieder in die Bauchlage begeben musste, um sein Handy hinter dem Bett hervorzuholen. Ein SMS von Sophia. Gut, dass sie ihn nicht sehen konnte, wie er sich auf dem Bauch liegend und mit schmerzendem Rücken die Telefonnummern von Bartlett und Moniuszko auf einem Zettel notierte. ›Zur Sicherheit folgt jetzt noch die Nummer von Alica‹, las er. Sie konnte es nicht lassen.

Time for Reporting, dachte er und setzte sich aufs Bett. Es war Zeit, seine beiden Auftraggeber zu informieren. Er sah auf die Uhr. In London war es erst halb vier. Er erreichte Leonard Bartlett am Handy und konnte förmlich spüren, wie erleichtert dieser war, als er die frohe Botschaft hörte.

»Wir von der *Maxa-Versicherung* sprechen Ihnen unseren ausdrücklichen Dank aus und bestätigen Ihnen, dass es immer schon unsere tiefste Überzeugung war, dass Sie und nur Sie der richtige Mann für diese schwierige Aufgabe sind.«

Peck stimmte dem voll zu.

»Unsere Wiener Niederlassung wird sich umgehend mit Ihnen in Verbindung setzen. Wahrscheinlich kommt ein Spezialwagen mit unserem privaten Bewachungstrupp und wird die Mozart'sche Handschrift gemeinsam mit Ihnen sicherstellen. Unser Regionaldirektor wird gemeinsam mit einem unserer Handschriften-Fachleute Ihnen dann auf unserem offiziellen Papier bestätigen, dass er das Mozart-Autograf in seinen Besitz übernommen hat. Und erst dann gilt Ihr Auftrag als erfüllt und berechtigt Sie, uns Ihre Honorarnote zuzusenden.«

Peck salutierte im Sitzen. Jawoll, genauso machen wir es! Dann wählte er die Nummer von Moniuszko. Es läutete lange, und Peck wollte schon auflegen, als sich Alica meldete, deren Stimme er sofort wiedererkannte. Zuerst kühl, doch als Peck von der Notenhandschrift sprach, reagierte sie so emotional, wie er nicht erwartet hätte.

»Mir rinnen dicke Tränen über das Gesicht. Tränen der Freude.« Alica war kaum in der Lage zu sprechen und legte immer größere Pausen zwischen den Worten ein. »Sie glauben nicht, wie unermesslich glücklich ich bin. Dieses legendäre und unvergleichlich schöne Kulturdokument wird wieder in die *Biblioteka Jagiellonska* zurückkehren, und das haben wir Ihnen zu verdanken.«

Peck war verwirrt. Auf so heftige Dankbarkeitsgefühle war er nicht gefasst und schon gar nicht auf Alicas Tränen. Nur Freudentränen, sagte er sich, und nicht wegen dir, sondern ausschließlich wegen *Wolfgang Amadé*.

Peck saß immer noch auf seinem Bett und überlegte, was es sonst noch zu tun gab. Er hatte Durst bekommen. Eine oder zwei Halbe *Stiegl*. Und morgen würde er mit Benjamin Nunzer sprechen. Hoffentlich traf er ihn zu Hause an. Peck konnte nicht genau begründen, warum er diesem Gespräch so viel Bedeutung beimaß, aber er war überzeugt, dass Nunzer vor etwas oder vor jemandem Angst hatte. Und dass er deutlich mehr wusste, als er bisher verraten hatte.

Statt dem Raffnerwirt traf Peck in der Gaststube auf ein junges Mädchen mit unordentlich toupiertem Haar und einer um zwei Knöpfe zu weit geöffneten Bluse. Peck setzte sich an einen der Tische mit einer rot karierten Tischdecke und beobachtete interessiert, wie das Mädchen mit wippender Oberweite und beachtlichen Hüftschwüngen die zumeist männlichen Gäste umrundete und sich jedes Mal weit vorbeugte, wenn sie ein Bier vor sie auf den Tisch stellte.

Peck erinnerte sich an einen Roman von Joseph Roth. »Wie sieht sie denn aus, deine Freundin?«, fragt darin der Leutnant seinen Burschen. »Melde gehorsamst, große weiße Brust!«

Das Mädchen brachte ihm sein Bier, und er nahm das Glas und prostete der Wand zu. »Gute Arbeit, Paul!« Plötzlich erschien das blonde Mädchen nochmals und legte einen Briefumschlag vor ihn auf das Tischtuch. *Herr Paul Peck*, stand auf dem Kuvert.

»Wo kommt das her?«, fragte Peck.

»Ich weiß es nicht. Der Brief liegt seit einer Stunde auf der Schank.

Seitdem habe ich gewartet, dass Sie zum Essen runterkommen.«

Lieber Herr Peck, sorry, dass ich auf diesem
Wege Kontakt mit Ihnen aufnehme, aber ich muss
Sie dringend sprechen. Ich erwarte Sie morgen
am Freitag zwischen neun und zehn in der Früh
im Gasthof Trollerer in St. Johann. Bitte
gehen Sie an der Gaststube vorbei und die
Stiege in den ersten Stock. Sie finden
mich auf Zimmer 11.
Es eilt!
Benjamin Nunzer.

Peck sah sich in der Gaststube um, doch niemand beachtete ihn. Nur das blonde Mädchen stand hinter der Schank und hatte ihn nicht aus den Augen gelassen. Er faltete den Brief mehrfach zusammen und zwängte ihn in seine Hosentasche. Dann suchte er den Blick des blonden Mädchens und bestellte noch eine Halbe Bier.

Eine Stunde später stand er in seinem Zimmer vor dem Spiegel und bestrich die immer noch gut sichtbaren Blessuren im Gesicht mit Harrys Heilsalbe, als sich sein Mobiltelefon meldete.

»Hast du mein SMS erhalten? Wo treibst du dich rum in Kleinbergdorf?«

»Welche deiner zwei Fragen soll ich zuerst beantworten?«

»Ich hatte dich schon zweimal angerufen.«

»Ich bin müde. Und mein Fuß schmerzt immer noch.« Er setzte sich wieder auf die Bettkante.

»Ich habe auch viel gearbeitet, vor allem für deinen Fall. Und ich habe zuerst mühsam von Otts Sekretärin herauskitzeln müssen, wer sein Zahnarzt ist. Vor wenigen Minuten endlich habe ich die die Zahnarzthilfe von Doktor Hubertus Lauer am Telefon erreicht.«

»Und?«

»Und jetzt hat Ott wahrscheinlich ein Problem mehr. Sein Alibi passt nicht.«

Peck setzte sich aufrecht hin. Seine Müdigkeit war verflogen.

»Ralph Ott erzählte dir damals, dass er am Freitag, den 16. September, schon frühmorgens bei Doktor Lauer in Behandlung war. Das Problem ist nur, dass an diesem Tag die Zahnarztpraxis geschlossen war. Der Herr Doktor med. dent. war auf einem Zahnärztekongress in Budapest.«

Freitag, 30. September

Genau vor zehn Tagen, dachte Peck, als er von Kleinbergdorf hinunter ins Tal fuhr, haben sich einige Dinge ereignet, die er entweder bis heute nicht durchblickt oder zumindest zu wenig beachtet hatte. Am Dienstag, den 20. September, saß Uwe Dayer noch einen Tag in Untersuchungshaft. Jean-Jacques Marais war bereits zwei Tage tot, und Doktor Ralph Ott bekam im *Amadeum* unmittelbar hintereinander Besuch von zwei Männern. Zuerst war er selbst in Otts Büro, als dieser einen angeblich wichtigen Anruf bekam. »Ihr Freund, der Oldie«, hatte die Sekretärin gesagt, als Peck das Büro verließ und im Vorzimmer auf Jochen Bagnon traf.

Wer war der Oldie? Und dann wusste Peck plötzlich, wer der Anrufer war, der Ott sprechen wollte. Pecks Gedanken begannen, sich selbständig zu machen.

Am Dienstag, den 20. September, hatte er noch keine Ahnung, dass sich die Mozart-Handschrift im Schließfach Nummer 87 befand. Die Kernfrage, dachte Peck, die Kernfrage ist, ob Erich Rönz der Einzige war, der die Verbindung zwischen Uwe Dayer und Birgit Helm kannte. Das musste er herausfinden.

Peck ließ seinen Wagen auf einem Parkplatz nahe der Stadtpfarrkirche in St. Johann stehen und machte sich auf die Suche nach dem *Gasthof Trollerer*. Wenige Minuten später schlugen die Kirchenglocken neunmal, gerade als er aus einer dunklen Nebengasse das noch dunklere Vorhaus des Gasthofs betrat. Er stolperte den unebenen Steinboden entlang, vorbei an einer Türe mit der Aufschrift *Gaststube* und kletterte danach eine steile, unbeleuchtete Treppe in den ersten Stock, wo er nach kurzem Klopfen eine grün gestrichene Türe mit der kunstvoll aufgemalten *Nummer Elf* öffnete. Auf einem Sessel am Fenster saß Benjamin Nunzer und schaute Peck mit müden Augen an. Mit einer kurzen Bewegung deutete er auf das eiserne Bett an der Wand. »Mehr kann ich Ihnen nicht anbieten.«

Langsam ließ Peck sich auf dem Bett nieder, auf dem eine billige Decke lag, wie man sie in Schlafsälen beim Militär findet. Er betrachtete sein Gegenüber, das schlaff und mit hängenden Schultern in seinem Sessel kauerte. Bis auf die dunklen Tränensäcke war das eingefallene Gesicht weiß wie die gekalkte Wand nebenan.

»Ich glaube, ich weiß, warum Sie mich sprechen möchten«, sagte Peck. Keine Reaktion. Nur ein nervöses Zucken war in Nunzers Gesicht zu bemerken.

»Und ich glaube, ich weiß auch, warum wir uns hier in diesem Hotelzimmer treffen.«

Nunzer nickte langsam mit dem Kopf.

»Sagen Sie mir, vor wem Sie Angst haben.«

Von Zeit zu Zeit riss Nunzer unmotiviert den Mund auf und schnappte tief nach Luft wie ein Fisch, den man aus dem Wasser an Land gezogen hatte und der um sein Leben kämpfte.

Nunzer ist um Jahre gealtert, dachte Peck und beschloss, ihm Zeit zu lassen. Es war ein winziges Hotelzimmer, in dem sie sich gegenübersaßen und das sicher seit den Fünfzigerjahren nicht mehr renoviert worden war. Links neben der Türe hing ein kleines Waschbecken an der Wand und darüber ein fast blinder Spiegel. Bei dem grauen Resopalschrank neben der Zimmertüre hing die Türe schief herunter und ließ sich nicht schließen. Die vergilbten Vorhänge waren genauso zerknittert wie Benjamin Nunzers Gesicht, das Peck mit glanzlosen Augen ansah.

»Erzählen Sie mir, was Sie mir nun sagen wollen. Ich bin nämlich ganz sicher, dass Sie mich bei unserem ersten Gespräch angelogen haben.«

Keine Antwort.

»Birgit Helm hatte Vertrauen zu Ihnen, Herr Nunzer. Mich interessiert nicht, ob Sie ein Verhältnis mit ihr hatten, ich möchte nur wissen, wann genau Frau Helm in Ihr Haus kam und Ihnen von dem Mozart-Manuskript berichtete.«

»Birgit vertraute mir tatsächlich, und ich glaube, es war Sonntag am Abend, als sie mit einigen Blättern vor der Türe stand. Ich habe natürlich sofort erkannt, was da vor mir auf dem Tisch lag. Eine Weltsensation! Und ein unbeschreibliches Wunder für mich als Mozart-Kenner. Es gab bereits seit einiger Zeit Gerüchte, die sich während der letzten

Wochen in der Musikwelt verbreitet hatten, aber jetzt lag die Sensation als Realität und zum Anfassen vor mir.«

»Und am 20. September haben Sie Doktor Ralph Ott in seinem Büro im *Amadeum* angerufen, und zwar genau um elf Uhr am Vormittag.«

»Stimmt. Woher wissen Sie das?«

»Weil Ihr Anruf der Grund war, dass Ott mich damals sehr zügig aus seinem Büro verabschiedet hat.«

»Verstehen Sie bitte, wie mir damals zumute war. *Das Requiem*! Und dann kommt diese Frau in mein Haus und legt mir eine Komposition von Mozart auf den Tisch, von der man über zweihundert Jahre geglaubt hat, dass sie gar nicht existiert. Ich war einem Nervenzusammenbruch nahe.«

»Haben Sie deshalb so lange gezögert, Ihren Kollegen Ott anzurufen?«

»Nicht lange. Es war bereits am nächsten Tag, aber ich war verwirrt, und ich gestehe, dass ich kurz in Versuchung war, mir das Manuskript selbst anzueignen. Ich hatte nichts gegen Birgit vor, aber ein Millionenwert lag da vor mir. Und dann war ich auf der Dienstreise in Deutschland und als ich wieder oben im Haus war, sah ich bereits die Polizei bei Birgit ein und aus gehen. Ermordet!« Nunzer presste die Hände gegen sein Gesicht.

»Machen Sie sich Vorhaltungen?«

Er nahm die Hände von seinem Gesicht und hob den Kopf. »Sie glauben gar nicht, welche Vorwürfe ich mir seitdem mache. Wenn ich Ott nicht angerufen hätte, würde Birgit noch leben. Ich bin schuldig am Tod dieser Frau.«

»Nicht Sie«, sagte Peck, »der Mörder heißt Ralph Ott.«

»Ich kenne seine Motive.«

»Das Phänomen Mozart?«

Nunzer schüttelte den Kopf. »Das Phänomen Geld! Ich arbeite seit zwanzig Jahren mit ihm zusammen, und ich weiß, was ihn antreibt. Nicht die hehre Kunst, sondern die Gier nach Geld und die Sucht nach Macht.«

»War für Sie nicht erkennbar, dass Sie durch den Anruf bei Ott Frau

Helm in unmittelbare Gefahr bringen?«

»Mein Motiv war die größte kulturhistorische Sensation dieses Jahrhunderts! Und Birgit hat mir keinerlei Hinweise gegeben, dass sie in Gefahr käme, wenn ich die spektakuläre Information weitergebe. Verstehen Sie, Herr Peck, sie hatte Vertrauen zu mir, und ich konnte doch nicht ahnen, was ich auslöse, indem ich Ott anrief.«

»Nun noch meine Hauptfrage. Haben Sie Ott erzählt, dass Uwe Dayer und Birgit Helm sich kannten?«

Nunzer zögerte eine lange Sekunde. »Ich glaube, ja. Außerdem war es mir alles andere als sympathisch, dass Birgit sich mit diesem Hotelangestellten traf. Sie hatte es mir vor wenigen Tagen erzählt, fast wie ein Geständnis. Birgit war zwar um einige Jahre jünger als ich, aber ich mochte sie sehr.«

»Warum sind Sie nicht zur Polizei, nachdem Birgit Helm tot aufgefunden wurde?«

»Ich wusste weder, welche Tragödie sich da unten in Birgits Haus abgespielt hatte, noch hätte ich irgendetwas aussagen können. Ich hatte ausschließlich Informationen aus zweiter Hand.«

»Der Gedanke an Ott macht Ihnen Angst?«

»Nach dem Mord an Birgit habe ich mir eine Alarmanlage einbauen lassen. Und trotzdem ist jemand bei mir eingestiegen. Mein Laptop fehlt. Seitdem war ich nicht mehr in meinem Haus. Warum, glauben Sie, sitze ich hier in diesem Loch?!«

»Ihre Angst ist berechtigt. Ott könnte durchaus zu dem Schluss kommen, dass sich das Manuskript bei Ihnen befindet. Und nach den Erfahrungen der letzten Tage würde er auch bei Ihnen nicht lange zögern.«

Nunzer nickte mit dem Kopf. »Wie geht es jetzt weiter?«

»Ott weiß, dass man ihm auf der Spur ist.«

»Warum?«

»Unter anderem durch die Dummheit eines übereifrigen Polizeibeamten, der einem Journalisten die Story mit dem Motorrad erzählt hat.«

»Ralph Ott ist immer schon ein Motorrad-Fan gewesen. Und ich glaube, dass er immer noch eine Endura besitzt.«

»Ich würde an Ihrer Stelle hier im Hotel bleiben. In Ihrem Haus sind Sie nicht sicher«, sagte Peck.

*

Der Große Unbekannte, dachte Peck, der noch einige Minuten im Wagen sitzen blieb. Irgendwo hatte eine Türe sich plötzlich geöffnet, die den Blick auf eine Leinwand freigab, auf die in flimmernden Bildern ein Film projiziert wurde, dessen Schluss er nun kannte. Es muss wie ein entsetzliches Trauma über Ott gekommen sein, als er nach Bagnons Ermordung vor dem leeren Tresor stand. Wo war das Mozart-Manuskript? Sein erster Verdacht trifft Marais, den er bis Paris verfolgt und tötet, aber keinerlei Hinweise auf die Handschrift entdeckt. Den deutlichsten Hinweis liefert nun Nunzers Anruf bei Ott, der mit tödlicher Logik in Kleinbergdorf Birgit Helm tötet, ihr Haus durchsucht, aber nichts findet. Also doch Dayer, schlussfolgert er, dessen Schicksal es ist, dass Wamper ihn genau zur falschen Zeit aus der U-Haft entlässt, bevor Ott in blinder Mordwut über ihn herfällt. Die ersten Szenen dieses Films folgten einem Drehbuch, das andere geschrieben hatten und in dem Peck nur als Beobachter beteiligt war, ohne Möglichkeit, einzugreifen und den Handlungsablauf zu beeinflussen. Ab jetzt würde er das Drehbuch schreiben.

*

»Ich laufe immer noch mit beiden Handys rum!« Sophia klang gehetzt. »Und ich habe den Laden voll Kunden. Hast du deinen Großen Unbekannten identifiziert?«

»Für deinen hinkenden Pfau sieht es nicht gut aus. Ott hat nicht nur sein Alibi eingebüßt, sondern wird demnächst auch seine Federn verlieren.«

»Du klingst sehr sicher.«

»Ich komme soeben von Benjamin Nunzer. Seine Aussage hat mich sicher gemacht.«

»Was hat er gesagt?«

»Ich erzähle es dir heute Abend.«

»Ich kann es kaum glauben. Doktor Ralph Ott, Professor am *Amadeum*.«

»Ich würde dem Belastungsmaterial gerne noch einen letzten Beweis hinzufügen.«

»Schon wieder ich?«

»Weißt du, wo Ott wohnt?«

»Er residiert in einem Haus irgendwo am Hang des Kapuzinerberges, nicht weit weg von deiner Wohnung in Aigen. Jutta hat es mir mal erzählt.«

»Schau dir nur mal das Haus an. Vielleicht kannst du einen Blick in seine Garage werfen, ob da ein Motorrad steht. Auf dem Kremser Hotelvideo sind eine Honda-Maschine zu sehen und die letzten beiden Ziffern der Nummernschildes.«

»Der Große Unbekannte mit dem Motorrad?«

»Wenn du auch nur die kleinste Spur eines Motorrads entdeckst, kann ich Funke die Beweiskette präsentieren, lückenlos und gerichtsfest.«

»Das geht bei mir erst in der Mittagspause. Um zwölf fahre ich mit dem Bus hin.«

Plötzlich rührte sich Pecks schlechtes Gewissen. Könnte das Sophia in Gefahr bringen? Was wäre, wenn …

»Sei vorsichtig«, sagte er.

*

Bin um 14 Uhr zurück, stand auf dem Schild, das sie an die Türe von *Sophias Bookshop* am Waagplatz hängte, dann bestieg sie am Hanuschplatz den *Siebener*, verließ den Bus beim *Volksgarten* und nachdem sie dreihundert Meter die Arenbergstraße bergauf marschiert war, fand sie rechterhand die Pausingerstraße, die sich, anfangs steil ansteigend, in einer leichten Linkskurve an die Ausläufer des Kapuzinerbergs schmiegte. Nummer 38, hatte sie dem Telefonbuch entnommen. Am hinteren Ende eines großen, leeren Gartens stand das gelbe einstöckige Haus wie ein Klotz vor dem mit Gestrüpp bewachsenen felsigen Berghang, der sich dunkel und steil nach oben zog. Praktisch, quadratisch, klotzig, dachte sie, als sie durch den Maschendrahtzaun auf das einstöckige Gebäude sah, zu dem ein wie mit dem Lineal gezogener asphaltierter Weg führte. Rechts von der Eingangstüre lehnte ein niedriger Anbau sich gegen das Haus. Wahrscheinlich die Garage, mit einer schmalen Türe neben dem breiten Garagentor, das einen verschlossenen Eindruck machte. Sämtliche Jalousien hinter den Fenstern waren heruntergelassen und zugeklappt, das ganze Haus wirkte verlassen. Zumindest ist Ott nicht zu Hause, dachte sie, und beschloss, sich sichtbar und offen auf dem schmalen Asphaltweg dem Haus zu nähern. Die Gartentüre war nur angelehnt und öffnete sich mit einem leichten Quietschen. Eine harmlose Spaziergängerin, dachte sie, und ging wie auf einem sonnenbeschienenen *Catwalk* auf das Haus zu, das wie ein bedrohlicher Kasten vor ihr lag, halb im Schatten der hinter dem Haus wachsenden hohen Bäume, die noch einen Teil ihres Blätterwerks trugen.

Sie ging an der Vorderfront des Hauses entlang nach rechts und stand nach wenigen Schritten vor der niedrigen Garage, wo sie sich auf die Zehen stellte und versuchte, durch das kleine Fenster einen Blick in den dunklen Raum zu werfen. Zwecklos. Die schmutzige Scheibe verwehrte jeden Durchblick, also ging sie wieder um die Ecke herum und drückte auf die Klinke der schmalen Eisentüre, die sich problemlos öffnen ließ. Ein silberner *Fünfer*, dachte sie, der Herr Professor fährt einen todschicken BMW. Durch die geöffnete Türe wehte jetzt kühle, frische Luft in die Garage, in der es nach Benzin und Autoreifen roch. Sie zwängte sich seitlich an dem Wagen vorbei und entdeckte dahinter das Motorrad, das leicht schräg an der Garagenwand lehnte.

Sophia stieß einen leisen Pfiff aus und griff nach ihrem Handy.

»Ich stehe hier in Otts Garage«, flüsterte sie, »hier steht nicht nur ein fescher Fünfer-BMW, sondern auch eine aufgemotzte Honda Crossrunner.«

»Ist da ein Aufkleber dran?«

»Da ist ein dunkler Fittich, direkt über dem Honda-Logo. Sieht aus wie ein Flügel.«

»Sag mir das Kennzeichen.«

»Paul, unter dem Salzburger S steht die vierstellige Nummer 6763.«

Jetzt hörte sie, wie Peck einen Pfiff ausstieß. »Das ist die Maschine, die wir suchen! Du hast mir viel geholfen. Sei vorsichtig, wenn du das Grundstück verlässt. Alles Gute!«

Sophia beendete das Gespräch und drehte sich um. Dann erstarrte sie. Hinter ihr stand Ralph Ott und lächelte sie an.

*

»Sieh an, sieh an!« Ott sprach mit leiser, etwas heiserer Stimme, dann befeuchtete er kurz seine Lippen. In der rechten Hand hielt er einen Baseballschläger, aufrecht, fast wie einen Blumenstrauß, bevor man ihn überreicht.

Sophia überlegte fieberhaft, wie sie ihr Hiersein begründen könnte, doch ihre Gedanken waren blockiert. Sie berührte das Motorrad und strich mit der flachen Hand über den Ledersitz.

»Tolle Maschine. Wie viel PS hat die?« Ihr war klar, dass sie kompletten Blödsinn redete.

»Deshalb sind Sie hergekommen. Um mich das zu fragen?«

»Tut mir leid. Ich hätte hier nicht reingehen dürfen.«

»Ich glaube, ich weiß, wer dieser Paul ist, mit dem Sie gerade telefoniert haben. Und ich bin sicher, dass ich diesen Paul nicht mag.« Ott grinste. Sein Gesicht war dunkelrot angelaufen, und die gekrümmte Nase ließ sein Gesicht trotz des eingefrorenen Lächelns wie einen Raubvogel aussehen. Er schüttelte leicht den Kopf, sodass ihm seine schwarzen, fettig glänzenden Haare in die Stirn fielen.

»Aber ich habe Ihre Frage noch nicht beantwortet. Hundertzwo PS, Viertaktmotor mit Flüssigkeitskühlung und Einspritzung.« Er grinste wieder und ging in diesem Moment einen Schritt auf Sophia zu. »Wissen Sie überhaupt, was das ist, eine Einspritzung?« Dabei schlug er klatschend mit dem Baseballschläger in seine flache linke Hand.

Sophia sah seine nervös herumirrenden Augen, die dann plötzlich erstarrten und sie mit stechendem Blick fixierten. Sie wich zwei

Schritte zurück, bis sie mit den Schultern gegen die Wand stieß. Stress, dachte sie, totale Blockade, all ihre sonstige Schlagfertigkeit und Fähigkeit, Männer über den Haufen zu reden, waren wie weggeblasen. Paul hat recht, Ott ist kein gut aussehender Mann, wenigstens jetzt nicht mehr. Die Angst kroch an ihr hoch. Mit *Alles Gute* und *Sei vorsichtig* hatte Paul sich vorhin am Telefon von ihr verabschiedet, er hatte am Telefon nichts mitbekommen, was sich hier seit fünf Minuten abspielte. Wie sollte sie jetzt Verbindung mit ihm aufnehmen?

Als ob Ott ihre Gedanken gelesen hätte, verflog plötzlich sein Lächeln. Er trat einen Schritt auf sie zu, hob den Baseballschläger und schlug ihn mit voller Wucht gegen ihre linke Schläfe.

*

Peck parkte seinen Wagen vor dem Wirtshaus, durchquerte die Gaststube und blieb vor dem Schanktisch stehen. »Haben Sie meine Rechnung vorbereitet?«

Raffner sah ihn an und nickte kurz. »Beim Rechnung schreiben war ich immer schon Erster.« Er reichte Peck einen handgeschriebenen Zettel.

»Ganz schön teuer!« Peck wedelte mit der Rechnung durch die Luft. »Hundertdreißig Euro für zwei Übernachtungen. Und ein bisschen Schweinsbraten.«

»Und teure Farbausdrucke bei meinem Sohn! Und intensive Benutzung des hoteleigenen Parkplatzes durch französische Luxuslimousinen.« Raffner grinste.

Peck hatte keine Lust, mit dem Wirt zu streiten. Er zahlte, trat dann vors Haus und atmete tief durch.

Der Himmel hatte sich verdunkelt, und der Wind war stärker geworden. Ostwind, dachte Peck, der bringt nichts Gutes. Er kroch in den kleinen Citroën, sah auf die Uhr und beschloss, die beiden Leberkässemmel erst auf der Autobahn zu vertilgen. Er würde am Nachmittag Sophia in der Buchhandlung aufsuchen und sie zu einem opulenten Abendessen einladen. Ein Vorgriff auf sein Honorar.

*

Langsam öffnete Sophia die Augen und überlegte einige Sekunden, wo sie war. Sie lag auf einer Art Couch, auf die Seite gedreht und unfähig, die Füße zu bewegen. Jemand hatte ihre Füße überkreuzt und ein breites Klebeband um ihre Gelenke geschnürt. Ihre Arme waren hinter ihrem Rücken zusammengebunden. Wie bei einem Postpaket. Stöhnend versuchte sie, sich aufzusetzen, worauf schlagartig wieder unerträgliche Schmerzen ihren Kopf durchzuckten. Sie musste mehrmals husten und geriet in Panik, weil sie nicht genügend Luft bekam. Grauenvolle Stiche krümmten ihren Körper zusammen, jetzt auch in der Brust, die sich durch das stoßweise Atmen hob und senkte. Sie glaubte, ersticken zu müssen, ihr Oberkörper bäumte sich auf, und ein pfeifendes Geräusch drang bei jedem Ausatmen aus ihrer Kehle. Ein Asthma-Anfall, dachte sie, wie lange hatte sie so was nicht mehr gehabt? Sie lehnte sich zurück und zwang sich, langsam und ruhig zu atmen. Sie stöhnte und versuchte, ihre Hände zu befreien, doch das Kunststoffband war straff und unverrückbar um ihre Handgelenke gebunden. Skrupellos, dachte sie, einfach niedergeschlagen. Unermessliche Wut stieg in ihr hoch. Ist der Mann noch bei Sinnen? Ein Geisteskranker! Sophia versuchte, die rasenden Schmerzen aus ihrem Bewusstsein zu verdrängen und sich etappenweise aufzurichten. Sie saß verkrümmt auf einer niedrigen, schmutzig grauen Couch in einem fast leeren Zimmer, und der Blick zum Fenster, den sie von dort aus hatte, sagte ihr, dass sie sich irgendwo im ersten Stock des Hauses befand. Keine Angst, sagte sie sich dann, es wird alles gut, Paul weiß, wo du dich aufhältst.

Sie drehte den Kopf, was von Neuem eine qualvolle Schmerzexplosion auslöste, und horchte. Nichts. Doch! Da waren Schritte. Und sie kamen näher. Dann bewegte die Klinke sich langsam nach unten. Ott erschien, und die Türe knallte gegen die Mauer, sodass etwas Putz auf den Boden rieselte.

»Dass ich Sie geschlagen habe, tut mir fast leid. Betrachten Sie das als schiere Notwehr.«

»Sie sind eine grausame Kreatur!«, sagte Sophia. »Ich habe rasende

Schmerzen! Und machen Sie mir das da weg!« Sie hob etwas ihre Füße. »Ich muss auf die Toilette.«

Ott lächelte und entnahm der Seitentasche seiner Jacke ein kleines Messer, mit dem er das Kunststoffband an ihren Fußgelenken zerschnitt. Dann beugte er sich über ihren Rücken, und sie konnte ihre Hände wieder bewegen.

Langsam wälzte sie ihren Körper in eine Lage, aus der sie sich nach mehrmaligem Versuch endlich erheben konnte.

»Die Fesseln kommen nachher natürlich wieder dran.«

»Mich so zu behandeln, werden Sie noch bedauern.« Sophia hatte sich langsam aufgerichtet und stand jetzt schwankend vor Ott, der noch immer das Messer in der Hand hielt.

Sie massierte ihre gefühllosen Handgelenke.

»Das hier ist mein Reich«, rief Ott, »und Sie sind hier eingedrungen, ohne Berechtigung, mit bösen Absichten und feindseligen Partnern am anderen Ende des Telefons!«

Ott stand jetzt so nahe, dass sie seinen Atem riechen konnte. »Die Toilette ist draußen gleich rechts.«

Langsam wankte Sophia zur Tür.

»Halt!«, schrie er ihr plötzlich nach, worauf Sophia erstarrt stehen blieb, sich aber nicht umdrehte.

»Geben Sie mir Ihr Handy! Das hätte ich schon vorher tun sollen!«

Langsam und zittrig schritt sie in den dunklen Vorraum und betrat dann die Toilette, deren Türe sich von innen nicht verriegeln oder versperren ließ. Richtig reagiert, dachte sie, trotz der Schmerzen, die sie immer noch in rasenden Wellen überfielen. Stöhnend lehnte sie sich mit dem Rücken gegen die Wand. Sie hatte noch ihr zweites Handy. Daran hatte Ott nicht gedacht. Wer trägt auch schon zwei Mobiltelefone mit sich herum! Mit zittrigen Fingern schrieb sie ein SMS und sandte es ab.

*

Als Peck langsam den Güterweg hinunter nach Bischofshofen fuhr, fühlte er erneut Nervosität aufsteigen. Was, wenn Ott zu Hause wäre und er Sophia beim Herumschnüffeln ertappen würde? Sollte er sie nochmals anrufen? Nein, beruhigte er sich, Sophia ist viel zu klug, um sich in Schwierigkeiten hineinzumanövrieren. In diesem Moment hörte er das laute Hupen eines Autos, das ihn gewaltsam zur Seite drängte und mit dröhnendem Motor überholte. In dem alten Golf erkannte er das rote Haargestrüpp Severin Stürmers. Schmutz und Wasser spritzten klatschend auf seine Windschutzscheibe. Der Himmel über den gegenüberliegenden Bergen hatte sich verdunkelt, schwarze Wolkenbänke kündigten ein Unwetter an, als er mit Vollgas den langgezogenen Zubringer zur Autobahn nach oben brauste. Er dachte an Harry Munk, von dem er nach seiner Flucht in Paris so viel Hilfe erhalten hatte. Spätestens in zwei Wochen würde Harry mit seiner Frau nach Salzburg kommen, einige Tage hier Urlaub machen und dann mit dem Citroën nach Frankreich zurückfahren. Er hatte Harry viel zu verdanken. Harrys Frau kannte Salzburg kaum, also würden Sophia und er eine Woche Fremdenführer spielen. Peck fühlte seine gute Laune hochsteigen. Ab morgen würde er seine Geldsorgen für lange Zeit in den Hintergrund drängen können und seine Schlussrechnung in zwei Kopien nach Krakau und London senden. Er legte die CD mit französischen Chansons ein und begleitete lautstark *Juliette Gréco*, die ein trauriges Lied über ein *Accordéon* sang. Er war froh, dass ihm niemand zuhörte. Der Fall war geklärt, die Mozart-Handschrift sichergestellt! Er würde Funke persönlich in der Alpenstraße aufsuchen und der Polizei die von ihm gesammelten Fakten gebündelt auf den Tisch legen. Eine Art Euphorie hatte ihn ergriffen. Alle Teile des Puzzles hatten sich zu einem sinnvollen Ganzen zusammengefügt, und aus dem vagen Verdacht gegen Ralph Ott waren robuste Beweise geworden. Sein Mobiltelefon piepste. Peck ging etwas vom Gas und drückte während des Fahrens auf einige Tasten und hielt dann das Handy in Augenhöhe vor das Lenkrad.

Ott hält mich gefangen!
Pausingerstraße 38.
Hilf mir!

*

Fieberhaft hatte Peck überlegt, wie er jetzt vorgehen sollte. Mit durchgetretenem Gaspedal raste er durch die zahlreichen Autobahntunnel Richtung Norden, und plötzlich hatte er eine Idee. Er wusste, dass sie voll mit Risiken war, aber er sah keine Alternative. Zornig und verzweifelt spielte er noch einige Male die denkbaren Szenarien durch. Ein *Dreistufenprogramm*, dachte er grimmig, ein Grobkonzept nur, und die Details würde er vor Ort und spontan anpassen müssen. Und er beschloss, Ott umzubringen, wenn Sophia auch nur ein Haar gekrümmt würde.

Es dämmerte bereits, als Peck eine halbe Stunde später in Puch die Autobahn verließ und über Glasenbach zu seiner Wohnung in der Johannes-Filzer-Straße fuhr. Fieberhaft lief er durch die Räume, holte zwei leere Rotweinflaschen aus der Küche und zog ein altes groß kariertes Baumwollhemd aus irgendeiner Schublade in seinem Kleiderschrank. Dann setzte er sich an den Tisch und schnitt mit einer Schere das Hemd in zwanzig Zentimeter breite Streifen, die er sorgfältig zusammenrollte, bis sie so dick wie ein Frankfurter Würstchen waren und man sie gerade noch in den Hals der Weinflaschen pressen konnte. Dann öffnete er den kleinen Wandsafe im Vorzimmer und entnahm ihm die *Glock 34*, eine halb automatische Pistole für neun Millimeter Munition, die er vor einigen Wochen erworben hatte und die er gemeinsam mit einem Klappmesser, Zündhölzern und einer Taschenlampe in seinen Anorak steckte. Er zog seine schweren Bergschuhe an, fuhr mit dem Lift ins Erdgeschoss und holte den kleinen Benzinkanister aus dem Kofferraum des Citroën. In seinem Kellerabteil stellte er die beiden leeren Weinflaschen vor sich auf eine Holzkiste und füllte sie vorsichtig mit Benzin. Hochprozentiger Autosprit statt *Forestville Shiraz* aus Kalifornien. Er zwängte die beiden baumwollenen Würste in den Hals der Flaschen und stellte sie nebeneinander in einen Karton. Primitiv, aber wirksam, dachte er und verstaute die beiden selbstgebastelten Molotowcocktails im Kofferraum des Autos. Peck erinnerte sich noch gut an seine Bundesheerzeit, als er gelernt hatte, benzingefüllte Glasflaschen mit einem Baumwolldocht zu versehen, sodass man sie als tödliche Wurfbomben verwenden konnte.

Nur der Name *Molotowcocktail* war damals noch nicht erfunden.

Als er im Auto saß, überfiel ihn wieder die Angst. Sophia war in der Gewalt eines brutalen Mörders. Wenn Ott in Panik ausbrach, konnte es für Sophia lebensbedrohlich werden. Immerhin wusste Ott, dass man ihm auf der Spur war. Und nun war erstmals jemand von außen in seine private Umgebung eingedrungen! Peck rief sich zur Ruhe und versuchte, seine eigenen Ängste zur Seite zu schieben. Ab jetzt musste er seinem *logischen Konzept* folgen. Seinem *Dreistufen-Programm*. Pausingerstraße Nummer 38. Äußerer Stein, nicht weit entfernt vom *Schloss Fürberg*. Während er die Aigner Straße entlangbrauste, holte er sein Handy vom Beifahrersitz. Von welchem ihrer beiden Mobiltelefone hatte Sophias das SMS an ihn abgeschickt? Konzentriert sah er während eines kritischen Überholvorgangs auf das Display und sprang dann mit aller Kraft auf die Bremse, weil plötzlich der Wagen vor ihm überraschend stehen geblieben war. Er stellte sein Handy auf *Rufnummer unterdrückt* und tippte Sophias Nummer ein. Jetzt schaut Ott auf Sophias Handy, dachte er, und liest: *Unbekannter Teilnehmer*. Peck unterbrach die Verbindung, bog einige Minuten später rechts ab, brauste eine ihm unbekannte Straße nach oben, bis er vom Schild *Sackgasse* gestoppt wurde. Er fluchte, weil er sich plötzlich in einem unübersichtlichen Gewirr von Einbahnstraßen und Fahrverbotszonen wiederfand, fuhr verzweifelt die ganze Strecke zurück, bis er im dritten Anlauf endlich auf die holprige und gefährlich enge Arenbergstraße stieß, wo er vergeblich nach einem Parkplatz Ausschau hielt. Er hatte viel wertvolle Zeit verloren. Einige hundert Meter weiter zweigte rechts die Blumensteinstraße ab, wo Peck direkt vor einer Grundstücksausfahrt stehen blieb. Er blieb noch einige Sekunden im Auto sitzen und dachte an den Lehrgang, den er im Rahmen seiner Ausbildung zum Berufsdetektiv besucht hatte. Es war ein alter, erfahrener Polizeibeamter gewesen, der ihnen das *Dreistufenprogramm* vorgestellt hatte. Dramatische Situationen erfordern dramatische Konzepte, hatte er gesagt, am besten in Form von drei hintereinander ablaufenden Aktionen, die der gesamte Lehrgang mehrmals wiederholen musste. *Stufe eins*: Erzwinge eine übereilte Reaktion des Gegners, *Stufe zwei*: Sorge für Panik beim Gegner, und schließlich *Stufe drei*: Attackiere den

Gegner! Peck stellte sein Handy auf Lautlos, dann legte er den Autoschlüssel auf den Fahrersitz, nahm die beiden mit Benzin gefüllten Glasflaschen vorsichtig aus dem Kofferraum und stellte sie in eine Einkaufstasche. Es regnete leicht, als er mit Riesenschritten die Pausingerstraße bergauf hetzte. Man braucht immer einen Plan, dachte er, einen allumfassenden für das ganze Leben und einen schlagkräftigen Detailplan für eine spontane Krisensituation. *Das Dreistufenprogramm*, das war sein Detailplan für die nächste Stunde. Vielleicht auch zwei Stunden. Danach musste alles entschieden sein. So oder so!

Die regennasse, schmale Straße lag menschenleer und still in der Dunkelheit vor ihm, nur erhellt von einigen weit auseinander stehenden Straßenlampen, die einsame gelbe Kreise auf die Fahrbahn zeichneten. Peck spürte die feuchte Kälte im Gesicht, als er sich langsam der Vorderseite des Hauses näherte, das sich wie ein schwarzer, bedrohlicher Kasten direkt an den steilen Abhang des Kapuzinerberges lehnte. Im Erdgeschoss und im ersten Stock war je ein Fenster hell. Peck beobachtete das Gebäude einige Sekunden lang und beschloss dann, sich vom Westen her dem Haus zu nähern. Es müsste ihm gelingen, einige Meter den schroffen Hang des Kapuzinerbergs hinaufzuklettern, zumindest so weit, um einen Blick in die Räume im ersten Stock des Hauses zu werfen.

Zwischen Otts Anwesen und dem unbebauten Nachbargrundstück verlief ein schmaler, stellenweise von Sträuchern und Unkraut überwucherter Weg, der auf den Steilhang zulief. Er stieg über den wackeligen Holzzaun des Nachbargrundstücks, knickte dabei einige der morschen Latten um und stolperte nach wenigen Metern auf die Böschung zu, wo er in dem undurchdringlichen Dickicht eine geeignete Stelle für den Aufstieg suchte. Mit einem leisen Klirren hängte er die Tasche mit den beiden Benzinflaschen an den Ast einer jungen Birke und startete von da, sich Meter für Meter durch den unwegsamen Steilhang nach oben zu kämpfen. Je weiter er den Hang nach oben kroch, desto stärker roch es nach nassem Laub und vermoderter Erde. Er befand sich jetzt direkt hinter Otts Haus, wo der Boden durch den Regen besonders feucht und matschig war. Die nasse Erde schmatzte unter Pecks Schuhen, Zweige schlugen ihm ins Gesicht, und er verlor wiederholt den Halt, sodass er immer wieder ein Stück des Abhanges zurückrutschte. Er überlegte, die Taschenlampe zu benutzen, verwarf es aber sofort wieder. Das Licht hinter den kahlen Büschen und entlaubten Bäumen hätte ihn sofort verraten. Schlagartig spürte er wieder seine alte Verletzung, als er mit dem Fuß in einem Strauch hängen blieb und nach vorne fiel. Keuchend richtete er sich auf und stand vor einem mächtigen Felsbrocken, der ihm mitten im Weg lag. Sein Gesicht und die Hände waren zerkratzt, aber Peck merkte es nicht. Sein Gedanke an Sophia trieb ihn vorwärts. Er hielt den Atem an und horchte. Stille. Nur das Rauschen der Bäume und weit entfernt das leise Brummen eines Flugzeugs. Und als er den Felsblock mühsam umrundet hatte, bot sich ihm ein ungehinderter Blick auf die Rückseite des Hauses und auf die beiden Fenster des oberen Stockwerkes, die in fast greifbarer Nähe vor ihm lagen. Die rechte Fensteröffnung war dunkel, während Peck in dem taghell erleuchteten Raum links eine Person ausmachte, die wie in großer Eile hin- und herlief. Ott, dachte Peck, das ist Ralph Ott. Doch dann wurde das Fenster dunkel, während das Licht im rechten Zimmer eingeschaltet wurde. Und plötzlich schlug Pecks Herz bis zum Hals. Er erkannte Sophia, die hilflos und wie hingeworfen auf einer Couch lag und aufgeregt mit jemandem sprach, den er von seinem Standort aus nicht sehen konnte. Aber er war sicher, dass es Ott war. Von der Ferne sah es aus, als ob Sophias Hände am Rücken zusammengebunden waren und sie ihre Beine nicht richtig bewegen konnte. Bei näherem Hinsehen erkannte Peck ein braunes Band, das wie eine Fessel um ihre Fußgelenke geschlungen war. Wut stieg in ihm hoch, und automatisch tastete er nach dem Messer in seiner Tasche. Aber dennoch erfüllte ihn ein Gefühl der Freude. Sophia lebte!

Sollte er ihr ein Zeichen geben? Nein. Er würde sein *Dreistufenprogramm* durchziehen und konsequent mit *Stufe eins* starten. *Erzwinge eine übereilte Reaktion des Gegners*. Langsam und möglichst geräuschlos zog er sich hinter den Felsbrocken zurück, eilte in Riesenschritten den steilen Hang hinunter, suchte nach der Birke, an die er die Tasche mit den beiden Benzinflaschen gehängt hatte und näherte sich dann vorsichtig dem Haus. Hoffentlich war da keine Alarmanlage oder ein

Bewegungsmelder. Doch es blieb ruhig und dunkel. Schwer atmend lehnte Peck sich einige Sekunden mit dem Rücken gegen die grobkörnig verputzte Hausmauer. Sein Körper zitterte leicht, als er die Außenwand der Garage entlangging und zu einem schmutzigen, mit Spinnweben verhangenen Fenster kam, durch das er schemenhaft einen silberfarbenen Wagen erkennen konnte.

Auf der Vorderseite des Garagenanbaus stieß Peck auf eine schmale Eisentüre, die leicht quietschte, als er sie vorsichtig öffnete und sich in die Dämmerung der Garage schob, die so schmal war, dass er sich mit dem Rücken gegen die Wand drücken musste, um an dem breiten BMW vorbeizukommen. Hinter dem Wagen stand die Honda, gegen die Mauer gelehnt. Peck ließ kurz die Taschenlampe aufblitzen, um einen Blick auf den Folienaufkleber und die Nummerntafel zu werfen. Wie vermutet, gab es aus dem Haus keinen direkten Zugang in die Garage, was die Sache seiner Meinung nach vereinfachte. Als er sich auf dem Weg zur Türe wieder am BMW vorbeizwängte, stieß er einen Blechkübel um, der lautstark umfiel und den Betonboden entlangschepperte. Versteinert blieb er stehen und horchte auf irgendwelche näher kommenden Geräusche, doch nur leises Knacken aus den Wänden war zu hören, so als wollte ihn das Haus darauf hinweisen, dass er in der Garage nichts verloren hatte.

Die Kälte schlug ihm entgegen, als er durch die Türe ins Freie schlüpfte und an der Vorderfront des Hauses entlangschlich. Alle Informationen sammeln, sagte er sich, ergriff die Klinke der wuchtigen Haustüre, die verschlossen war, als er plötzlich im hellen Licht eines Scheinwerfers stand. Verdammt! Er sah den an der Mauer montierten Bewegungsmelder und sprang aus dem Lichtkegel zur Seite. Hoffentlich hatte keiner im Haus das Licht bemerkt.

Jetzt musste er rasch handeln, sagte er sich und legte sein Ohr prüfend an die kalte Türe. Kein Geräusch. Wo Ott sich wohl gerade aufhielt? Wahrscheinlich bei Sophia im ersten Stock. Wieder überkam ihn die ohnmächtige Wut. *Stufe eins*, dachte er. Rechts neben der Türe war ein Fenster gekippt, das Peck mit wenigen Handgriffen öffnen konnte. Die beiden Molotowcocktails klirrten leise, als er sie vorsichtig gegen die Mauer lehnte. Eine Minute später war er durch das

Fenster geklettert und hatte die Türe von innen entriegelt. Jetzt besaß er freien Zugang zu Otts Haus. Er schlich wieder ins Freie und stellte sich vor die geöffnete Garagentür, nahm die erste Benzinflasche zur Hand und entzündete mit einem Streichholz den Docht, bis dieser mit heller Flamme brannte.

Dann warf er die Flasche in weitem Bogen neben den BMW auf den Steinboden. *Stufe eins ist gestartet*, dachte er, als die Flasche in tausend Teile zersprang und in einem Feuerball explodierte. Die zweite Brandbombe warf er in hohem Bogen auf den schmalen asphaltierten Weg, der vom Haus bis zur fünfzig Meter entfernten Gartentüre führte. Auch hier ein lautes Wumm und eine riesige Feuerkugel, die sich schnell nach allen Seiten ausbreitete, als das Benzin ausfloss. *Erzwinge eine übereilte Reaktion des Gegners!* Wie verhält sich jemand, der urplötzlich seinen BMW in der Flammenhölle seiner Garage verglühen sieht und aus dem Fenster beobachtet, wie ein explodierender Feuerball durch den Vorgarten tanzt? Peck würde es gleich erfahren. Mit einem Satz lief er ins Haus und sah sich nach einem Versteck um. Er musste rasch hier verschwinden, denn in kürzester Zeit würde Ott hier entlangrennen, auf dem schnellsten Weg ins Freie und zur Garage. Peck sah sich in dem dämmrigen Vorhaus um, dann öffnete er eine der weiß lackierte Türen und fand sich in einem kleinen Abstellraum wieder, in dem es nach Putzmittel roch. Er hatte kaum die Türe geschlossen, als ihm lautes Getrampel anzeigte, dass Ott die Stiege herunter und an seinem Versteck vorbei aus dem Haus gelaufen war. Jetzt war keine Zeit zu verlieren! Peck hetzte die Treppe nach oben, öffnete die Türe, und dann stand er keuchend vor der Couch, auf der Sophia lag, den Rücken ihm zugekehrt. Schlief sie?

Er legte ihr seine Hand auf die Schulter, worauf sie sich ruckartig zu ihm drehte und ihn ängstlich anblickte. Dann öffnete sich ihr Mund. Peck legte den Zeigefinger gegen seine Lippen, nahm das Messer aus seiner Tasche und durchschnitt die braunen Klebebänder, die ihre Fußgelenke und Hände fesselten. »Komm schnell«, flüsterte er ihr zu, »wir dürfen jetzt keine Sekunde verlieren.«

Langsam rollte Sophia sich zur Seite und stand unsicher auf den Beinen.

»Kannst du dich auf den Beinen halten?«

Sie machte zwei wackelige Schritte nach vorne und nickte dann. Peck öffnete die Tür, horchte hinaus und gab ihr den Wink, ihm zu folgen. Vor der Stiege nahm er ihre Hand, und gemeinsam gingen sie so lautlos wie möglich ins Erdgeschoss, wo Peck zur Hintertür deutete. Von vorne war Lärm und hektisches Gepolter zu hören. Es klang so, als ob Ott in Panik dabei war, das Feuer zu löschen. An der versperrten Hintertür steckte der Schlüssel. Peck deutete zu der schief stehenden Holzhütte auf dem Nachbargrundstück.

»Lauf da am Hang entlang und bleib im Schatten der Sträucher.« In der Dunkelheit konnte man einige helle Fenster der weiter entfernten Gebäude erkennen. »Der Holzzaun da drüben ist morsch. Kein wirkliches Hindernis. Und dann laufe quer über das Grundstück und von dort den Weg entlang. Mein Auto steht da vorne am Anfang der Blumensteinstraße. Der Wagenschlüssel liegt auf dem Fahrersitz. Fahre nach Hause, wenn du fahren kannst. Ansonsten sperre von innen ab und lege dich auf die Rückbank.«

»Und du?« Sie sah ihn ängstlich an. »Soll ich die Polizei rufen?«

Sollte er gemeinsam mit Sophia davonlaufen? Was hielt ihn jetzt noch hier? Nein, dachte er, ich bleibe. Er strich ihr kurz über die Schulter. »Ich setze mein *Dreistufenprogramm* fort. Du musst los!«

»Rache?« Sie warf ihm einen furchtsamen Blick zu.

»Du musst los!«, wiederholte er, dann war sie in der Dunkelheit verschwunden. *Stufe zwei*, dachte Peck grimmig. Vorsichtig betrat er das Gebäude, versperrte die Türe von innen und ging einige Schritte den schmalen Flur nach vorne. Vor dem Haus brannte das Licht, graue Rauchschwaden waren zu sehen, und der beißende Gestank von verbranntem Benzin und heißem Gummi zog durchs Haus. Peck blieb stehen, als ihm ein Gedanke durch den Kopf ging. Was, wenn Ott flüchtete und alles hier zurückließ? Er öffnete die erste Türe auf der linken Seite und sah in den kleinen Raum. Offenbar Otts Arbeitszimmer. Ein Schreibtisch, ein Laptop, ein Telefon und einige vollgestopfte Bücherschränke an der Wand. Er öffnete die Schubladen des Schreibtisches und fand, fein säuberlich sortiert, all jene Dinge, die die Existenz eines Menschen ausmachen: eine gut gefüllte Geldbörse,

Kreditkarten, Wohnungsschlüssel und Reisepass. Ohne diese Dinge wird er nicht das Weite suchen. Ich muss verschwinden. Peck verstaute das Portemonnaie und den Pass in seiner Hosentasche und ging den Flur bis zur vorderen Haustüre. *Sorge für Panik beim Gegner!* Er hörte draußen lautes Getrampel und konnte in der Dunkelheit des Gartens einen hinkenden Schatten erkennen, der aus einem Kübel zischend Wasser auf die Stelle goss, wo einige Minuten zuvor die Brandbombe explodiert war. Langsam schloss Peck die Türe und drehte den Schlüssel zweimal um. Wie verhält sich jemand, der überraschend sein eigenes Haus verschlossen vorfindet und in dem plötzlich alle Lichter brennen? *Sorge für Panik beim Gegner!* Im Laufschritt eilte Peck in die Küche und dann in das angrenzende Wohnzimmer, schaltete alle Lampen ein und machte dasselbe dann im ersten Stock. Er versperrte das Zimmer, in dem Sophia gefangen gewesen war, und ließ den Schlüssel in eine Blumenvase fallen. Dann ging er in Otts Schlafzimmer, zog vorsichtig den Vorhang zur Seite und sah hinunter. *Ott in Action*, dachte er. Das Feuer im Garten war fast erloschen, Sein Gegner hatte gute Feuerwehrarbeit geleistet. Dann sah Peck, wie Ott ruckartig mitten im Garten stehen blieb und fassungslos auf sein Haus starrte. Jetzt hat er bemerkt, dass in allen Räumen die Lichter an sind, dachte Peck. Ott ging mit merkwürdig gestelztem Schritt in Richtung Gebäude, bis er in den Lichtkegel vor der Haustüre trat. Im nächsten Moment wandte Ott den Kopf nach oben und ihre Blicke trafen sich.

*

Keuchend lief Sophia zuerst oben am Berghang entlang, wo sie sich vor den Blicken anderer geschützt glaubte. Konnte sie sich jetzt sicher fühlen? Weiter unten auf der Straße war ein dunkler Wagen stehen geblieben, und ein Mann stieg aus. Schnaufend blieb Sophia stehen. Als der Mann im Haus verschwunden war, setzte sie ihren Marsch fort, bis ihr ein hoher Bretterzaun den Weg versperrte. Irgendwo bellte ein Hund. Der Boden war weich, und sie versank bei jedem Schritt einige Zentimeter in dem matschigen Erdreich. Sie tastete sich an dem Zaun entlang, bis sie die hohe Böschung erreichte, die sie, mehr auf dem Bauch rutschend, hinunterkletterte und jetzt im Lichtkegel der Straßenlampe stand. Aus der Ferne hörte sie immer noch den Hund bellen. Nach einigen Schritten erreichte Sophia eine Kreuzung, an der eine schmale Straße nach links abbog, wo sie Pauls Auto vor der Einfahrt zu einer der alten Villen entdeckte. Mit einem lauten Seufzer ließ sie sich in den Sitz fallen. Sie fühlte sich unendlich müde, lehnte den Kopf zurück, und dann hatte sie plötzlich eine Idee.

*

Schritt für Schritt stieg Peck leise die Treppe nach unten, während er hörte, wie Ott an der Vordertüre rüttelte, dann um das Gebäude herumlief und wütend gegen die versperrte Hintertüre trampelte. *Sorge für Panik beim Gegner!* Was wird Ott als Nächstes tun? Fliehen? Nein. Er will wissen, wer sein Haus von innen verschlossen und alle Lichter angemacht hat. Peck umklammerte kurz die *Glock* und steckte sie dann wieder griffbereit in seine Hosentasche. Beißender Qualm drang in den Vorraum, und der Geruch nach verbranntem Öl und Gummi wurde stärker. Der Brand ist nicht gelöscht, dachte Peck. Vielleicht brennt jetzt sein BMW. Durch das Vorzimmerfenster sah er dichte Rauchwolken aufsteigen. Langsam näherte Peck sich der Haustüre, als ihn plötzlich das Geräusch von berstendem Holz erstarren ließ. Ott hämmerte von außen mit einem Beil wütend gegen das Türblatt, und Peck sah, wie die Spitze der Axt immer weiter durch das zersplitternde Holz drang.

Shining! Wie in dem Film von Stanley Kubrick, dachte Peck. Er ergriff den kleinen quadratischen Tisch und zerschlug die beiden Wandleuchten. Jetzt stand Peck in völliger Dunkelheit im Vorhaus, nur durch die mit jedem Hieb größer werdenden Spalten in der Türe drang das Licht des an der Vorderfront montierten Scheinwerfers. Gut so, dachte Peck. Sobald Ott die Türe so weit zertrümmert hatte, dass er durchsteigen konnte, würde Peck ihn deutlich im Scheinwerferlicht vor sich haben. Und dann würde er die *Stufe drei* starten: *Attackiere den Gegner!*

Peck verfolgte im Schutz der Dunkelheit, wie Ott verbissen die Türe krachend in ihre Bestandteile zersplitterte. Im Gegenlicht erschien er in der schnell größer werdenden, gezackten Öffnung im Türblatt wie ein verrückt gewordener Schatten, der sich den Weg ins Haus freikämpfte. Peck griff nach seiner Pistole.

Plötzlich hörte Peck einen leisen Knall, und draußen erlosch das Licht. Damit änderte die Lage sich entscheidend. Nur wenige Lichtstrahlen fanden jetzt noch den Weg in die Dunkelheit des Vorhauses, in dem Peck einige Schritte zurückwich. In dieser Situation war Ott mit dem Beil in den Händen überlegen. Falls Ott damit umzugehen verstand. Aber Ott ist ein sensibler Musikprofessor, dachte er, und kein Baumfäller, der mit einer Axt durchs *Amadeum* lief. Aber er ist in Panik. Peck hörte lautes Keuchen vor sich und wich lautlos einen weiteren Schritt zurück. Der beste Schutz gegen eine wild zuschlagende Axt ist Abstand. Durch das Loch in der Türe sah Peck in der Ferne einige gelbe Straßenlampen blinken, vielleicht sechzig Meter entfernt. Zu wenig Licht, um den Flur hell zu machen, aber ausreichend, um Otts schemenhaften Schatten zu erkennen, der von Zeit zu Zeit die gelben Lichtpunkte verdunkelte. Peck sah über seine Schulter. Hinter ihm war alles finster. Ott kann mich nicht sehen, dachte er, hielt den Atem an und drückte sich gegen die Wand. Was würde Ott jetzt tun? In das Obergeschoss laufen, um nach seiner Gefangenen zu sehen! Und tatsächlich hörte er zuerst auf der Stiege lautes Getrampel, dann im ersten Stock, wie Ott an der Türe rüttelte, hinter der sich zuvor Sophia befunden hatte. Dann splitterte wieder Holz. Die obere Türe bereitet ihm weniger Widerstand als das Haustor, dachte Peck. Plötzlich fiel Licht aus dem oberen Stock auf die Holzstiege, die Peck von seinem Standort aus sehen konnte. Einige Sekunden Stille. Jetzt entdeckte Ott, dass der Raum mit der Couch leer war. Eilige Schritte. Türen knallten und danach einige lange Sekunden Ruhe. Dann ein Murmeln wie ein leises Gespräch. Waren da noch andere Leute, oder redete Ott mit sich selbst? Durch das Loch in der Haustüre quoll jetzt dichter Rauch in das Haus, es stank intensiv nach Kunststoff und verbranntem Gummi, und Peck wurde von einem Hustenreiz erfasst. Mit der Linken presste er das Taschentuch gegen die Nase, mit der rechten Hand umklammerte Peck die *Glock*, stellte sich vor die Stiege und wartete in der Dunkelheit des Flures, bis Ott am oberen beleuchteten Ende der Treppe erschien. *Attackiere den Gegner!* Zuerst sah Peck die lange Axt, dann erschien Ott, und durch die dichten, schnell nach oben ziehenden Rauchwolken konnte er sein wutverzerrtes Gesicht erkennen. Das Beil fest in beiden Händen kam er Stufe für Stufe auf Peck zu.

»Nehmen Sie die Hände hoch und lassen Sie das Beil fallen!« Peck rief es, so laut er konnte. Mit hoch erhobener Axt und einem lauten Schrei kam Ott plötzlich aus den Rauchschwaden auf ihn zugerannt. Peck sprang zur Seite, und der wuchtige Schlag traf die Mauer. Staub und Mörtelbrocken spritzten nach allen Richtungen und trafen Peck wie schmerzhafte Nadelstiche ins Gesicht. Ott stand mit hoch erhobener Hacke und schwer atmend direkt vor ihm. Peck roch den Schweiß, und langsam hob er mit beiden Händen die Pistole.

»Es ist vorbei! Legen Sie langsam die Axt weg. Und keine unbedachte Bewegung!«

»Sie können nicht auf mich schießen!« Ott sprach abgehackt und mit heiserer, vibrierender Stimme.

»Drehen Sie sich langsam um und gehen Sie den Gang entlang in Ihr Wohnzimmer.«

Ott überlegte einige Sekunden, sah dann auf Pecks Pistole, dann ging er mit eckigen Bewegungen den Flur entlang, legte jedoch die Axt nicht aus der Hand. Jetzt stand er vor der verschlossenen Wohnzimmertüre.

»Drücken Sie die Klinke und stoßen Sie langsam die Türe mit dem Fuß auf.«

Als sich die Türe öffnete, fiel das Licht auf Ott, und Peck sah ein teuflisches Grinsen in seinem Gesicht, aber er tat, was Peck ihm gesagt hatte, während die Hacke locker in seiner Hand nach unten hing. Langsam schlurfte Ott bis zur Mitte des Wohnzimmers.

»Drehen Sie sich um!« Peck umklammerte die Glock und näherte sich Ott, der ihn aus glühenden Augen anstarrte. Peck überlegte, ob sein Gegenüber Angst hatte. Otts fettige Harre standen wirr nach allen Seiten, und auf seiner schwarz verschmierten Stirn standen dicke Schweißperlen. Die knopfartigen Augen irrten ständig zwischen

Pecks Gesicht und seiner rechten Hand, die die Pistole hielt, hin und her.

»Sie sind ein mehrfacher Mörder! Und alles umsonst! Sie haben keines Ihrer teuflischen Ziele erreicht.«

Otts Mund zuckte. »Sie glauben doch nicht, dass ich in dieser eigenartigen Situation mit Ihnen über meine Ziele und Motive rede.« Sein wirrer Blick wanderte wieder zu der Pistole, die zwei Meter von seinem Gesicht entfernt war. Peck sah auf die weißen Knöchel von Otts Hand, mit der er jetzt die Axt fest umklammert hielt.

»Ich wollte niemanden töten. Ich wollte nur das Mozart-Manuskript! Und ich hätte es fast bekommen.«

»Und dann hätten Sie die Handschrift auf roten Samt gebettet, sie jeden Abend aus Ihrem Versteck geholt und mit fiebrigen Augen angehimmelt.«

Verzweifelt versuchte Peck, das Gespräch in Gang zu halten.

Ott lächelte. »Das ist die klassische Meinung. Ich hätte den Mozart Seite für Seite zu Geld gemacht.«

»Und deshalb vier Morde!«

»Ich war vielleicht etwas unbeherrscht.« Er grinste.

Jeder Muskel in Pecks Körper war angespannt. *Attackiere den Gegner!* Wenn er Sieger bleiben wollte, musste er seine Chance jetzt sofort wahrnehmen.

»Legen Sie das Beil weg!«

»Schießen Sie doch!« Otts Grinsen wurde stärker.

»Wahrscheinlich kommt die Feuerwehr noch vor der Polizei«, sagte Peck.

»Ihr lächerliches Feuerwerk hat niemand bemerkt! Dazu liegen wir hier zu weit vom Schuss!«

Peck nahm die *Glock* in beide Hände. »Im Gegenteil. Ganz nahe am Schuss.«

Draußen begann plötzlich ein starkes Rauschen. Der Regen war wieder stärker geworden. Ott hob langsam die Axt.

»Ich werde nicht zögern, Sie zu erschießen. Es ist endgültig vorbei. Legen Sie die Hacke weg.«

Ott ging langsam mit erhobener Axt auf Peck zu, der einen kleinen

Schritt zurückwich.

»Attraktive Frau übrigens, Ihre Sophia. Sie ist mir schon früher mal aufgefallen. Schade, dass sie weg ist.«

Nicht provozieren lassen. Peck bemerkte, dass seine Hände zitterten. Sollte er Ott erschießen? Wenn er es täte, würde er ihm nur den Prozess ersparen. Und das Gefängnis.

Aber wenn Ott noch einen Schritt näher käme! Dann würde er schießen. Notwehr! *Stufe drei!* Rache für die unschuldig Getöteten. Rache für Sophia und die Schmerzen, die Ott ihr zugefügt hatte. Die seelischen und körperlichen Schmerzen. Reine Notwehr! Er sah in Otts Raubvogelgesicht. Niemand würde Anklage erheben. Vielleicht sollte er mit einem gezielten Schuss in den Oberschenkel beginnen oder in die Hand, mit der er die Axt hielt und mit der er Birgit Helm den Strick um den Hals gelegt hatte. Ihm stand Rache zu. Mit dem linken Auge zielte Peck über Kimme und Korn jetzt genau auf Otts rechten Arm. Unbeeindruckt, so schien es, drehte Ott sich plötzlich von ihm weg und ging zur Türe, wandte sich im Vorhaus nach links und näherte sich, Schritt für Schritt, immer noch mit der Hacke in der Rechten, der Haustüre.

»Bleiben Sie stehen!«

Jetzt! Jetzt, dachte Peck, als Ott langsam durch die in die Türe geschlagene Öffnung stieg. Bei seinem nächsten Schritt würde er schießen. Es gab keinen Sicherungshebel, er musste bei der Glock nur den ersten Druckpunkt überwinden, und schon war die Pistole schussbereit. Peck hielt die Luft an und zielte aus drei Metern Entfernung auf Otts rechten Arm. Er würde ihn nicht töten. Nur in den Arm schießen und unschädlich machen. Und Schmerz zufügen. Rache. In diesem Moment war Ott vor die halb zerstörte Haustüre getreten und starrte, durch das plötzlich aufflammende Scheinwerferlicht geblendet, auf ein halbes Dutzend Polizisten, die mit erhobenen Waffen in einem Halbkreis um die Haustüre standen.

Und weiter im Hintergrund erkannte Peck Sophia.

Sonntag, 2. Oktober

Als Peck den verrauchten vorderen Teil im *Café Bazar* durchquerte, war es bereits zehn nach elf. Zehn Minuten zu spät für den ersten Großen Braunen und zehn Minuten zu spät zur Verabredung mit Sophia und Leopold Funke. Gedämpftes Gemurmel und ein freundlicher Blick des Kellners empfingen ihn. Er blieb stehen und sah sich um. Alle Tische besetzt. Dann entdeckte er die beiden an dem Ecktisch links. Sophia und Funke grinsten ihn an, und Peck hatte plötzlich das Gefühl, als gäbe es ein Geheimnis zwischen den beiden, in das er nicht eingeweiht werden sollte.

»Störe ich?«, fragte Peck.

»Nein«, sagte Sophia, »ich habe nur keine Lust, jetzt wieder über Ralph Ott zu reden, wo ich gerade dabei bin, alles aufzuarbeiten, was ich durch dieses Scheusal an Grausamkeiten erlitten habe.«

Funke trank schluckweise eine orangefarbene Flüssigkeit aus einem bauchigen Glas. Ein Aperitif? »Wie geht es Ihnen wirklich?«, fragte Funke und wandte sich Sophia zu.

Sie schwenkte langsam den Kopf von links nach rechts. »Der Arzt hat mir Beruhigungstabletten verschrieben.«

»Und?«, fragte Funke. »Wirken sie?«

»Keine Ahnung. Ich habe noch keine genommen.«

Funke drehte den Kopf Peck zu, der neben Sophia Platz genommen hatte. »Sie sehen müde aus.«

»Ich bin zum Umfallen müde. Und ich habe Hunger. Vielleicht haben die hier ein Schnitzel.«

Sophia runzelte die Stirn. »Im *Bazar* gibt's kein Schnitzel.«

»Non Schnitzel, ergo non sum", sagte Peck, lehnte sich zurück und bestellte beim Kellner einen Großen Braunen.

»Ich glaube, man kann so furchtbare Erlebnisse nicht verarbeiten«, sagte Sophia, »man kann sie nur zur Seite schieben.«

Funke lächelte. »Wir werden nur ganz vorsichtig und nur am Rande über unseren Fall diskutieren. Einverstanden? Im Übrigen brauchen wir uns über Ott nicht mehr zu verbreiten, wir haben ihn in fester

Verwahrung. Und lassen Sie mich dazu ein großes Lob aussprechen.« Funke drehte sein Gesicht Sophia zu. »Es war übrigens eine richtige Entscheidung von Ihnen, die Polizei zu verständigen, nachdem Sie aus Otts Gefangenschaft entkommen sind.«

Peck verzog etwas sein Gesicht, was Funke bemerkte.

»Sie sehen aus wie Odysseus, der im Trojanischen Pferd stecken geblieben ist und deshalb seine letzte Heldentat nicht zu Ende bringen konnte.«

»Odysseus ist den *Sirenen* unterlegen«, sagte Peck.

»Homer war ein kluger Mann.« Sophia lächelte und drückte Pecks Hand.

»In welchem Zustand sind jetzt Otts Fahrzeuge?«, fragte Peck.

»Die Honda und der BMW? Beide von sehr rußiger und schwarz eingefärbter Beschaffenheit. Unsere Leute analysieren derzeit die Brandursache in Otts Garage. Sicher ist bisher nur, dass ein Brandbeschleuniger benutzt wurde.«

Sophia sah Funke fragend an.

»Ein Brandbeschleuniger. Jemand hat Benzin, Heizöl oder Ähnliches in der Garage ausgeschüttet und dann angezündet.«

»Wer macht denn so was?«, fragte Peck.

»Es gibt sogar Vandalen, die grenzüberschreitend arbeiten«, dozierte Funke. »In Paris werden Keller fein säuberlich mit Flüssigzement gefüllt und bei uns ganze Garagen samt KFZ-Inhalten in Schutt und Asche gelegt.«

»Wer macht denn so was?«, wiederholte Peck.

»Bezüglich der Zement-Orgie glaubt die Pariser Polizei übrigens fest an einen Dummen-Jungen-Streich.«

»Ganz meine Meinung«, sagte Sophia.

»Wie sieht die Beweislage insgesamt bei Ott aus?«, fragte Peck und sah Funke an, der inzwischen sein Glas leer getrunken hatte.

»Klar, nachvollziehbar und staatsanwaltsfest. Wir haben den Kilometerzähler der Honda überprüft und konnten aus den viertausend Kilometern der letzten zwei Wochen in Summe alle Fahrten rekonstruieren, von seinem ersten Treffen mit Dayer in Gneixendorf bis zu seinen Fahrten nach Paris und Kleinbergdorf. Wir haben in Otts Haus auch das Notebook von Benjamin Nunzer gefunden.«

»Haben Sie herausbekommen, wer bei Morris Cooper in London eingebrochen hat?«

»Nein. Ralph Ott kann es nicht gewesen sein. Für diesen Tag hat er ein Alibi.«

»Die Meischners?«

Funke zuckte mit den Achseln.

»Jutta ist übrigens wieder aufgetaucht. Sie war sehr kühl zu mir. Und in London sei sie nie gewesen, sagt sie. Angeblich hat sie sich in Frankfurt bei ihrem Mann aufgehalten.«

»Gegen die Dame liegt jetzt keinerlei Tatverdacht mehr vor.« Funke sah zu Peck.

»Also werden wir wohl nie erfahren, ob sie die Wahrheit sagt.«

»Vielleicht war sie tatsächlich in London, wo Sie das Paar gesehen haben. Und vielleicht hat sie gemeinsam mit ihrem Daniel tatsächlich das *Requiem* gesucht und ist bei Cooper eingebrochen. Dieses Thema verfolgt derzeit keiner mehr weiter.«

Sophia nahm einen Schluck aus ihrem Weinglas. »Was ist eigentlich aus den Mafia-Leuten geworden?«

»Sie erinnern sich an Boris Jellacic?«

»Der Stinker?«, fragte Peck.

Funke nickte. »Unsere Leute haben herausgefunden, dass diese Burschen um Boris es auf die Impressionisten in der Kunsthalle Krems abgesehen hatten. Und kaltschnäuzig wohnt man da vorher im *Grandhotel*.«

Peck gab dem Kellner ein Zeichen für seinen zweiten Kaffee.

»Mein Chef wird Sie demnächst in sein Büro einladen«, sagte Funke.

»Wegen meiner geringfügigen Delikte in Paris und deren Konsequenzen?«

»Und er wird Ihnen in seinem Büro einen Kaffee anbieten.«

»Und?«

»Ich kenne den Kaffee dort. Nehmen Sie ein Glas Leitungswasser.«

»Was wird mir Ihr oberster Vorgesetzter sonst noch andienen?«

»Die Post aus Paris ist angekommen. Sie bieten Ihnen einen Deal an, sozusagen, bevor das Ganze bei Gericht aktenkundig wird. Erstens bedauern unsere französischen Kollegen sehr, wie man Sie in der *Santé* behandelt hat, zweitens bedanken sie sich für Ihre Assistenz bei der Aufklärung des Mordes an zwei französischen Bürgern, und drittens verzichten sie im Gegenzug, Ihre zahllosen Fehltritte in Paris gerichtlich zu verfolgen.«

»Also soll ich darauf verzichten, Detlev Sottice zu verklagen?«

»Wo kein Kläger, da kein Richter. Das gilt auch in Frankreich.«

»Dann darfst du wieder in Frankreich einreisen. Und wir können unsere Einkäufe in Paris nachholen.« Sophia grinste.

»Unsere Einkäufe?«

»Ja, du weißt schon, Schmuck, Schuhe, Kleider und einige Handtaschen.«

»Einige Handtaschen?« Peck spürte spontan eine neue Müdigkeitsattacke, und er kämpfte dagegen an, dass seine Augenlider zur Gänze herunterklappten.

Funke grinste und sah Sophia an. »Es geht Ihnen tatsächlich schon viel besser. Nur Herr Peck wirkt erschöpft und überanstrengt.«

Peck nickte. »Zuerst habe ich heute Nacht geträumt, dass alle Schließfächer in Bischofshofen abgebrannt sind, dann bin ich nass geschwitzt aufgewacht und konnte danach nicht mehr einschlafen.«

»Wie geht es jetzt mit der Handschrift weiter?«, fragte Funke.

»Morgen kommt ein gepanzerter Wagen mit je einem Mitarbeiter der *Maxa-Versicherung* und der *Jagellonia-Bibliothek* Krakau.«

»Kommt auch Alica?« Sophia sah ihm kritisch in die Augen.

»Leider nein. Nur ihr Chef.«

»Ich habe im *Amadeum* erfahren, dass im November die Uraufführung des *Requiems* im Festspielhaus stattfinden soll«, sagte Sophia. »Das *Amadeum*-Orchester wird nächste Woche bereits mit den Proben starten.«

»Da kommen Ehrenkarten auf Sie zu, Herr Detektiv. Und ein neues Abendkleid für Sophia, nicht wahr?«

»Paul«, sagte Sophia. »Antworte! Wir reden mit dir.«

Doch Peck hörte nichts mehr. Er war im Sitzen eingeschlafen. Das erste Mal in seinem Leben im *Café Bazar*.

Samstag, 3. November

Die Premiere des *Requiems* war vorüber, und es war ein ganz besonderes Erlebnis gewesen.

»Vor mehr als zweihundert Jahren geschrieben und bis vor Kurzem verschollen! Es ist eine Auszeichnung, heute mit dabei zu sein.« Harry Munk hob das Weinglas und strahlte Peck an. »Ich trinke auf den Mann, der die Handschrift wieder ans Licht gebracht hat!«

Es war drückend heiß, und sie waren zwischen hundert anderen festlich gekleideten und schwitzenden Menschen eingepfercht, die wie sie nach der Premiere im Foyer des Großen Festspielhauses in kleinen Gruppen laut schwatzend zusammenstanden.

»Wie geht es deinem Enkel Jakob?«, fragte Peck.

Harry Munk strich über seinen Kopf. »Beinahe zwei Monate alt und schon dichteres Haar als ich.«

»Ich genieße es, hier zu sein«, sagte Vera Munk. »Salzburg ist eine wundervolle Stadt. Schade, dass wir morgen zurück nach Paris müssen.«

»Der gelbe Citroën steht frisch gewaschen und vollgetankt vor dem Haus.«

In diesem Moment deutete Sophia mit dem Kopf zur Seite. »Da kommt der Herr Präsident samt Gattin!«

Aloys Lullas Kahlkopf leuchtete bereits von Weitem im Spiegelglanz sämtlicher Deckenlampen. Das Gesicht leicht gerötet, sah er Peck durch seine starken Brillengläser an, und seine schlaffen Wangen zitterten leicht.

»Meine Gattin«, sagte er mit einem präsidialen Lächeln und deutete auf die Frau, die hinter ihm eingeklemmt war und sich erst unter großer Kraftanstrengung um ihren Gatten herumrollen konnte. Frau Lulla war etwas kleiner als ihr Mann und genau so rundlich wie er. Sie steckte in einem hellrosa gerüschten Kleid mit einem hoch emporragenden weißen Pelzkragen, der ihr eine gewisse Ähnlichkeit mit Maria Stuart verlieh.

»Wie hat Ihnen das *Requiem* gefallen?«, fragte Lulla.

»Gut«, sagte Peck, »und Ihnen?«

Lulla verzog das Gesicht, was seine Wangen wieder ins Zittern brachte. »Mich hat das gesamte Kompositionskonzept Mozarts nicht überzeugt. Insbesondere der vierstimmige Vokalsatz im Wechsel mit den kontrapunktischen Passagen und den deklamierenden Kadenzen erscheinen für mich genauso sorglos durchkomponiert wie die diatonisch steigenden Sechzehntel-Läufe des Introitus sowie die darauf folgenden Intervallstürze.«

»Exakt meine Meinung«, sagte Peck. Er schielte zu Frau Lulla, die genau im Takt zu den Aussagen ihres Mannes energisch mit dem Kopf genickt hatte.

»Und Ihre Meinung?«, fragte er.

Frau Lulla zupfte etwas an ihrem Pelzkragen. »Mittelmäßig«, sagte sie dann. »Süßmayr gefällt mir besser!«

Glossar (Österreichisch – Deutsch)

- Abwasch , die .... Spüle
- Ausg'steckt (hier:) ... Heuriger, der gerade geöffnet hat
- Auslage, die .... Schaufenster
- Depp, der .... Trottel, Idiot
- Durchhaus, das .... Meist öffentlich zugänglicher Verbindungsweg zweier Straßen durch ein Gebäude
- Erdäpfel, die .... Kartoffel
- Freilandhaxerl, das ... Hühnerkeule von freilaufendem Huhn
- Grießnockerl, das .... (Mz. die) Suppeneinlage aus Grieß
- Großer Brauner, der.. Großer Espresso mit etwas flüssiger Sahne (oder Milch)
- Grüner Veltliner, der.. Weiße Hauptrebe der Wachau
- Gspritzter, der .... Mit Soda oder Mineralwasser (meist im Verhältnis 1:1) gemischter Wein
- Hacke, die .... Axt, Beil
- Hauerplatte, die ...... Kalorienheftiges, kaltes, warmes und garniertes Mix aus Gebratenem, Gekochtem und Geselchtem
- Haussulz, die .... Schweinekopffleisch, weitere ausgewählte Fleischsorten vom Schwein und Gemüse in Gelee.
- Heuriger, der .... Sowohl Jungwein der letzten Ernte, als auch Buschenschank (Straußenwirtschaft), wo neben heurigem Wein meist auch deftiges Essen (s. Hauerplatte) angeboten wird
- Hudeln, das .... übereilt (und wenig überlegt) handeln
- Marille, die .... Aprikose
- Pfefferl, das .... Würziger, für den Grünen Veltliner sortentypisches Bukett und Geschmack nach Pfeffer
- Raika .... Abkürzung für Raiffeisenbank
- Rahmnockerl, die .... Beilage oder Süßspeise, großformatige Sahnespätzle aus Mehl, Milch und Salz
- St. Laurent, der .... Rotweinrebe, Spielart des Blauburgunders

- Trafik, die ....Zigaretten- und Tabakgeschäft
- Tschick, der ....Zigarette
- Vorhaus, das ....Flur